— Tu es... tu es doué.

Silas gloussa d'un rire bas et narquois.

— Doué, hein ?

Je déglutis.

— Oui. Tu … oui.

Je secouai la tête, ma peau était brûlante. Je repris :

— On devrait arrêter d'en parler.

Sinon, j'allais céder à l'envie irrépressible de tout recommencer, et je ne voudrais pas que ça se termine en catastrophe.

— Oh, je ne sais pas. Je trouve cette conversation fascinante, déclara une voix masculine dans le couloir. Continue, ma petite poulette. Raconte-nous ce que te fait ressentir Silas sous sa langue.

Mes mains se figèrent sur le menton de Silas et mon cœur bondit dans ma gorge. Lui n'avait pas l'air surpris du tout. Soit il avait senti l'alpha arriver, soit il s'en fichait. Je n'aurais su dire. Sans doute la première supposition.

Je n'avais pas entendu ni senti l'approche d'Edon, ce que j'attribuais à ses manières d'alpha furtif et au fait que l'odeur de son eau de Cologne se faisait sentir de façon permanente dans sa maison.

Il s'avança sur le seuil et s'appuya contre l'encadrement de la porte.

— Eh bien, Luna ? Parle-nous de son talent. Ou bien tu préfères mon résumé ? J'ai tout vu d'un bout à l'autre, après tout.

— Edon…

Ma gorge ressemblait à du papier de verre, et je prononçai son nom d'une voix rauque qui le fit résonner comme une menace en l'air. J'avais beau déglutir ou tousser, cela n'arrangeait rien, la sensation s'accrochait et refusait de lâcher prise. Et pendant tout ce temps, il se tenait là, un sourcil arqué, l'expression indéchiffrable, alors qu'il sentait sans doute l'excitation sexuelle qui imprégnait la petite pièce.

Je ne pouvais la masquer. Ni Silas.

— Je lui coupais juste les cheveux, dis-je pour justifier notre proximité.

Je reposai la lame, j'avais presque fini de toute façon. Il avait l'air d'un chien hirsute.

— Un chien hirsute mais doué de la langue, rétorqua Edon, qui ne lâchait rien de toute évidence. Mais ce n'est pas du tout ce que je t'ai demandé, ma petite. Je veux savoir ce que tu as fait à ce moment-là, ce qu'il t'a fait ressentir. Si tu sais bien le décrire, peut-être que je lui permettrai de recommencer, ce que vous désirez tous les deux, je le sais. Pas vrai, Silas ?

Silas ne semblait pas aussi secoué que moi, son regard croisant celui de l'alpha fulminant sans même cligner des yeux.

— Oui.

L'ALLIANCE DE SANG

LA TRIADE DE L'ALPHA

L'ALLIANCE DE SANG

TRADUCTION DE L'ANGLAIS
AU FRANÇAIS
PAR JEAN-MARC LIGNY

AUTEURE À SUCCÈS USA TODAY

LEXI C. FOSS

La Triade de l'Alpha - English: Regally Bitten

Copyright © 2021 Lexi C. Foss

Tous droits réservés.

Traduction de l'anglais au français par Jean-Marc Ligny

Correction de la version française : Juliette Carpentier

Conception de la couverture : Manuela Serra Book Cover

Photographie de couverture : Wander Aguiar Photography

Modèles : Wayne, Evan, & Patrick

Publié par : Ninja Newt Publishing, LLC

Édition imprimée

ISBN : 978-1-68530-020-3

Print ISBN: 978-1-68530-036-4

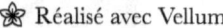 Réalisé avec Vellum

À Katie, toi qui aimes ce trio de lycans autant que moi et pour ton amitié et ton soutien incroyables. Je t'apprécie plus que tu ne le crois !

À Matt, pour ton amour, ta patience et ta compagnie, et pour ton enthousiasme à partir à l'aventure de par le monde avec moi et mon ordinateur portable.

Et aux lecteurs, pour m'avoir donné la chance d'essayer de nouvelles choses. J'espère vraiment que vous apprécierez les lycans. Ils mordent.

LA TRIADE DE L'ALPHA

L'ALLIANCE DE SANG
LIVRE TROIS

LA TRIADE DE L'ALPHA

Jadis, l'humanité gouvernait le monde et les lycans et vampires
vivaient en secret.
Cette époque est révolue.

Luna

Un mariage arrangé ? Putain, non.
Je suis une femelle alpha. C'est moi qui choisis mon avenir.
Pas la société. Pas mon père. Et certainement pas *lui*.

Silas

Je n'ai pas survécu juste pour être rejeté comme un lycan
de bas niveau. Je suis plus puissant qu'ils ne le pensent. Plus
déterminé. Plus intelligent. Et bien plus digne d'*elle* que
quiconque.

Edon

Le devoir – un mot que je déteste.
Je suis le futur Alpha du clan Clemente. Il y a des règles. Il
y a des responsabilités.
Il ne peut y avoir d'amour. Pas de libre arbitre.
Mais le cœur veut ce qu'il veut, et en ce moment, je les
désire tous les deux.

Bienvenue dans le clan Clemente.
Soyez prudent. On mord.

Chers lecteurs,

Mon style d'écriture est très prolifique, ce qui signifie que j'ai tendance à planifier les trois à six prochains livres d'une série tout en écrivant le livre en cours. C'était vraiment le cas avec *La triade de l'alpha*. J'avais mon héros et mon héroïne, j'avais choisi le méchant, et j'avais un premier plan en tête.

Mais une chose étrange s'est produite au cours du *Vampire royal*.

Ce méchant que j'avais sélectionné pour *La triade de l'alpha* ? Oui, il a commencé à me parler. Et je n'ai pas pu m'empêcher de l'écouter.

Alors j'espère vraiment que vous apprécierez le livre d'Edon, car il a bel et bien pris le dessus.

Il s'agit d'une romance de ménage entre lycans.

Les personnages auront un tas de moments difficiles à passer.

C'est plein de noirceur dystopique.

Et d'un sacré paquet d'orgasmes.

Bien à vous,

Lexi

Jadis,
l'humanité gouvernait le monde
tandis que les lycans et vampires vivaient en secret.

Cette époque est révolue.

Bienvenue dans un futur
où les lignées supérieures font la loi.

Continuez à vos risques et périls.

L'ALLIANCE DE SANG

La loi internationale supplante toute gouvernance nationale et sera appliquée par l'Alliance de Sang, un conseil mondial composé à parts égales de lycans et de vampires.

Toutes les ressources doivent être réparties équitablement entre lycans et vampires, y compris les territoires et les esclaves de sang. Toutefois, richesse et position sociale seront à la discrétion des meutes et des maisons individuelles.

Tuer, blesser ou provoquer un être supérieur est puni de mort immédiate. Tous les litiges doivent être présentés à l'Alliance de Sang pour un jugement final.

Les relations sexuelles entre lycans et vampires sont strictement interdites. Toutefois, les partenariats commerciaux, lorsqu'ils sont fructueux et appropriés, sont autorisés.

Par la présente, les humains sont considérés comme des biens et ne disposent d'aucun droit légal. Chacun d'eux sera étiqueté selon un système de tri basé sur le mérite, l'intelligence, la lignée, les capacités et la beauté. L'ordre de priorité sera établi à la naissance et finalisé lors de la Journée du Sang.

Douze mortels seront sélectionnés chaque année pour concourir au statut de sang immortel, à la discrétion de l'Alliance de Sang. Parmi ces douze, deux recevront la morsure d'immortalité. Les autres mourront. Créer un lycan ou un vampire en dehors de ce processus est illégal et passible de mort immédiate.

Toutes les autres lois sont à la discrétion des meutes et de la royauté, mais ne doivent pas désobéir à l'Alliance de Sang.

PROLOGUE

SILAS

Vingt-deux ans de promesses emballées dans des mensonges.

Remporte le Tournoi des Immortels, qu'ils disaient, *Et rejoins-nous dans l'immortalité.* Les images qui avaient suivi ruisselaient de richesse, d'excitation, d'une vie d'hédonisme.

Ces images dépeignaient la pire forme de tromperie.

Alors que je me tordais par terre, grognant de douleur à cause de cette « transition » vers l'immortalité, je ne pouvais m'empêcher de souhaiter mourir à la place.

Parce que ce qui m'attendait était un destin pire que la mort.

Edon, mon tortionnaire, s'accroupit devant moi, l'air ennuyé.

— Ça va passer.

Autour de nous, la foule riait.

Son père, l'Alpha Walter, ricana.

— La récolte de cette année était merdique.

— Clairement, convint Edon en se relevant. On peut finir ça maintenant ?

Ce n'est pas encore fini ? Merde.

— Une partie du plaisir est de voir combien de temps les nouveaux durent dans les limbes, répondit l'alpha d'un

1

ton dégoûté. Mais apparemment, il n'est pas fait pour ce monde.

— Un oméga, railla quelqu'un d'autre.

Je voulus grogner en entendant ce mot, lui prouver qu'il avait tort, mais la douleur me fit gémir à la place. De trop longues semaines sans manger, à me battre pour ma vie, m'avaient affaibli jusqu'à cet état dégradé où je pouvais à peine bouger.

Mais j'avais gagné.

Et pour quoi ?

La torture.

Edon soupira.

— Il était prometteur.

Il passa ses doigts dans mes cheveux emmêlés et le long de ma mâchoire, de façon étonnamment intime de la part d'un homme. Il continua :

— Dois-je l'achever ou en finir ?

— À toi de décider, mon fils. Ce sont des décisions qu'un alpha doit prendre pour le clan.

Il siffla, un son qui me transperça le crâne et projeta des étoiles dans mes yeux. Puis il hurla. D'autres se joignirent à lui, y compris Edon, et l'énergie miroita dans l'air.

Une transformation.

Je sentis la magie ramper sur ma peau, m'incitant à faire de même, mais quelque chose bloqua mon aptitude, me tirant un grognement bas et féroce.

Edon haussa les sourcils.

— Bien, bien, dit-il en inclinant la tête, toujours sous forme humaine alors que son clan tournait autour de nous en flairant, leurs mâchoires d'une largeur terrifiante. Peut-être y a-t-il encore de l'espoir pour toi, Silas.

Mes lèvres se retroussèrent, un réflexe défensif descendit le long de ma colonne vertébrale.

Edon entoura ma gorge de sa paume, ses pupilles d'obsidienne étaient cerclées de braises d'un noir d'encre.

— Défier le fils d'un alpha est un geste dangereux, et bien couillu.

Il serra, mais je ne cédai pas d'un pouce.

S'il voulait me tuer, très bien. J'avais traversé l'enfer et j'en étais revenu, pour découvrir que je m'étais battu pour une vie qui n'existait pas. Pas ici. Pas dans le clan Clemente.

L'excitation montait dans la foule, ma vie étant entre les mains de leur futur alpha.

Et puis il frappa.

Ses crocs s'enfoncèrent profondément dans mon cou, son pouvoir ondula sur ma peau et se lia à sa morsure précédente.

Mon gémissement se changea en un grondement plus grave, plus brutal, plus animal, tandis que mes os se transformaient en quelque chose d'autre.

Edon me fixa d'un regard froid et sans pitié, et plaqua sa paume sur ma nuque.

Je le détestais.

Je le craignais.

Je voulais *être* lui.

Tout cela en l'espace de quelques secondes, alors que mon corps prenait sa nouvelle forme.

D'autres hurlements.

Les miens rejoignirent la mêlée.

Mes instincts s'intensifièrent.

Je perçus des odeurs et des visions dont j'ignorais l'existence.

Et puis de puissants doigts humains parcoururent ma fourrure blanche, et le front d'Edon s'appuya contre le mien.

— Bienvenue dans le clan Clemente, Silas.

———

Quelques semaines plus tard…

RENDS-TOI UTILE, m'avaient-ils intimé. *Surveille le périmètre.*

En d'autres mots, ils ne voulaient pas que je perturbe la précieuse cérémonie d'accouplement entre mon maître l'héritier alpha, et sa promise du clan Ernest.

Très bien.

Je rôdai dans le coin, mémorisant les odeurs, écoutant les secrets de loin et planifiant. Parce que je ne pouvais pas continuer à être le paria du clan Clemente. Le seul loup transformé en plus de vingt ans. Un demi-sang à leurs yeux.

Non.

Je n'avais pas survécu à toutes ces conneries juste pour être exilé.

Rien dans ce monde ne correspondait à ce qu'on nous avait promis. Rien.

Je détestais cet endroit. Je détestais ma nouvelle vie de lycan. Et même si j'admettais que ça pourrait être bien pire, ça pourrait aussi être mieux. Il devait y avoir quelque chose d'autre là-bas, une autre façon pour nous de vivre tous en harmonie.

Un grognement sourd me fit dresser l'oreille en direction des bois qui bordaient la fête, et je repérai une grande femme aux traits elfiques qui se tenait à l'orée de la forêt.

Ses poings serrés montraient son malaise, elle fixait un mâle qui la dominait.

— Tu vas bien te tenir, grogna le loup alpha. Cède-lui, Luna. Ou sinon…

Sur ces mots tendres, il retourna aux festivités, la laissant grogner dans son sillage.

La promise de l'alpha, réalisai-je. Sa stature dépeignait sa force et sa défiance, la distinguant de toutes les autres femmes que j'avais vues autour d'elle. Je reconnus également son nom : c'était celui qui était murmuré au sein du clan Clemente, leur curiosité de savoir à quoi elle ressemblerait étant un sujet brûlant parmi les mâles.

Belle, me dis-je. *Belle et énervée.*

Ça m'intriguait. Je n'étais manifestement pas le seul à être mécontent de ma situation.

Elle porta son attention sur moi, sentant ma présence dans les bois. Je soutins son regard, mes instincts refusant que je m'incline devant quiconque.

Le renâclement que je reçus de sa part en guise de réponse me fut apporté par la brise.

Plutôt que de me poursuivre comme la plupart des loups alpha auraient été enclins à le faire, elle rejeta ses longs cheveux noirs par-dessus son épaule et retourna à la fête, me considérant comme insignifiant.

À l'instar de tous les autres.

Ma fourrure se hérissa d'irritation.

Un jour, ces loups me prendraient au sérieux.

Je devais juste trouver ma place dans ce nouveau monde. Car s'il y avait une chose dont j'étais certain, c'était que ma place n'était pas tout en bas de l'échelle.

LUNA

Putain de merde.

Je n'arrivais pas à décider qui je voulais frapper le plus : mon père ou Walter, l'Alpha du clan Clemente.

Sans doute les deux.

Ma mère serra ma main. De nouveau. Un rappel poli de garder bouche close et d'accepter mon sort. Tout comme elle l'avait fait il y a bien des années. Et n'était-elle pas un petit animal heureux ?

Je faillis ricaner. Tout ça n'était qu'une vaste connerie. Je voulais choisir mon futur partenaire, pas qu'on m'en colle un d'office. Surtout pas un connard comme Edon. Il ressemblait à son père, avec ses yeux sombres débauchés, ses cheveux presque noirs et son sourire arrogant.

Walter avait la réputation de baiser son harem à mort. Sa pauvre *partenaire* était souvent obligée de regarder ou de participer. Et elle paraissait tout aussi brisée que la plupart des femelles de ce clan.

Mon *avenir*, songeai-je en grognant. *Ça n'arrivera pas, bordel de merde.* Je casserais la bite d'Edon avant qu'il ne me touche avec. Et je lui laissai voir mes intentions dans mon regard.

Il haussa un sourcil et me retourna un regard intrigué.

Bien sûr, il voulait jouer.

Tous les mâles le voulaient.

Mais j'avais un plan qui garantissait qu'il me renierait ce soir. Après quoi je serais de retour au clan Ernest. Oh, mon père serait furieux. Il essaierait probablement de me vendre au plus offrant. Je m'en occuperais le moment venu, tout comme j'avais prévu de m'occuper du petit rituel de ce soir.

Les alphas étaient possessifs.

Et j'avais l'intention d'utiliser ça à mon avantage.

Mon père me présenta quelque vampire royal et son nouveau jouet. J'écoutais à peine. La politique dans ce monde était ennuyeuse. La plupart des gens n'en connaissaient pas d'autre, mais mon mentor m'avait parlé d'une époque ancienne où les femmes avaient plus de droits. Où nous pouvions choisir nos partenaires. Où nous nous cachions des vampires et des humains.

Que n'aurais-je donné pour être née dans *ce* siècle-là !

Mais non, hélas. J'étais coincée ici avec ces connards qui attendaient de moi que je fasse des courbettes et des révérences, que j'entretienne une conversation polie, comme si je n'étais pas une femelle alpha. Me forçant à renier tous mes instincts, à accepter ma place en dessous des mâles de la meute alors que je pourrais facilement massacrer la plupart d'entre eux.

Ça me retournait l'estomac.

La conversation s'écoulait autour de moi. Les formalités me bloquaient la gorge. Jusqu'à ce qu'enfin la cérémonie commence.

J'avais hâte d'en finir avec ça.

Et d'après ce que je voyais, mon futur partenaire aussi. Seulement, il s'attendait à quelque chose de très différent de ce que j'avais en tête, quelque chose qui n'arriverait pas dès lors qu'il aurait découvert mon secret.

Des rumeurs impatientes hantaient l'air, les loups

avaient hâte que le spectacle commence. Il ne restait qu'une poignée de vampires royaux, surtout ceux intrigués par les rituels lycans. Je n'étais pas surprise de voir Jace parmi eux. Il était connu pour avoir des louves dans son lit. Une situation dangereuse pour un suceur de sang, mais il m'avait l'air d'être capable de se débrouiller.

Il était accompagné de deux autres royaux dont les yeux luisaient dans l'obscurité.

Je les ignorai au profit des alpha qui les entouraient, l'air affamé et attentif, formant un croissant près de l'autel sous la pleine lune.

La prochaine pleine lune serait le moment de concrétiser le lien d'accouplement.

Mais je ne serais pas là pour le voir. Parce que je n'avais pas l'intention d'aller jusqu'au bout.

Edon s'avança , le col de sa chemise noire déboutonné. Contrairement à moi, il avait le droit d'être habillé pour cet événement. On s'attendait à ce que je l'approche nue, pour lui montrer tout ce que j'avais à offrir.

Parce que tout ce qui intéressait les mâles alpha, c'était le sexe.

Et il voulait s'assurer que je répondais à ses besoins physiques.

Mes lèvres se retroussèrent. *Oh, tu vas être choqué.*

Les chants commencèrent et mes parents prirent position de chaque côté de l'allée. Loups et vampires étaient éparpillés au sein du public, tous sous forme humaine.

Je me tenais à l'extrémité , laissant ma mère m'enlever ma robe et mes talons hauts.

Pas de sous-vêtements, non pas à cause d'une quelconque obligation, mais parce que je préférais qu'il en soit ainsi. Il est plus facile de bouger en portant un minimum de vêtements.

Je roulai mes épaules, confiante dans mon apparence. Les membres de notre clan se déshabillaient tout le temps les uns devant les autres, certains ne s'embarrassaient même pas de vêtements. Mais c'était un peu bizarre d'arpenter l'allée entre des lycans étrangers.

Dans le clan Clemente, l'ambiance était toute différente. Ici l'air aussi était différent, sa texture ressemblait à un baiser voluptueux sur ma peau pâle. Je préférais les étendues glacées de chez moi. *L'ancienne Russie*, comme l'appelait mon conseiller. Le clan Clemente vivait dans le sud des États-Unis. Que de termes étrangers dans ce nouveau monde, mais je savais tout de l'ancien. Ce qui rendrait mes parents furieux s'ils le savaient, c'était donc mon petit secret, partagé avec Claudette et mon frère Logan.

— Je vous présente Luna du clan Ernest, dit mon père d'un ton plein de fierté, quand nous nous approchâmes de l'Alpha du clan Clemente et de son héritier présomptif.

Oui, j'espère que tu es fier de toi pour me forcer à m'accoupler avec un homme que je ne connais pas, pensai-je. *Quelle excellente éducation.*

Edon croisa mon regard et le soutint, le défi brasillant dans ses profondeurs sombres. Il s'attendait à ce que je m'incline. Je plissai les yeux à la place.

Je ne m'incline devant personne.

Les ongles de ma mère s'enfoncèrent dans mon avant-bras, me faisant sursauter.

Mon père s'éclaircit la gorge.

Je pouvais pratiquement entendre Logan me gronder également. *Ne sois pas idiote, Luna,* disait-il. *Joue-la cool.*

Il était sans doute le seul que j'écoutais, ses conseils étaient généralement judicieux.

Bien, pensai-je à leur intention. *Très bien.*

Je m'inclinerais. Seulement parce que ce serait notre première et dernière rencontre.

Mes genoux plièrent, ma tête s'abaissa. C'était si faux. Tellement ridicule. Ce faisant, je ne pus m'empêcher de lui jeter un coup d'œil, ce qui me valut un regard surpris de l'héritier alpha.

— Tu vas avoir fort à faire avec celle-ci, mon fils, commenta Walter.

— Je vois ça, répondit-il sèchement.

Les cons, pensai-je, en me redressant après ma tentative ratée de faire une révérence ou je ne sais quoi.

Edon s'avança, ses yeux me détaillant comme s'il évaluait un morceau de viande. Ce qui était exact, je suppose, étant donné notre situation délicate.

Mes parents s'écartèrent pour lui permettre de me tourner autour. Une inspection. S'il approuvait, nous serions fiancés. Sinon, je serais renvoyée chez moi avec un père alpha très en colère.

Mais j'avais déjà subi sa colère plusieurs fois.

Je savais ce qu'il ferait.

Et je n'en avais rien à foutre.

Une vie de lycan rebelle vaudrait mieux qu'un accouplement forcé avec un monstre du clan Clemente.

Edon fit glisser son doigt le long de mon bras, la chaleur de sa poitrine caressant mon dos.

— Qu'est-ce qui ne va pas, mon petit loup ? me souffla-t-il à l'oreille. Tu as peur ?

— Non, répondis-je en me tournant face à lui, à la grande surprise de l'assistance.

Les futures partenaires devaient rester totalement immobiles pendant l'inspection du mâle alpha. Ma mère m'avait répété les règles un millier de fois et son soupir derrière moi révélait ce qu'elle pensait de ma désobéissance.

La colère colorait les liens familiaux, l'agacement de mon père était palpable.

Cela me fit réfléchir, car je savais que ce ne serait pas moi qu'il punirait plus tard pour cela, mais ma mère. Je captai son intention tordue, qui déformait l'air d'une promesse violente. Mon regard tomba sur le triangle de peau bronzée qui me faisait de l'œil sous le col ouvert d'Edon.

Il n'avait pas bougé, ne sachant peut-être pas trop comment réagir à mon impolitesse. Devait-il me fustiger devant la foule ? Ou devait-il laisser passer l'occasion puisque je n'étais pas encore à sa merci ?

Un soupçon de malaise me parcourut l'échine. Il continuait simplement à me fixer, comme s'il attendait que je fasse autre chose.

Comme je ne faisais rien, il reprit son examen, promenant ses doigts le long de ma peau. Personne ne parlait. L'assistance attendait sa décision. Cela pouvait prendre des minutes ou des heures. Il pouvait choisir de me sauter ici même, juste pour tester la marchandise. Il pouvait me faire mettre à genoux. Il pouvait me demander tout ce qu'il voulait, et je devais lui répondre.

Tout était à sens unique.

Tout ce que voulait le mâle alpha, il l'obtenait. Rien à foutre de ce que voulait la femelle.

La paume d'Edon glissa sur ma nuque, un geste dominateur qui provoqua la chair de poule sur mes bras. Je le détestais. J'avais envie de lui grogner dessus, de le battre, de lui dire d'aller se faire voir, mais je sentais la tension de mon père à travers le lien. Un autre accès de colère et ma mère le paierait. Sévèrement.

Alors il n'allait vraiment pas aimer ce qui allait suivre.

J'avais déjà fait l'impensable. Il ne le savait pas encore.

Mais Edon s'en doutait. Je le vis à la façon dont ses

narines se dilatèrent, dont ses pupilles se rétrécirent en points noirs lorsque j'affrontai son regard avec audace.

Ses lèvres se retroussèrent. Pas tant en un grognement qu'en un sourire en coin.

Il se pencha pour frotter sa bouche sur la mienne dans un baiser chaste, qui souleva des grognements d'approbation parmi le public.

Ils voulaient du spectacle.

Ils voulaient qu'il me monte.

Je le sentais dans le vent. À la façon dont les poils de mon cou se dressaient en signe d'avertissement. Cette meute était cruelle. Ils ne croyaient pas en l'égalité.

Mais d'un autre côté, aucun des clans n'y croyait. Plus aucun.

Le nez d'Edon longea ma joue jusqu'à mon oreille et le long de ma gorge. Il flairait. Cherchant l'anomalie que je savais que ses sens de loup avaient détectée. Il descendit dans le creux entre mes seins, puis le long de mon ventre plat, jusqu'à la jonction entre mes cuisses.

À genoux, il leva les yeux vers moi, les flaques couleur d'obsidienne de ses iris tourbillonnant en signe d'avertissement. Il savait très probablement maintenant. Il avait sûrement senti les traces du mâle qui m'avait baisée ce matin.

Son grognement le confirma.

Seulement, ce n'était pas le bruit menaçant auquel je m'attendais mais un bruit véhiculant la chaleur et la faim. Le genre de bruit que fait un loup quand il désire sa partenaire.

Ça ne va pas, pensai-je, en proie à la confusion.

Les mâles alpha étaient possessifs. Et les rituels exigeaient ma virginité. Que j'avais perdue il n'y avait même pas vingt-quatre heures, afin d'être certaine qu'il le saurait.

Et il le savait.

Je le vis à la façon dont il me regardait.

Il sortit sa langue et me goûta en profondeur, ne me laissant absolument aucun doute sur sa connaissance. Parce que j'avais fait exprès de ne pas me doucher après. Je *voulais* qu'il le sache.

Un autre coup de langue me fit fléchir les genoux.

Ça ne peut pas arriver.

Il devrait être furieux. Râler. Menacer de tuer celui qui avait souillé mon corps. Ordonner à mes parents de m'emmener immédiatement. Pas…

Les dents mordirent ma chair, me faisant crier de surprise. Dans le public, les lycans grondèrent d'excitation, appréciant cette démonstration primitive de propriété.

Ce bâtard venait de me *marquer*.

En plein sur cette foutue cuisse.

La façon dont il me regardait montrait son plaisir à le faire. Il se releva lentement, son bon mètre quatre-vingts dépassant mon petit mètre soixante-cinq. Il agrippa mon menton et me maintint en place tandis qu'il effleurait mes lèvres des siennes, ensanglantées. Je réfrénai l'envie de grogner, non pas pour le mettre en garde, mais par besoin.

Puis sa langue glissa dans ma bouche, me forçant à goûter le mélange enivrant de ma propre excitation teintée d'une douceur cuivrée.

Salaud, pensai-je.

Il sourit contre ma bouche.

— Bienvenue dans le clan Clemente, ma petite partenaire, déclara-t-il assez fort pour que tout le monde l'entende.

Des entraves mentales s'enroulèrent autour de mon cou, de mon cœur, alors que la réalité de ses actes et de ses paroles planait dans l'air.

Il m'avait mordue et réclamée verbalement.

La cérémonie était déjà terminée, les liens des fiancés bien établis .

Il avait rompu mes liens avec le clan Ernest avec cette morsure à ma cuisse et j'avais été si choquée que je n'avais même pas senti mes liens familiaux se briser.

Mais je le sentais maintenant.

Surtout en regardant ma mère, remarquant la légère brume dans ses yeux. Et puis mon frère. Il se tenait au premier rang, ses cheveux de la même couleur que les miens, ses yeux d'un bleu éclatant. Il semblait aussi imperturbable que tous les autres spectateurs, mais la tristesse irradiait de lui, une tristesse que je ressentais du fond du cœur.

Au revoir, disait-il. Un mot qu'il m'avait déjà dit hier soir en me donner un dernier conseil : bien me comporter et garder la tête haute.

Tu es peut-être à lui, mais tu restes une femme alpha, Luna. Ne l'oublie jamais.

Sa dernière phrase s'enroula autour de mon âme, s'efforçant de me retenir alors que le désespoir menaçait de me déchirer.

Je ne faisais plus partie du clan Ernest, j'étais la fiancée alpha de l'héritier du clan Clemente.

L'étonnement se mêla à l'horreur en moi. J'étais tellement certaine que cela n'arriverait pas. Aucun alpha sain d'esprit n'accepterait de la marchandise endommagée.

Je tournai la tête vers celui dont les doigts effleuraient toujours ma mâchoire. Je le fixai, bouche bée, tandis que les hurlements retentissaient autour de nous, annonçant l'étape suivante des rituels de ce soir.

Edon sourit et approcha ses lèvres de mon oreille.

— Je préfère les femmes ayant de l'expérience, ma petite. La baise n'en est que plus excitante.

Mon cœur remonta dans m a gorge. Ma souillure avait

eu l'effet inverse de ce que j'avais prévu. Cela m'avait rendue encore plus désirable à ses yeux.

Et maintenant…

Maintenant sa meute s'attendait à ce que nous consommions le lien établi. Qu'il me baise toute la nuit. Soit devant eux tous, soit dans l'intimité de ses quartiers. C'était son choix, pas le mien.

Les loups n'étaient pas pudiques. Nous étions des êtres primitifs. Mais l'idée de me lier intimement à lui devant toute sa meute me faisait douter.

Je n'avais pas vraiment d'expérience.

La stupide aventure de ce matin n'avait duré que quelques minutes.

J'avais détesté ça.

Mais être avec Edon ? Ce serait tellement pire. Il me mordrait à nouveau, mais bien plus fort qu'avant. Il me prendrait comme il le voudrait, encore et encore, même si je pleurais. Putain, il pourrait même *vouloir* que je pleure.

Ce n'était pas du tout censé se produire comme ça.

Ses yeux suivaient chaque pensée qui me traversait l'esprit, ses lèvres se retroussaient sournoisement. Tant d'intrigue. Tellement de désir.

Ça va faire mal.

J'avais vraiment *tout fait foirer.*

EDON

Luna du clan Ernest n'était pas comme je m'y attendais. Pas le moins du monde.

Les femmes du clan Clemente étaient toujours entreprenantes, parfois un peu trop. Mais Luna, elle, empestait le défi. Et je trouvais son odeur enivrante.

Elle était même allée jusqu'à baiser un autre loup ce matin.

Maligne et trompeuse, petite partenaire.

Si je n'avais pas été fourré profondément dans une autre chatte la nuit dernière, j'aurais pu m'en soucier davantage. Cependant, je trouvais qu'il y avait deux poids deux mesures dans le fait d'attendre de ma promise qu'elle vienne à moi vierge. Et je pensais ce que je disais : je préférais que mes partenaires soient expérimentées.

Je préférais aussi qu'elles participent à l'acte avec enthousiasme. Baiser une femme non consentante n'avait aucun intérêt pour moi. Comme j'adorais la chasse, je voulais que ma proie *désire* sa capture, au bout du compte.

Ah, mais Luna, elle, n'avait aucun désir d'être ici. C'était manifeste dans la ligne défiante de ses épaules, dans la fureur de ses yeux bruns et dans l'air de résistance qui imprégnait son aura.

— Viens, lui intimai-je, posant la main sur sa nuque pour la conduire loin du chaos de la cérémonie.

Mon père n'allait pas être content.

Il s'attendait à ce que je la baise en public, devant tout le clan.

Mais en tant que nouvel alpha, j'avais le choix de mes actes. Pas lui. Ce bâtard n'avait qu'à s'adonner lui-même à ses penchants malsains. Je ne partagerais pas ma partenaire comme il avait partagé ma mère et ses autres femelles, humaines ou non.

Luna restait nerveuse sous ma main, mais ses jambes suivaient ma direction.

La femelle alpha en elle voulait se rebeller. Son côté femme, par contre, avait plus de jugeote. Parce que si elle essayait, je la remettrais à sa place si vite que ça lui tournerait la tête. Et je n'avais vraiment pas envie de faire ça. Pas ici.

Dans l'intimité de mes quartiers, peut-être.

Deux sentinelles s'écartèrent de mon chemin à mon approche, la tête baissée en signe de révérence.

Je les ignorai et guidai Luna à travers la maison principale et les cours royales, jusqu'au chalet en rondins que j'appelais mon logis. Elle était plus petite que celle de mon père, qui se trouvait à l'opposé de cette immense propriété. De vastes bois séparaient nos domaines, une nécessité en raison de nos natures conflictuelles.

Il était l'actuel alpha.

J'étais destiné à prendre sa place.

Cela menait parfois à certaines échauffourées que j'avais toujours gagnées ces derniers temps, à son grand dam.

Luna jeta un coup d'œil aux saules pleureurs devant ma maison, ce qui me fit hésiter.

Nous étions complètement seuls ici, personne n'ayant

l'audace de pénétrer dans ma propriété sans permission ou raison valable. Et la majorité du clan était occupé à faire la fête de toute façon.

Les transitions alpha se produisaient tous les trois cents ans environ, le mois prochain était donc une occasion rare pour les lycans. C'était aussi la première à se produire pour le clan Clemente dans le nouveau monde.

Les choses semblaient nouvelles.

Fraîches.

Excitantes.

Ils étaient donc tous trop occupés à s'amuser pour se soucier de nous. Ils s'attendaient à ce que je saute ma fiancée. Comme la plupart d'entre eux m'avaient déjà vu dans les affres de la passion, ça ne les intriguerait pas plus que ça maintenant.

Mon père avait voulu que je la brise devant la foule, mais il devrait s'arranger de mon choix de le faire en privé. Au sens figuré, en tout cas.

Luna déglutit, sa tension était palpable.

Je la lâchai et fis un pas en arrière, lui donnant l'espace qu'elle désirait de toute évidence.

— Nous sommes seuls ici.

Elle cilla, la confusion brouillant ses jolis traits.

Non, pas jolis.

Magnifiques.

Les femelles alpha non apprivoisées n'étaient pas autorisées à assister aux événements politiques comme le Jour du Sang ou le Tournoi des Immortels. Ces cérémonies étaient réservées aux alpha des clans et à leurs partenaires respectives. Mais je m'étais déjà représenté ses traits après avoir rencontré ses parents des années plus tôt. Elle avait les yeux couleur caramel de sa mère et les cheveux bruns de son père. Sa peau d'albâtre était identique à celle de ses deux parents, une marque de fabrique de sa région natale, mais ses courbes lui étaient propres.

Des jambes agiles et athlétiques.

Une taille souple.

Des seins fantastiques.

Une grimace qui fit s'emballer mon cœur.

Oh, ça allait être amusant.

— Pourquoi ? demanda-t-elle, paraissant avoir de nouveau retrouvé son assurance.

— Pourquoi quoi ? rétorquai-je.

Je savais exactement ce qu'elle demandait mais je désirais qu'elle le dise. Qu'elle avoue qu'elle avait délibérément baisé avec un autre homme ce matin juste pour me mettre en rogne.

Luna émit un grondement primal, sexy comme pas permis.

— Je ne suis pas vierge.

Je souris.

— Moi non plus, mon cœur.

— Être vierge est une exigence pour les partenaires potentielles.

— Peut-être que je me fous des *exigences*, répliquai-je avec sincérité.

Si j'avais voulu une louve docile, j'aurais pris une des omégas de notre clan comme partenaire. Non, je préférais une femme alpha, quelqu'un qui pourrait me tenir tête quand il le fallait, et celle-ci faisait plus que l'affaire.

Il y en avait trois autres en réserve, en cas de besoin.

Mais mon père et Niko étaient de vieux amis. Ce pacte entre nos deux clans avait été créé le jour de sa naissance.

Elle avait toujours été à moi.

Tout comme j'avais toujours été à elle.

Aucune connerie n'allait remettre ce point en cause.

Ses pupilles scintillaient au clair de lune, elle restait sur la défensive.

— Je ne te céderai pas.

Je penchai la tête en avant, fort amusé.

— Oh, que si. Et tu me supplieras de te sauter, aussi.

— Aucune chance, grogna-t-elle.

J'éclatai de rire et secouai la tête.

— Très bien, petite partenaire. Amusons-nous.

Je déboutonnai ma chemise, ne voulant pas la salir, la pliai et la posai sur le perron. Ses narines se dilatèrent quand je défis ma ceinture de pantalon.

Elle devait croire que j'allais la baiser ici.

La pauvre petite louve était bonne pour une putain de surprise.

J'enlevai mes chaussures et mes chaussettes avec mon pantalon, et je fus aussi nu qu'elle.

— Défoule-toi, l'invitai-je.

Elle releva les yeux de mes attributs, rougissante.

— *Quoi ?*

— Attaque-moi, petite partenaire. Montre-moi ce que tu sais faire.

La meute voulait que je la déflore. Bon, c'était déjà fait. Donc j'allais la goûter d'une autre manière. En commençant par sa capacité à suivre.

— Je… dit-elle en se léchant les lèvres, sa confusion adorable. Quoi ?

— Si tu ne veux pas te battre, alors on va baiser, répondis-je, essayant de la provoquer. C'est l'un ou l'autre. Au choix de la dame.

— Tu veux que je me batte avec toi ?

— Oui. Tu m'as dit que tu ne céderais pas. Prouve-le, dis-je en haussant un sourcil. À moins que tu ne cèdes déjà, auquel cas je préfère te prendre par-derrière.

Elle avait un cul délectable qui serait parfait contre mon aine quand je m'enfoncerais en elle…

Le poing de Luna manqua de peu mon visage, son coup étant étonnamment précis et puissant. Je le sentis siffler dans l'air près de ma joue en l'esquivant.

Impressionnant.

Elle enchaîna avec un autre crochet qui faillit atterrir dans mes tripes.

Je ne m'attendais pas à devoir faire des efforts pour éviter ses coups, mais elle se révéla être une sacrée petite boxeuse en se jetant sur moi à pleine puissance, m'obligeant à sauter et à faire des pas de côté pour éviter les coups.

À ce rythme, elle s'épuiserait en quelques minutes.

Mais j'appréciais plutôt de voir ses nichons rebondir à chaque mouvement.

J'ai toujours aimé un petit entraînement physique avant de baiser.

Je bloquai son coup suivant, la fis habilement tourner d'un bras pour l'amener dos à moi, et je serrai mon autre bras autour d'elle.

— La boxe, c'est marrant, mais sais-tu lutter ? me demandai-je à voix haute.

Elle répondit par un balayage des jambes qui faillit m'envoyer sur le cul et enchaîna par un coup de pied au tibia.

Je grognai, excité et furieux à la fois.

La plupart auraient pris ça comme un avertissement.

Pas Luna.

Elle se jeta de nouveau sur moi, même pas essoufflée, et je réalisai que cette petite chose pourrait vraiment me faire suer.

Cette fois-ci, quand elle tenta de me frapper au visage, j'attrapai son poignet et le tordis, la plaquant au sol. Elle glapit en réponse, se tenant le bras tandis que je me tenais debout au-dessus d'elle.

— Je suis impressionné, admis-je. Mais c'est moi l'alpha de ce clan, pas toi.

Je fis un pas en arrière et je fus surpris quand elle bondit sur moi comme un chat sauvage, me plaquant au sol. Ses mains cherchèrent ma gorge, ses ongles se transformant en griffes. L'odeur du sang imprégna l'air quand elle fit courir ces griffes acérées sur ma peau, avec la ferme intention de me mutiler.

Merde.

Mon instinct de protection prit le dessus et m'obligea à me défendre. J'empoignai ses avant-bras, utilisant un point de pression pour desserrer sa prise, et je luttai au sol pour tenter de la maîtriser. Mais elle déjoua plusieurs de mes mouvements avec dextérité, confirmant qu'elle n'était pas seulement intelligente, mais aussi rapide. Et forte.

Il me fallut de bien trop longues minutes pour la bloquer enfin sur le dos dans une position dont elle ne pouvait pas s'échapper. Mes hanches et mes cuisses coinçaient les siennes, une de mes mains tenait ses poignets au-dessus de sa tête tandis que l'autre serrait sa gorge.

— *Cède*, exigeai-je d'un ton hargneux que j'employais rarement avec mes loups.

— Va te faire foutre, cracha-t-elle, même pas effrayée par sa position d'infériorité.

— Mauvaise réponse.

Je pressai ma queue très excitée contre ses replis moites. Pas à l'intérieur. Juste contre. Assez pour lui montrer ma domination et l'avertir de mes intentions si elle me poussait à bout.

Elle se mordit la lèvre inférieure et ses joues rougirent d'une glorieuse fureur. Mais quand j'essayai de soutenir son regard, elle détourna les yeux.

Le tout premier signe de soumission.

Et un signe très révélateur.

Bien que son corps puisse être humide et consentant sous le mien, son esprit était loin d'être prêt. Si je la prenais maintenant, je ne ferais que lui confirmer que j'étais un monstre. Comme nous avions plusieurs siècles devant nous, je préférais ne pas commencer du mauvais pied… ou plutôt de la mauvaise patte.

Je soupirai en secouant la tête.

— J'espère vraiment que tu as apprécié le chiot que tu as invité entre tes jambes, petite partenaire, car c'est la dernière fois qu'un autre que moi te fera plaisir.

Je la relâchai et m'écartai d'elle d'un bond avant qu'elle ne puisse me balancer un autre coup.

Elle se releva prestement et reprit la position de combat.

— Je n'ai pas cédé.

Je souris, amusé par sa détermination.

— Non. Pas par tes paroles, en tout cas. Mais ton corps, lui, a cédé.

Je jetai un coup d'œil ostensible à mon membre mouillé, puis à elle, et ajoutai :

— Je devrais te le faire sucer. Juste pour prouver que j'ai raison.

Quoique je soupçonnais fort qu'elle me mordrait plutôt. Sa mâchoire serrée me confirma l'exactitude de mon évaluation. Ça aurait dû m'énerver. Au contraire, cela me plaisait grandement.

J'avais clairement fait le bon choix avec celle-ci.

Les louves que j'avais connues étaient tellement soumises. Je voulais une femelle qui se batte. Qui n'avait pas peur de me défier.

Comme Luna le faisait maintenant du regard.

Je saisis son menton et entourai son dos de mon autre

bras quand elle tenta de me frapper à nouveau. J'y étais allé doucement avec elle et je la laissai le sentir dans la façon dont je la tenais maintenant. Elle ne pouvait pas se tortiller et à peine respirer vu la force avec laquelle je la tenais, tandis que je détaillais son beau visage.

— Personne ne te touchera ici, dis-je doucement. Pas alors qu'ils savent tous que tu es à moi.

Cela servait d'avertissement tout en confirmant sa sécurité dans la meute. Elle n'avait pas à craindre qui que ce soit. Mais elle ne pouvait pas non plus coucher avec quelqu'un d'autre que moi.

— Lâche-moi, exigea-t-elle, une note de peur teintant finalement sa voix douce.

J'ignorai sa demande tout en la fixant dans les yeux.

— Ne t'inquiète pas, petite partenaire. Je ne te forcerai jamais et il y a beaucoup de chattes consentantes sur ces terres.

Je lui laissai le temps de comprendre, l'obligeant à voir la vérité de ma déclaration. Puis je la relâchai d'une poussée, la faisant reculer de plusieurs pas pour qu'elle ne puisse pas riposter physiquement.

— Je te suggère fortement de considérer notre situation , Luna. Tu es ici parce que je veux un héritier. Et j'en aurai un. Ce que tu dois décider, c'est si tu veux finir seule après avoir rempli ta mission ou être à mes côtés. Parce que je le pense vraiment. Aucun de mes loups ne te touchera. Jamais.

Car je n'avais aucun doute qu'elle me succomberait un jour. Elles le faisaient toujours.

— Alors que toi tu peux baiser qui tu veux, rétorqua-t-elle en émettant un rire amer. Oui, je suis très consciente des règles de la société, *Alpha*.

Si irrespectueuse.

Tellement sexy.

Ma queue palpitait, impatiente de la remettre sur le dos. Mais je me réfrénai, dardant plutôt sur elle un de mes fameux regards d'alpha.

— Satisfais-moi et peut-être que je ne désirerai personne d'autre.

Des mots cruels, mais vrais. La société lycane encourageait les mâles à prendre un harem, même quand ils étaient accouplés. Mais les femelles, non. Une fois accouplées, elles devaient rester fidèles.

Celles qui ne l'étaient pas mouraient. D'une façon moche.

Luna devait le savoir.

Elle rit, mais ça manquait d'humour. Et elle secoua lentement la tête.

— Va baiser qui tu veux, *Alpha*.

Je plissai les yeux, mécontent de son rejet facile. La plupart de ceux qui se trouvaient dans ma position l'auraient déjà montée et forcée à se soumettre. Je proposais de jouer d'abord.

Pourtant, elle me rejetait.

Même avec son corps prêt et consentant.

— Bien, répondis-je. C'est ma maison. Choisis le lit que tu veux. Mais pas le mien. Je pourrais avoir de la compagnie plus tard.

Je n'attendis pas de réponse, mon loup intérieur me poussant à baiser ou à fuir. Et je choisis la seconde solution.

Son excitation fut encore plus forte quand je me transformai, ma truffe détectant la trace de chaleur liquide qui c oulait le long de ses cuisses. Il me fallut un effort considérable pour reculer et ne pas bondir sur celle que mon loup reconnaissait comme sa promise.

Elle ne voulait pas de moi. Pas encore.

Je me précipitai vers la lisière des arbres, un grondement vibrant dans ma gorge.

Les femelles les plus hardies de la meute me traqueraient, exigeant que je les laisse satisfaire le désir qui brûlait en moi.

Peut-être que j'allais les laisser faire.

Je n'étais pas encore accouplé. Je n'avais pas non plus de partenaire qui me désirait. Alors pourquoi ne pas me livrer à une autre ?

Le grognement de Luna me fit m'arrêter juste à la limite des arbres. Elle tomba à genoux, la tête basse.

— Merde, grognait-elle. Merde. Merde. Merde !

Mes lèvres se retroussèrent au spectacle de sa rage. Il semblait que ma promise se faisait du souci. Elle s'en faisait *beaucoup*. Mais il y avait aussi une note de ruse dans son parfum, un plan qui prenait racine dans son esprit. Un esprit que je voulais vraiment apprendre à connaître.

À quoi penses-tu, petite partenaire ? me demandai-je.

Une vision d'elle essayant de s'échapper de notre domaine apparut à mes yeux l'espace d'une seconde. Était-ce un message télégraphié par notre lien subtil ? Ou tout autre chose ?

Quoi qu'il en soit, cela m'intriguait.

J'espérais bien qu'elle essaierait de s'enfuir.

Parce que j'appréciais toujours une bonne chasse.

SILAS

Ce boulot est merdique, songeai-je en donnant un coup de patte dans un caillou.

Tous les jours, ils m'envoyaient ici pour « garder » le périmètre, comme ils disaient. Très bien. Parce que le territoire le plus proche était à des centaines de kilomètres dans chaque direction, ce qui signifiait qu'il y avait d'autres patrouilles dehors qui faisaient la même chose et arrêtaient tout ce qui pouvait s'approcher.

Ils vont sans doute m'envoyer là-bas ensuite. La seule raison pour laquelle j'étais autorisé à rester si près du cœur de la meute était mon besoin supposé d'entraînement. Mais personne n'avait pris la peine de m'expliquer quoi que ce soit.

Non.

Ils m'avaient juste dit de patrouiller. Comme si je pouvais apprendre quelque chose en flairant l'herbe et la terre dans ma forme de loup. Je renâclai. *Très bien.*

Le seul parfum que je continuais à capter par ici était un doux arôme de fleur d'oranger qui provenait de la promise d'Edon. Elle semblait apprécier de parcourir le périmètre. Seule.

Tout le monde restait à l'écart d'elle, moi y compris.

Mais je ne pouvais m'empêcher de me demander ce qu'elle faisait ici.

Je suivis son odeur le long du ruisseau, restant à distance. Comme nous étions aux frontières du domaine, c'était toujours considéré comme faisant partie de mon travail. Ça me donnait juste un truc un peu plus excitant à faire.

Quelque chose en elle m'intriguait. Elle avait une odeur différente de celle de la meute, mais mon intérêt allait plus loin que ça. Sa présence dégageait un soupçon de fierté que les autres femmes du coin semblaient ne pas avoir. Peut-être parce que Luna était une alpha, une désignation rare chez les lycanes.

Hmm, non, c'était la façon dont elle se déplaçait si gracieusement dans le bayou, ses longues jambes dansant sur le sol avec une facilité déconcertante, comme si elle flottait.

J'avais failli l'approcher deux fois cette semaine, juste pour me faire connaître, mais je sentais que cela enfreindrait une myriade de règles.

D'abord, j'étais l'oméga de la meute. Un nouveau loup. Un faiblard.

Du moins aux yeux des autres.

Mais je ne me sentais certainement pas si *faible* que ça. J'étais plutôt agité. Comme si j'avais besoin de faire quelque chose de plus important que d'errer…

La mort.

Ma truffe se plissa.

Une autre rafale ébouriffa ma fourrure avec cette odeur nauséabonde, mettant mes instincts en alerte.

D'où vient-elle ?

Je suivis un relent âcre à travers le ruisseau et de l'autre côté. Ces terres appartenaient toujours au clan Clemente, mais se trouvaient juste à l'extérieur du domaine abritant la hiérarchie de la meute.

Quelque chose n'allait pas du tout.

Mes babines se retroussèrent en un grognement sourd, la puanteur de la violence me tordant les tripes . Quelque chose ou quelqu'un était mort ici de la pire des façons.

Torture.

Entrailles.

Sang.

Je levai le museau, cherchant la source.

Là. Je bondis entre les arbres moussus, mes pattes courant en silence sur les pierres couvertes d'herbe.

Un cadavre gisait dans l'herbe, démoli.

La tête reposait à quelques mètres, laissant au corps un vilain moignon de cou.

Un vampire.

L'odeur de la meute se mêlait à la puanteur de la pourriture, désignant le meurtrier comme étant quelqu'un du clan Clemente. Mais qui ferait une chose pareille ? Cela brisait l'une des lois les plus sacrées de l'Alliance de Sang : pas d'extermination d'une vie immortelle sans ordre supérieur.

Et la mort de ce vampire n'avait clairement pas été sanctionnée.

À moins que Walter ne l'ait approuvée.

Ou celui à qui appartenait ce vampire.

Mais là encore, toute une cérémonie aurait eu lieu.

Non. C'était très clairement un meurtre non autorisé.

Je levai la tête dans un hurlement destiné à alerter mes collègues sentinelles, ignorant comment procéder puisque personne ne m'avait vraiment fourni de détails sur le protocole à suivre.

Qu'est-ce que c'est ? demanda une voix grave dans ma tête, me faisant trébucher sur mes quatre pattes.

C'est quoi ce bordel ? pensai-je en jetant des coups d'œil en tous sens. Personne au sein du clan Clemente n'avait de capacités télépathiques, à ma connaissance. Ou peut-être qu'ils en avaient. Mais comment le saurais-je ? Personne ne me disait rien, putain.

Silas, grogna la voix. *Au rapport.*

Qui est-ce ? demandai-je en tournant à nouveau sur moi-même, totalement confus et légèrement paranoïaque à l'idée que je puisse entendre des voix.

Edon, ton alpha, répondit la voix, une pointe d'irritation soulignant son ton arrogant maintenant reconnaissable. *Au rapport.*

Comment es-tu dans ma tête ? Attends, on peut tous faire ça ?

Oh, merde. Ce serait mauvais. Très, très mauvais. Je ne voulais personne dans ma tête. Beaucoup de pensées intimes et très rebelles s'y formaient, des pensées qui, si elles étaient exprimées à voix haute, pouvaient me condamner à mort.

Comme mon intérêt pour le parfum exquis de Luna.

Et ma haine générale pour cette nouvelle vie.

Un long soupir d'impatience qui ne m'appartenait pas – dans ma propre tête ! – me fit hérisser les poils du dos.

Calme-toi, Silas. Je t'ai créé. C'est le lien entre un maître et sa progéniture. Il existe dans la psyché de la meute mais nous sommes les seuls à y accéder. Maintenant tu peux me dire ce qu'il se passe là-bas ?

C'était le plus long pan d'informations que l'héritier alpha m' avait donné depuis qu'il m'avait transformé quelques semaines auparavant. Et pourtant ce lien existait depuis tout ce temps ?

Putain.

C'est quoi une psyché de meute ?

Silas, grogna-t-il. *Concentre-toi avant que je ne vienne moi-même.*

La menace dans son ton me fit ravaler un gémissement. Je ne voulais pas le voir ici. Vraiment pas du tout. Surtout après l'enfer qu'il m'avait infligé pendant la transformation.

Edon n'était pas un gentil lycan. Ça, j'en étais certain. Même s'il semblait permettre à sa partenaire de se balader librement dans le domaine.

Silas ! Tu mets ma patience à rude épreuve, ce que je t'incite fortement à ne pas faire.

Je m'assis à quelques mètres du cadavre, grimaçant même dans ma forme de loup.

Il y a un vampire mort à la périphérie du domaine et il pue la meute.

Silence.

Edon ? Je n'étais pas sûr qu'il m'ait entendu.

Je suis en route. Ne laisse personne toucher à la scène, ou j'aurai ta peau.

Je grognai en réponse à la menace, le détestant encore plus. Mais comme des bruits de pattes en approche me titillaient les oreilles, je pris garde à ce qu'il demandait. Je repris ma forme humaine, ce qui m'avait fait mal les premières fois, mais c'était devenu une seconde nature, et je me tins debout, bras croisés.

Trois loups au pelage blanc soyeux apparurent, tous des mâles et des pur -sang dans la meute, qui étaient nés lycans. Tant qu'un des parents avait un gène de loup, l'enfant naissait lycan. D'où la nécessité des camps d'élevage.

Là où Willow est détenue, pensai-je en tressaillant. Elle avait été dans ma classe, c'était une de mes meilleures amies. Lors du Jour du Sang, le Magistrat l'avait envoyée dans les camps d'élevage pour créer soit plus d'humains, soit plus de lycans.

J'espérais vraiment que c'étaient les premiers.

Au moins Rae va bien, me consolai-je en songeant à mon autre meilleure amie. J'avais été surpris de la voir aux cérémonies alpha. Quand j'avais appris que Kylan, l'infâme royal tueur de harem, l'avait prise comme partenaire, je m'étais inquiété de son bien-être. Mais elle avait eu l'air en forme. Heureuse, même.

Eh bien, ça en fera au moins une d'heureuse parmi nous, pensai-je alors que les loups qui approchaient se transformaient en humains.

— Qu'est-ce que tu as fait ? demanda le plus costaud d'entre eux.

Quel était son nom ? Edwin ? Ethan ? Goliath ? Je n'en savais fichtrement rien.

Aucun d'eux ne voulait être ami avec l'humain changé en lycan, alors je leur rendais la pareille.

— Je t'ai posé une question, bâtard, grogna Goliath, qui ressemblait à un Goliath, de toute façon.

— J'ai trouvé un vampire mort, énonçai-je l'évidence.

Trois paires d'yeux pareillement ennuyés me fixèrent.

— Edon a dit de ne pas le toucher jusqu'à ce qu'il arrive, ajoutai-je.

Cela parut éveiller leur intérêt.

— Edon, hein ? questionna le rouquin en se grattant la barbe le long de sa mâchoire. Est-ce qu'on reçoit des ordres d'Edon, déjà, Barry ?

— Non, Glenn, pas du tout, répondit Barry, le troisième, son corps longiligne étant le moins menaçant du trio.

— Je ne pense pas non plus.

Glenn sourit, l'air mal intentionné.

Ça va mal finir, soupirai-je.

— Il n'est peut-être pas encore votre alpha, mais c'est l'héritier. Il vaut mieux faire ce qu'il dit.

Le regard de Glenn s'éclaira d'une méchante détermination.

— Non, je n'ai pas entendu d'ordres, bâtard. Je pense qu'on va faire tout ce qu'on veut, bordel de merde. Pas vrai, les gars ?

— Ouaip, opinèrent ses sous-fifres de concert.

Une partie de moi voulait les accueillir à bras ouverts à leurs funérailles en leur laissant faire les conneries qu'ils voulaient. Mais l'être enclin à l'obéissance au fond de moi, obéissance qui m'avait été inculquée par des années de soumission à l'université, me poussait à croiser les bras et à tenir bon devant le cadavre.

— Non.

Je ne développai pas.

Je ne proférai pas de menace.

J'imposai simplement le fait qu'ils ne s'en donneraient pas à cœur joie avec ce cadavre de vampire avant qu'Edon ne donne son accord.

Barry gloussa en secouant la tête.

— Si je puis me permettre…

Je vis son poing se former, remarquai la façon dont son corps s'inclinait pour frapper avant même qu'il ne fasse un pas. J'esquivai alors prestement son coup de poing tout en enfonçant le mien dans ses abdominaux.

— Oumph, souffla-t-il, se tassant sur lui-même à cause de ce coup qui, je le savais, le laisserait essoufflé pendant trente secondes au moins.

Malheureusement, ma réaction instinctive poussa ses compères à me charger en même temps.

J'attrapai le poing de Glenn, lui tordis le bras, l'envoyai à genoux. Ce qui laissa mon flanc droit découvert pour l'attaque brutale de Goliath.

Un coup dans les côtes, suivi aussitôt d'un autre dans le dos, me firent tomber en arrière. Mais j'avais enduré bien pire. J'avais survécu à ce foutu Tournoi des Immortels. Je connaissais les règles du jeu et je me servis de sa victoire temporaire à mon avantage.

Parce qu'il ne tenta pas de me frapper à nouveau. Il se contentait de rester là, souriant comme un con, à supposer que je ne me relèverais pas.

L'incrédulité dans son regard fut magnifique lorsque je lançai mes jambes en l'air à peine une seconde plus tard, atterris sur mes pieds et balançai mon poing dans son nez.

Cric.

Mon autre main s'écrasa sur son sternum.

Crac.

Mon genou se planta dans son flanc.

Paf.

Son hurlement lorsqu'il s'écroula me ravit les tympans.

Un mouvement dans ma vision périphérique me fit balancer un coup de pied latéral dans l'abdomen de Glenn, puis mon poing s'écrasa sur son crâne en un coup fracassant. Il gémit en tombant sur son comparse, tandis que Barry levait les mains en signe de défaite.

Je plissai les yeux vers lui.

— On a fini ?

— Oui, grogna une voix grave depuis les bois.

Edon.

Il s'avança sur deux jambes, torse nu, son jean lui tombait bas sur les hanches. Un indice que ce bâtard avait trotté jusqu'ici sur deux jambes au lieu de se faciliter la vie en courant sur quatre pattes.

En d'autres termes, l'abruti avait pris son temps exprès.

— Qu'est-ce qui s'est passé ? demanda-t-il en découvrant ses deux loups blessés et l'attitude contrite de Barry.

— On déconnait seulement, patron, proféra cet idiot.

Oui, vous déconniez, mon cul, pensai-je.

Edon leva un sourcil vers moi.

Tu as intérêt à le dire à voix haute.

Je croisai les bras à la place, le fixant du regard.

Un ange passa.

La délation n'était pas mon truc. De plus, ce qui s'était passé était assez évident. Ils avaient attaqué ; je m'étais défendu. *Personne n'a touché le corps,* ajoutai-je mentalement. *Votre Altesse.*

Edon grogna.

— Barry, ramène ces crétins de jumeaux au centre. Je m'occuperai de vous plus tard. Silas, tu restes.

Ouaf ouaf, pensai-je. Oh, c'était complètement stupide de défier un alpha. Je le savais. Mais je n'avais rien d'autre à perdre que ma vie et elle ne pouvait m'être ôtée que pour une raison valable. Edon me jetterait plutôt en pâture aux voyous du monde, un endroit où je pourrais bien être plus heureux.

Peut-être qu'alors je pourrais trouver un vieux lit pour dormir au lieu de me blottir sous un arbre au hasard.

Quoique, sans doute pas.

Mais un loup peut rêver.

Crétin, Connard et Ducon prirent congé, s'éloignant en clopinant sous l'œil attentif de leur futur alpha. Quand il se retourna vers moi, je gardai le silence. S'il croyait que j'avais l'intention de m'excuser d'avoir remis ces enfoirés à leur place, il se fourrait le doigt dans l'œil.

— Ils ont menacé de toucher le cadavre, c'est ça ? demanda-t-il une fois qu'ils furent trop loin pour entendre.

Je ne confirmai pas ni n'infirmai, je continuais juste à le fixer.

— Défier un alpha est un jeu dangereux, me prévint-il.

— Va dire ça à ces trois idiots, suggérai-je.

— Ces trois idiots, comme tu les appelles, sont des pur - sang bien plus haut placés dans la meute que toi.

Comme si je l'ignorais. C'est pourquoi ils vivaient sur le domaine principal. Pourquoi ils avaient un toit au-dessus de leurs têtes alors que je n'en avais pas. Pourquoi ils pouvaient parler à quelqu'un du statut d'Edon alors que je devais m'incliner et ramper.

Eh bien, je dis merde à ça.

Edon prit ma mesure, ses iris incandescents parcourant chaque centimètre de ma peau nue. La nudité ne m'avait jamais dérangé. J'avais passé beaucoup, beaucoup d'années à être estimé par des immortels, évalué pour mon apparence, mon agilité, mon intelligence. Je savais où je me situais sur tous les plans. Ma transformation en lycan n'avait fait que renforcer tous ces attributs, alors que des loups comme ce trio d'idiots n'avaient jamais eu à se battre pour quoi que ce soit dans leur vie. Ils étaient nés avec leur situation. Tout comme Edon.

J'avais *bâti* la mienne.

Je m'étais battu pour elle.

Et je continuerais à me battre jusqu'à mon dernier souffle.

Edon sourit.

— Tu t'es bien défendu, bouffon. Tu as gagné un peu de respect. Essaie de le garder, d'accord ?

Il se focalisa sur le cadavre du vampire et son amusement s'évanouit lorsqu'il vit le torse sévèrement défoncé, les marques de morsures et les ligaments tordus.

Il se mit à rôder à grandes enjambées pendant que ses mots résonnaient dans mon esprit.

Il a vu le combat.

Sinon, pourquoi aurait-il dit que je me défendais bien ? À moins qu'il ne l'ait déterminé à partir du tas de mâles brisés sur lequel il était tombé.

Mais non.

Je soupçonnais qu'il avait regardé se dérouler toute cette foutue scène comme une sorte de test foireux.

— Tu m'as dit de garder le corps exprès, dis-je tout haut.

— Bien sûr, confirma-t-il, accroupi près du crâne rasé de l'ancien suceur de sang. Tu es ma seule progéniture. Je devais voir si je pouvais te faire confiance.

Il me regarda d'un air entendu, un soupçon de respect dans ses yeux, et ajouta :

— Ta loyauté pourrait un jour être récompensée. C'est une chose à garder à l'esprit.

Je ravalai le bruit douteux qui menaçait de sortir de ma gorge.

— Qu'est-ce que tu sens ? s'enquit-il, se focalisant de nouveau sur la scène.

— Le vampire mort et la meute.

Edon secoua la tête.

— Je veux dire, est-ce que tu sens autre chose ? Quelque chose qui pourrait nous aider à déterminer qui a participé à ce meurtre non autorisé ?

Je humai l'air de nouveau en fronçant les sourcils.

— Tout ce que je sens, c'est l'odeur collective de la meute, mais je n'ai pas encore mémorisé les odeurs caractéristiques de chacun.

— Je sens l'odeur collective de la meute , moi aussi, convint-il, fronçant les sourcils à son tour. Ça veut dire qu'ils ont délibérément couvert leurs traces.

Il attrapa le menton du vampire, l'inclina d'un côté et de l'autre, avant de constater :

— C'est un des hommes de Silvano. Un fonctionnaire de haut rang, mais pas un souverain ni un régent. Juste un aspirant diplomate de haut niveau.

Edon se releva et jeta un coup d'œil autour de lui, les narines dilatées.

— Je veux que tu enterres le corps, reprit-il. Peut-être près d'un des ruisseaux alentour.

Mon front se plissa. *Quoi ?*

— On ne devrait pas le dire à quelqu'un ?

Ça me paraissait être une chose que la grande Déesse voudrait savoir. Le vampire royal, Silvano, apprécierait sans doute aussi d'être prévenu.

Il me fit face.

— Et si on le disait, que se passerait-il ?

Son ton n'avait rien à voir avec son arrogance habituelle et laissait plutôt transparaître une note de curiosité.

Un autre test, réalisai-je.

Je considérai prudemment la question, me remémorant toutes mes années d'études politiques.

Et je fronçai les sourcils.

— Ils exigeraient œil pour œil, dent pour dent.

Edon ne confirma ni ne démentit, ses yeux noirs soutenant les miens, attendant que je continue.

— Ce que tu serais obligé d'accepter, ajoutai-je, réfléchissant à voix haute, et le membre oméga de la meute serait sacrifié − moi.

— Je te suggère donc d'enterrer le corps, *Oméga*, répliqua Edon.

Je me renfrognai. C'était bien le connard pompeux que j'aimais détester.

Mais il avait raison.

Car que pouvais-je faire d'autre ?

Mes lèvres étaient sur le point de s'ouvrir pour céder, quand un parfum de fleurs d'oranger me titilla le nez. *Luna.*

Ses yeux brun clair brillaient parmi les arbres à quelques mètres de là, son pelage blanc se distinguant nettement de la mousse et du lierre qui décoraient le paysage.

Si Edon remarqua sa présence, il ne le montra pas. Elle étudia la scène ouvertement, ne craignant pas du tout que je la prenne sur le fait.

Avait-elle réalisé que je la suivais aussi ?

Que j'adorais la façon dont ses pattes…

— Silas ? m'interpela Edon.

Bon. Demande d'Alpha. Pas la meilleure idée de convoiter sa femelle, non plus.

Je m'éclaircis la gorge.

— Je vais… me mettre au travail.

Je jetai un nouveau coup d'œil à l'orée de la forêt, mais Luna était déjà partie. *Qu'est-ce que tu fais ?* me demandai-je, et ce n'était pas la première fois aujourd'hui.

Avec un sourire en coin, Edon porta la main à son jean qu'il déboutonna.

— J'ai une petite louve à attraper, alors je vais aller courir, murmura-t-il en faisant glisser le pantalon le long de ses jambes toniques. Garde-moi ça, ajouta-t-il en me le tendant. Je reviendrai le chercher.

Je voulus grogner une réponse désagréable, mais la magie de sa transformation retint ma langue captive dans ma bouche soudain sèche.

C'était magnifique. Gracieux. La transformation la plus parfaite que j'aie jamais vue et j'en avais observé plusieurs au cours des dernières semaines sur ces terres. Il était juste si fluide, si accompli, si foutrement calme.

Ressemblerais-je à ça un jour ? J'en doutais. Mes os craquaient encore. Les siens semblaient juste glisser à leur place naturelle, comme s'il devait toujours exister sous cette forme de loup géant.

Edon secoua sa fourrure, s'étira.

Non, il se pomponnait.

Il savait que je l'admirais.

Et il aimait ça.

Je le vis à la lueur d'arrogance dans son regard.

Il me donna un coup de museau, me poussant pas très doucement vers le cadavre à mes côtés. Son coup sur mon bras semblait être un avertissement.

Dépêche-toi, dit-il dans ma tête. *Je serai de retour dans une heure.*

Là-dessus, il partit à travers bois, poursuivant l'odeur de fleur d'oranger de Luna.

LUNA

MERDE, merde, merde. Trop près.

Je courais à travers les terres, m'efforçant de mettre le plus de distance possible entre Edon et moi. Sa progéniture qui me remarquait, ça allait. L'alpha, pas trop. Je l'avais évité la majeure partie de la semaine et je préférais que ça reste ainsi.

Argh.

Mon maudit nez me mettait toujours dans le pétrin. L'odeur m'avait attirée vers le périmètre où j'avais observé, choquée, le nouveau lycan s'attaquer à trois mâles de sang pur sous le regard d'Edon. J'étais persuadée que l'alpha allait intervenir et battre le jeune loup pour le soumettre.

Il ne l'avait pas fait.

À la place, il s'était adossé à un arbre et avait regardé avec amusement.

Les autres étaient trop pris par leur propre testostérone pour le voir. Mais j'avais vu l'inclinaison sexy de ses lèvres quand il les avait retroussées, appréciant le spectacle.

Puis elle avait disparu aussi vite qu'elle était apparue quand il s'était avancé. Les trois sang-purs avaient battu en retraite. Pas le jeune. Et cela n'avait fait que m'attirer davantage vers l'action, ma curiosité me forçant à m'approcher pour écouter ce qu'ils disaient.

L'attitude arrogante du nouveau m'avait choquée, mais pas autant que la réaction d'Edon. Il l'avait *permise*.

Mon père n'aurait jamais toléré ce genre d'insolence. Il aurait flagellé le loup désobéissant.

Un coup sur mon talon me fit pivoter à mi-course, un grognement sur mes lèvres qui s'éteignit à la vue d'Edon me surplombant.

Oh, chère forêt, il est rapide.

Et furtif, aussi, parce que je ne l'avais même pas senti gagner du terrain sur moi, et encore moins être assez près pour me mordre.

Je déglutis, incertaine. Était-il en colère contre moi pour avoir espionné ? Je ne faisais pas encore officiellement partie de la meute, je ne devais pas être au courant des affaires politiques. Mais son attitude semblait calme, pas agressive. Au contraire, il avait même l'air consentant.

Nous n'avions pas parlé depuis cette première nuit et je m'étais plutôt occupée de mes propres affaires par la suite. Il se mit à me tourner autour, scrutant chaque parcelle de ma forme de loup. C'était difficile de ne pas me tasser devant sa taille nettement plus grande que la mienne.

Si on mettait en doute son statut d'alpha, on n'avait qu'à demander à ce gars de se transformer, parce que *waouh*.

Même moi, je pouvais admirer la largeur de ses épaules, ses cuisses fermes, son soyeux pelage blanc. La perfection faite loup. Le sourd grondement émanant de sa poitrine indiquait qu'il ressentait la même chose pour moi.

Une autre morsure à ma patte arrière me fit pivoter de nouveau, un grognement coincé dans ma gorge. Il bondit à ma suite et ses dents se plantèrent dans ma croupe, pas méchamment, mais par jeu.

Je ne comprenais pas ce qu'il faisait.

Nous continuâmes à danser en rond, moi tournoyant

sur mes pattes arrière, ses dents touchant mon pelage, jusqu'à ce que finalement je me jette sur lui. Je n'aimais pas ce jeu étourdissant.

Son grondement masculin me glaça le sang jusqu'à ce qu'il tente de me coincer, ma nuque dans sa mâchoire.

Oh. Diable. Non.

Je bondis pour m'écarter mais me retrouvai sous lui, et bien plus petite que lui, luttant pour trouver une prise par terre. J'avais presque envie de me transformer pour lui demander de s'expliquer, mais son museau contre mon cou me forçait à me défendre.

Nous tournâmes en rond, nous bagarrant sous forme de loup sous les saules.

Il ne grogna jamais.

Moi si, à coup sûr.

Surtout quand je le bloquai, ma mâchoire refermée sur la peau de son cou. Mais il me repoussa d'une secousse et se remit à bondir.

C'était ridicule.

Et… amusant, je devais bien l'admettre.

Il joue, réalisai-je avec un choc qui me fit atterrir sur ma croupe, de nouveau sous lui.

Sa gueule se referma sur mon flanc, me faisant détaler une fois de plus, cette fois à toute allure dans les broussailles. Il me poursuivit à foulées plus longues, plus sûres, mais je refusai d'abandonner.

Je courus de toutes mes forces.

Vite.

Fort.

Sprintant sur la terre à une vitesse vertigineuse.

C'était incroyable. Libre. Excitant.

Et chaque fois que ses dents effleuraient ma peau, je me forçais à accélérer le rythme encore plus.

Les pattes d'Edon étaient silencieuses, sa présence derrière moi était si invisible que je crus l'avoir perdu.

Jusqu'à ce qu'il atterrisse sur moi une fois de plus.

Nous culbutâmes et roulâmes sous l'impact, dévalant une colline jusqu'au bord d'une rivière voisine. Edon me serra la peau du cou pour m'empêcher de tomber dans l'eau, puis me tira doucement en arrière.

Je clignai des yeux plusieurs fois, étourdie.

Puis quelque chose de doux et d'apaisant lécha ma truffe. La langue d'Edon.

Je voulus reculer, mais un grondement de sa part me retint, pendant qu'il me léchait à nouveau. Ça piquait un peu, j'avais dû m'érafler le museau sur quelque chose, sans doute pendant notre chute virevoltante jusqu'en bas de la colline, et Edon était en train de *nettoyer* la blessure.

Je tressaillis à la sensation de sa langue qui glissait sur ma fourrure. Ce n'était pas désagréable, juste intime. Et je ne voulais pas être intime avec lui.

Sauf que la louve en moi avait des sentiments très différents à ce sujet. Elle était pratiquement en train de se trémousser sous son contact, me poussant à me pencher vers lui pour le supplier de continuer.

Être en désaccord avec mon âme animale allait à l'encontre de mes instincts, provoquant un malaise intérieur que je voulais soulager.

Mais je refusais de céder à Edon ou à tout autre alpha.

Je voulais être responsable de ma vie. Être libre de faire mes propres choix. Ne pas avoir à me soumettre à un alpha pour me guider.

Edon grogna de plaisir et de bonheur, et ma foutue louve ronronna presque en réponse.

Je devais reprendre ma forme humaine, où *mon* cerveau dirigeait. Mais je ne pouvais pas. *Elle* refusait de bouger.

Gah. Maudites hormones alpha !

Je jure qu'il gloussa, comme s'il savait tout de ma lutte interne. Et c'était peut-être le cas. La marque sur ma cuisse indiquait que j'étais à lui, peu importait ce que ressentait mon cœur ou mon esprit. Ce qui signifiait que notre lien d'accouplement avait commencé. Ce ne serait qu'une question de temps avant qu'il ne possède chaque partie de moi.

Alors que je ne posséderais rien de lui.

Comme l'avait prouvé son comportement la semaine dernière. J'ignorais où il dormait, mais ce n'était pas dans son lit. Non pas que je m'en souciais. Au contraire, ç'avait été un soulagement.

Mais il avait certainement brossé un tableau de ce que la vie deviendrait ici.

Moi, seule, élevant un chiot pendant qu'il baisait, jouait et gouvernait.

Edon gratta mon nez, ses yeux d'obsidienne brillaient de curiosité. Peut-être qu'il n'était pas aussi ancré dans ma tête que je le craignais. Il se roula contre moi, sa chaleur étant une couverture de sécurité qui me mit sur les nerfs.

Je n'avais pas besoin de sa protection.

De son adoration.

De son attention.

Je ne *voulais* rien de tout cela.

Sauf que ma louve semblait tout à fait contente d'accepter tout ça. Elle baignait dans son énergie, se délectait de sa puissance, sa force, son agilité.

L'eau coulait devant nous, ondulait sur les rochers, filait vers l'océan dans le sud. J'avais étudié la géographie de long en large avant d'arriver, j'avais passé la semaine dernière à arpenter les terres pour reconnaître les périmètres.

J'avais catalogué initialement le nouveau venu comme

étant le maillon faible. Après avoir vu sa performance aujourd'hui, je n'en étais plus si sûre.

Mais je pouvais le battre .

Ce n'était pas un alpha, juste un mâle. Ma formation, ma force et mes années en tant que louve étaient bien supérieures aux siennes. Ce ne serait pas difficile. Je devais juste trouver le bon moment pour le prendre au dépourvu, le soumettre et m'enfuir.

Vu la liberté que cette meute me laissait, il leur faudrait sans doute au moins une journée pour réaliser que je m'étais enfuie. Et Edon encore plus longtemps, s'il continuait à découcher la nuit.

Il se leva et s'étira près de moi, attirant mon regard sur les lignes athlétiques de sa silhouette, la masculinité sexy de son pelage et la largeur de ses épaules.

C'était un grand loup. Dans tous les sens du terme.

L'image de lui nu dans sa forme humaine passa spontanément derrière mes paupières, me rappelant sa carrure musclée et la façon dont son abdomen se rétrécissait en un V impressionnant à la taille, pointant vers sa partie la plus masculine. Eh oui, je pouvais admettre à contrecœur qu'il était bien proportionné.

Il me poussa du nez, me faisant lever les yeux vers les siens. L'amusement et la faim brillaient dans ces orbes d'ébène, la promesse d'une passion à venir.

Et tu me supplieras de te baiser, aussi.

Ses mots semblaient bourdonner dans l'air, se gravant dans l'instant et promettant de devenir réalité.

Quelle arrogance.

Mais c'était un lycan alpha. Ils étaient *tous* arrogants.

Et si ça ne dépendait que de ma louve, il aurait probablement gagné.

Je baissai la tête, ma façon de lui montrer mon ennui et mon désintérêt. Cela me valut un grognement grave en réponse, venant de l'arrière de sa gorge. Un grognement intentionnel.

Même pas en rêve, pensai-je, ce que j'indiquai par la posture de mon corps, refusant de le regarder.

Le silence plana entre nous.

Ma fourrure dansait, tout excitée, attendant qu'il bondisse à nouveau, m'entraîne dans un autre jeu. Mais les secondes se changèrent en minutes. Jusqu'à ce que je me retourne enfin, pour voir qu'il était parti.

Il m'avait quittée sans un mot.

Un acte que je trouvais approprié, car j'avais l'intention de lui faire la même chose, incessamment sous peu.

EDON

Bon, au moins la louve de Luna m'aimait bien.

Mais la femme en qui elle était, manifestement pas.

Ça m'allait. Après cette belle démonstration de vitesse, je pouvais attendre. Car la conquérir vaudrait la peine de la chasser.

Quelqu'un, dans les cieux, avait créé la femelle idéale pour moi. Fougueuse, sexy, athlétique et féroce. Rien que la sentir me chauffait le sang. De plus, sa réaction choquée face à mon envie de jouer m'amusait beaucoup.

Le clan Ernest ne s'adonnait-il pas à ce genre d'activités ? Parce que nous, les Clemente, nous aimions nous entraîner. Enfin, avant, en tout cas.

La façon dont mon père dirigeait notre peuple était plus égoïste qu'attentionnée. D'après ce que mon grand-père m'avait dit, ça n'avait pas toujours été le cas. Et ça n'allait pas rester comme ça, sauf si je le voulais, ce qui restait à voir.

Je trottai sur nos terres, flairant tout ce qui pouvait s'avérer suspect. Les Épreuves d'Alpha étaient en cours et mon père semblait déterminé à me faire passer un sale quart d'heure. Si j'échouais , il continuerait à régner pendant une année supplémentaire avant de pouvoir relancer le processus.

Il fallait à certains alpha presque dix ans pour achever leur ascension.

J'avais prévu de le faire en une seule année.

Cette année.

Donc j'acceptais tous les bâtons dans les roues qu'il était prêt à me mettre, y compris le cadavre d'un vampire mort sur mes terres.

C'était un test pour voir comment je gérais la situation.

Pour autant que je sache, je n'avais qu'une seule option. La meute en premier. Toujours. J'emmerdais leurs politiques à la con. Je ne sacrifierais pas ma seule progéniture pour un cadavre. Surtout qu'il s'était avéré utile.

La plupart de ceux de mon espèce méprisaient les bâtards, les considérant comme des demi-sangs puisqu'ils n'étaient pas nés lycans. Mais je voyais ça sous un autre angle : Silas avait grandi en se battant pour sa vie. Ça a de l'effet sur un homme. Ça renforce sa détermination, le rend plus dur, plus rapide, plus intelligent. Rien ne lui avait été offert sur un plateau d'argent, contrairement aux idiots qui avaient contesté mon autorité tout à l'heure. C'étaient les royaux pompeux de la meute, situés nettement en dessous de la lignée de l'alpha, à attendre leur avenir où leur sera confié un glorieux rôle d'exécuteur.

Alors que Silas, lui n'avait aucun rôle.

Il était unique en son genre puisque tous les précédents mortels devenus lycans étaient morts dans notre clan. Principalement parce que mon père les avait engendrés. Le dernier sur notre territoire avait été transformé une vingtaine d'années plus tôt. J'étais un petit chiot à l'époque, assez âgé toutefois pour observer ce qui était arrivé à la femelle qui avait gagné le Tournoi des Immortels cette année-là.

Mon père l'avait transformée.

Puis l'avait donnée à ses copains comme cadeau.

La dernière fois que je l'avais vue, c'était lors de l'enterrement que mon grand-père avait organisé en son honneur. Il m'avait forcé à y assister, prétextant que je devais savoir comment respecter correctement les morts. Quand j'avais réclamé mon père, m'étonnant de son absence, il m'avait répondu que les temps avaient changé.

Ton père dirige à une autre époque et d'une manière différente de celles que j'ai connues, avait-il dit ce jour-là. *Le traitement de cette pauvre fille en est la preuve.*

Je pensais à elle quand je tombai sur Silas, assis nu sur un rondin, avec mon pantalon soigneusement plié à ses côtés. La puanteur de la mort avait diminué, mais je repérai la tombe à quelques mètres. Silas s'était probablement transformé pour creuser le trou dans sa forme de loup. Ce qui expliquait ses cheveux mouillés : il était allé se laver dans le ruisseau après.

Parce qu'il n'avait pas de chez lui.

Ni de douche.

Personne ne lui procurerait un abri ici, pourtant sa présence était requise sur les terres. Je soupçonnais mon père de vouloir l'utiliser dans les Épreuves d'Alpha.

Allons courir, émis-je à Silas, en croisant son regard méfiant. Je prendrai mon pantalon plus tard. *Transforme-toi.*

Je n'attendis pas qu'il obtempère, je sautai par-dessus le rondin sur lequel il était assis et pris un chemin qui s'éloignait du domaine vers les marais. Les loups ne vivaient pas ici, surtout parce que nous préférions être ensemble.

Mais il y avait des moments où certains d'entre nous avaient besoin d'une évasion, surtout moi. En fait, j'avais passé les dernières nuits ici, loin de la meute, pour me vider la tête. C'était pour ça que j'étais si près de Silas quand il avait poussé son cri d'alarme.

J'avais juste besoin de m'éloigner.

De mes partenaires de meute.

De mon père.

Des épreuves à venir.

De Luna.

Il y avait certaines exigences que je devais satisfaire, à la grande fureur de mon père. Quand il avait découvert que j'avais laissé Luna seule après le rituel d'accouplement, il m'avait frappé. Durement. Mais je n'étais pas comme lui. Je n'aurais pas forcé une femme non consentante à coucher. Et plutôt que de le frapper en retour, j'étais parti en lui disant de surveiller ses arrières. Parce qu'on savait tous deux que dans un combat, il perdrait, tant pis pour les traditions.

Mon grand-père m'avait rejoint à l'arrière de la maison et m'avait suggéré de prendre quelques jours de congé. Vu les inquiétudes croissantes de la meute et l'accueil glacial de Luna, j'avais accepté.

L'odeur de Silas devint plus forte alors qu'il me rattrapait, sa transition vers sa forme de loup ayant pris plus de temps qu'elle n'aurait dû. *As-tu mangé et dormi correctement ces derniers temps ?* m'enquis-je.

Il ne répondit pas tout de suite, mais son esprit le fit avec une série d'images tirées de ses souvenirs.

Ses premières nuits, il les a passées dans le froid et la solitude.

À dormir sous un arbre dans sa forme de loup.

À apprendre à chasser tout seul après plusieurs jours sans vrai repas.

À se baigner dans le ruisseau après avoir réalisé qu'il n'aurait pas accès aux douches normales.

Il avait volé un petit pain lors de la cérémonie d'accouplement, puis l'avait vomi , écœuré par la consistance trop riche de ce pain.

Je soupirai. *Je t'ai gravement négligé.* Principalement pour le protéger. Mon père voulait que je tue Silas, pas que je le transforme. J'y avais pensé après avoir observé la transition initiale de Silas, mais la lutte dans le regard qu'il avait dardé sur moi cette nuit-là m'avait fait faire un autre choix. En l'observant aujourd'hui, je constatai que ma décision était la bonne.

Mais si je lui avais prodigué des faveurs devant la meute, ils auraient certainement utilisé Silas contre moi dans les épreuves.

Donc nous devrions être très discrets.

Je vais bien, dit Silas après un moment, ne voulant pas exprimer la vraie pensée qui lui traversait la tête. Que j'ai traduite par *Merde non*, d'après l'image enflammée de son poing frappant ma mâchoire.

Si j'avais été sous forme humaine, j'aurais souri d'amusement. J'aimais bien ce nouveau venu. Il avait une paire de couilles impressionnante. Son style de combat n'était pas mal non plus.

Les épreuves sont un moment difficile pour un héritier alpha. Puisque c'est mon père qui les dirige, je soupçonne qu'elles seront proches de l'insupportable. J'accélérai notre rythme en une course légère que Silas maintint avec facilité. Au moins son athlétisme demeurait malgré sa mauvaise alimentation. Tout à fait un combattant. *Je pense que le vampire était le premier test.*

Silas me suivait en silence, l'esprit rempli d'images du cadavre et des alentours. Il avait pointé chaque détail, chaque odeur, tous les indices potentiels.

Ce mâle m'étonnait davantage à chaque seconde.

La plupart des loups de mon âge étaient comme Glenn et ses crétins de sbires. Silas était différent, son approche était rigoureuse, pas impulsive.

Mon grand-père l'aurait probablement apprécié.

Si c'est un test, alors tu as échoué, émit Silas, ce qui me surprit. *L'Alliance de Sang préfère l'ordre et tu as enfreint la règle cardinale de la Déesse en couvrant le meurtre.*

Mes oreilles remuèrent en signe d'irritation. *Tu penses que j'aurais dû le signaler ?*

Oui. Il me jeta un coup d'œil. *Je veux dire, je suis reconnaissant que tu ne l'aies pas fait. Mais je ne serais pas étonné que le vampire mort refasse surface dans les prochaines semaines et te force la main.*

Alors peut-être que nous devons mieux le cacher, pensai-je.

La rivière transporterait le cadavre jusqu'à l'océan, où il finirait par se décomposer dans les vagues.

Un plan solide, qui fausserait les preuves. Il serait également impossible pour quiconque de la meute de tomber sur les restes. J'aurais dû le lui suggérer plutôt que de lui dire de l'enterrer, mais j'avais été distrait par l'odeur persistante de Luna. Mon envie de chasser avait pris le dessus sur la raison.

Je m'en occupe, lui dis-je.

Silas trébucha près de moi, son choc rendu évident par la tension dans ses membres. Il s'attendait bien sûr à ce que je lui demande de s'en charger, mais j'avais une autre tâche en tête pour lui.

J'aimerais que tu ouvres l'œil pour moi, que tu me rapportes tout ce qui pique ta curiosité. Si quelque chose ne te semble pas normal, je veux le savoir. Si tu vois des membres de la meute agir de manière suspecte, dis-le-moi. Je ralentis ma course et me faufilai sous un saule bas, vers un chemin que personne d'autre que moi n'avait jamais emprunté.

Nous étions à plus d'un kilomètre de la périphérie de la zone centrale de la meute. Très peu s'aventuraient aussi loin, le domaine s'étendant sur près de cinquante kilomètres carrés de terres bien entretenues. Cet endroit était un trou en comparaison.

Mais il contenait un secret.

Un secret dont mon grand-père m'avait fait cadeau dix ans plus tôt.

Une échappatoire.

Bien sûr, répondit Silas, qui avait l'air aussi excité qu'un chiot recevant son premier bain.

Ce n'est pas une tâche à prendre à la légère, oméga. Il pourrait y avoir une grande récompense pour toi si tu t'en sors bien. Avoir le respect de l'alpha du clan avait beaucoup de poids. Et vu que je prévoyais un remaniement complet du personnel de mon père, il serait sage pour Silas de rester de mon côté.

D'accord, je n'avais pas vraiment donné au nouveau venu de raison de me faire confiance.

Je ne lui faisais pas non plus vraiment confiance.

Cependant, notre lien de Maître et progéniture nous procurait une occasion unique. Que j'avais bien l'intention d'exploiter à mon profit.

Ce n'est pas comme si j'avais mieux à faire, murmura Silas, son ton frôlant l'irrespect.

Mon père le remettrait à sa place avec une méchante morsure à la nuque. Ou pire. Il croyait qu'il fallait gouverner d'une main de fer, sa préférence pour la cruauté était bien connue dans le clan Clemente. Ses conseillers approuvaient, tout comme les familles les plus âgées de la meute.

Des familles comme celle dont Glenn était issu.

C'étaient les mâles que mon père me forçait à fréquenter, ceux qu'il voulait voir influencer mon éducation et mes opinions.

Mon grand-père avait d'autres idées.

Il m'avait appris les anciennes coutumes, des coutumes mortes depuis longtemps, la faute aux lois de la société actuelle. Il m'avait appris la valeur du respect.

Si mon père l'avait découvert, il aurait chassé mon

grand-père et l'aurait forcé à vivre avec les sauvages dans les terres inhabitées.

Heureusement, mon père était trop occupé à régner sur son royaume pour le remarquer. Au contraire, il semblait ravi de ne pas avoir affaire à moi.

Jusqu'à maintenant.

Les règles l'obligeaient à interagir avec moi pour les Épreuves d'Alpha.

Et sa déception avait été très claire jusqu'à présent.

Je crois que Luna prépare quelque chose, reprit Silas, me surprenant une fois de plus.

Qu'est-ce que tu veux dire ?

Elle n'arrête pas de repérer les frontières, comme si elle cherchait la meilleure issue pour s'échapper. Silas avait l'air nerveux. *Je l'ai vue traverser plusieurs fois, juste pour voir si on allait l'arrêter.*

Je ricanai. *Bien sûr qu'elle prépare un coup.* Je m'en étais douté après la cérémonie d'accouplement et encore plus aujourd'hui quand je l'avais trouvée en train de rôder près du périmètre.

C'est une femelle alpha, ajoutai-je. *L'indépendance est ancrée en elle. En fait, ça m'étonne qu'elle ne se soit pas encore enfuie.*

Tu n'es pas en colère. Pas une question, mais une affirmation.

Non. Je suis intrigué. J'espère qu'elle s'enfuira. Parce qu'alors je pourrais l'attraper. Et ça serait incroyablement amusant. *Garde un œil sur elle. Si elle s'échappe, fais-le-moi savoir.*

Et ensuite ?

Je ralentis au pas et me transformai en humain en même temps. Mes os s'allongèrent, la magie de mon âme lycane cédant la place à l'homme en moi. Puis je roulai mes épaules, fis craquer mon cou et remis mes articulations en place.

— Et ensuite je la poursuivrai, répondis-je à voix haute, en observant la propriété devant moi.

Silas restait dans sa forme de loup, sans doute parce que se transformer lui demandait trop d'efforts et qu'il ne voulait pas que je voie à quel point il était devenu faible à cause de toutes ses transformations d'aujourd'hui.

Un loup intelligent.

Montrer sa faiblesse à l'alpha est le moyen le plus rapide d'être dominé.

— Cette baraque est à moi, lui dis-je, désignant d'un signe de tête le petit chalet en bois devant nous. Elle est un peu archaïque, elle utilise l'énergie solaire pour garder les fournitures au frais, mais je fais en sorte qu'elle soit bien garnie en provisions.

Je baissai les yeux sur lui et ajoutai :

— Et il y a un lit supplémentaire qui est rarement utilisé.

Une note d'espoir flotta dans l'air, que je ne captai que parce que je l'avais attendue. Silas la masqua dans son soupir suivant, adoptant une posture ennuyée tandis qu'il inspectait la zone du bout du nez.

— Tu peux te poser ici, mais ne le dis à personne.

Non pas que je m'attende à ce que quelqu'un le découvre. Je n'ai jamais flairé de meute par ici. C'est pourquoi je m'en servais comme refuge. Seul mon grand-père était au courant.

— Tout ce que tu trouveras à l'intérieur est à ta disposition. Y compris la nourriture.

Que j'essaierais de garder aussi fraîche que possible. S'il devait m'aider, j'avais besoin qu'il soit en pleine forme.

J'avais aussi envie de voir quel genre de lycan il pouvait devenir dans de bonnes conditions, car il s'était déjà montré plus fort et plus rapide que la moitié des pur-sang du camp principal.

Pourquoi fais-tu ça ? demanda-t-il, l'air hésitant.

Parce que c'est la bonne chose à faire, admis-je. *De plus, j'ai besoin d'un allié et personne ne me suspectera d'avoir travaillé avec toi pour les Épreuves d'Alpha.* Le clan pensait que j'avais laissé Silas se débrouiller seul, tout comme mon père l'aurait fait.

En vérité, c'était ce que j'avais fait. Pas forcément parce que je m'en fichais, mais parce que j'étais un peu préoccupé par l'ascension à venir.

Cela avait changé aujourd'hui.

Comment sais-tu que tu peux me faire confiance pour t'aider ? demanda-t-il d'un air incrédule.

—Je ne le sais pas, répondis-je à voix haute.

Ça me paraît risqué.

— Ça l'est, convins-je.

Il resta silencieux quelques instants, puis se leva et secoua sa fourrure. *Il y a une douche là-dedans ?*

— Oui.

Très bien. Une faveur pour une faveur.

Si c'était sa façon de voir les choses, ça me convenait.

— Alors je te laisse t'installer pendant que je vais récupérer mon pantalon et m'occuper de notre ami sans tête.

Je ne pris pas la peine de lui dire au revoir. Si Silas avait besoin de moi, il pouvait me toucher dans ma tête.

Même si je pensais qu'il ne le ferait pas.

Ce qui me frappait chez Silas, c'est que c'était un loup qui ne comptait que sur lui-même pour survivre, chose que nous avions en commun.

Parce que même si je désirais son assistance, je ne dépendrais pas d'elle.

La seule personne qui pouvait gagner ces épreuves, c'était moi. Mais j'utiliserais tous les avantages possibles pour les réussir, y compris mon lien de Maître envers Silas.

LUNA

Je ne pouvais échapper à l'odeur d'Edon. Il était rentré chez lui depuis deux jours, quelques heures après nos ébats, et n'était sorti que deux fois pour s'occuper des affaires de la meute.

Je détestais ça.

Sa présence me submergeait, narguait mes parties intimes, me faisait me tordre dans mes draps en proie à un tas de besoins.

Et ce bâtard le savait.

C'était inscrit dans son air amusé quand j'entrai dans le salon. Il se prélassait dans un jean qu'il portait comme un roi, torse nu, ses abdominaux saillants, son paquet…

Stop, m'intimai-je, me concentrant sur la cuisine au lieu du loup très viril sur le canapé en cuir.

— Il y a du café dans la cafetière, annonça-t-il. Je viens de le faire.

Évidemment. Parce qu'il avait senti que je me réveillais du rêve que sa proximité avait provoqué.

Ou, plus vraisemblablement, mes fantasmes provenaient de sa morsure non désirée l'autre nuit. J'avais guéri presque aussitôt, mais sa revendication prospérait en moi, chauffant mes veines et me forçant à suivre ma destinée. Ma louve était en phase avec lui, curieuse, affamée et intriguée.

Je la rappelais à l'ordre chaque fois qu'il se déplaçait dans la pièce. Mais nous savions tous qu'il finirait par me conquérir. Sans doute au moment où je serais en chaleur.

Il se tenait derrière moi maintenant, ses mouvements furtifs à peine perceptibles par mes sens, mais je *sentais* sa chaleur. Comme une caresse liquide le long de ma colonne vertébrale, qui culminait entre mes cuisses.

— Tu veux aller courir ? me proposa-t-il d'une voix grave, séduisante et bien trop dominatrice.

Je me servis ostensiblement une tasse de café, ce que je voulais faire en entrant, mais mes hormones m'avaient figée au milieu de la pièce comme une idiote.

Je détestais soudain être ici, la colère l'emportant sur mon besoin.

Ma famille ne m'avait même pas dit au revoir après la cérémonie. Non pas que je m'attendais à ce qu'ils le fassent. J'avais été élevée dans cet unique but. C'était mon frère qui m'avait appris à me battre, qui s'était assuré que j'étais préparée aux épreuves qui m'attendaient. Contrairement à mon père, Logan se souciait vraiment de ma survie. Ma mère, elle, s'en serait peut-être souciée aussi si mon père ne l'avait pas dégradée au rang d'oméga.

Je voyais quelques éléments qui laissaient à penser qu'un traitement similaire s'appliquait ici dans le clan Clemente. La mère d'Edon levait à peine les yeux du sol, la femelle alpha était si maladivement soumise à Walter que je pouvais à peine supporter de la regarder.

Les autres femelles, quant à elles, étaient soit des omégas soit des bêtas, toutes la queue entre les jambes dès qu'elles avaient affaire aux mâles du domaine.

C'était mal et pourtant bien trop commun. Notre société voyait les hommes comme les supérieurs et les femmes comme servant un seul but : fournir du plaisir et des chiots.

Eh bien, si ça ne tenait qu'à moi, je ne ferais rien de tout ça.

Edon pouvait bien aller se faire foutre, parole de louve.

Comme s'il m'avait entendu, il appuya son entrejambe au creux de mes fesses en agrippant mes hanches et ses lèvres tombèrent sur mon oreille.

— Tu te rends compte que me combattre me donne encore plus envie de toi, n'est-ce pas ?

Un grondement résonna dans ma poitrine. Je tentai d'étouffer le bruit avec une gorgée de café brûlant, mais c'était trop tard. Nous l'avions entendu tous les deux.

Il gloussa et déposa un baiser dans mon cou, un geste à la fois séduisant et empreint d'un soupçon de commandement que je détestais.

— Cours avec moi plus tard.

Nous étions donc passés du stade de la demande à celui de l'exigence. Je posai ma tasse et me retournai dans ses bras. Grave erreur, car je me retrouvai dos au comptoir, ce qui lui permit de me coincer entre ses bras à la musculature impressionnante. Il empoigna le comptoir de chaque côté et se pencha sur moi, me serrant contre lui.

— C'est juste une course, dit-il avant même que je n'ouvre la bouche. Je ne te demande pas de baiser, même si on sait tous deux que tu en as envie. Je veux juste…

— Je ne veux pas baiser avec toi, tranchai-je.

Ses lèvres se retroussèrent.

— Ah oui ?

Il fit courir son nez le long de ma pommette, puis de mon cou, et cette légère caresse hérissa mes bras de chair de poule. Je frissonnai, et pas parce que j'avais froid.

— Mmmh, ton odeur me dit que c'est un mensonge.

— Tu es bien ma petite louve.

Ma voix était grave, empreinte à la fois de frustration et de désir et je détestais son côté sensuel.

— Tu as forcé le lien d'accouplement. Ma louve répond.

— Forcé ? répéta-t-il, se reculant légèrement, un sourcil arqué. Je n'ai rien forcé du tout.

— Ah ? dis-je en feignant un regard de surprise. Alors tu ne m'as pas mordue l'autre soir lors de la cérémonie d'accouplement ? Hum. J'ai dû rêver.

Je voulus retourner à mon café, mais son genou logé entre les miens me retenait captive devant lui.

— Tu étais à moi, que je te morde ou pas. Sois reconnaissante que je n'aie rien fait de plus.

La menace dans son ton me hérissa.

— Reconnaissante. C'est ça, ricanai-je. D'accord. Merci, Edon, de ne pas m'avoir violée. Pas *encore*.

Il plissa ses yeux d'obsidienne.

— La plupart des louves me supplient de les sauter.

— Je ne suis pas la plupart des louves.

— Non, en effet. Tu es ma promise. Mais ce que tu sembles ignorer, ma petite partenaire, c'est que je n'avais pas le choix non plus.

— Tu en avais plus que moi, objectai-je. *Tu* aurais pu me refuser.

— Et quoi ? Te soumettre à la punition que Niko désirait ? Tu sais qu'il t'aurait tué, n'est-ce pas ?

— Il aurait été furieux, mais pas assez pour me tuer.

— C'est ce que tu crois ?

Il rit, mais ça manquait d'humour, et reprit :

— Si tu crois ça une seconde, c'est que tu ne sais pas du tout comment fonctionne notre politique. Mon père aurait exigé ta vie pour un tel manque de respect et Niko la lui aurait donnée pour honorer les liens du clan. Parce que tu ne lui aurais été d'aucune utilité après mon rejet.

J'ouvris la bouche pour contester ce point, puis je la refermai. Je savais que mon père m'aurait battue pour avoir défié ses ordres. Cela n'aurait rien eu de nouveau. Ce fut le commentaire d'Edon sur Walter qui me fit réfléchir. Je n'avais jamais envisagé sa réaction ni ce qu'il aurait exigé et, d'après le peu que j'avais observé de lui au cours de cette semaine passée sur le territoire Clemente, j'étais encline à croire la synthèse d'Edon.

Oh, je l'aurais combattu, mais avec autant de loups en rogne ? Je n'aurais pas eu la moindre chance.

— Ah, tu piges maintenant ? se moqua Edon d'un ton vaguement menaçant. Tu as cru que baiser avec un autre loup te sauverait d'une vie à mes côtés, mais tout ce que ça a fait, c'est la garantir.

Il se pencha si près de moi que son souffle effleura mes lèvres quand il ajouta :

— Tu n'es pas la seule à aimer le défi, petite partenaire.

Je frissonnai sous lui, en conflit avec moi-même.

Il n'était pas du tout comme je l'avais imaginé. Alpha, oui. Mais il n'exigeait pas ma docilité comme mon père l'aurait exigée de ma mère. Edon semblait plutôt vouloir m'amadouer, comme si nous jouions à une sorte de jeu. Seulement je ne comprenais pas les règles de cette bataille entre nous.

— Tu n'as pas été la seule à être forcée pendant la cérémonie, poursuivit-il, sa bouche effleurant la mienne à chaque mot. Oui, j'aurais pu te rejeter et choisir de recommencer dans un an avec une autre promise. Mais ma meute a besoin d'un changement de régime. Je ne la laisserai pas tomber.

Ses mots me surprirent presque autant que le désir qui enflait dans mon ventre. Sa proximité, son contact, ses lèvres si proches des miennes me faisaient tourner la tête.

J'avais besoin d'espace.

De respirer.

De *fuir*.

Il mordilla ma lèvre inférieure, pas trop fort, juste pour goûter. Une tentation. Une promesse de ce qui pourrait être, si je le permettais.

Or ma louve était déjà possédée par sa morsure de revendication. Ce ne serait jamais vraiment consensuel quand je me soumettrais et nous le savions tous les deux.

Je déglutis et fermai les yeux.

Que voulait-il dire, que sa meute avait besoin d'un changement de régime ? Edon avait-il l'intention de les diriger différemment ? J'avais envie de lui demander de clarifier ses intentions, mais ma mâchoire ne voulut pas se desserrer. Si je cédais à ces interrogations, je risquais de lui céder. Et je refusais. Je préférais vivre une vie solitaire plutôt que d'être un animal alpha glorifié.

— Edon ? appela une voix féminine depuis l'entrée, perturbant cet instant.

— Mmmh, puisque tu n'as pas l'air de vouloir t'enfuir, alors je crois que je vais aller jouer.

Il posa un baiser rapide sur mes lèvres avant de s'écarter pour rencontrer l'intruse dans le couloir.

— Bianca, la salua-t-il.

Son ton licencieux me serra l'estomac. Il n'y avait aucun doute sur ce que ces deux-là avaient l'intention de faire.

Et quand elle apparut, je compris pourquoi.

La bê ta blonde aux courbes avantageuses suintait le sexe.

— Bianca, tu as déjà rencontré Luna ?

La façon dont il posa la question m'indiqua qu'il savait que ce n'était pas le cas. Il faisait monter les enjeux de notre jeu en me présentant à l'une de ses maîtresses, car je ne doutais pas qu'il en avait plusieurs dans le clan. Tous les alph avaient un harem d'humaines et de louves. Edon ne faisait pas figure d'exception.

Tout cela contribuait à alimenter la folie psychologique qui brisait les femelles alpha. Nous étions une race possessive, partager nos partenaires avec d'autres allait à l'encontre de nos instincts naturels.

Je n'avais même pas encore revendiqué Edon comme mien que ma louve voulait déjà mettre Bianca en pièces. Surtout quand son bras se glissa autour de la taille d'Edon dans une caresse qui témoignait de leur intimité. Qu'il se penche pour embrasser sa parfaite tête blonde me rendit encore plus furieuse.

— Je l'ai vue explorer, répondit Bianca, guère intéressée. Elle n'est pas très amicale, ajouta-t-elle dans un murmure assez fort pour que je l'entende.

— Non, pas vraiment, gloussa Edon.

Allez vous faire foutre, vous deux, me dis-je en me retournant pour jeter mon café dans l'évier.

Si Edon voulait se moquer de moi, ainsi soit-il. Il ne gagnerait pas.

Je me retournai avec un sourire serein, croisant son regard sans hésitation.

— Je vais vous laisser un peu d'intimité et aller courir.

Je fis passer ma chemise par-dessus ma tête, détachai mon short et l'enlevai en me trémoussant, sans le quitter des yeux.

Son sourire disparut à la vue de mes seins nus, son regard descendit jusqu'à la touffe bien soignée entre mes cuisses.

Il était capable de sentir mon excitation, la façon dont mon corps répondait naturellement au sien. Peut-être que cela alimenterait son moment avec *Bianca*.

Je ne voulais même pas y penser.

— Amusez-vous bien tous les deux, ajoutai-je en souriant à son expression confuse.

Il tendit le bras pour m'empêcher de sortir et l'enroula autour de ma hanche pour m'étreindre, tandis que sa bouche descendait sur la mienne.

Bianca grogna, agacée, ce qui me donna envie d'embrasser Edon en retour pour l'énerver encore plus.

Je ne connaissais même pas cette femelle, mais je la détestais au premier regard.

Surtout parce qu'elle avait eu l'audace d'entrer chez Edon sans frapper, sachant que j'étais ici. Son audace témoignait de son assurance, de son désir de déséquilibrer notre lien d'accouplement, et je me surpris à vouloir lui rendre la pareille.

Car même si Edon entretenait un harem, ce ne serait jamais comparable au lien que nous aurions ensemble.

Je laissai donc sa langue se glisser dans ma bouche pour l'explorer et je serrai mon corps contre le sien en même temps. Il émit un bruit de gorge en signe d'approbation et ses hanches se rapprochèrent des miennes tandis qu'il m'embrassait plus profondément.

Ce n'était pas la première fois que j'embrassais un mâle comme ça, mais c'était la première fois que j'y *réagissais*.

Ce qui avait commencé comme un soupçon d'amusement et de vengeance se transformait en quelque chose de primitif. Bouillonnant. Envahissant.

Ma louve s'étira en moi, rugit à la vie et prit le contrôle de mes instincts. Je glissai mes bras autour de son cou, appuyai mes seins contre sa poitrine nue. Il grogna en réponse, son aine était chaude contre la mienne.

Putain. C'était beaucoup trop excitant, beaucoup trop *légitime.* J'avais eu l'intention de jouer avec lui, mais maintenant je ne pouvais plus le lâcher. J'en voulais davantage. Éprouver ses prouesses, sa domination, son habileté au lit .

Il m'embrassa avec la même vigueur, sa langue maîtrisant habilement la mienne pour la soumettre, tandis que sa paume couvrait le bas de mon dos.

Je voulus l'escalader comme un arbre, découvrir ce qu'il pouvait m'offrir d'autre.

Jusqu'à ce que ses lèvres quittent les miennes pour se diriger vers mon oreille.

— Merci, Luna. Bianca s'occupera du reste. Je ne voudrais pas te *forcer*, après tout.

Mon sang se glaça, mes bras se figèrent autour de son cou.

Son petit rire amusé me retourna l'estomac.

Salaud, pensai-je, livide.

Mes ongles se plantèrent dans sa nuque, faisant couler le sang, le marquant au fer rouge car il était à *moi*, avant que je ne le lâche entièrement. Ses narines se dilatèrent, son amusement s'évanouit.

— Profite de ta récréation, dis-je, détestant cette note de désir dans ma voix.

Bianca ronronnait pratiquement à côté de lui, ses doigts parcourant sa poitrine, que je venais juste de lâcher, jusqu'à sa ceinture.

Je ne voulais pas rester ici pour observer ce qui allait se passer, pour l'entendre la sauter dans la maison que nous étions destinés à partager.

Mais cela me replongeait brutalement dans la réalité de ma nouvelle vie, une vie que je ne voulais pas accepter.

J'avais passé les derniers jours à repérer les frontières. Je savais où aller. Comment fuir. Et Bianca m'avait fourni la distraction dont j'avais besoin pour éviter qu'Edon ne me suive.

Il voulait la baiser ? Bien. J'espérais qu'il apprécierait. Parce que je ne reviendrais pas pour le découvrir.

Je me transformai devant lui et filai de la maison.

Plus de clan Clemente.

Plus d'Edon.

Plus de destinée.

C'était moi qui choisissais mes règles, ma vie, mon destin. Personne d'autre.

Allez tous vous faire foutre.

SILAS

IL ME FALLUT plusieurs minutes pour m'orienter lorsque je repris conscience.

Mon dos était posé sur un matelas et non sur des feuilles. Au lieu de branches d'arbre, des poutres en bois ornaient le plafond. Une fenêtre ouverte à côté de moi ravissait mes sens de l'air frais de la forêt.

Mes yeux me piquaient d'une émotion que je ne voulais pas reconnaître : le *soulagement*.

Putain, je ne me souvenais pas de la dernière fois où j'avais dormi dans un lit. En y réfléchissant un peu, je comprenais qu'il ne s'était écoulé que quelques mois depuis mon séjour à l'université. Mais tout cela semblait remonter à plusieurs vies, entre le combat pour l'immortalité et ma transition vers la vie du clan Clemente.

Tout mon corps me faisait mal. Pas suite à des efforts physiques, juste la douleur d'exister. J'avais tué tant de personnes , tout ça dans un jeu destiné à en divertir d'autres . Ma récompense ? Être transformé en lycan et exilé de la meute pour le simple fait d'être en vie.

Tu pourrais être à la place de Willow, me chuchota mon subconscient, ce qui me fit sursauter.

Être forcé de baiser des humains ou des lycans pour le reste de ma brève vie était certainement pire. Tout comme l'étaient plusieurs douzaines d'autres destinées réservées aux humains dans ce monde. Bon sang, j'aurais pu être choisi pour une chasse lunaire.

Je gémis à cette idée, appuyant mes paumes sur mes yeux.

Putain. On s'attendrait à ce que je participe à une chasse lunaire un de ces jours. Serais-je capable de chasser et de tuer les individus de mon ancienne espèce ? J'en doutais.

Je roulai sur le côté, l'estomac retourné à la fois par le mouvement et les pensées qui se bousculaient dans ma tête.

Manger un repas complet la nuit dernière n'avait pas été une sage décision. J'en avais à peine gardé la moitié après coup. Tout était si copieux. Si frais. Pas du tout comme les aliments de ma vie précédente, ou même de ma nouvelle vie.

Les poissons crus des ruisseaux n'étaient pas mes préférés non plus, mais au moins ils restaient généralement dans mon estomac. La viande du frigo d'Edon était trop savoureuse pour mes papilles.

Pourtant le loup en moi en voulait davantage.

C'était vraiment tordu d'avoir cette créature à l'intérieur de moi, qui dictait mes désirs et mes besoins sans tenir compte de mon bon sens.

Avec un profond grognement, je me forçai à sortir du lit moelleux. Je n'avais aucune idée de l'heure et ne m'en souciais guère. Mais j'avais l'impression d'avoir dormi pendant des jours, pas des heures.

Je fronçai les sourcils devant mon apparence dans le miroir. *Peut-être que j'ai dormi pendant des jours.* Car j'avais l'air bien mieux qu'hier soir ou qu'à chaque fois que je m'étais couché.

Les cernes sous mes yeux avaient disparu.

Mes cheveux étaient toujours arrangés en une tignasse

blonde, les mèches hirsutes arrivant juste sous mes oreilles. *J'ai vraiment besoin d'une petite coupe de cheveux.*

Il y a des ciseaux dans la cuisine, me répondit une froide voix masculine, qui me figea.

Tu es toujours dans ma tête ? demandai-je, me sentant quelque peu violé par cette connerie de lien entre le géniteur et sa progéniture.

Oui. Il ne développa pas. Non pas que je m'attendais à ce qu'il le fasse. L'alpha ne s'était pas avéré très bavard, juste autoritaire.

Et peut-être un tout petit peu sympathique – un trait qui me heurtait. Je ne voulais pas l'aimer. Cependant, je ne pouvais pas nier ressentir un soupçon de gratitude envers lui pour m'avoir donné un endroit où me reposer.

Je poussai un soupir, puis me consolai avec une douche chaude. L'eau me fouettait le dos, me donnant un bref aperçu du paradis.

Je m'étais pratiquement perdu la première fois que j'avais mis les pieds dans cette enceinte de marbre et mon corps m'avait remercié de ce bon nettoyage. Maintenant, je me laissais aller parce que je n'étais pas sûr d'avoir le droit d'en prendre une autre. Qui savait quand Edon changerait d'avis sur cet arrangement ? Il était certainement temporaire.

Il voulait que j'ouvre l'œil pour lui.

Bien.

Je le ferais parce qu'il n'y avait rien d'autre à faire ici. Et aussi parce que j'appréciais la douche.

Je dus faire un effort pour m'arracher à l'eau et au savon, mais j'y parvins au profit des ciseaux qu'Edon avait mentionnés. Je fixai mon reflet une fois de plus. Je n'avais aucune idée de par où commencer ni comment j'allais atteindre l'arrière de ma tête.

— Et puis merde, proférai-je.

Je fis de mon mieux. Ce n'était pas comme si j'avais quelqu'un à impressionner.

Trente minutes plus tard, j'étais redevenu presque humain. À part la lueur sauvage dans mes yeux bleus où le loup en moi se manifestait. J'avais vu mon reflet dans l'eau à de nombreuses reprises , je savais à quoi je ressemblais, mais ça semblait encore plus réel maintenant que je me tenais ici devant le miroir.

Tu as manqué deux jours de suite, Omega, dit Edon, s'immisçant une fois de plus dans mes pensées. *Des rumeurs circulent à ce sujet. Va faire une apparition pour les faire taire avant qu'on me dise de te chercher.*

Deux jours ?

Tu avais besoin de dormir, répondit-il.

Merde. Pas étonnant que je me sente mieux.

Je m'éloignai de l'évier et m'aventurai dans la cuisine pour prendre un autre morceau de cette viande trop savoureuse. Je faillis m'étouffer en mâchant et en avalant, mais le loup en moi souriait. Après quoi je bus un peu d'une boisson orange sucrée, grimaçant tout du long, puis je sortis dans le soleil de l'après-midi.

Les panneaux solaires dont Edon avait parlé se trouvaient en haut des arbres, leurs fils s'enroulant le long des troncs comme des vignes pour alimenter le chalet. D'après ce que j'avais compris, l'eau venait d'un puits voisin. Quelque chose dans le système la pompait dans la maison à travers un filtre. En fait, j'aimais bien le goût de l'eau.

Fermant les yeux, je me concentrai pour appeler mon loup à la surface, chose qui m'était étonnamment naturelle à présent. La transition m'emporta, reformant mes os et me faisant me mettre à quatre pattes. Ce n'était pas aussi fluide que chez Edon, loin de là. Mais ça me convenait et c'était tout ce qui comptait.

Je secouai ma fourrure et bondis en direction du domaine. Avec un peu de chance, une apparition leur suffirait. Si quelqu'un demandait une explication, je lui dirais que je m'étais endormi dans les marais.

Mais quelque chose me disait que personne ne se soucierait suffisamment de moi pour poser des questions.

J'étais l'oméga de la meute. Le nouveau. Le troufion.

Je n'existais que grâce à un jeu qui m'avait déposé sur le pas de la porte du clan.

La plupart diraient que j'avais de la chance d'être en vie.

Aujourd'hui, pour la première fois, j'étais plus ou moins d'accord.

Une odeur de rouille me chatouilla le nez, me faisant marquer une pause à mi-course. Un vampire. Mais ça n'avait aucun sens. Nous étions à des centaines de kilomètres des territoires des vampires les plus proches. Je connaissais ma géographie, je voyais bien la position du clan Clemente sur le globe, y compris le cœur de la capitale. Des vampires ne devraient pas être près d'ici.

Alors pourquoi un vampire mort était-il apparu l'autre jour ?

Et maintenant celui-là ?

Je flairai, cherchant d'où venait l'odeur. Contrairement au premier visiteur, celui-ci imprégnait l'air de sa vie. Son odeur ne correspondait à aucun des visiteurs du rituel d'accouplement, et le sang n'avait pas la qualité suprême d'un royal.

Était-ce une sorte de voyou ? Un vampire sans seigneur ?

La piste me conduisit plus loin dans les marais, loin du chalet d'Edon et du quartier général du clan. Il n'y avait plus que les marais et la vie sauvage. Pourquoi aurait-il choisi d'y crapahuter...

Un éclair blanc au bord de ma vision me fit pivoter.

Mon instinct me lança à sa poursuite avant même que je ne me rende compte que je courais, mes pattes bondissant sur la terre vers ce qui avait attiré mon attention.

Plusieurs mètres plus loin, l'odeur de fleurs d'oranger me frappa les narines, les faisant frémir. *Luna.*

Je savais que cette petite louve allait s'enfuir !

À première vue, elle se dirigeait vers le sud, ayant sans doute à l'idée de rejoindre l'océan. Où avait-elle l'intention d'aller à partir de là, nul ne pouvait le savoir. Mais je n'avais pas l'intention de la laisser aller aussi loin.

Mon instinct de prédateur me fit me diriger vers sa silhouette en piquant un sprint, me poussant à une vitesse qui me donna des frissons de plaisir dans les jambes. C'était bon de courir aussi vite. Vraiment bon.

Luna était rapide.

Mais mes foulées étaient plus longues.

J'attrapai sa patte arrière entre mes mâchoires, la tirai d'un coup sec. Elle se retourna en grondant, projeta ses mâchoires vers ma gorge sans préambule.

Putain.

Je l'esquivai, puis ne fus plus qu'une boule de fourrure roulante alors que mon loup prenait le contrôle de mes réactions. La soumettre devint mon objectif principal, une envie entremêlée à l'instinct de survie.

Elle était sauvage.

Féroce.

Furieuse.

Mais quelles que soient son agilité ou sa rapidité, elle n'arrivait pas à me prendre à la gorge. Je ne la laissai pas faire. Sitôt que je vis une ouverture vers son cou, je la saisis et l'écrasai à terre sous moi.

Tout cela se passa en quelques secondes qui me parurent des minutes.

Elle s'immobilisa dans un grognement, sa défaite inscrite dans son attitude.

Puis elle commença à se transformer.

Je bondis en arrière, confus.

Jusqu'à ce qu'elle m'attaque à nouveau, cette fois sur deux jambes.

Cette femme était complètement folle !

Puis je compris pourquoi elle avait fait ça.

Si je laissais une marque sur elle avec mes dents, Edon me mettrait les couilles dans un étau.

Mince. J'étais presque impressionné par sa présence d'esprit. Mais j'étais focalisé sur ma transformation en humain, qui se produisit plus vite que jamais.

Elle s'enfuit à fond de train au lieu de me frapper alors que j'étais vulnérable.

Je la poursuivis.

Mes deux jambes me semblaient légitimes, mes capacités athlétiques dans cette forme étaient supérieures à celles de mes quatre pattes. Je la rattrapai en quelques secondes, la plaquant sur l'herbe une fois de plus.

Elle se débattit, nous faisant valdinguer dans l'herbe jusqu'à ce que je la saisisse par la taille et la tire sous moi.

Son grondement vibra contre ma poitrine quand elle m'envoya son poing dans la mâchoire. Je l'empoignai juste à temps, le repoussai au sol, puis fis de même avec son autre main. Elle se tortilla sous moi pour tenter de m'éjecter d'elle.

— Arrête, grognai-je.

Elle n'arrêta pas.

Ses jambes se tordaient, essayant de prendre le dessus, et je savais exactement ce qu'elle voulait, alors je pressai mon entrejambe contre son sexe, réalisant tardivement à quel point c'était une mauvaise idée. Je voulais juste l'empêcher de balancer un coup de genou dans m es bijoux de famille.

Mais à la place, j'alignai ma hampe durcie contre ses replis moites.

Elle s'immobilisa aussitôt.

Je pris le temps de respirer, mon cœur s'emballant dans ma poitrine.

Ses yeux marron clair fixaient les miens, ses pupilles dilatées par un mélange d'effroi et d'autre chose. Quelque chose de plus sombre.

— Vas-y, dit-elle. Domine-moi jusqu'au bout.

Son défi contenait une touche de supplication que je ne comprenais pas.

— Je ne…

Je déglutis, mon sang était bien trop chaud à mon goût. Cette position semait le chaos dans mon esprit. Une partie primitive de moi, celle du loup, voulait la baiser. *Violemment.* Alors que mon côté humain savait que ce serait mal.

Et pourtant je ne pouvais pas la laisser se relever.

Elle s'enfuirait à nouveau. Je le voyais à la crispation de sa mâchoire.

— Lâche, railla-t-elle.

Je haussai les sourcils.

— Tu me traites de lâche pour ne pas te violer ? C'est charmant.

Ses dents se plantèrent dans ma lèvre inférieure avant que je ne me rende compte qu'elle avait bougé. Du sang coulait de sa profonde morsure.

— *Putain !*

J'écartai ma bouche de la sienne, jurant de nouveau la piqûre de la plaie ouverte.

Elle sourit en me regardant, mon sang souillant ses lèvres.

— Tu es folle, l'accusai-je, rendu à moitié fou par la découverte de son côté sauvage. *Qu'est-ce qui ne va pas chez moi ?* C'était mon loup à l'intérieur. L'instinct l'emportait sur la raison. Je le repoussai, j'avais besoin d'avoir les idées claires.

Mais Luna frotta sa chatte trempée contre mon érection, un faible miaulement de désir émanant de sa poitrine.

— Tu ne connais même pas mon nom, m'étonnai-je.

— Silas, siffla-t-elle. Tu es un petit nouveau. Un dominant. Un mâle.

Ces mots hachés me troublèrent. Puis je réalisai que sa louve avait complètement dérobé ses sens. En effet, c'était une paire d'iris noirs qui me fixait maintenant, plus marron clair.

— Luna…

— Prends-moi, me supplia-t-elle, s'appuyant de nouveau contre moi.

— Non.

Je roulai loin d'elle, puis bondis sur mes talons alors qu'elle se jetait sur moi dans une brume de cheveux bruns et de peau blanche.

Ses ongles entaillèrent ma poitrine, ses genoux frappèrent mon aine, son poing tenta un autre coup vers mon visage. Je l'attrapai et la fis tournoyer dans mes bras, la forçant à me tourner le dos. Elle tenta de m'écraser les pieds et me frappa les mollets.

Ça faisait un mal de chien.

— Arrête ça, Luna.

— Jamais !

Complètement perdue dans mes bras, elle se battait à mort, visant clairement la mienne.

Son unique but semblait être de me tuer, ne me laissant pas d'autre choix que de me défendre. Je bloquai ses coups de poing et de pied, esquivai ses griffes, cherchai un moyen de la maîtriser sans que nous nous affalions encore par terre.

La blesser serait une erreur. À un certain niveau, je le comprenais. Mais toutes ces années de lutte pour ma survie passèrent au premier plan, prenant le dessus sur ma vision et la teintant de rouge.

Je n'avais pas survécu aussi longtemps pour être mis à terre par une petite louve alpha en colère.

Et j'avais tué au combat des hommes de deux fois sa taille à plusieurs reprises.

— Luna, grognai-je, exigeant sa soumission, exigeant qu'elle arrête avant que je ne la combatte *vraiment*.

Elle ne tint pas compte de l'avertissement, sa forme agile dansait autour de moi dans une vague de violence qui faisait appel à l'animal en moi.

— Rends-toi, petite alpha, lui intimai-je, lui donnant une dernière chance de bien faire.

— Va te faire foutre, me lança-t-elle, ses griffes lézardant ma joue et laissant une brûlure dans leur sillage.

Un besoin primaire vibrait dans mes veines, provoquant une réaction intérieure que je ne pouvais réprimer. Je la plaquai sur le dos en une seconde, ses mains bloquées au-dessus de sa tête, mon autre paume sur sa gorge.

— *Rends-toi*, rugit mon loup.

Et elle le fit.

Oh, comme elle le fit.

Ses narines se dilatèrent, ses yeux étaient des flaques de luxure d'obsidienne, sa bouche luisait des traces de mon sang.

Je le léchai d'instinct, ce qui me valut un grognement d'approbation de la femelle sous moi. Ses lèvres s'ouvrirent, sa langue toucha la mienne.

Ma poitrine gronda. *Encore.*

Une partie de moi reconnaissait que c'était une totale connerie, mais le fait de sentir cette louve docile l'emportait sur ma raison.

J'avais besoin de la *goûter.*

De la dominer.

De la *gagner.*

Ma bouche scella la sienne en un baiser brutal dans sa damnation et sa perfection. Elle me répondit du tac au tac avec avidité, son excitation adoucissant son odeur naturelle d'orange tandis que nous nous dévorions l'un l'autre.

Sang.

Grognements.

Morsures.

Lèvres.

L'étreinte continua, l'une des expériences les plus érotiques de ma vie, et on ne baisait même pas encore. Pas pour de bon. Juste nos bouches accouplées dans un baiser interdit.

Je lâchai ses mains, j'avais besoin et envie de sentir chaque centimètre de son corps.

Ses doigts agrippèrent mes cheveux, me retenant contre elle alors qu'elle me retournait cette passion, ses ongles me ratissant le dos, me marquant.

C'était tellement primaire.

Tellement mal.

Mais tellement bien.

— On ne peut pas faire ça, réussit à protester une faible partie de moi.

Mais malgré tous mes efforts, je n'arrivais pas me rappeler pourquoi.

— On peut faire ce qu'on veut, répondit Luna.

Sa voix sensuelle me fit dégringoler dans un monde de sensations et de femelle alpha.

Elle me tenait par les couilles.

Tout ce qu'elle voulait, je le ferais, si je pouvais continuer à goûter à l'extase qu'elle offrait. La félicité. L'attirante évasion de la réalité.

Je voulais tout ça.

Et je le trouvai chez une louve qui n'était pas la mienne...

EDON

Je ne pus détacher mon regard du spectacle qui s'offrait à moi, bouche bée en signe d'admiration absolue.

Une énergie primale émanait de Luna et Silas, leur arôme érotique séduisait mes sens et caressait la colère qui brûlait en moi. Une combinaison enivrante qui me laissait figé près d'un arbre.

Silas avait crié le nom de Luna à plusieurs reprises dans son esprit, me faisant accourir ici pour les trouver engagés dans une bataille entre leurs loups, du moins sous forme humaine.

Je ne saisissais pas tout, mais la nature prédatrice de leur duel me dit tout ce que j'avais besoin de savoir.

Aucun d'eux ne pensait avec sa tête. Ils n'agissaient que par instinct.

Silas avait attrapé Luna.

Maintenant elle voulait se soumettre au loup le plus fort, pour le sentir la dominer de la manière la plus primitive : à travers l'art de la baise.

C'était pour ça que j'avais voulu la poursuivre. Je voulais être le loup au-dessus d'elle. Mais Silas m'avait battu à ce jeu.

Pourtant quelque chose le retenait.

Au lieu de profiter du moment pour les maîtriser tous

les deux, je m'appuyai contre la souche de l'arbre et le regardai baiser sa bouche avec sa langue.

J'aurais dû être furieux.

Je ne l'étais pas.

Enfin, si, je l'*étais*.

Mais c'était aussi très *sexy*.

Ils étaient tous deux nus, en sueur, souillés par le sang de Silas. Jusqu'où ma progéniture irait-elle avec ça ? Jusqu'au bout ? Ou est-ce que cette hésitation l'emporterait ?

Luna, elle, s'était en quelque sorte laissée submerger par toutes ces sensations, mais pas par la louve qui sommeillait en elle, son corps se trémoussant contre lui, ses longues jambes sexy s'enroulant autour de sa taille pour le pousser à s'avancer. Mais Silas ne lui donnait pas ce dont elle avait tant envie. Il contrôlait le baiser, ses mains se promenaient sur elle en des caresses alléchantes qui ne faisaient que l'exciter davantage.

Son esprit me disait à quel point il voulait ça, comme il avait envie de s'enfoncer dans sa chaleur humide et de se propulser dans l'extase. Au fond de lui, il savait que c'était mal, je le sentais dans ses pensées. Mais son loup refusait de l'admettre, trop désireux de se ruer sur la femelle consentante sous lui.

Silas faisait preuve d'une force remarquable en repoussant l'envie, se contentant de lécher Luna à la place. Il commença par son cou, s'arrêtant pour encercler son pouls avant de continuer son chemin vers le bas, jusqu'à ses seins.

Ses doigts s'enfilèrent dans ses épais cheveux blonds, la retenant contre lui tandis qu'elle miaulait de plaisir sous sa bouche espiègle. Une image de lui me faisant la même chose apparut l'espace d'une seconde derrière mes paupières.

Tandis qu'il promenait sa bouche le long de son abdomen, j'imaginai que c'était mon corps qu'il caressait avec sa langue.

Putain de merde, me dis-je, mes couilles se crispant en pensant à ce fantasme exquis. Lequel s'approfondit lorsque j'y ajoutai Luna, placée là à ce même arbre, regardant Silas lécher et sucer tout du long jusqu'à ma bite. Ses petits doigts disparaîtraient entre ses cuisses, entrant et sortant en réaction, ses gémissements nous ravissant les tympans.

Gémissements que j'entendais à présent que Silas la léchait en profondeur, à l'endroit qui m'était réservé.

Et je ne pouvais toujours pas bouger, trop fasciné par le spectacle dans le champ et les idées bizarres qui peuplaient mon esprit.

Silas à genoux devant moi, prenant ma queue au fond de sa gorge avant de me passer à Luna, qui attendait avec impatience que je lui baise la bouche.

Quand cette vision s'acheva, apparut une nouvelle vision de moi en Luna, remplissant sa douce chatte de ma crème, que Silas léchait comme il la léchait maintenant, avant qu'elle ne lui rende la pareille en le suçant jusqu'à l'extase .

Je frissonnai, mon membre plus dur que jamais.

Les cris de plaisir de Luna se mêlèrent aux gémissements de Silas, au visage trempé par sa chatte avide. Toute la scène se déroulait sous mes yeux, le hurlement de son orgasme résonna parmi les arbres, faisant s'envoler les oiseaux.

Elle s'envola avec eux, son corps vibrant magnifiquement sous Silas.

Un autre homme.

Que j'avais créé.

Qui me *devait* la vie.

Pourtant il souillait ce partenariat en prenant *ma*

femelle. Et il continua avec abandon, l'amenant à un autre orgasme fracassant que je ressentis jusque dans la moe lle de mes os.

Je voulais les détruire tous les deux. Leur arracher les membres. Mais en même temps, je voulais les baiser.

Ça n'avait aucun sens, cette éruption de sensations, cette colère, ce *besoin*. Je ne saurais dire ce que je désirais le plus, le châtiment ou la bouche de Silas autour de ma queue. Et Luna, oh, ma chère Luna, je voulais la monter plus que je n'avais jamais désiré monter une autre femme.

Cela faisait plus d'une semaine qu'elle était arrivée, et nous avions à peine passé un moment ensemble, à part la première nuit et notre petite course de l'autre jour. Je l'avais évitée, passant du temps avec mon grand-père à la place. J'avais besoin de me préparer pour les épreuves. Il était le seul à vouloir m'aider.

Mais maintenant, je regrettais plus que jamais de ne pas être allé la voir, de ne pas l'avoir forcée à céder comme elle le faisait devant Silas maintenant.

Ce fut son nom qui jaillit de sa bouche quand elle cria une troisième fois.

Je grondai en réaction, d'un grognement grave, féroce, qui la figea sous Silas. Il leva la tête, cherchant d'où venait ce bruit. Plutôt que de me dévoiler à ses yeux, je me cachai derrière l'arbre, pas encore prêt à les punir pour leurs actions.

Parce que je finirais soit par les tuer, soit par les baiser tous les deux.

Je me passai la main sur la figure, mon membre pressé contre ma fermeture éclair. *Qu'est-ce qui ne va pas chez moi ?* Ça ne devrait même pas être une décision. Silas devait mourir pour m'avoir trahi, moi, son créateur, de cette façon. Luna, elle, avait besoin d'être mise au pas.

Pourtant je ne pouvais toujours pas bouger.

Mon sang bouillonnait, le désir me tenaillait l'entrejambe, une envie primitive me dictait de courir les *rejoindre* là-bas, pas de les punir.

Je secouai ma tête. J'étais étourdi, confus, bien trop excité, au point que ça en devenait presque malsain.

J'aurais dû accepter la proposition de Bianca de baiser cet après-midi, j'aurais dû la laisser s'agenouiller comme un bon petit loup et prendre ma bite entre ses lèvres pulpeuses qui me suppliaient de la baiser.

Mais je n'avais pas pu.

C'était mal.

Oh, provoquer Luna avait été amusant. Au moins jusqu'à ce qu'elle s'enfuie. Non pas que je lui en veuille. J'avais été un con, mais ses commentaires sur le viol et le forçage du lien m'avaient vraiment énervé.

D'habitude, les femmes m'adorent, mais Luna agissait comme si c'était une épreuve, même si son corps me désirait clairement.

Ça m'avait rendu furieux, frustré, et une facette sombre et tordue de ma personnalité avait voulu la blesser en retour.

Ce qui s'était évidemment retourné contre moi, putain de merde, parce que je l'avais laissée tout excitée et agacée, avec l'envie de fuir. Maintenant toutes mes menaces qu'elle ne trouve pas de loup pour la baiser avaient été invalidées par ma propre progéniture, cette saloperie.

Comment était-ce arrivé ?

Non, meilleure question.

Pourquoi ai-je laissé ça se produire ?

Je pris une grande inspiration. Il fallait que cette folie se termine. Les baiser ou les tuer, ça restait à voir. Mais je ne pouvais pas rester planté là comme une chochotte et laisser durer plus longtemps le spectacle.

Mais quand finalement je m'avançai dans la clairière, tous deux étaient partis.

L'odeur de Silas menait à la maison que je lui avais généreusement prêtée, tandis que celle de Luna allait vers le domaine principal.

Ils s'étaient séparés, me laissant le choix de savoir qui suivre en premier.

C'était plus facile que je ne le pensais. Je choisis Silas. Parce que je le possédais. Et il allait découvrir ce que ça signifiait de démolir la confiance entre la progéniture et le créateur.

Peut-être qu'après m'être occupé de lui, mon envie de pourchasser Luna et de la baiser pour la soumettre se serait calmée.

Peut-être, mais pas sûr.

J'étais l'alpha ici. Pas elle. Pas Silas. *Moi*.

Il était temps pour eux deux de bien se mettre ça en tête.

Il était temps pour eux de *s'agenouiller*.

SILAS

Putain. Qu'est-ce que je venais de faire ? Comment j'avais pu laisser ça se produire ?

Je faisais les cent pas dans le chalet, égaré.

Edon savait.

Je *sentais* tout son savoir au fond de moi, l'énergie ardente qui brûlait et venait droit sur moi. Mais je ne pouvais pas m'enfuir, comme s'il m'avait entravé les jambes, me forçant à rester ici, à l'attendre.

J'étais un loup mort. Je le savais dans chaque fibre de mon être. Il n'y avait aucune excuse au monde qui pourrait me sauver maintenant. Non pas que j'en aie une.

Le combat m'avait excité.

Ainsi que Luna. *Et merde.* Je ne pouvais pas dire non, je ne voulais pas la renier. Au fond de mon être, je me demandais si ce n'était pas son intention depuis le début de me mettre dans cette situation, pour me distraire, moi, le partenaire qu'elle s'était choisi, et me mettre très en colère.

Mais j'avais vu la peur dans son regard quand son grondement avait résonné. Elle avait couru plus vite que moi, sa terreur laissant une odeur âcre derrière elle.

Qu'allait-il lui faire ? Était-il là-bas en ce moment ? En train de la punir ?

Non.

Non, il n'était pas là-bas.

Parce que je le sentais ici.

Je le sentais tapi dans l'ombre de la pièce, réfléchissant à mon sort.

Je frissonnai, ne sachant trop quoi faire. Devrais-je tenter de me battre ? De plaider ma cause ?

Il m'entourait de sa domination, son pouvoir était une présence palpable qui pesait sur mon échine , exigeait ma soumission. Pourtant mes jambes se bloquaient en signe de rébellion, mon ventre serré par l'effort.

— Tu as touché quelque chose qui ne t'appartenait pas, déclara-t-il d'une voix basse, rauque, qui me fit froid dans le dos.

Je déglutis.

—Je sais.

Ce n'était pas la bonne réponse. J'aurais dû m'excuser, promettre que ça n'arriverait plus.

Mais dans les deux cas, j'aurais été forcé de mentir.

Je ne regrettais pas, ni ne pouvais promettre de ne pas le refaire. Parce que quelque chose s'était produit entre Luna et moi, une sorte d'attraction intense, et c'était loin d'être terminé. Je voulais la goûter à nouveau. La baiser. La *posséder*.

C'était complètement fou.

Je la connaissais à peine.

Pourtant mon loup la désirait. Pas comme une partenaire, mais comme une récompense , et il refusait qu'on l'en prive .

Edon m'encercla, les ombres de la pièce dissimulant sa présence. Toutefois je le *sentais* bouger, m'observer comme une proie.

Le soleil couchant était comme un présage de ce qui allait arriver : la fin d'un jour, la fin d'une vie.

— Quel goût a-t-elle ? demanda Edon doucement.

Il prononça ces mots d'un ton mortel. Presque comme s'il me mettait au défi de répondre.

Si je devais mourir, je partirais droit dans mes bottes.

— Elle a un goût d'oran

— Mmmh. Et ça t'a plu ?

Edon se tenait derrière moi maintenant, le bourdonnement de son murmure vibrait contre ma nuque.

— Oui.

J'attendis que le coup vienne, ou bien une menace, *quelque chose.*

Le silence tomba entre nous. Si la chaleur de sa peau ne baignait pas la mienne, j'aurais cru qu'il était parti. Mes sens étaient en alerte et une nouvelle odeur apparut.

Non. Cette odeur était là depuis qu'Edon était arrivé.

Une saveur sombre, addictive. L'odeur de la forêt, d'un prédateur dans la fleur de l'âge, évaluant sa cible : moi.

Seulement ce n'était pas de la violence qui émanait de lui, mais quelque chose de plus dur. *Un besoin sauvage.*

Mon cœur manqua un battement, puis mon pouls s'emballa, pompant le sang vers la seule partie de moi que je ne pouvais pas laisser réagir.

Mais quelque chose me plaisait dans la masculinité d'Edon. Sa domination était un trait qui méritait d'être vénéré, respecté, reconnu.

Il me fallait un effort considérable pour garder la tête droite alors que tout ce que je voulais, c'était m'incliner. M'agenouiller devant lui. Le reconnaître comme le plus grand des loups.

— Tu as manifestement suivi une formation au sexe oral à l'université.

Ses mots étaient comme un souffle à mon oreille, sa poitrine une flamme menaçante effleurant mon dos.

Ma bouche s'assécha , mon corps réagissant à sa proximité d'une manière que je n'aurais jamais anticipée.

C'est à cause de la bagarre et de la partie de jambes en l'air qui a suivi, me dis-je. *Tu es excité à cause de Luna.*

Tu l'es ? railla Edon.

— Tu n'as appris à combler que les femmes dans tes cours ? demanda-t-il, sa main agrippant ma hanche. Ou as-tu appris à faire plaisir aux hommes aussi ?

Oh, putain. Je n'étais pas le seul à être excité. Pas étonnant qu'il dégage de la chaleur. Sa bite était aussi dure que la mienne et touchait la fente de mon cul.

Je me léchai les lèvres, les mots coincés dans ma gorge.

Silas, grogna-t-il dans mon esprit. *Ma patience a des limites.*

Oui, admis-je en tremblant. *Oui, j'ai appris à donner du plaisir aux hommes en plus des femmes.*

Je voulais être complètement préparé à tout ce que la vie me réservait.

Mais jamais, dans mes rêves les plus fous, je ne me serais attendu à avoir affaire à un lycan alpha excité.

De plus, je n'aurais jamais pensé que ma réaction instinctive à cette situation serait positive.

Mais ma queue se dressait fièrement, la peau tendue par le désir, mon estomac serré par un empressement qui exigeait d'être satisfait.

Luna m'avait bien allumé, mais quelque chose de malade, de tordu au fond de moi voulait qu'Edon me finisse.

— Agenouille-toi, m'intima-t-il.

Un conflit se déclencha en moi, ma fierté me disant de rester debout alors que mon loup me *suppliait* d'obéir.

Je cédai à mon loup, mes genoux fléchirent.

Edon posa sa paume sur ma tête et promena légèrement ses doigts dans mes cheveux tout en se tournant pour se placer devant moi.

J'avais déjà été dans cette position auparavant : face à

la queue d'un lycan à sucer. Les humains apprennent toutes sortes de *compétences* dans les universités. Le sexe oral en était une que j'avais perfectionnée et pour laquelle j'avais obtenu de bonnes notes, sur les hommes comme sur les femmes.

Sa poigne dans mes cheveux se resserra, il tira sur mon cuir chevelu et me força à lever les yeux vers lui.

Un tourbillon noir de fureur mêlée d'excitation me fixait.

Je ne saurais dire s'il voulait me baiser ou me tuer, car il semblait marcher sur un fil entre les deux.

Il resserra sa prise encore plus, plaqua son autre main sur ma gorge.

— Je devrais te tuer pour ton manque de respect flagrant.

Ma pomme d'Adam s'agita sous sa paume, ce qui le poussa à presser un peu plus fort. Je pouvais à peine respirer. Alors que ça aurait dû me foutre la trouille, je ne ressentis qu'un picotement au fond de moi et un désir ardent naquit entre mes jambes.

C'était un sacré bordel.

Comment pouvais-je être attiré par ce connard ?

Je n'avais jamais eu de préférence en matière de sexe, mais je ne m'étais jamais trouvé dans une situation d'échange de pouvoir.

— Je devrais te tuer, répéta-t-il. Mais je suis plus intrigué par tes compétences orales. Luna a eu l'air de les apprécier. Et maintenant je me demande ce que je vais ressentir. Tu penses pouvoir me donner assez de plaisir pour que je change d'avis, Silas ? Ou est-ce que ça me donnera encore plus envie de te tuer ?

Ses paroles auraient dû me révulser, me faire craindre pour mon avenir. Mais tout ce qu'elles suscitèrent fut un sentiment de défi, un désir de lui prouver ma valeur, de lui en mettre plein la vue. Parce que ça, je pouvais le faire, et plutôt bien d'ailleurs.

— Baise ma bouche et découvre-le.

Le sourire d'Edon était celui d'un loup. Affamé, sauvage, à peine maîtrisé.

— Ouvre-la, Silas.

Le défi dans le ton de sa voix me fit attraper ses hanches et le tirer en avant.

Il voulait me dominer ? Il allait devoir faire plus d'efforts.

Car je savais comment mettre un homme à genoux. Je l'avais déjà fait et le referais maintenant.

Je le pris profondément, comme j'aimais le faire, et je gémis à son goût masculin. Mes sens de loup intensifièrent la sensation comme ils l'avaient fait avec Luna, me procurant une nouvelle expérience malgré mes années d'entraînement.

Il me rappelait la forêt, les feuilles fraîches mêlées à la vie. Très différent du goût d'orange de Luna, pourtant leur combinaison de saveurs créait un mélange parfait sur ma langue. J'en voulais plus. Beaucoup, beaucoup plus.

Alors je le pris, l'avalai jusqu'au fond de ma gorge tout en le suçant en même temps.

— *Putain,* exhala Edon, en m'empoignant si fort les cheveux qu'il en vint à me faire mal.

En conséquence, j'enfonçai mes ongles dans sa chair, le forçant à rester en place pendant que je le dévorais avec ma bouche. Ses cuisses se tendirent, la puissance de son corps ondulait autour de moi en une vague violente. Mes boules me faisaient mal, mon corps était préparé par ce qui avait paru des heures de préliminaires avec Luna, et maintenant Edon.

C'était irrésistible au point d'en être douloureux.

Mais son goût me poussait à continuer, sa bite me

provoquant des haut-le-cœur tandis qu'il tentait de contrôler le rythme.

Il n'y allait pas avec douceur.

Il n'allait pas me laisser le faire venir aussi facilement que ça.

C'était un mélange enivrant de brutalité alpha, de pure lubricité et de colère, le tout enveloppé dans une culmination de grognements et de coups de reins impitoyables.

Je glissai une main pour saisir ses bourses, les pressant en guise d'avertissement alors qu'il s'enfonçait encore plus profondément, essayant de me faire prendre sa queue bien membrée tout entière dans sa bouche.

Ma muette réprimande ne fit qu'intensifier son énergie, son besoin de me soumettre sévèrement à lui. Mais je tins bon, acceptant seulement ce que je pouvais tout en le rendant fou avec ma langue.

Son souffle pantelant m'indiqua que j'étais en train de gagner, qu'il ne pourrait pas me résister plus longtemps.

Il le voulait presque autant que moi, peut-être même plus.

— Avale ça, grogna-t-il, ses mots chauffant mes veines et faisant pleurer ma bite de désir, elle suppliait d'être touchée.

Mais je restais concentré sur lui.

Sa queue.

La liqueur séminale salée qui taquinait ma langue.

Ses sons gutturaux tandis qu'il montait vers l'orgasme qu'il désirait tant.

Chaque poussée primitive de ses hanches, l'enfonçant au point où je ne pouvais plus respirer.

J'acceptai tout, me battais avec ma bouche de la seule façon que je connaissais, en le poussant la limite de l'extase à chaque succion, morsure et chaque coup de langue.

Il jura, son visage se contorsionna pour prendre une expression sublime d'excitation extrême. Il ne voulait pas aimer ça, il ne voulait pas en avoir besoin, mais il ne semblait pas pouvoir s'en empêcher. Sa bite vibra, signalant sa décharge imminente, puis explosa dans ma gorge.

— Silas, siffla-t-il, ses ongles griffant mon cuir chevelu, sa main sur ma nuque me forçant à prendre chaque centimètre alors qu'il jouissait encore et encore.

Je serrai plus fort encore ma bouche autour de son sexe, lui indiquant que je ne pouvais plus respirer.

Mais il ne semblait pas s'en soucier, trop perdu dans son extase pour le remarquer.

Ou peut-être que c'était voulu.

Peut-être qu'il voulait que je meure comme ça, à genoux, avec sa queue enfoncée dans ma gorge.

Cette idée me mit en colère et je l'écartai d'une poussée qui parut le sidérer dans sa félicité orgasmique.

Il me lâcha le temps de reprendre son souffle, puis serra une main autour de ma gorge, me tira sur mes pieds et me poussa contre un mur. Je hoquetai à ce mouvement soudain, mon dos protestant contre ce traitement sauvage.

Ses yeux étaient des orbes noirs ardents, sa mâchoire était si serrée que je crus qu'elle allait se briser. Mais alors sa bouche se posa sur la mienne. Pas gracieusement, pas gentiment, mais impitoyablement. Comme s'il ne voulait pas m'embrasser mais ne pouvait pas s'en empêcher.

Ma langue répondit de la même façon.

Parce que je ne désirais pas l'embrasser non plus. Je ne voulais pas être près de lui. Pourtant, ma foutue bite me suppliait de le toucher, de le caresser encore, de faire *quelque chose*.

Comme s'il avait entendu la supplique, il aligna son

membre contre le mien. Sa peau, humide à cause de ma bouche, était délectable contre ma chair endolorie.

Je ne pouvais pas m'empêcher de me presser contre lui, cherchant la friction, la chaleur, *le soulagement.*

Ses dents se plantèrent dans ma lèvre inférieure, la firent saigner.

Je le mordis en retour, ce qui me valut un grondement de la bête qui était en lui.

Je l'empoignai tout aussi cruellement, mes ongles s'enfonçant tout autant que les siens, mû par un vif, évident besoin de me battre contre lui. Nous nous embrassâmes toutefois comme si nous étions de vieux amants en colère se battant à travers une brume de violence.

Je le haïssais.

Je le voulais.

Je le détestais.

Je le désirais.

Ses grognements me disaient qu'il ressentait la même chose.

Il n'était pas rare que les alpha et les royaux choisissent des membres du même sexe pour leur harem, la plupart appréciant une bonne humiliation.

Mais là, c'était plus profond.

Il ne s'agissait pas pour Edon d'avoir besoin de m'humilier ou de me dompter. Je sentais dans ses mouvements, son esprit, ses grognements, ses coups, ses baisers, dans son comportement général, que cela allait au-delà des jeux et lieux communs de la société.

Nous étions connectés à un niveau bizarre, qu'il m'ait transformé en loup nous liait en une danse interdite qui nous rendait affamés.

— Branle-toi, dit-il, sa main sur ma gorge. Maintenant.

Va te faire foutre, voulus-je dire, mais je ne le pus, ma main se déplaçant déjà vers ma chair gonflée. Je sifflai à la première pompe, je me cambrai contre le mur et directement contre le mâle devant moi.

Il ne m'embrassa pas de nouveau mais observa chacun de mes mouvements avec une lueur affamée qui ne fit que m'exciter davantage.

Je n'avais jamais rien ressenti de tel, toutes mes expériences précédentes étaient presque cliniques en comparaison. Nous n'étions pas autorisés à avoir des activités sexuelles en dehors des cours, non pas que j'aie désiré quelqu'un au point d'essayer. Rae et Willow étaient mes meilleures amies, mais pas mes copines de baise, et aucun des hommes dans mes cours ne m'avait jamais intéressé, malgré les actes sexuels qu'on devait échanger en classe.

Mais Edon... il me *brûlait* le sang.

Et Luna, putain, son odeur me rendait fou.

Ce devait être mon loup, toutes ces nouvelles sensations provoquaient une éruption de désir insatiable.

La pression montait dans mes tripes, me fit resserrer mon emprise et accélérer mes mouvements. S'il me disait d'arrêter, je le tuerais. Ou pire, je lui désobéirais.

J'en avais besoin, je le méritais, putain, je l'*exigeais*.

Mes bourses se tordaient pratiquement dans leur furieuse envie de se vider, mon bas-ventre menaçait d'exploser sous l'assaut de l'érotisme exquis de l'instant.

Edon leva les yeux vers les miens, sa poigne me serrant, me tenant captif, m'écrasant la trachée.

Forçant mon éruption.

Mon gémissement vibra sous sa paume, c'était un grognement étouffé qui me laissa pantelant contre le mur, couvert d'une sueur froide. Des filets de sperme décoraient son abdomen, mon excitation le marquant d'une manière qui n'aurait pas dû être.

Cependant, j'éprouvais un bref moment de joie à

revendiquer quelque chose qui ne m'appartenait pas. À désigner l'alpha comme étant *mien*.

Il dut le savoir, il dut voir la lueur de plaisir dans mes yeux, car il me propulsa à genoux sans ménagement, avec une seule exigence :

— Nettoie-moi avec ta langue.

Un frisson d'agacement me parcourut l'échine. Non pas à cause de la tâche, qui était dégradante en effet, mais à l'idée d'enlever mon odeur de sa peau.

C'est vraiment n'importe quoi. Il ne pouvait pas être mien, je ne *voulais* pas qu'il le soit.

Jamais.

Je me le prouvai en faisant exactement ce qu'il avait exigé, en léchant chaque centimètre de son torse pour enlever la preuve de mon excitation sur sa peau.

Il resta dans sa position dominante au-dessus de moi pendant si longtemps que je crus qu'il allait m'ordonner de le sucer à nouveau. Sa queue se tendit vers ma bouche comme si elle était d'accord. Son corps était chaud, dur et manifestement en manque.

Je n'osais pas croiser son regard. Si je l'avais fait, nous aurions répété toute cette danse, et je n'étais pas sûr de survivre à une autre gorge profonde de sa part aujourd'hui. La colère irradiait fortement de lui, mêlée à une intention mortelle.

Il voulait me tuer pour avoir touché Luna.

Je ne pouvais pas lui en vouloir. Les Alpha étaient possessifs.

Mais il semblait aussi se débattre avec quelque chose de plus profond : cette connexion bizarre entre nous.

Finalement, ce fut la connexion qui l'emporta.

Il me libéra sans un mot ni un coup et partit aussi silencieusement qu'il était arrivé.

Je restai à genoux, immobile, incapable de parler ou de bouger.

Parce que mon destin était toujours sur la sellette.

Il m'avait simplement épargné pour un autre jour, pour s'occuper de moi quand il le jugerait bon.

D'une certaine manière, c'était presque pire.

LUNA

LA MAISON d'Edon empestait la traînée bêta. Je serrai les dents en conséquence et toute la culpabilité résiduelle de ma louve s'envola en un instant.

Je n'aurais pas dû me soumettre à Silas. C'était stupide. Vraiment, *vraiment* stupide, putain. Mais je n'avais guère le choix. Il était beaucoup plus fort que je ne le pensais, ses prouesses étaient peu communes pour un jeune loup. La plupart des humains ressemblaient à des chiots après un changement, du moins d'après ce que j'avais entendu dire. Je n'en avais jamais rencontré, car c'était extrêmement rare, mais Silas me parut bien plus extraordinaire que d'habitude.

Malheureusement, à cause de moi, la mort était suspendue comme une épée de Damoclès au-dessus de sa tête, et il endurait probablement une punition en ce moment même, d'où l'absence prolongée d'Edon.

Putain.

Bon, d'accord, peut-être qu'il me restait un peu de culpabilité.

J'enfouis ma tête dans mes mains, cachée dans ma chambre, redoutant le retour d'Edon.

Il *savait*. Son grondement avait fait trembler le sol sous

mes pieds dans le marais, augmentant les sensations que je ressentais au cœur de mon être à un niveau dangereux.

Car je m'étais épanouie au cours de la chasse, mon corps réagissant de façon indescriptible à l'adrénaline qui circulait dans mes veines. Si l'on ajoutait à cela le baiser agressif d'Edon moins d'une heure auparavant, mon besoin était insatiable et n'avait plus aucune chance d'être satisfait.

Oh, et la langue de Silas. Bon sang, la langue de cet homme pourrait gagner des guerres. Il m'avait fait jouir plus vite que mes mains ne l'avaient jamais fait, me laissant excitée, en manque, à crier pour en avoir plus.

Jusqu'à ce que le grondement d'Edon fasse vibrer la terre.

Il ressemblait beaucoup à celui qui résonnait dans la maison en ce moment.

Je déglutis. *Merde.* Il était de retour. Je sentais sa colère dans l'air, épaisse, enivrante, écrasante.

Il entra dans ma chambre sans frapper.

Je faillis me noyer dans les flaques sombres et furieuses de ses yeux.

— Tu as apprécié ta course ? demanda-t-il d'une voix faussement calme.

— Tu as apprécié ta récréation ? répliquai-je, remarquant son teint rayonnant .

Il retroussa ses lèvres.

— Oh, tu n'as pas idée. La meilleure pipe de ma vie. Tu auras beaucoup à faire pour être à la hauteur.

Un grondement monta dans ma gorge, mon sang s'échauffa, mon estomac se contracta. Comment pouvait-il parler sans honte de baiser la bouche d'une autre femme ?

Je renâclai presque. Comme si j'avais le droit d'être agacée. Je revenais juste d'avoir la langue d'un autre loup entre mes cuisses.

Edon, lui, venait d'infliger une punition. Je sentais Silas partout sur lui. Quel que soit le châtiment qu'il avait reçu, ça ne laissait rien entrevoir de bon. C'était aussi entièrement ma faute.

Mes épaules s'avachirent sur un sentiment de défaite. C'était une sensation que je détestais. Une faiblesse. Mais je ne pouvais pas m'en empêcher. Mes actions avaient causé la condamnation à mort d'un autre loup, quelqu'un qui ne méritait pas ce sort en vérité.

— Quoi ? Pas de proposition pour me prouver que j'ai tort ? railla Edon.

— Tu as l'air plutôt satisfait, marmonnai-je, hochant la tête vers son entrejambe bien montée mais clairement apaisée. Si tu en veux encore, alors va te faire foutre.

Un son féroce jaillit de sa poitrine, me faisant frissonner.

— Attention, Luna. Ou la prochaine fois, c'est *toi* qui me materas pendant que j'en baiserai une autre.

Je déglutis. À entendre le ton qu'il employait, ça ressemblait plus à une promesse qu'à une potentialité. Mon père avait forcé ma mère à observer ses activités au fil des ans, la brisant chaque fois davantage.

— Quoi ? Pas de répartie impétueuse ?

Il attendit un instant et reprit :

• Ne me dis pas que ta défiance a déjà disparu.

Je ne dis rien. Il voulait ma soumission. À la place, je lui offrais mon silence.

— Tes privilèges de terrain sont officiellement révoqués. La prochaine fois que tu voudras courir, tu devras le demander. Si je te surprends en dehors des limites du village sans ma permission expresse, je te punirai. Tu as compris ?

Je croisai son regard. Avais-je compris ?

— Oui.

Allais-je obéir ? Putain, non.

Sa moue au coin des lèvres me disait qu'il le savait aussi.

Et qu'il aimerait infliger la punition qu'il avait en tête.

Bien.

Ça ne me faisait pas peur.

Il n'avait aucune idée des châtiments que j'avais endurés en grandissant. J'étais si bien versée dans cet art qu'il devrait être très créatif pour seulement penser m'impressionner.

Alors bonne chance à lui.

Edon partit sans autre commentaire, l'air chargé de promesses et de parties de sexe à venir dans son sillage.

J'avais envie de vomir.

Aujourd'hui, j'avais tenté de m'échapper et j'avais échoué.

Demain, j'essaierais encore.

Et le jour suivant.

Et le jour d'après.

Jusqu'à ce que je meure ou réussisse.

Edon pensait que j'abandonnerais ? Pas du tout. Je ne faisais que commencer.

———

JE ME RÉVEILLAI dans un merveilleux silence.

Soit Edon s'attendait bêtement à ce que j'obéisse à ses ordres, soit il m'avait tendu un piège.

Quoi qu'il en soit, j'allais courir. Personne n'allait me priver de sortie. Surtout pas lui.

J'enfilai un jean et un débardeur, puis je décidai de faire d'abord le tour du rez-de-chaussée pour voir ce qu'on disait : si Edon avait informé les autres de ma petite assignation à résidence, alors j'avais besoin de savoir à qui échapper.

Cela me donnerait aussi une couverture s'il demandait où j'étais allée aujourd'hui. *Oh, tu sais, dans les environs.*

Cependant, je le regrettai à la seconde où je posai le pied dans le domaine principal du quartier général du clan Clemente.

Bianca était avec un groupe d'amis, le visage rayonnant tandis qu'elle parlait à haute voix des choses qu'Edon lui avait faites la nuit dernière.

Tu es allé la voir ? Encore ? pensai-je, irritée au-delà de toute mesure. C'était tellement illogique, tellement injuste étant donné que j'avais participé à une partie de jambes en l'air bien érotique avec sa progéniture, mais savoir qu'il était allé voir cette salope dans l'état d'agressivité sexuelle où il se trouvait m'énervait au plus haut point.

C'est ainsi que je justifiai mon poing dans sa figure.

Deux fois.

Tout se passa si vite – ma réaction fut instantanée lorsque je l'entendis se vanter devant moi d'avoir baisé avec *mon* partenaire – que je ne pus retenir ma louve à temps avant de frapper.

Le fait qu'elle porte l'odeur d'Edon ne fit qu'empirer les choses.

À moi, grogna ma louve, balançant mon poing dans la mâchoire de la traînée une troisième fois.

— *Suffit !* claqua une voix masculine autoritaire.

Une voix qui appartenait à un alpha.

Walter.

Mes genoux plièrent sans prévenir, ma tête s'inclina dans une posture soumise qui me faisait effet jusque dans mes os. *La survie*, murmurait ma louve. Ce qui ne se produisait pas avec Edon. Car quelque part au fond de moi, je savais qu'il ne me ferait pas de mal, contrairement à l'alpha qui s'approchait de moi maintenant.

Walter me flagellerait volontiers, me violerait, me réduirait en bouillie. Je le sentais dans ses intentions à chaque pas, son intention de briser celle qu'il considérait comme la femelle la plus forte de sa meute, une femelle qui avait besoin d'apprendre à bien se tenir.

Il me frappa d'un revers de main sur le côté de la tête, me projetant à terre, ce qui me fit sortir de la gorge un gémissement.

— Ce n'est pas toi qui commandes ici, Luna du clan Ernest, déclara-t-il d'une voix trompeusement calme.

Puis son pied frappa mon torse et je me roulai en boule pour me protéger, toutes ces années où mon père m'avait traitée de manière pareillement rude défilant à toute vitesse derrière mes paupières.

Je peux le supporter.

Ça ne fait mal que pendant un petit moment.

Va là où tu seras heureuse.

Pense à t'entraîner avec Logan.

Ne fais pas…

Le coup suivant fut porté dans mon dos et la douleur remonta le long de ma colonne vertébrale.

— Messieurs, qui veut m'aider à donner une leçon à la petite louve ? proposa-t-il, les notes licencieuses de sa voix envoyant un courant glacé dans mes veines.

Je savais ce qu'il leur proposait.

J'avais vu mon père faire la même chose à ma mère pour s'être mal comportée, j'avais dû assister en direct à son viol collectif. Ce n'était pas pour son plaisir mais pour celui de mon père. Comme c'était lui qui était aux commandes de sa sanction, il ne se souciait pas de ceux qui cherchaient leur propre extase en abusant de son corps.

Il avait même baisé une autre femme à côté d'elle juste pour prouver qu'il avait raison.

Ça m'avait rendu si malade, m'avait tellement horrifiée que Logan avait dû me tenir chaud toute la nuit. Il avait promis que lorsqu'il prendrait le pouvoir, les choses seraient différentes, qu'il ne traiterait pas notre peuple avec un tel manque de respect.

Mais maintenant que je n'étais plus là, qui savait quelles abominations mon père avait implantées dans l'esprit de Logan ?

Une foule se forma, toute cette testostérone masculine affamée imprégna l'air.

La violence pleuvait sur moi sous forme de coups de poing, de pied, on me touchait de partout, et je ne voulais rien sentir de tout cela.

Tout se mélangeait en un nuage chaotique dans mon esprit.

Ça ne peut pas me briser, m'enjoignis-je. *Tu as déjà été battue. Tu as été noyée. Tu as vécu dehors par des températures négatives pendant des jours. Tu peux le faire. Tu peux le faire. Tu peux…*

Un grondement furieux fit vibrer le sol, ébranla les fondations de mon cœur et perça le brouillard cruel qui encerclait mon corps endolori.

— *Elle est à moi,* dit la voix. Tu ne toucheras pas à ce qui est *à moi.*

— C'est une petite garce désobéissante qui a besoin d'une bonne leçon, répondit Walter, une ceinture dans sa main qui se révéla tachée de sang.

De mon sang.

Je ne me souvenais pas qu'il m'avait fouettée, je ne sentais même pas d'entaille, mais j'étais certaine qu'il m'avait frappée plus d'une fois.

— Ce ne sera pas à toi de donner cette leçon.

— Bien sûr que si, grogna l'alpha.

Edon attrapa le poignet de son père et le tordit si fort que l'os menaça de se briser.

— Tu n'as aucune autorité sur ma partenaire. Si je veux qu'elle soit battue, elle sera battue. Si je veux qu'elle soit violée, elle sera violée. Mais tu ne dicteras pas sa punition. C'est à *moi* de le faire.

Il repoussa l'alpha avec une force qui souleva des halètements parmi la foule. Il avait tant de pouvoir. Tant d'autorité.

Un alpha dans la fleur de l'âge.

L'héritier en pleine ascension .

Je le voyais maintenant dans sa posture, dans la façon dont ses muscles se contractaient sur son dos nu. Même avec rien d'autre qu'un jean et pieds nus, il se tenait avec une autorité à laquelle peu d'autres créatures pourraient jamais prétendre.

Ce mâle *exigeait* la domination.

Si je n'étais pas déjà à terre, je serais à genoux à ses pieds, asservie par l'aura de supériorité qui émanait de lui par vagues.

Edon se retourna et ses yeux noirs comme deux lacs profonds mirent la majorité de la foule à genoux d'un seul regard.

Personne ne le défierait.

Ni ici.

Ni jamais.

— Luna est *à moi*, lança-t-il d'une voix si tonitruante qu'elle devait être audible dans tout le village, voire dans les environs. Si quelqu'un veut se battre contre moi pour avoir le droit de toucher à ma propriété, je suis tout à fait prêt.

Il darda son regard sur tous les hommes qui étaient restés debout dans l'assistance, jusqu'à ce que chacun d'eux incline la tête. Puis il revint à Walter, de qui émanait une fureur qui refroidissait l'atmosphère autour de nous.

— Tes jours sont comptés, Alpha sortant. Je ne m'incline plus devant toi. Ne touche plus jamais Luna sans ma permission ou je te le ferai regretter, *mon vieux*.

Sans attendre une réponse, Edon me ramassa par terre et me porta à travers la foule des loups qui s'inclinaient.

Personne ne nous arrêta.

Personne ne dit mot.

Pas même l'alpha furieux derrière nous.

J'enfouis ma tête dans le cou d'Edon, mon visage mouillé de larmes que j'avais versées sans m'en rendre compte. La seule peur que ces hommes me touchent avait détruit mon assurance ; j'avais réalisé mon impuissance face à mon destin, sachant que je ne pouvais pas les combattre tous.

Ils ne m'auraient pas tuée.

Ils m'auraient soumise et fait souffrir encore plus.

Edon promena un doigt le long de ma colonne vertébrale, son contact était brûlant à travers ma chemise. Juste une caresse tendre, une pointe de réconfort qui, d'une certaine manière, me faisait encore plus mal.

J'avais perdu la tête à cause d'une femme qui se vantait d'avoir baisé avec lui, alors qu'il ne m'appartenait pas vraiment. Je n'arrivais même pas à imaginer ce qu'il avait fait à Silas.

La jalousie m'avait brûlé si fort qu'elle avait forcé ma louve à faire surface, et ce n'était que le début.

Edon prendrait toujours d'autres femmes, sans doute même devant moi. Comment l'encaisserais-je si je ne pouvais même pas le supporter maintenant ?

L'odeur de sa maison me fit lever yeux vers les poutres familières au plafond. Il avait marché si vite que je n'avais même pas réalisé que nous étions arrivés jusqu'à ce qu'il claque la porte d'un coup de talon.

Je m'attendais à ce qu'il me dépose dans ma chambre ou sur le canapé, mais il m'emmena dans sa chambre.

Une punition, compris-je. Il devait faire quelque chose, me remettre à ma place pour m'être comportée de la sorte, et c'était là qu'il prévoyait de le faire.

Allait-il exiger que je le suce ? Le baise ? Me battre à coups de ceinture comme son père ? M'étrangler ? Me brûler ?

Les Lycans guérissent vite, surtout les pur -sang comme moi. Je pourrais donc supporter toutes sortes de tortures avant de m'évanouir et je me réveillerais presque toujours comme neuve, sans cicatrices.

J'ouvris la bouche pour m'expliquer, m'excuser, dire *quelque chose*, mais ma gorge m'en empêcha. Elle était trop serrée. Je pouvais à peine respirer.

Il me déposa sur le matelas.

— Lève les bras, m'intima-t-il.

J'obtempérai, car je ne savais pas quoi faire d'autre, et je gémis quand il ôta les lambeaux ensanglantés de ma chemise. Il me fit m'allonger sur le côté, et mes jambes se replièrent automatiquement sur mon ventre.

Ça allait faire mal.

Il fallait que je retrouve mon coin de paradis, repense aux quelques moments heureux de mon enfance, à Logan et Claudette et à toutes nos leçons ensemble sur l'ancien monde. Faire comme si je vivais là-bas avec eux. En harmonie. Sans tyrannie. Dans un endroit…

La souffrance me transperça les côtes et je criai.

Edon me maintint allongée, ses doigts palpant ma peau tendre, ses traits livides.

Il me fallut un moment pour comprendre qu'il ne me

faisait pas souffrir exprès, mais qu'il essayait d'examiner mes blessures.

— Je vais le tuer, putain, grogna-t-il.

Il me fit lentement rouler sur l'autre côté pour mieux examiner mon dos. Ça me faisait un mal de chien, tout mon corps picotait à son contact. Il jura d'un ton assez violent pour me faire sursauter.

— Ne bouge pas.

Comme si je le pouvais.

Mon corps me faisait mal à cause des deux coups de pied. Attendez, il n'y en avait eu que deux ? *Oui.* Walter tenait une ceinture ensanglantée. Mais je ne me rappelais pas ce qu'il avait fait avec. Je m'étais retirée dans…

La glace me poignarda le bras et je poussai un cri, mais une main de fer me força à ne pas bouger. La pièce se mit à tourner un peu, me procurant une sensation d'ivresse. Je tentai de la secouer, de me concentrer sur le mur qui bougeait, mais je n'y arrivais pas.

Était-ce là la punition d'Edon ?

Me faire délirer ?

M'embrouiller l'esprit ?

— Je ne vais pas te punir, Luna, dit-il doucement.

Il glissa un tissu chaud dans mon dos et je sifflai.

— Putain…

Ça piquait. Non, ça *brûlait.*

Une seconde… avais-je parlé à voix haute ? Ou avait-il lu dans mes pensées ?

Il écarta mes cheveux de mon visage, glissa sa paume sur ma nuque.

— Chut. Les antalgiques vont bientôt faire effet et te soulager. Ça ne durera pas longtemps vu la vitesse à laquelle nos corps brûlent les médicaments, mais ça devrait te soulager un peu le temps que tes entrailles guérissent.

Un autre passage du chiffon me fit me cramponner aux

draps, et mon gémissement se transforma en une supplique pour qu'il arrête.

Je détestais cette démonstration de faiblesse.

Je détestais encore plus mon désir de sentir son contact.

—Je dois nettoyer les blessures, expliqua-t-il.

Son chiffon revint. Ou peut-être que c'était un nouveau. Je ne saurais dire. La puanteur des antibiotiques me donnait la nausée, ma peau criait sous le baume apaisant.

Jusqu'à ce qu'une autre vague de vertige ne m'emporte.

Je clignai des yeux, essayant de faire disparaître les points noirs de ma vision.

— Antalgiques.

Il souffla ce mot contre mon oreille et son contact se transforma en une caresse dans mon dos. Mes paupières se firent lourdes, j'eus la sensation d'entrer dans un cocon de chaleur dans lequel j'aurais voulu vivre pour toujours.

Puis une deuxième piqûre me f it ouvrir des yeux inquiets, mais je fus apaisée par un grognement sourd d'Edon.

Mon partenaire, reconnut ma louve, réconfortée de sentir ses mains la toucher, la façon dont il prenait soin de moi, dont il me protégeait des autres.

Son corps chaud s'enroula autour du mien dans le lit, il m'attira doucement vers lui. *Dors,* chuchota mon esprit.

Ou peut-être que c'était Edon.

Mmmh, mais je ne voulais pas dormir tout de suite.

Ma langue était trop bizarre, épaisse, sèche. Comme si j'avais léché beaucoup de papier de verre.

Étrange.

Je fronçai le nez, les odeurs qui tourbillonnaient autour de nous me déroutaient.

Je sentais surtout Edon.

Et un autre parfum masculin, qui me rappelait les cyprès. J'aimais bien son côté apaisant, mais j'ignorais d'où il venait.

— Mon grand-père, chuchota Edon.

Soit il avait lu dans mes pensées, soit il avait remarqué que je flairais. Il reprit :

— C'est là que j'étais hier soir, petite partenaire. Bianca fanfaronnait parce que je l'ai repoussée. Elle est jalouse de toi.

Je fronçai les sourcils. Il l'avait peut-être repoussée hier soir, mais il avait bel et bien passé la journée avec elle.

— Tu crois ça ? dit-il d'une voix douce, ses lèvres caressant mon cou. J'ai dit qu'on m'avait sucé, mais je n'ai pas dit que c'était elle.

Je ne comprenais pas.

Je ne savais pas non plus comment il était dans ma tête, comment il entendait mes pensées. Les exprimais-je à voix haute ? Je me sentais plutôt bizarre, étourdie. Comme si j'étais au bord d'un rêve éveillé.

Il m'embrassa sur la tempe, glissa un bras sur ma poitrine et l'autre sous ma tête.

— C'est le médicament. Repose-toi, petite partenaire. Tu vas te réveiller comme un charme. Je te le promets.

Pourquoi est-il si gentil avec moi ? me demandai-je, méfiante. Ce n'était pas ainsi que les alpha traitaient leurs partenaires. Plus depuis très longtemps, en tout cas.

Claudette avait parlé d'une autre époque, d'un temps où les femmes et les hommes se choisissaient pour la vie, leur fidélité l'un envers l'autre étant au cœur du lien d'accouplement.

De nos jours, les hommes étaient encouragés à tromper et les femmes devaient endurer.

Logan avait dit un jour qu'il préférait le monde dont parlait Claudette durant nos études.

Moi aussi.

Mais je ne pourrais pas trouver ça ici. Ni n'importe où, d'ailleurs. L'ancien monde n'existait plus, seulement cette nouvelle société contrôlée par l'Alliance de Sang.

Je fermai les yeux et les paroles de Claudette formèrent un faible murmure dans mon esprit : *Tout le monde mérite de choisir. Tout le monde mérite de trouver son Jolene Mason.*

Elle avait aimé, une fois.

Un mâle appelé Jolene. Claudette parlait souvent de lui, de l'importance des choix. À la fin, le cœur de Jolene était allé vers une autre, mais le sien lui avait toujours appartenu. C'est pourquoi elle ne s'était jamais accouplée.

— Qu'est-ce que tu as dit ? demanda Edon.

Son souffle me réchauffait la peau.

Je secouai la tête, ne sachant quoi répondre. Je n'avais pas prononcé un mot. Ou peut-être que si. Quelle importance à ce stade ?

Les rêves n'existaient pas ici.

L'amour était une invention de l'ancien monde.

— Donne-moi une chance, Luna, murmura Edon. Je pourrais te surprendre.

— Tu l'as déjà fait, marmonnai-je, mâchant mes mots, comme ivre de sommeil.

Il frotta son nez sur ma gorge, un geste bien plus réconfortant que je ne voulais l'admettre.

Toutefois, ce geste me berçait dans un faux sentiment de sécurité.

Un sentiment qui me suivit dans mes rêves, où j'imaginais un monde qui n'existait pas. Un futur fantaisiste, basé sur un passé dont j'ignorais tout mais que j'aurais tant voulu connaître.

EDON

LUNA DORMAIT PROFONDÉMENT dans mon lit, sa silhouette svelte blottie autour d'un de mes oreillers. Elle n'avait guère bougé ces deux derniers jours, mais son corps semblait être totalement guéri. *Enfin.*

J'écartai ses cheveux en arrière pour poser un baiser sur sa tempe, puis je gagnai mon salon où Silas m'attendait.

Je l'avais appelé ici via le lien du Maître et de sa progéniture, à son grand dam.

Il était habillé de la même façon que moi, d'un jean, ses cheveux blonds étaient humides de sa course, sa peau luisante de sueur semblait définir encore plus ses muscles.

Silas haussa un sourcil, son scepticisme inscrit dans cette seule expression. Mais je le captais aussi dans ses pensées, son incertitude soulignée par une satisfaction réticente à l'idée que j'exige sa présence.

Est-ce qu'il va me tuer ? Ou me baiser ? se demandait-il, ce qui me fit retrousser les lèvres.

— Je n'ai pas encore décidé.

Un mensonge, bien sûr. Si j'avais voulu le tuer, il serait déjà mort. Je n'avais pas encore bien compris pourquoi j'avais tant envie de le baiser. Parce que je le voulais. Mais je ne pensais pas que ce serait correct.

Bon, j'avais déjà profité de sa bouche. Pourquoi ne pas aller jusqu'au bout ?

— Je déteste que tu sois toujours dans ma tête, déclara-t-il sans ambages.

— Tu ferais mieux de t'y habituer.

Je serais toujours là, à moins que l'un de nous ne meure. S'il avait regardé assez en profondeur, il aurait réalisé que le lien fonctionnait dans les deux sens.

— J'aimerais que tu surveilles Luna pour moi.

Ses lèvres s'entrouvrirent, attirant mon attention sur sa bouche.

Ce qui me rappela l'autre nuit et avec quel talent il m'avait sucé.

Mmmh, oui, je voulais le refaire.

— *Quoi ?* dit-il en éclatant de rire, tu te fous de moi.

— Pas du tout, dis-je.

Je fis un pas vers lui. Il tint bon, ce qui ne fit que m'intriguer davantage. Je repris :

- Tu es le seul en qui je peux avoir confiance avec Luna.

Parce que j'avais un lien permanent avec lui, auquel je pouvais accéder quelle que soit la distance.

— Ne la touche pas, c'est tout.

Sans ma permission, faillis-je ajouter, me surprenant moi-même. Une image de Silas sur Luna flasha derrière mes paupières, faisant bouillir mon sang, dans le bon sens du terme. Je la chassai, me forçant à me concentrer sur l'instant présent.

— Tu peux faire ça, Silas ? Tu peux regarder sans toucher ?

Ses narines se dilatèrent, une expression de défi marqua ses traits.

— Tu me prépares à l'échec avant même que j'aie commencé.

— Ce n'est pas un test.

— Tout est un test dans ce putain de monde, rétorqua-t-il.

Sa colère était brûlante. Je voulais jouer avec, l'attiser davantage, voir jusqu'où je pouvais aller avant qu'il n'explose.

Si ce n'en était pas un, il aurait demandé à un véritable ami de le faire, ajouta Silas en se parlant à lui-même.

— Je n'ai pas d'amis.

Je n'en avais d'ailleurs pas besoin. Je continuai :

— Mon dernier *ami*, un terme que j'utilise avec beaucoup de parcimonie, est mort juste après mon treizième anniversaire. Mon père l'appelait une distraction. Il a dit que je n'en avais pas besoin et a coupé le gamin en deux devant tout le clan. Peu de gens ont tenté de devenir amis avec moi après ça.

Les yeux de Silas s'écarquillèrent quelque peu, seul indice que mes mots l'avaient alarmé.

Je ne savais pas trop pourquoi je ressentais le besoin de m'expliquer, mais je le fis quand même :

— Écoute, je dois aller parler à mon grand-père, repris-je. J'ai besoin de quelqu'un en qui je peux avoir confiance, quelqu'un qui *m'appartient*, pour veiller sur Luna. Tu es ce quelqu'un, Silas. Je ne te demande pas une faveur. Je ne te teste pas. Je te confie une tâche en tant que ton alpha et ton créateur. Tu vas rester ici et protéger ma partenaire jusqu'à mon retour. Si qui que ce soit s'aventure sur mon territoire et vous cherche des ennuis, à toi ou à Luna, tu m'alertes. Tu comprends ?

Il haussa une épaule.

— Bien.

Oh, son défi aiguillonnait mon loup intérieur. Je voulais

le faire plier et le baiser pour le soumettre. Mais je n'avais pas le temps.

De plus, ça aurait réveillé Luna.

— Après, nous aurons une discussion sur l'obéissance, l'avertis-je en le quittant. Laisse-moi t'avertir que tu finiras de nouveau probablement à genoux.

La faim brilla dans son regard avant qu'il ne puisse la réprimer.

— Tu es l'alpha.

— Et tu es mon oméga, répondis-je, amusé. Sois sage.

Silas aboya dans mon esprit quand je partis, ce qui me fit glousser tandis que je trottinais vers la propriété de mon grand-père.

La folie de ce qui était arrivé à Luna m'avait mis sur les nerfs, mais ces quelques minutes passées avec Silas m'avaient suffisamment calmé pour que je puisse traverser le domaine sans chercher à tuer quelqu'un. Je ne serais pas aussi clément si on se mettait en travers de mon chemin. Surtout si c'était l'un des crétins qui avaient rejoint mon père dans son petit cercle punitif l'autre jour.

Un des plus vieux membres du clan, le père de Barry, m'avait trouvé dans les bois et m'avait averti des intentions de mon père. J'étais parti en courant avant qu'il n'ait fini, arrivant juste au moment où deux loups, Glenn et son idiot de frère, commençaient à enlever leur pantalon.

Il ne fallait pas être un génie pour comprendre leur plan.

Ils allaient violer collectivement Luna pour la soumettre.

Il faudra me passer sur le corps, avais-je pensé, mes pieds nus martelant la terre, mon sang bouillant de rage une fois de plus.

Si c'était un autre des petits tests de mon père, j'avais échoué et je n'en avais rien à foutre. Luna était à moi.

Personne ne la touchait sauf moi. Les autres pouvaient bien avoir envie d'une femme brisée dans leur lit, mais pas moi. Sa fougue était l'un des traits que je préférais chez elle, et la meute l'avait éteinte, la laissant froide et distante dans mes bras.

Il était clair que Luna avait déjà été abusée sexuellement, car elle savait comment se retirer dans son esprit.

J'avais vu ce regard tant de fois sur le visage de ma mère. Ces jours-ci, elle le portait en permanence. Elle ne se rendait même pas compte de ma présence quand je lui rendais visite, si brisée et si seule.

Cela ne devait pas arriver à Luna.

Je le refusais.

L'incertitude de Silas s'infiltra dans notre connexion, faisant ralentir ma course à un petit trot, tandis que je naviguais dans ses pensées pour en trouver la cause.

La faim. Il allait manger quand je lui avais demandé de venir à la maison. Ne voulant pas courir à toute vitesse l'estomac plein, il avait remis les plats dans le frigo et était parti trouver sa destinée. Laquelle, d'après lui, était de mourir en public, à la vue de tous.

Ce mâle cachait bien sa peur, car je n'en avais pas perçu le moindre soupçon, il n'avait donné que l'image d'un mâle arrogant et irrité. Mais son esprit me laissait entrevoir quelque chose de tout à fait différent.

Sers-toi à manger si tu as besoin, lui transmis-je. *Et je veux savoir quand Luna sera réveillée.*

L'agacement assombrit notre lien. *Évidemment.*

Je souris. *N'aie pas l'air trop reconnaissant, Silas, ou je pourrais être enclin à faire quelque chose de peu gracieux à l'avenir.*

Comme baiser ma bouche ? lança-t-il. *Ou devrais-je considérer cela comme un acte gracieux ?*

Oh, la paire de couilles de cet homme rivalisait presque

avec la mienne . *Continue de parler, progéniture. Je considère ça comme des préliminaires.*

Il vaut peut-être mieux que tu ne flirtes pas trop avec moi, Maître. Il y a une magnifique femelle alpha dans la pièce d'à côté.

Je stoppai mon jogging.

Je restai figé sur place.

Il dut sentir que je m'étais soudainement arrêté, car il ajouta : *Je ne vais pas la toucher.*

Tu n'as pas intérêt. Sauf que ma curiosité de tout à l'heure me revint, et je me demandai ce qui se passerait si je les surprenais encore une fois en pleine rencontre sexuelle. Mon sang s'échauffa une fois de plus, cette idée étant diablement excitante.

Reviens vite, dit Silas, l'air ennuyé. *Ou je vais tout manger.*

Vas-y, ricanai-je. Il en avait plus besoin que moi. Sa silhouette mince et musclée avait besoin de prendre un peu de volume et de retrouver la masse musculaire qu'il avait avant le Tournoi des Immortels et son recrutement dans le clan Clemente.

Ça reviendrait.

Je repris ma course et je souris en trouvant mon grand-père attendant sur son vieux porche, une épaule appuyée contre un poteau en haut des marches.

— Des ennuis au paradis ? s'enquit-il, ayant sans doute ressenti mon hésitation depuis un bon kilomètre, quand je parlais à Silas.

— Une progéniture dévoyée, répondis-je.

Je gravis les marches et passai devant lui pour entrer dans la maison.

— J'ai hâte de le rencontrer.

— Je sais. Je suis presque sûr que tu vas me désavouer en sa faveur.

J'avais déjà dit à mon grand-père quelques mots sur

Silas, surtout concernant ses compétences de combattant et sa défiance.

Mon grand-père gloussa en refermant la porte derrière nous, avant de s'écrouler dans son fauteuil de détente préféré.

— Il était temps que quelqu'un d'autre que moi te donne un peu d'affection.

Je grognai en m'installant sur le canapé.

— Tu plaisantes ? J'ai hâte d'être débarrassé de toi, vieil homme.

— Oui, Oui. C'est pour ça que tu viens me voir presque tous les jours depuis l'arrivée de ta partenaire, pas vrai ? me demanda-t-il en me lançant un regard complice. Qu'est-ce qu'elle a encore fait ?

Rien de tel que d'aller directement au but de ma visite.

— Elle a attaqué Bianca.

Selon le père de Barry, cette salope le méritait pour avoir provoqué publiquement une femelle alpha. La réaction possessive de Luna aurait dû me faire plaisir, mais les conséquences violentes de l'incident avaient sérieusement entaché ce plaisir.

— Mon père a voulu battre Luna pour la soumettre.

Mon grand-père siffla.

— Un geste osé de toucher à la femelle d'un autre alpha.

— On sait tous les deux qu'il n'a aucun respect pour moi ou pour ma revendication de son territoire.

Les rapports avec mon père étaient tendus depuis des années et je le soupçonnais fortement de vouloir me tuer. Heureusement, il n'était pas assez fort pour y parvenir. Il ne pouvait pas non plus faire face aux répercussions politiques de l'assassinat de son seul héritier.

— Tu as besoin d'alliés, me dit mon grand-père pour la millième fois. Walter a fait tout son possible pour t'écarter, au point que c'est presque une certitude que tu vas échouer à ces épreuves.

— Eh bien, merci pour le vote de confiance, dis-je d'un ton irrité.

— Tu as besoin de Luna à tes côtés. Et de ce garçon, Silas, ainsi que de tous ceux que tu peux convaincre de t'aider. Parce que quoi que Walter ait prévu, ça s'annonce mal .

— Ç'est déjà moche , le corrigeai-je.

Je repensais au vampire que j'avais dû découper en morceaux avant de le jeter dans la mer. Mon grand-père m'avait confirmé que c'était bien le début de mes Épreuves d'Alpha et que l'idée de Silas de se débarrasser des preuves avait été judicieuse.

— Il commence tout juste.

Je sais. Je me penchai en avant, les coudes sur les genoux.

— Je ne suis pas venu ici pour discuter des épreuves, grand-père. J'ai quelque chose d'autre à te demander.

— Ah oui ?

Il pencha la tête de cette façon curieuse qu'il affectionnait, et qui lui donnait l'air d'un chiot malgré ses presque sept cents ans, avec ses cheveux blancs et sa peau ridée. Il était l'un des plus vieux lycans encore en vie, la plupart mourant vers six ou sept cents ans. Mais pas mon grand-père. C'était un vieux bâtard têtu, au grand dam de mon père.

La meute lui laissait son espace par respect, tandis que mon père l'évitait complètement.

— Alors ? me relança-t-il. Je ne rajeunis pas .

Mes lèvres se retroussèrent. Il semblait toujours savoir ce que je pensais. Mais je doutais qu'il puisse anticiper ce que j'allais lui demander.

— Qui est Claudette ?

Luna avait marmonné quelques mots sur cette femme dans son hébétement dû aux médicaments, à propos de ses leçons et de l'histoire du monde. Je la connaissais déjà en grande partie, ayant beaucoup appris sur les temps anciens par mon grand-père, mais ensuite Luna avait dit quelque chose de tout à fait fascinant.

— Tout le monde mérite de choisir, répétai-je ses paroles, plissant les yeux sur mon grand-père. Tout le monde mérite de trouver son Jolene Mason.

Des mots étranges venant d'une femme qui n'avait jamais rencontré mon grand-père.

C'était encore plus étrange qu'elle ait prononcé son prénom complet et non la désignation d'alpha de meute qu'il portait depuis quelques siècles.

La brume qui voila son regard me fit comprendre que j'avais touché une corde sensible.

Il y avait une histoire là-dessous.

Une longue histoire.

SILAS

Des œufs et des épinards.

Deux aliments que j'avais mangés en grandissant et qui avaient un goût beaucoup trop prononcé maintenant.

Mon palais de lycan était trop sensible pour mon estomac. Je ne pouvais pas manger quoi que ce soit sans que cela ne me barbouille. Même maintenant, mon petit-déjeuner menaçait de se répandre sur les comptoirs en granit d'Edon.

Voilà ce que je méritais pour ma promesse de manger toute sa nourriture.

Je me forçai à avaler une autre bouchée en grimaçant.

— Argh, gémis-je en reposant ma fourchette et en baissant la tête. Putain, je déteste ça.

Les poils sur ma nuque se hérissèrent, m'alertant d'une présence en approche. Mais je me détendis en sentant l'odeur familière de fleur d'oranger de Luna.

Elle est réveillée, avertis-je Edon, puisqu'il m'avait demandé de l'informer.

Bien. Ne la touche pas.

Je levai les yeux au ciel et ne pris pas la peine de répondre. À la place, je jetai un coup d'œil par-dessus mon épaule et admirai sa démarche endormie. Elle avait enfilé une chemise trop grande pour sa taille, qui lui arrivait aux genoux. *Elle porte ta chemise*, émis-je Edon, puis je me demandai pourquoi j'éprouvais le besoin de partager ce détail.

Ah oui ? Comment est-elle dedans ?

Sexy, admis-je, étonné une fois de plus par ma franchise facile avec le mâle alpha.

Cela découlait sans doute du fait d'avoir eu sa bite enfoncée dans ma gorge. Ç'avait en quelque sorte effacé toutes les formalités entre nous. Que j'aie envie de le refaire, eh bien, je ne savais pas encore trop comment le prendre.

— Tu es en vie, chuchota Luna, ses yeux s'élargissant un peu.

— Pour l'instant, répondis-je en me levant. Tu veux des œufs ? J'en ai fait trop.

Ce n'était pas vrai. C'est juste que je n'avais plus envie d'en manger.

La façon dont ses narines se dilatèrent avec dégoût me donna sa réponse avant qu'elle ne la formule.

— Non. Je vais faire quelque chose de plus appétissant.

Je fronçai les sourcils.

— Ce sont des œufs et des épinards. Un aliment de base.

— C'est fade et quelconque, comme nourriture, rétorqua-t-elle.

Elle fouilla dans les placards avec l'aisance de quelqu'un qui connaissait la cuisine. Plus précisément, *cette* cuisine.

Ce qui était logique. Elle était la partenaire d'Edon.

Qu'est-ce qu'elle fait ? demanda celui-ci.

Ramène ton cul ici et viens voir par toi-même, lui répondis-je.

Son amusement caressa mon esprit d'une manière qui me chauffa le sang. *Oh, Silas. Tu es un expert en respect de tes supérieurs, n'est-ce pas ?*

Tu avais l'air plutôt satisfait de mon respect *l'autre soir,* ricanai-je.

Il émit un grognement affamé et excité. *Tu cherches à m'allumer ?*

Non. Je constate un fait. On sait tous les deux que tu as apprécié. Ne le nie pas.

Loin de moi cette pensée , répondit-il d'une voix soyeuse, chaude et profonde. *Fais attention ou je vais exiger qu'on remette ça.*

Je l'espère bien. Je regrettai aussitôt cette pensée. Mes mains agrippèrent le comptoir tandis que je fermais mon esprit. Il n'était pas censé entendre ça, mais son silence me dit que c'était le cas. *Putain. Ignore-moi. Je suis simplement énervé.* C'était l'euphémisme du siècle. Je n'étais pas seulement irrité, mais aussi frustré et troublé par l'émeute qui faisait rage dans ma tête.

J'appuyai mon front sur le marbre frais pour essayer de repousser le mal de tête.

J'échouai car Edon était de nouveau dans mon esprit.

Ne touche pas Luna avant mon retour. Ses ordres ne faisaient que m'énerver davantage.

— J'ai déjà dit que je ne le ferais pas, grommelai-je à voix haute et dans ma tête.

— Ferais pas quoi ? demanda Luna.

Mon regard fut attiré par son cul bien galbé. Elle s'était penchée pour sortir quelque chose du frigo, me présentant son délicieux postérieur. La chemise était remontée jusqu'au bas de ses fesses rondes.

Pas de sous-vêtements.

Putain.

Edon me répondit mais je l'ignorai, concentré sur la femme devant moi.

— Edon ne veut pas me laisser tranquille, dis-je pour

tenter d'expliquer mon accès de folie. C'est ce satané lien entre le Maître et la progéniture.

— Ah, la psyché. Je suppose que tu es la seule personne à laquelle il peut accéder à part moi en ce moment, bien qu'il n'ait pas essayé d'ouvrir notre porte. Ce qui veut dire qu'il est sans doute plus malin que je le croyais.

Elle se releva enfin, les bras chargés d'un assortiment d'aliments qui me firent froncer les sourcils. Elle reprit :

— Ce n'est pas un lien commun, tu sais. Le lien avec ton créateur, je veux dire. La plupart des lycans sont nés, pas créés, dit-elle, ses yeux brun clair croisant les miens. C'est une chose que je ne connaîtrai jamais.

— Tu devrais t'en réjouir, crois-moi. Edon est une vraie plaie.

Ses lèvres se retroussèrent.

— Tu n'as pas du tout peur de lui, hein ?

Avais-je peur ?

— Pas vraiment.

Je ne saurais dire pourquoi au juste. Peut-être parce que je lui faisais naïvement confiance, grâce au lien géniteur. Ou peut-être parce qu'il n'avait jamais été particulièrement cruel avec moi. Même le jour de ma transformation, il m'avait soulagé en ne prolongeant pas la douleur. Au grand dam de son père , qui avait violemment désapprouvé ses actions, désapprobation que j'avais plus sentie dans l'air que vue ce jour-là.

— Moi non plus, répondit-elle en cassant un œuf dans un saladier.

Elle en ajouta plusieurs autres en se mordillant la lèvre inférieure.

—Je devrais le craindre, reprit-elle d'une voix douce. Il est plus puissant que Walter. Je le sens dans son aura, dans la façon dont il prend les choses en main, mais au fond de moi, je refuse de plier comme je le devrais.

— Peut-être parce que tu es sa partenaire. Il ne peut pas te faire de mal.

Je croisai les bras sur le comptoir, me penchant un peu sur mon tabouret pour observer ses choix d'ingrédients.

Elle renâcla.

— De toute évidence, tu n'as pas côtoyé beaucoup de couples alpha. Je veux dire, tu as vu la partenaire de Walter, non ? Elle est complètement brisée. C'est ainsi qu'Edon a été élevé et ce qu'il a probablement l'intention de me faire. Pourtant… continua-t-elle, hésitante, ses yeux bruns levés vers les miens. Il m'a sauvée de Walter l'autre soir. Ou du moins, je crois que c'était l'autre soir. Franchement, les médicaments qu'Edon m'a donnés ont un peu brouillé ma notion du temps.

— De quoi tu parles ? demandai-je, confus. Que s'est-il passé ?

— Tu n'étais pas là ? rétorqua-t-elle avant de secouer la tête. C'est vrai, tu ne dois pas être autorisé à aller au village en tant que petit nouveau.

Elle pencha la tête et me questionna :

— Attends, comment es-tu arrivé ici ?

— Edon m'a demandé de te garder. Il craint que ses partenaires de meute ne t'utilisent contre lui lors des Épreuves d'Alpha.

Ce qui, je le soupçonnais, avait quelque chose à voir avec ce qu'elle venait de mentionner à propos de Walter. Que lui était-il arrivé pendant que je déambulais aux frontières ?

— Et il t'a choisi pour me protéger ?

Elle avait l'air si surprise que je grognai, mon irritation revenant à la charge.

— Je suis peut-être un *petit nouveau*, mais je ne suis pas faible, Luna, répondis-je, chose qu'elle avait constaté par elle-même. Je t'ai botté le cul l'autre jour, n'est-ce pas ?

Elle se hérissa, sa louve rôdant sous la surface.

— Tout d'abord, oui, en effet. Et je veux une revanche. Ensuite, ce n'est pas ce que je voulais dire, crétin.

Elle rejeta ses longs cheveux par-dessus son épaule et retourna à son bizarre mélange de farine, d'œufs et de lait.

Je plissai le nez lorsqu'elle ajouta de la cannelle.

Comme elle ne développait pas, j'insistai :

— Qu'est-ce que tu voulais dire, alors ?

— Qu'il n'est pas courant pour un alpha de parler à un nouveau et encore moins d'interagir avec lui. Et te demander de venir chez lui ? Surtout après ce qui s'est passé l'autre jour ? Oui, ce n'est vraiment pas normal. Tu devrais être mort pour m'avoir touchée, pas assis tranquillement dans la cuisine de l'alpha à me surveiller pendant que je fais des crêpes.

— Tu as l'air déçue, remarquai-je d'une voix traînante en penchant la tête. Tu aurais préféré qu'il m'ait tué ? lui demandai-je en souriant. Dois-je te rappeler que c'est toi qui m'as supplié de te baiser et non l'inverse ?

Je ne savais pas pourquoi j'avais dit ça. Peut-être parce que je voulais parler de ce qui s'était passé entre nous. Ou peut-être parce qu'une facette sombre de ma personnalité voulait savoir quel était son ressenti par rapport à tout ça. Savoir si elle voulait explorer la danse interdite que nous avions commencée et que nous n'étions pas près d'achever.

Un sujet dangereux.

Un sujet dont je devrais nous détourner.

Pourtant, je ne le fis pas. À la place, j'attendis en la regardant finir de remuer son mélange.

— Je ne t'ai pas supplié, dit-elle d'une voix douce à l'accent métallique.

— Si.

— Non, pas du tout, dit-elle en serrant les dents. J'étais… le combat… ma louve… je n'ai pas *supplié*.

— Comme tu veux, petite lune, gloussai-je.

Ce surnom tomba de mes lèvres sans prévenir, murmuré par l'animal qui rôdait sous ma peau. Une fois prononcé, je ne pouvais pas me rétracter, et je n'en avais pas envie. Il lui allait bien et c'était le premier surnom que je donnais à quelqu'un.

— *Petite lune ?* répéta-t-elle en grognant. Vraiment ?

— Dixit celle qui me qualifie de *petit nouveau*, relevai-je.

— Ce n'est pas un mot doux, *Silas*. C'est un titre. C'est ce que tu *es*.

Je souris.

— *Luna*.

Je roulai son nom sur ma langue pour la taquiner.

— Ça veut dire lune, hein ? Et tu es plus petite que moi. Donc je pourrais dire que c'est ce que tu es aussi.

— Ce n'est pas convenable pour quiconque de donner un petit nom à la partenaire de l'alpha.

— Tu aurais dû y penser avant de me supplier de te baiser.

Je devrais vraiment arrêter de l'embêter, mais le grognement qui en résulta m'amusa beaucoup. Cela faisait bien trop longtemps que je n'avais pas eu quelqu'un avec qui me disputer, et Edon ne comptait pas. Il ne se *disputait* pas, il commandait.

Contrairement à Rae et Willow, qui m'abreuvaient d'insultes sans broncher. C'était grâce à elles que j'ai survécu à mes années d'université. Mais d'une certaine manière, me chamailler avec Luna était différent. Plus intime.

Pas à cause du sexe oral.

Dans ce domaine, je connaissais Rae aussi bien que Luna, les ayant toutes deux goûtées entre leurs cuisses, même si mon expérience avec Rae avait été purement clinique dans le cadre d'un cours universitaire et qu'elle avait simulé son enthousiasme. Tandis qu'avec Luna, eh bien, ç'avait été un moment de chaleur et de passion, bien différent de ce à quoi je m'attendais. C'était peut-être ce qui enflammait notre joute verbale, une flamme qui ronflait dans mon sang quand elle grognait en réponse à mes railleries.

Une giclée de pâte m'éclaboussa le front, m'arrachant à mes pensées.

— C'est quoi ce bordel ?

— C'est pour avoir dit que j'ai *supplié* alors qu'on sait très bien que non, répondit Luna, de nouveau penchée sur sa pâte à l'aspect dégoûtant. Je l'ai ordonné. Ce n'est pas pareil.

Je me penchai sur le comptoir pour attraper une serviette afin de m'essuyer la tête.

— Sérieux ? Une bataille de cantine ? ricanai-je. Pas étonnant que je t'aie battue si facilement.

— Pour tout te dire, je venais de courir plus de quinze kilomètres, et j'étais fatiguée.

— Si ça peut t'aider à te sentir mieux.

Nous savions tous deux que je la dominerais même complètement reposée. Elle était plus petite, plus rapide et certainement plus athlétique, mais j'avais la volonté et la détermination de survivre, inculquées par des années de lutte pour ma survie. Luna avait vécu une existence choyée en comparaison, pour ainsi dire, comme le prouvait la facilité avec laquelle elle étalait ses crêpes dans la poêle.

Elle fredonnait une petite mélodie pendant qu'elle travaillait, m'oubliant complètement.

Curieusement, c'était relaxant. Je connaissais à peine cette femme, mais l'aspect familial de ce moment apaisait mon loup intérieur. Cela me donnait un aperçu de ce que pouvait être la vie d'un lycan.

Pas avec elle, mais avec une louve à moi.

Si jamais j'avais le droit de vivre une telle expérience. Si même il en existait ici.

Je devais d'abord me libérer d'Edon, en plus d'un million d'autres choses, comme savoir où était ma place dans ce clan.

— Ton stress gâche mon expérience culinaire habituellement paisible, dit doucement Luna en glissant une crêpe ronde sur la pile qui grandissait. C'est à cause de ce qui s'est passé l'autre jour ?

Je m'éclaircis la gorge.

— Non. C'était bien. Je suis…

— Bien ? releva-t-elle en me jetant un coup d'œil, un sourcil arqué. J'étais plus que *bien*, merci.

Mes lèvres se crispèrent.

— Si je me souviens bien, tu n'as pas simulé du tout. Donc je n'en saurai pas plus, n'est-ce pas ?

Elle posa sa spatule et me fit face, plaquant ses mains sur le comptoir.

— Tu veux goûter à nouveau, le petit nouveau ? C'est ça qui te fait tourner la tête ?

— Peut-être bien, répondis-je d'un ton taquin.

Edon m'aurait sans doute arraché les couilles s'il avait su, mais bon, il voulait que je surveille sans toucher. Il n'avait rien dit sur le fait de l'asticoter ou de badiner innocemment avec elle.

Du reste, c'était la plus longue conversation que j'avais eue avec quelqu'un depuis des mois.

Je n'allais sûrement pas m'arrêter maintenant.

Luna plissa les yeux.

— Tu dois avoir envie de mourir, loup.

— Ou rien à perdre, dis-je en haussant les épaules. Je n'ai pas de famille. Pas d'amis.

Bon, à part Rae et Willow, mais elles n'étaient pas là. Et je n'étais même pas sûr que Willow soit encore en vie.

Cette seule pensée gâcha cet instant, m'assombrit l'esprit et força le reste à sortir de mes lèvres sans réfléchir. Je repris :

— Je n'ai pas de vrai clan. Je ne suis qu'un bâtard sans domicile, la propriété d'un alpha qui a besoin de moi juste pour réussir ses épreuves, et ensuite je serai de nouveau seul. Retour au statu quo sans aucune considération pour mes sentiments ou mes besoins. Je ne serai qu'un lycan parmi d'autres luttant pour survivre dans cet enfer.

L'amusement que j'avais ressenti lors de mon badinage avec Luna se flétrit et mourut à la fin de mon discours. C'était vraiment très déprimant. La lueur dans ses yeux manifestait son accord.

— Ce n'était pas comme ça avant, chuchota Luna d'une voix basse, prudente. Les Lycans valorisaient la famille. La hiérarchie de la meute était basée sur le respect, pas sur la dictature. Les femelles alpha pouvaient choisir et les partenaires étaient vénérés, pas traités comme des jouets à casser et à jeter.

Elle déglutit et baissa les yeux.

— Nous sommes tous en enfer, Silas. Seuls ceux qui sont au sommet jouissent de ce nouveau monde.

— Nouveau monde, répétai-je, troublé. C'est l'année cent dix-sept.

Je le savais car j'avais participé à la cent dix-septième édition du Tournoi des Immortels.

— Oui. L'an 117 du nouveau monde, confirma-t-elle. Je veux dire, tu sais que les vampires et les lycans sont bien plus vieux, non ?

Certains royaux, comme le partenaire de Rae, Kylan, avaient plus de trois mille ans.

— Bien sûr. Mais je n'ai jamais entendu parler d'un nouveau monde.

— Tu ne t'es jamais demandé comment était le monde il y a cent dix-huit ans ? Ou même il y a deux cents ans ?

Je fronçai les sourcils.

— Tout le monde sait comment c'était : fléaux et famine. L'Alliance de Sang a guéri les nations de leurs guerres violentes et a instauré la loi et l'ordre.

Elle sourit tristement.

— C'est l'université qui parle, la société que tu as été forcé d'accepter. Mais dis-moi, la vie de lycan est-elle comme tu la rêvais, Silas ? C'est tout ce que tu voulais et plus encore ?

Je faillis rire mais ne le pus, la gorge serrée par l'émotion. Elle avait touché un point quelque peu sensible chez moi.

— Non. Tout ce qu'ils m'ont promis était un mensonge.

— Exactement, répondit-elle. Ils endoctrinent les humains dans l'idéologie de leur société, les nourrissent de faux espoirs pour les garder sous contrôle, tout ça pour l'honneur fallacieux de gagner le Tournoi des Immortels. Mais comme tu le vois maintenant, ce n'est pas si gratifiant, n'est-ce pas ? Et toi, Silas, tu es mieux loti que la plupart.

Je déglutis, réfléchissant à ses paroles, et la regardai se retourner pour surveiller sa cuisson.

J'étais assis au comptoir de la cuisine d'un alpha, en bonne santé et bien nourri, ce qui était rare, d'après Luna. Pourtant, je ne m'étais jamais senti aussi solitaire que ces derniers temps, allongé tout seul dans le noir, à me demander ce que j'allais vivre ensuite.

Il avait toujours été question du Tournoi des Immortels, d'atteindre l'immortalité. Maintenant que c'était fait, je ne savais plus à quoi rêver.

Car tous ces rêves d'avenir étaient jonchés de mensonges.

Pourtant, comme l'avait dit Luna, j'étais mieux loti que la plupart.

— Sais-tu comment va Yao ? me demandai-je à voix haute.

C'était l'homme qui était arrivé deuxième au Tournoi des Immortels. Il était parti dans la région de Jace pour devenir un vampire.

Chaque année, les vampires et lycans prenaient à tour de rôle les deux finalistes et leur offraient l'immortalité. Mon année, ç' avait été le tour de Walter et de Jace.

Walter avait eu la main et m'avait choisi.

— Je l'ignore, dit-elle en ayant l'air de s'excuser. La plupart des gagnants disparaissent après le Tournoi des Immortels et la majorité d'entre eux ne passe pas le cap de la première année. Surtout chez les clans lycans.

Elle éteignit le brûleur en soupirant.

— Mais il va bien, sans doute. Les vampires aiment étoffer leurs rangs, tandis que les lycans la jouent à l'ancienne. Les bâtards − sans vouloir t'offenser − ont tendance à être plus facilement remplaçables.

C'était exactement ce que je ressentais. *Remplaçable*.

— Eh bien, comme tu l'as dit, je suis mieux loti que la plupart.

— On l'est tous les deux, je crois, dit Luna en posant une assiette remplie de crêpes devant moi. Edon n'est pas…

— Comme les autres ? suggérai-je.

— On le dirait bien, murmura-t-elle en fouillant à nouveau dans le frigo. Je veux dire, il t'a laissé en vie.

— Pour l'instant.

Elle sourit en rapportant une bouteille de sirop d'érable.

— Ça n'a rien de temporaire s'il t'a laissé ici seul avec moi.

— Peut-être.

Je me frottai la nuque en soupirant et repris :

— Franchement, j'ai du mal à le comprendre.

— Moi aussi.

Elle débarrassa mon plat, que je n'avais pas touché, et le jeta à la poubelle.

— Bon, assez parlé d'Edon. Que dirais-tu d'une leçon sur la manière d'être un loup ?

Je haussai un sourcil.

— Je suis à peu près sûr d'avoir pigé le truc du loup maintenant, mais merci quand même.

Elle se mit à rire.

— Mon mignon, tu es loin de maîtriser le truc du lycan. Crois-moi.

— Est-ce que oui ou non je t'ai botté le cul l'autre jour ? répliquai-je. Et *mon mignon* ?

— Tu préfères grand loup ? me questionna-t-elle en cillant d'un air innocent. Parce que je peux improviser côté surnoms, et peut-être que tu as gagné parce que c'est moi qui ai décidé de te laisser gagner.

— Tu as tenté de me tuer.

Elle haussa les épaules.

— Maintenant je te fais à manger. Tu es intéressé par la leçon ou pas ?

Vu que personne d'autre ne voulait m'apprendre quoi que ce soit, je n'allais pas dire non.

— Je suis tout ouïe, petite lune.

Elle esquissa un sourire en coin.

— Bien. Leçon numéro un pour être un bon lycan : tu dois satisfaire tes papilles gustatives. Et quand on aura fini, je te coifferai. Ce sera la leçon numéro deux. Maintenant ouvre la bouche, Silas.

Ses mots m'échauffèrent le sang et je me souvins

d'Edon me disant exactement la même chose, pour une raison totalement différente.

Je déglutis bruyamment, incapable de lui refuser malgré la nausée qui s'ensuivrait, j'en étais certain.

Car je voulais lui céder, faire l'expérience, juste quelques instants, de ce que c'était que d'être pris en charge par quelqu'un autre. Surtout une femme aussi belle que Luna.

Non, elle n'était pas à moi.

Mais juste l'espace d'un instant, je me permis de faire semblant et j'ouvris mes lèvres pour elle.

EDON

La satisfaction de Silas réchauffait notre lien géniteur. *Qu'est-ce que tu fais ?* demandai-je.

Je mange une crêpe, répondit-il. *Et c'est carrément décadent.*

Tu as fait des crêpes ?

C'est Luna qui en a fait.

Je souris. *Elle fait la cuisine ?* Cette nouvelle me fit retrousser le coin des lèvres.

— Silas ? demanda mon grand-père avec un regard entendu.

— Luna lui a fait des crêpes.

Ç'aurait dû me déranger qu'elle cuisine pour lui et pas pour moi, mais bizarrement, ce ne fut pas le cas. En fait, j'aimais l'idée qu'ils prennent soin l'un de l'autre.

— Claudette a dû lui apprendre, supposa mon grand-père en souriant. Elle était un super chef avant, eh bien, avant tout ça.

— Et maintenant, elle est mentor au sein du clan Ernest, dis-je en me remémorant les détails que mon grand-père venait de me donner, clan dont le but principal est de former et préparer les futurs dirigeants à un soulèvement.

Sauf que, selon mon grand-père, l'objectif principal de

Claudette était le frère de Luna, Logan. Mais il semblait qu'elle les avait éduqués tous les deux. Je repris :

— Et ton travail est de me servir de mentor, ajoutai-je en arquant un sourcil. Ça le résume à peu près bien ?

— Ce n'est pas comme si je t'avais prodigué toutes ces leçons d'histoire pour le plaisir, gamin, dit-il en souriant.

— Je n'ai jamais pensé ça, admis-je.

C'était juste que je n'en avais pas réalisé toute la portée jusqu'à présent. Il m'avait fourni des informations historiques pour me persuader de passer du côté révolutionnaire. Pour m'éclairer sur un autre mode de vie. Pour me recruter dans une nouvelle alliance entre ceux qui aspiraient au changement.

— Tu attendais juste mon ascension pour m'expliquer tous les détails.

— Et j'attends toujours, répliqua-t-il. On vient de commencer, mais les plans sont en cours d'élaboration depuis plus d'un siècle.

— Pourquoi attendre si longtemps ? Pourquoi ne pas se rebeller dès le début ?

— Plusieurs l'ont fait. Et ils sont tous morts.

Il marqua une pause pour laisser ses paroles faire leur effet.

— On soupçonne ceux qui sont au pouvoir maintenant d'avoir planifié leur coup d'État depuis de nombreuses années.

— À présent vous faites la même chose.

Ce phénomène se reproduisait avec l'art du mentorat des nouveaux dirigeants, au moins dans certains clans. Ça n'aurait pas été aussi facile à accomplir au sein de la société vampire puisqu'ils ne procréaient pas et ne mouraient pas. Toutefois, les Lycans avaient bien besoin d'un changement de régime parce que nous vieillissions constamment. J'étais en pleine ascension en tant que nouvel alpha et mon futur fils me remplacerait dans quelques centaines d'années.

— Oui. Nous mettons toutes les pièces en place mais il nous faudra encore au moins une décennie avant de commencer vraiment.

Je sifflai tout bas, en secouant la tête.

— Et les vampires ? me demandai-je à voix haute.

— Il y en a au pouvoir qui sont de notre côté.

— Lesquels ?

Il sourit.

— Je ne peux pas encore te donner cette information, mon garçon.

Je plissai les yeux.

— Tu ne me fais pas confiance, mon vieux ?

Je savais que si, sinon il n'aurait pas passé vingt ans à me conseiller de cette façon. J'aimais juste le taquiner.

— C'est juste que ce n'est pas à moi d'entrer dans les détails. Mais tu le découvriras bien assez tôt, dit-il en posant une cheville sur son genou. Il y aura toujours de la diversité dans les systèmes de classes parmi les vampires et les lycans, mais je ne suis pas le seul à penser que notre supériorité s'accompagne aussi d'une grande responsabilité. Nous avons le devoir de protéger ceux qui nous sont inférieurs.

— Tu veux dire les humains.

— Je veux dire tout le monde. Prends ta Luna, par exemple. Tu l'as protégée contre ton père et tu le fais encore maintenant en faisant jouer à Silas le rôle d'une bonne petite sentinelle chez toi.

— C'est différent.

Je doutais fort que Luna apprécie que mon grand-père la considère comme inférieure à moi, même si c'était vrai.

— Vraiment ? Elle est sous ta responsabilité en tant que partenaire et tu as choisi de remplir ton devoir de protection. Sans ça, elle serait sûrement dans un lit quelque part à se faire baiser jusqu'à ce qu'il ne lui reste plus aucune dignité en sa qualité de presque alpha.

Les paroles dures de mon grand-père me firent sursauter, ce qui le fit sourire.

— Tu es l'alpha dont ce clan a besoin, Edon. Ta réaction à l'instant le prouve. Ton père, lui, aurait rigolé d'enthousiasme à l'idée même de briser la fierté de cette fille. Tu as fait la grimace.

— Parce que c'est mal.

— Exactement. Les femelles alpha sont une espèce très rare et très prisée. Sans elles, les mâles alpha ne peuvent pas être conçus. Mais plutôt que de respecter le peu qu'il en reste, les lycans comme ton père ont choisi de détruire leur moral et de fouler aux pieds le lien sacré d'accouplement. Tu as vu ce que ça fait à une louve, Edon. Luna est promise au même avenir, si tu choisis de suivre les pas de ton père.

Rien que cette idée me retournait l'estomac.

— Je ne ferai pas ça à Luna.

Oh, je la forcerai à s'agenouiller devant moi, oui. Mais pas comme ça. Jamais comme ça.

— Je sais. Mais d'autres vont exiger que tu le fasses quand même, parce que c'est le monde dans lequel on vit maintenant.

Il sourit tristement.

— Ta grand-mère a été le seul amour de mon existence. Ce que nous avions était très spécial. Unique, aussi. Et profondément vénéré. Nous en reparlerons bientôt. Mais je te le dis maintenant, si un autre loup m'avait regardé de travers, ta grand-mère aurait réglé le problème vite fait bien fait.

— Comme Luna avec Bianca, supposai-je.

— Oui. Les femelles alpha sont aussi possessives que leurs mâles, ou du moins l'ont été.

— Je ne comprends pas pourquoi ça a changé.

Ou pourquoi les mâles voudraient briser une telle fierté chez leurs femelles. Le feu de Luna était ce qui m'attirait chez elle, ce qui la rendait irrésistible pour mon loup. Son air de défi ressemblait à des préliminaires.

Mon grand-père frotta la barbe argentée qui parsemait sa mâchoire.

— Briser les liens sacrés de l'accouplement perturbe fondamentalement la loyauté des loups et restructure toute la dynamique de la meute. Si l'alpha n'est pas fidèle à sa partenaire, alors les bêtas estiment qu'ils doivent faire de même avec leurs propres partenaires, et ainsi de suite.

— D'accord, mais pourquoi ? Pourquoi les lycans choisiraient-ils de faire ça, d'abord ?

— Ils ne l'ont pas choisi, Edon. La décision vient de ceux qui ont le pouvoir. Les alphas qui composent l'Alliance de Sang aujourd'hui – ou la majorité, en tout cas – ont créé ce nouveau mode de vie pour semer la discorde entre les meutes. Pour briser les loyautés qui faisaient partie de nos fondations.

— Très bien, mais pourquoi diable quelqu'un voudrait-il ça ? insistai-je, sidéré.

— Pour avoir le contrôle, répondit-il simplement. Nous sommes des animaux de meute. Nous nous battons pour les nôtres. Mais si on annihile cette mentalité, si on détruit les liens qui nous unissent, on se met à se battre pour soi-même, pas ensemble Donc on donne aux loups une créature à protéger et à chérir, un alpha, et cet alpha en récolte tous les fruits et récompenses. Mais pour maintenir ce pouvoir absolu, il doit s'assurer qu'il reste toujours au sommet, numéro un, sans liens ni loyauté envers quiconque. Sinon, que se passe-t-il ?

— Des événements comme celui de l'autre jour seront amenés à se produire, dis-je, suivant le fil de ses pensées.

— Oui. Tu as choisi ta partenaire malgré les ordres du chef de meute actuel.

— Donc il est sans doute furieux. J'ai échoué à son test de loyauté.

Sa fureur, je l'avais ressentie, bien sûr. Je n'en avais simplement rien à foutre. Luna était ma seule préoccupation.

— À ses yeux ? Absolument. À mes yeux ? Tu as réussi haut la main.

— Sauf que ce n'est pas toi que je dois impressionner, remarquai-je. Il va certainement utiliser Luna contre moi.

Je passai mes doigts dans mes cheveux. Plus j'énervais mon père, plus mes épreuves allaient être difficiles.

— C'est pour cette raison que tu dois mettre cette fille de ton côté le plus tôt possible.

— Plus facile à dire qu'à faire, grognai-je.

— Elle est têtue ?

— Tu n'as pas idée.

Mais j'adorais ce trait de caractère chez elle.

— Eh bien, tu ferais mieux de l'amadouer rapidement parce que ton père ne va pas suivre les règles avec ses tests, à ce stade, il n'a selon moi aucune limite. Il pourrait même envisager de te faire tuer pour avoir la possibilité de rester au pouvoir encore un siècle ou deux.

J'émis un rire moqueur.

— Même lui n'est pas aussi stupide. La meute se révolterait.

Ce serait carrément une violation de la politique lycane.

— Vraiment ? rétorqua-t-il. Parce que d'après ce que j'ai vu, il a créé un héritier et l'a isolé de tous les autres, s'assurant ainsi de la loyauté de la meute en sa faveur. C'est une simple observation.

Il haussa les épaules en un geste bien trop nonchalant.

Ses mots sonnaient plutôt comme un avertissement, auquel s'ajoutait un mauvais présage.

Parce qu'il avait raison.

Mon père m'avait toujours traité comme un étranger, effrayant tous ceux qui voulaient s'allier avec moi.

Ce qui signifiait que Silas était beaucoup plus en danger que je ne l'avais réalisé, car notre lien géniteur garantissait pratiquement sa loyauté.

Je l'avais laissé chez moi avec la seule autre créature sous ma responsabilité : Luna.

Je me levai.

— Il faut que j'y aille.

— Tu es un homme bon, Edon, dit mon grand-père.

— Cela reste à voir, marmonnai-je en fonçant dans l'escalier.

J'activai mon lien avec Silas et lui demandai : *Tout va bien ?*

Oui, répondit-il d'une voix lointaine.

Que faites-vous tous les deux ? m'enquis-je en piquant un sprint vers ma maison.

Elle est… en train de me couper les cheveux.

Je haussai les sourcils. Luna l'avait nourri et maintenant elle le coiffait ? Qui aurait cru que cette femelle alpha pouvait être si maternelle ? *Je suis sur le chemin du retour.*

Bon.

Ne baisse pas ta garde.

Me parvint un ricanement sardonique, qui m'intimait en gros d'aller me faire foutre. Parce que oui, il avait sans doute passé toute sa vie sur le qui-vive. Les humains n'étaient pas bien traités dans ce monde. Toutefois mon grand-père affirmait que ça n'avait pas toujours été le cas.

Plus j'apprenais de lui, plus je remettais en question nos coutumes ridicules, en particulier celles encadrant les Épreuves d'Alpha. Il était clair pour tout le monde, y compris mon père, que j'étais le loup le plus fort du clan. Pourquoi diable avais-je besoin de faire mes preuves ?

J'entrai dans le village et le vis avec une nouvelle perspective. Le luxe des chalets, les mâles qui se prélassaient comme des rois au lieu de travailler… Je me demandais à quoi ressemblaient les alentours de ma région en ce moment. Oh, je les avais visités, mais seulement dans l'entourage de mon père. Quelque chose me disait que les étrangers s'étaient donné en spectacle devant lui.

Je voulais percer à jour ce qu'il y avait derrière tout ça.

Je voulais mettre fin à ce spectacle.

Mon heure approchait. Je devais juste survivre ces prochaines semaines, puis je pourrais promulguer des changements. Je commencerais par remplacer tout le monde dans ce village. Ces lycans n'étaient pas mes amis ou alliés, ils appartenaient à la meute de mon père, et il avait été clair dès le début que je n'en faisais pas partie. Il avait tué le seul mâle assez fort pour se lier d'amitié avec moi. Puis les autres m'avaient soigneusement évité, de peur de contredire l'alpha régnant.

C'était une erreur.

Une erreur que j'allais rectifier très, très bientôt.

LUNA

— Reste assis, demandai-je à Silas, mes ciseaux étant bien trop près de son front pour qu'il se tortille comme ça.

— Je peux me raser tout seul, marmonna-t-il.

— Ah bon ?

Son allure d'homme des cavernes laissait supposer du contraire.

— Avec ta coupe de cheveux et ta barbe de trois jours, tu as l'air d'un chien hirsute, Silas.

Il émit un rire de gorge.

— Je les ai juste taillés.

— Je sais.

Je distinguais les pointes irrégulières et effilochées sur toute sa putain de tête.

— Arrête de bouger, lui intimé-je.

J'enfourchai sa cuisse pour voir de plus près sa taille.

— Tu sais au moins ce que tu fais ? demanda-t-il.

— Mieux que toi, apparemment.

J'avais déjà savonné ses cheveux avec l'eau du lavabo. Maintenant, j'avais simplement besoin qu'il s'assoie sur le tabouret à côté comme un bon petit loup et qu'il me laisse travailler.

Bon, il n'était pas si petit.

Non, Silas était un homme de plus d'un mètre quatre-vingts avec une carrure musclée qui éclipsait la plupart des loups de race. Sauf peut-être Edon. Je pense qu'ils étaient presque à égalité, Edon étant juste un peu plus musculeux en raison de son éducation. Mais Silas le rattraperait vite s'il mangeait correctement.

Ne serait-ce pas un beau spectacle ? Deux mâles très sexy avec des tendances alpha.

Silas était peut-être le plus jeune, le petit nouveau, mais je sentais la domination en lui. C'était presque aussi fort que chez Edon.

— Regarde-moi, dis-je doucement, voulant comparer la longueur des cheveux de chaque côté de sa tête.

Ses yeux d'un bleu brillant croisèrent les miens. *Si beau,* me dis-je, perdue un instant dans son regard.

Je me raclai la gorge, me forçai à me concentrer sur la tâche à accomplir.

Admirer le physique et le beau visage de Silas ne pouvait que m'attirer des ennuis, et nous en avions déjà eu assez ensemble. Non pas que je refuserais de remettre ça si notre situation était différente. Parce que la langue de ce loup…

J'avais envie de serrer les cuisses, ce qui était un problème vu ma position.

Arrête d'y penser.

Mais je ne pouvais pas. Je n'avais cessé d'y penser depuis que je l'avais trouvé dans la cuisine. Les crêpes n'avaient rien arrangé et cette diversion-là non plus, apparemment.

Au contraire, je n'avais fait qu'empirer les choses.

— Luna, murmura-t-il, haussant un sourcil.

— Euh… entamai-je en me léchant les lèvres, Oui, ça a l'air égal.

Ou du moins je l'espérais, car je n'étais plus concentrée.

Occupe-toi de sa barbe après, me dis-je. *Ça va aider.*

Ça n'aida pas.

Au contraire, être aussi proche de sa bouche ne fit qu'accroître mon excitation, ce qu'il devait sentir. C'était un loup après tout, et j'avais les jambes écartées à cinquante centimètres de son visage.

Heureusement, il ne m'alluma pas. Il se contenta de s'asseoir droit comme un I, les mains serrées sur ses flancs.

Mais je sentais la chaleur qui se dégageait de lui.

Il n'était pas complètement immunisé non plus.

Peut-être aurions-nous dû nous habiller davantage, lui, mettre une chemise, et moi, eh bien, enfiler un pantalon. Car j'étais nue sous la chemise d'Edon, ce que Silas devait savoir puisque j'étais à califourchon sur sa cuisse recouverte par son jean.

Finissons-en, m'intimai-je. *Rapidement.*

Je tournai pour attraper une des lames que j'avais trouvées dans la salle de bain d'Edon, et je perdis l'équilibre. Silas me saisit les hanches pour me stabiliser pendant que je me redressais.

— Désolée. Le lavabo était plus loin que je ne le croyais.

— Pas de problème.

Sa voix était bourrue, un peu rauque. Rien à voir avec son attitude taquine de mâle dans la cuisine. Celui-ci s'efforçait de se contrôler de toutes ses forces, et ma proximité ne faisait qu'empirer les choses.

— J'ai presque fini, annonçai-je, m'efforçant de nous consoler tous les deux.

Sa barbe n'avait pas besoin de grand-chose, juste d'un subtil lissage. Il avait dû utiliser un couteau ébréché pour la tailler, car son duvet au menton était plutôt irrégulier.

— Bien sûr.

Il me lâcha, son contact me laissant une brûlure que je voulais ressentir davantage mais ne pouvais pas.

L'interdiction de le toucher était presque comme une drogue : mes doigts se posaient à des endroits où ils ne devraient pas, sous le prétexte d'arranger ses cheveux et sa barbe. Il le savait aussi. Je le voyais dans ses yeux, ses iris se liquéfiant à la chaleur du feu ardent qui brûlait en eux, et à la façon dont ses muscles se contractaient et se tendaient à chaque contact.

— Que s'est-il passé l'autre jour ? demanda-t-il finalement, une pointe d'hésitation dans la voix. Je sais qu'on ne devrait pas en parler, mais...

J'ai besoin de savoir étaient les derniers mots de sa phrase. Je le compris car je ressentais la même chose.

— Ma louve était en mode lutte ou fuite. Tu l'as vaincue. Elle s'est soumise.

Cette attitude était plutôt habituelle dans la communauté lycan, mais ça ne m'était jamais arrivé avant. Aucun des mâles du clan Ernest ne me désirait, étant promise à un autre dès ma naissance. Volk avait accepté l'acte sexuel quand je le lui avais demandé uniquement parce que nous étions amis, mais aucun de nous deux n'avait apprécié.

Mon expérience avec Silas était différente.

Il m'avait vraiment fait jouir.

Il l'aurait encore fait si Edon n'avait pas interféré.

— C'est toujours comme ça que ça se passe ? demanda Silas en s'éclaircissant la gorge. Je veux dire, la soumission et le désir de baiser.

Au moins, il avait cessé de prétendre que je l'avais supplié. Mais je préférais presque les taquineries précédentes à cette discussion sérieuse.

Parce qu'y réfléchir sérieusement, sans en discuter sur

le ton de la plaisanterie, réveillait en moi l'envie de le refaire. De finir ce que nous avions commencé.

— Ça arrive, répondis-je à sa question. Mais les loups doivent être mutuellement attirés l'un par l'autre.

Il se renfrogna, ce qui me compliqua la tâche lorsque je dus raser les contours de ses lèvres pulpeuses. Mais parler n'aidait guère non plus.

— Mais nos loups venaient juste de se rencontrer, remarqua-t-il, levant ses yeux brillants vers les miens.

— On s'étai t pas mal flairés l'un l'autre, Silas.

J'appuyai un pouce sur sa bouche pour l'empêcher de répondre et me concentrai sur la taille des poils juste au-dessus et en dessous de ses lèvres.

— Je sais que tu m'as suivie partout. Je sentais ta curiosité.

Ça ne m'avait pas dérangée, juste mis un frein à mes plans de fuite. Je continuai :

— Je savais qu'on allait se battre. En fait, je t'ai choisi comme maillon faible à cause de ton statut de débutant, dis-je, mes yeux croisant les siens une fois de plus. Apparemment, je t'ai sous-estimé.

Un euphémisme.

Il m'avait vaincu sans transpirer une goutte de sueur, tout en prenant soin de ne pas me blesser.

— Tu m'as impressionné, avouai-je doucement. Tu as impressionné mon loup.

Je terminai le travail le long de sa mâchoire et m'écartai sa bouche.

— C'était… c'était intense.

— Oui, admis-je en souriant. Ça, c'est normal, d'après ce que j'ai entendu. Mais tu étais le premier à… à me goûter comme ça.

J'esquissai une petite grimace en voyant à quel point j'avais l'air innocente. Ce n'est pas comme si les orgasmes étaient quelque chose d'inconnu pour moi. C'était juste le fait d'en recevoir un de quelqu'un d'autre qui était nouveau.

— Tu es… tu es doué.

Silas gloussa d'un rire bas et narquois.

— Doué, hein ?

Je déglutis.

— Oui. Tu … oui.

Je secouai la tête, ma peau était brûlante. Je repris :

— On devrait arrêter d'en parler.

Sinon, j'allais céder à l'envie irrépressible de tout recommencer et je ne voudrais pas que ça se termine en catastrophe.

— Oh, je ne sais pas. Je trouve cette conversation fascinante, déclara une voix masculine dans le couloir. Continue, ma petite poulette. Raconte-nous ce que te fait ressentir Silas sous sa langue.

Mes mains se figèrent sur le menton de Silas, et mon cœur bondit dans ma gorge. Lui n'avait pas l'air surpris du tout. Soit il avait senti l'alpha arriver, soit il s'en fichait. Je n'aurais su dire. Sans doute la première supposition.

Je n'avais pas entendu ni senti l'approche d'Edon, ce que j'attribuais à ses manières d'alpha furtif et au fait que l'odeur de son eau de Cologne se faisait sentir de façon permanente dans sa maison.

Il s'avança sur le seuil et s'appuya contre l'encadrement de la porte.

— Eh bien, Luna ? Parle-nous de son talent. Ou bien tu préfères mon résumé ? J'ai tout vu d'un bout à l'autre, après tout.

— Edon…

Ma gorge ressemblait à du papier de verre et je prononçai son nom d'une voix rauque qui le fit résonner comme une menace en l'air. J'avais beau déglutir ou tousser, cela n'arrangeait rien, la sensation s'accrochait et refusait de lâcher prise. Et pendant tout ce temps, il se tenait là, un sourcil arqué, l'expression indéchiffrable, alors qu'il sentait sans doute l'excitation sexuelle qui imprégnait la petite pièce.

Je ne pouvais la masquer. Ni Silas.

— Je lui coupais juste les cheveux, dis-je pour justifier notre proximité.

Je reposai la lame, j'avais presque fini de toute façon.

— Il avait l'air d'un chien hirsute.

— Un chien hirsute mais doué de la langue, rétorqua Edon, qui ne lâchait rien de toute évidence. Mais ce n'est pas du tout ce que je t'ai demandé, ma petite. Je veux savoir ce que tu as fait à ce moment-là, ce qu'il t'a fait ressentir. Si tu sais bien le décrire, peut-être que je lui permettrai de recommencer, ce que vous désirez tous les deux, je le sais. Pas vrai, Silas ?

Silas ne semblait pas aussi secoué que moi, son regard croisant celui de l'alpha fulminant sans même cligner des yeux.

— Oui.

Son absence de déni me choqua en profondeur.

Tout comme le grognement dans sa poitrine pendant qu'il fixait Edon.

— Mmmh, murmura l'alpha. À ton tour, Luna. Dis-moi ce que tu as ressenti. Dis-moi si tu veux le revivre.

Il ne quitta pas Silas des yeux pendant qu'il parlait, mais sa façon de formuler sa phrase ressemblait à un ordre, pas à une requête.

Je n'arrivais pas à prononcer un seul mot, l'intensité dans la pièce était trop violente pour que je puisse formuler une pensée cohérente, et encore moins une phrase. L'énergie palpable hérissait les poils de ma nuque et me serrait le ventre. Il se passait quelque chose, une guerre de domination, une revendication, mais je n'arrivais pas à en définir le prix.

Ce n'était pas moi, pas vraiment. Mais il tournait autour de moi, titillant chacun de mes nerfs et enflammant mes veines.

Tu es plus forte que ça, m'enjoignis-je. *Ne le laisse pas te dominer.*

Sauf que mon problème n'était pas là. Je pouvais tenir tête à Edon tous les jours de la semaine. Mais là, maintenant ?

Oui, en ce moment, je n'avais pas *envie* de le défier.

Ce problème était très révélateur.

— Je ne crois pas qu'elle souhaite répéter la performance, Silas, dit lentement Edon en plissant les yeux. Mais je sais que toi tu le veux. Alors qu'est-ce qu'on fait ?

Il s'écarta du seuil pour nous rejoindre dans le petit espace. C'était une salle de bains pour invités d'une taille convenable, avec une baignoire et deux lavabos, mais ces deux mâles virils et moi-même occupions tout l'espace.

Je fis un pas en arrière, espérant mettre un peu de distance entre nous, mais les paumes de Silas se posèrent sur mes hanches et me maintinrent sur sa cuisse. Il n'avait pas cessé de regarder Edon, tous deux semblant communiquer à un niveau complètement différent.

Le lien géniteur, compris-je en déglutissant. Je n'avais jamais pu observer le fonctionnement d'un véritable lien auparavant. Mon père avait hérité d'une gagnante du Tournoi des Immortels quand j'étais petite. Je ne l'avais jamais rencontrée parce que la femme n'avait pas survécu à sa transformation.

Mais Silas avait plus que survécu à la sienne.

— Mmmh, toujours aussi silencieuse, constata Edon. Je

suppose qu'on peut compter sur ton corps pour nous dire ce que tu veux, petite partenaire.

Il se rapprocha encore, sa poitrine nue à un cheveu de mon bras, me bloquant efficacement entre Silas et lui.

Je me sentis capturée.

Submergée.

Et foutrement *chaude*.

Les deux mâles dégageaient de la chaleur comme si c'était leur rôle et je l'absorbais par tous les pores. Je faillis haleter en réaction, mon corps en feu sous les mains de Silas. Ses pouces dessinaient de petits cercles sur la chemise que je portais, comme pour procurer un semblant de calme.

Cela n'empêchait pas mon cœur de s'emballer.

Ni ne calmait le besoin grandissant qui humectait mes cuisses.

Ils peuvent le sentir.

Ils le savent.

Le sourire d'Edon le confirma.

— Je veux voir à quel point elle est mouillée, murmura-t-il. Silas ?

La chaleur sur ma hanche se déplaça vers le bas quand Silas me caressa la cuisse, puis remonta haut sous la chemise. Ses yeux bleus se posèrent les miens tandis qu'il glissait un doigt entre mes replis humides. Frissonnante, je posai mes mains sur ses épaules pour me tenir droite.

Tout cela était si inattendu. Si fou. Si indéniablement excitant.

Pourquoi Edon était-il d'accord avec ça ?

Comment pouvait-il permettre à un autre mâle, sa propre progéniture, en l'occurrence, de me toucher de cette façon ?

Était-ce un stratagème ? Se retournerait-il contre nous

l'instant d'après ? Punirait-il Silas pour m'avoir touchée ?
Me punirait-il pour l'avoir permis ? Que…

Oh, putain… Ce petit frôlement de mon clitoris faillit
me faire ployer les genoux.

— Elle dégouline pratiquement, répondit Silas.

Sa voix basse et ferme me ramena à la réalité, pour me
faire dérailler avec deux de ses doigts qui me pénétrèrent
profondément, sans prévenir.

Je gémis, mes ongles mordirent sa peau nue.

Encore, faillis-je demander.

Comme s'il m'avait entendu, il répéta son geste.

— Elle sent incroyablement bon. Je veux la goûter.

La voix d'Edon toute proche me ramena à eux deux,
confondant mes sens, envoyant des ondes de choc chaudes
et froides dans tout mon corps.

Silas retira ses doigts, provoquant un gémissement dans
ma gorge.

Puis il tendit sa main à Edon.

J'entrouvris les lèvres quand il fourra profondément les
doigts de Silas dans sa bouche et suça ma mouille sur la
peau de l'autre mâle.

Oh.

Mon.

Dieu.

Ça devait être la chose la plus excitante que j'aie
jamais vue.

Et le gémissement qu'ils émirent tous les deux ?

Putain de merde. Je serrai mes jambes en quête de
friction, mais Silas intercala sa cuisse musclée.

— Délicieux, murmura Edon.

— Je sais, opina Silas, ses yeux bleus enflammés de
désir tandis qu'il scrutait mon expression. Elle crie
magnifiquement, aussi.

C'était surréaliste.

Deux mâles et moi dans une salle de bain remplie de testostérone et de *désir*.

— Embrasse-la, Silas, chuchota Edon. Baise sa bouche avec ta langue.

— Volontiers, sourit-il.

Je n'eus pas le temps d'accepter.

Même pas le temps de comprendre.

Les doigts de Silas étaient déjà dans mes cheveux, me tirant à lui avec une férocité qui ne me laissait pas d'autre choix que d'obéir.

Je fondis contre lui.

Parce que cette langue était trop géniale. Cet homme excellait dans les baisers. Je le savais déjà depuis ma première expérience, mais il m'époustoufla encore une fois. La façon dont il mordillait ma lèvre inférieure, dont il prenait les choses en main, dont il tirait sur mes cheveux pour orienter ma tête là où il me désirait le plus...

Je gémis, un son que je ne pouvais pas réfréner même si j'essayais.

Soudain, je sentis Edon derrière moi.

Sa présence me donnait l'impression d'avoir un énorme mur de chaleur dans le dos, il fit glisser ses doigts le long de mes flancs jusqu'à l'ourlet de ma chemise. Je frémis quand il commença à la soulever, exposant mon corps à eux deux, centimètre par centimètre.

Silas me lâcha pour permettre à Edon de tirer la chemise par-dessus ma tête, puis sa bouche se colla de nouveau à la mienne. Leurs mouvements étaient si fluides que je savais qu'ils communiquaient mentalement, mais je ne pouvais pas me résoudre à me sentir exclue, surtout pas lorsqu'Edon déposa un baiser sur mon épaule, puis sur ma nuque, tandis que Silas possédait mes lèvres.

Je vais mourir, pensai-je. *Et j'y consens si c'est comme ça que je péris.*

Parce que bon sang, c'était l'expérience la plus intense de ma très courte vie.

Deux mâles chauds et dominants qui me touchaient, me caressaient, me léchaient, me mordillaient.

Et puis j'embrassai Edon.

Tout se passa très vite, ses doigts remplacèrent ceux de Silas pour tirer ma tête vers lui. Mon cou protesta contre ce virage brutal, mais mon corps pleura de gratitude, surtout lorsque Silas se mit à lécher un chemin vers mes seins.

Oh...

Il aspira mon téton dans sa bouche, enflammant mon sang avec un autre flot de désir. J'en voulais plus. J'avais besoin qu'il aille plus bas. J'avais besoin de *friction*.

Une supplique s'échappa de mes lèvres, qu'Edon avala avant de me dominer avec sa bouche.

Bien plus rude que Silas.

Le soupçon de violence dans son baiser se mêlait aux doux mordillements de mes seins, aux légers effleurements le long de mes cuisses.

Edon était clairement l'alpha.

Mais Silas... il tenait son rang. Ces mordillements sur ma peau alors qu'il embrassait ma poitrine n'étaient pas doux ; c'étaient ses propres marques.

Je frissonnais, surchauffée, surstimulée, submergée par tous deux.

Jusqu'à ce qu'Edon me libère.

Sa bouche frôlant la mienne.

Son poing serré dans mes cheveux.

— Je sais que Silas peut sucer une bite, mais toi ? murmura-t-il contre mes lèvres, me faisant trembler.

Il ne voulait pas dire... ? Quand il avait mentionné avoir eu la meilleure pipe de sa vie, il ne parlait pas de... ?

Je clignai des yeux plusieurs fois.

Edon sourit en retour.

— Tu as tellement apprécié ses bons soins oraux que j'ai décidé de les essayer moi-même. Il est très doué.

Il inclina la tête, ces flaques d'obsidienne recelant tant de secrets, y compris celui qu'il venait de me révéler, et reprit :

— Je veux te voir à genoux, Luna. Je veux te voir faire plaisir à Silas comme il m'a fait plaisir. Veux-tu t'agenouiller pour nous, petite partenaire ? Veux-tu prendre sa queue entre tes belles lèvres et avaler sa semence ?

Oh, putain…

Rien que de les imaginer ensemble ensemble me fit presque jouir sur le coup. Edon voulait donc me regarder sucer Silas ?

Dieu tout-puissant.

Silas faisait tournoyer sa langue sur mon téton, attirant mon attention sur mes seins, d'où il me regardait, un désir ardent teinté de compréhension dans ses beaux yeux.

Nous savions tous deux que c'était Edon qui commandait.

Nous étions tous les deux à sa merci.

Mais cela ne nous empêcha pas *d'apprécier* les demandes de l'alpha.

— Luna ? chuchota-t-il, ses lèvres effleurant mon oreille. Tu as apprécié sa langue entre tes cuisses, n'est-ce pas ?

J'acquiesçai, ma voix étant toujours inexistante malgré tous les gémissements qui sortaient de ma bouche.

— Tu n'as pas envie de le goûter ? Le sentir jouir dans ta jolie petite gorge ?

Mes jambes se tendirent, un autre gémissement franchit mes lèvres.

Silas s'écarta de ma poitrine, arqua un sourcil blond.

— C'est l'occasion de prouver que tu es plus que bien, petite lune.

Je n'arrivais pas à croire à ce qui se passait.

Qu'Edon semble être d'accord avec ça.

Mais bien sûr qu'il l'était. Il venait d'avouer que Silas l'avait sucé l'autre jour. Alors que j'aurais tué Bianca pour avoir admis une telle chose, l'image de Silas suçant Edon provoqua une réaction complètement différente de ma part. Toujours mortelle, toujours violente, mais totalement érotique.

Mon seul regret était de ne pas avoir été là pour mater.

Car que ces deux-là ensemble ? Ils mettraient le feu à la chambre, putain.

Je le savais parce que la salle de bain tout entière semblait avoir pris feu.

Mes mains se posèrent sur la poitrine de Silas, ses muscles durs se contractèrent sous mes paumes. Je n'avais jamais sucé un homme (mon père avait exigé ma chasteté pendant les vingt-deux années de ma vie), mais j'avais une idée générale de la manière de procéder.

Quelque chose me disait que Silas serait bien plus patient qu'Edon.

Comme s'il avait capté ma pensée, Edon mordilla la zone où mon pouls battait dans mon cou, puis caressa ma peau tendre avec sa langue.

— Une si bonne petite partenaire, complimenta-t-il. Mmmh, je pourrais bien te récompenser, si tu nous fais suffisamment plaisir.

Ses mots auraient dû m'énerver, mais ils eurent l'effet inverse. Je les pris comme un défi. Je voulais les épater tous les deux, non pas pour gagner une récompense, mais pour gagner leur respect mutuel.

J'étais une femme alpha pour une bonne raison.

Je ne courbais pas l'échine pour encaisser.

Je me battais.

Et je gagnais.

Mes doigts parcoururent les lignes de l'abdomen ferme de Silas tandis que je me mis à genoux devant lui. Son regard m'encouragea à continuer, me disant sans paroles qu'il le voulait aussi. Je lui laissai voir l'alpha en moi, la louve sur le point de l'envoyer en l'air de la meilleure façon.

L'excitation assombrit son regard qui devint bleu marine.

— Continue à me regarder comme ça, Luna. Ne t'arrête pas. Pas même quand je toucherai le fond de ta gorge.

Ce ne serait pas un problème.

Parce que je voulais le voir s'effondrer, prendre le dessus et le dominer *lui*.

Ses lèvres retroussées m'indiquaient qu'il le savait aussi. Et qu'en plus, il approuvait.

— Maintenant, petite partenaire, ordonna Edon en me pressant les épaules. Goûte-le. Suce-le. Baise-le avec cette jolie bouche. Et avale.

SILAS

Ne lui fais pas mal, avertit Edon.

Je croisai son regard brûlant. *Dixit le mâle qui la force à me sucer.*

Est-ce qu'elle te paraît forcée ? demanda-t-il d'un ton légèrement railleur. *Tu sens son excitation aussi bien que moi. C'est ce qu'elle veut.*

Elle veut me manger tout cru, répondis-je, remarquant le défi dans les yeux de Luna. *Elle veut mener la danse.*

Une femelle alpha jusqu'à la moelle, opina-t-il en passant ses doigts dans ses cheveux.

Je déglutis quand Luna descendit lentement ma fermeture éclair, son corps parfaitement positionné entre mes jambes étalées. Elle se lécha les lèvres, l'air affamé, et baissa mon jean. Ma bite bondit en avant, impatiente de rencontrer sa bouche. Elle ne perdit pas de temps, sa langue explorant ma verge d'une manière qui donna envie à mes couilles d'une autre caresse, d'un autre goût, d'un autre *coup de langue*.

— Putain, soufflai-je

Ma tête tomba en arrière dans une vague d'euphorie. Luna faisait honte à toutes mes expériences précédentes, et elle avait à peine commencé. Le fait que je le désirais vraiment m'aidait bien aussi.

Mes cours à l'université étaient tous forcés. Rae se portait généralement volontaire pour être ma partenaire, surtout parce qu'elle savait que j'irais doucement avec elle, à l'inverse des exercices de rapports sexuels entre hommes qui avaient tendance à être un peu plus violents.

Ils n'avaient rien à voir avec ce qu'Edon me faisait.

Le désir se répandait dans ses profondeurs d'obsidienne, ses joues rougissaient tandis qu'il observait Luna faire monter et descendre sa bouche sur ma queue. Ses yeux à elle étaient tout à moi, elle se concentrait sur mon visage, incroyablement séduisante, alors qu'elle s'efforçait de me prendre encore plus profondément dans sa gorge.

J'étais absorbé par elle et ses bons soins, incapable de me concentrer sur autre chose.

Jusqu'à ce que la bouche d'Edon se pose sur la mienne.

Il s'était déplacé si vite et si silencieusement que je n'avais pas senti qu'il venait vers moi, jusqu'à ce qu'il introduise sa langue entre mes lèvres.

Mes muscles se tendirent.

Je serrai les poings.

J'étais perdu parmi toutes ces sensations. Un feu brûlait au fond de moi, provoquant une tempête électrique dans mon entrejambe qui fit se raidir ma queue encore plus. Ça faisait presque mal. Je pouvais à peine respirer, mon cerveau se fracturait sous l'assaut.

Mmmh, je sens ton plaisir à travers notre lien géniteur chuchota Edon dans mes pensées. *Ça me fait bander.*

Il posa une main sur ma nuque tandis que l'autre resta sur la tête de Luna, l'incitant à aller plus loin. Toujours aux commandes. Toujours dominant. À cet instant, je m'en fichais. Je ferais tout ce qu'il veut tant que ça ne s'arrêtait pas.

Mon dos frissonnait, mes cuisses se contractaient, la

seule pensée qu'il exige de Luna qu'elle me lâche me rendait froid et agité.

Et si c'était le but ?

Et si…

Chut, murmura-t-il, coupant court à mes inquiétudes. *Je ne voudrais pas que ça se termine trop tôt.*

Pourquoi tu fais ça ? demandai-je, mon corps tendu comme un arc prêt à tirer.

— Parce que j'en ai le pouvoir, grogna-t-il contre ma bouche. Parce que je le veux. Parce que j'aime voir Luna à genoux.

Il baissa les yeux sur elle, sa joue frôlant la mienne.

— Regarde-la, Silas. Regarde comme elle est belle avec ta bite dans sa bouche.

Je frémis ; ses mots, couplés avec la vue que j'avais sous les yeux, me faisaient presque perdre la tête. Ses pupilles étaient écarquillées, ses joues rougissaient d'excitation.

— As-tu aimé me voir l'embrasser, petite partenaire ? reprit Edon à voix basse.

Il caressa ses cheveux, son autre main toujours sur ma nuque.

Elle déglutit autour de mon membre, envoyant une décharge d'électricité dans mes veines. Puis elle gémit en signe d'approbation, un gémissement auquel je joignis le mien. L'intensité de sa bouche et les tons chauds d'Edon exacerbaient mes sens, détruisant ma capacité à bouger, à penser, à respirer, à *exister*.

Une énergie en fusion parcourait mes veines, me berçant au plus profond de mon être. Les petits bruits de Luna n'aidaient pas, ni ses légers haut-le-cœur quand elle m'enfonçait trop loin. Mais elle ne s'arrêtait pas. Au contraire, cela la poussait à continuer, et pendant tout ce temps, elle soutenait mon regard, avec cette lueur dans ses yeux qui suffirait à damner un saint.

Je pris sa mâchoire en coupe, mes doigts effleurèrent le côté de sa tête près de la paume d'Edon. Il frôla le bout de mes ongles mal taillés et ce contact envoya un choc dans tout mon corps.

C'était une expérience que je n'aurais jamais pu prévoir.

Deux lycans alpha qui m'observaient avec des lueurs prédatrices.

Luna avait faim de mon sperme.

Edon désirait ma soumission.

Je ne pouvais pas résister à l'attraction, ni reculer devant ce qu'ils me faisaient ressentir.

— Ça vient, émis-je d'une voix rauque.

Entre la bouche de Luna et les lèvres d'Edon qui effleuraient mon oreille, j'avais du mal à voir clair.

— Bien, chuchota Edon. Jouis pour nous, Silas. Jouis fort.

— *Putain.*

Son ordre me fit basculer, mon orgasme fut un rude assaut qui me secoua de la tête aux pieds. Je faillis tomber mais Edon était là, son corps ferme contre mon dos, ses mains sur mes épaules.

Et Luna…

Putain, Luna.

Elle me fixait avec une telle chaleur, une telle vigueur, tandis qu'elle recevait ma semence dans sa jolie petite gorge. Jusqu'à la dernière goutte. Sa bouche avide en voulait encore plus, ses doigts s'enfonçant dans mes cuisses.

Je frémis, le pouls emballé, ma vision trouble, pantelant entre eux.

Edon massa mes muscles tendus, ses mains marquant ma peau nue. Puis il me saisit le menton, me releva la tête et prit ma bouche une fois de plus.

Son grondement me secoua l'âme, avec une possession

dans ce grognement que je ne comprenais pas. Il fit couler le sang, ses dents glissèrent sur mes lèvres, puis il me dévora avec sa langue.

Je ne pus réagir assez vite, mes mouvements avaient un temps de retard. Ça me laissa désorienté, excité et prêt à baiser de nouveau.

Luna semblait impatiente de rendre service, ses lèvres allant de haut en bas, ses mains s'enhardissant à explorer mon torse, mes hanches, le haut de mes cuisses.

Edon sourit contre ma bouche, son expression teintée de cruauté.

— Ça suffit, Luna.

Il se pencha par-dessus moi pour empoigner ses cheveux et l'écarter de mon aine.

Elle émit un grognement de protestation. Ses pupilles étaient si dilatées que je ne distinguais plus le brun clair de ses iris. Ses longs cils battirent lorsqu'elle cligna des yeux.

— Regarder ça m'a donné soif, murmura Edon. Luna, nettoie le désordre que tu as fait dans ma salle de bains. Quand tu auras fini, tu pourras nous rejoindre dans la cuisine, si tu veux.

La confusion imprégna ses traits, une confusion que je partageais.

Crois-moi, murmura Edon dans mon esprit. *Elle a besoin de cette leçon.*

— Viens, Silas, dit-il à voix haute en me lâchant.

Il se dirigea vers la porte, dans l'expectative.

Je me redressai, me raclant la gorge, ne sachant trop quoi faire. Luna leva les yeux sur moi, un flot d'émotions traversant son beau visage, le choc, la douleur, l'agacement.

Aucune de ces émotions ne me plaisait, mais un grognement d'Edon me fit faire un pas vers lui.

Qu'étais-je censé faire ? Exiger qu'on donne du plaisir

à sa partenaire ? Demander un autre orgasme ? Mettre Luna à quatre pattes et la baiser comme je le désirais ?

— Silas, siffla Edon, l'alpha en lui tirant sur le lien géniteur.

Je quittai la pièce sans me retourner vers Luna, mais je *ressentais* sa déception, sa fureur et, plus important encore, son besoin inassouvi.

Pourquoi tu as fait ça ? voulus-je savoir, en le suivant dans le couloir pendant que je boutonnais mon jean.

Il me conduisit à la cuisine, silencieux jusqu'à ce qu'il ouvre le réfrigérateur. *Elle t'a laissé dans la même situation en début de semaine, n'est-ce pas ?*

Parce que tu t'es montré, lui fis-je remarquer.

Peut-être. Il sortit deux bouteilles et les posa sur le comptoir. *Mais elle t'a quand même laissé raide comme un pieu et insatisfait. Maintenant elle sait ce que ça fait.*

Je grognai en prenant place sur l'un des trois tabourets de bar qui entouraient l'îlot central. *Donc tu lui donnes une leçon de satisfaction différée ?*

Non, sa leçon porte sur le comportement. C'est une femelle alpha. Si elle en veut plus, elle peut l'exiger. Quand elle le fera, elle apprendra que je serai plus qu'heureux de lui rendre la pareille.

Je réfléchis à son objectif pendant qu'il cherchait un décapsuleur dans le tiroir. *Tu lui donnes le contrôle.*

Dans une certaine mesure, oui.

Ce mâle n'avait rien à voir avec les alpha dont j'avais entendu parler au cours de mes études. Tous prenaient ce qu'ils voulaient, sans se soucier des autres. Mais Edon voulait que sa partenaire ait le choix et, pour une raison quelconque, il m'incluait dans ce choix.

— Quoi ? Pas d'argument contraire ? railla-t-il en me passant une des boissons.

— Je ne suis pas sûr de pouvoir argumenter, avouai-je.

Je reniflai le liquide piquant. De la bière. Je n'en avais

jamais consommé, mais je connaissais la substance. Les Lycans appréciaient l'alcool, surtout lorsqu'ils jouaient avec les humains.

— Moi qui croyais que tu avais du répondant, dit-il en se penchant sur la dalle de marbre de l'îlot. Tu penses toujours que tout ça n'est qu'un test ?

— Oui.

Je n'arrivais pas à savoir si j'avais réussi ou échoué.

Il téta sa bière un long moment, serrant le goulot entre deux de ses doigts musclés, puis la posa sur le côté.

— Mon père ne veut pas que j'accède au trône et, de la façon dont je le vois, j'ai deux handicaps, dit-il en arquant un sourcil. Tu devines lesquels ?

Ce n'était pas difficile de deviner son insinuation, mais ça n'avait guère de sens.

— Pourquoi me considérerait-il comme un handicap ? Je suis juste un bâtard.

Il plissa les yeux.

— Peut-être, mais tu es *mon* bâtard, et je protège ceux qui comptent sur moi.

— Je ne compte pas sur toi, rétorquai-je, plissant les yeux à mon tour. Je ne compte que sur moi-même.

— Une qualité admirable, mais tu es dépassé ici, Silas. C'est pourquoi tu vas rester dans ma maison – *cette* maison – jusqu'à nouvel ordre.

Il reprit sa bière et me regarda pendant qu'il en sirotait une gorgée. *Et boire ça. Ce n'est pas donné,* ajouta-t-il mentalement.

Ça pue, marmonnai-je en me forçant à en avaler de petites gorgées. *Ça a un goût de merde, aussi.*

Il se tourna vers le couloir.

— Bon. Luna !

Un grognement féminin précéda son entrée.

— *Quoi ?* aboya-t-elle, les mains sur les hanches.

Elle avait remis la chemise d'Edon, mais cela ne cachait pas ses tétons qui saillaient sous le tissu.

Elle était tout énervée et excitée et, putain, ça me faisait bander à nouveau.

— Finis la bière de Silas, lui ordonna Edon en désignant la bouteille. Je ne veux pas la gaspiller.

— Pourquoi pas toi ? rétorqua-t-elle. Goûte-la, Edon. Suce tout et avale. Paraît que c'est marrant.

Sur cette remarque désinvolte, elle tourna les talons, ce qui lui étira un sourire en coin.

Il finit sa bière et prit la mienne.

— Oh, je l'adore. Si aucun de vous n'accepte mon cadeau, je vais en profiter moi-même.

Il lécha le bord du goulot, son regard soutenant le mien, et ajouta :

— Tu restes ici.

— Je n'ai pas dit le contraire, si ?

Refuser un abri et une protection me paraissait un sujet plutôt stupide à discuter, même si cela empiétait sur mon indépendance. Mais je pouvais toujours me débrouiller seul sous son toit.

— Non, en effet.

Il avait l'air satisfait, ce qui, bizarrement, me soulageait. J'aimais lui faire plaisir. Ce qui était étrange, car d'habitude je ne me souciais de personne d'autre que de moi-même et de ceux qui m'étaient les plus proches. Je suppose qu'il était dans ce dernier cas, vu qu'il était mon créateur et tout ça.

Sa gorge se souleva pendant qu'il avalait sa bière, attirant mon attention sur les épais muscles dont les fibres étaient étirées le long de son cou et de ses épaules. Bien que nous soyons à peu près de la même taille, il me dépassait nettement en masse corporelle. Ça expliquait pourquoi le jean que j'avais trouvé dans sa chambre était juste un peu trop grand pour moi au niveau des cuisses et de la taille. Je le portais encore aujourd'hui car il était en meilleur état que le seul que je possédais. Si Edon l'avait remarqué, il ne semblait pas s'en soucier. Il m'avait dit que je pouvais me servir de tout dans son chalet. Il semblait le penser vraiment.

— Je ne veux pas non plus que tu ailles courir seul, reprit-il après un moment de silence. C'est valable pour vous deux, je veux dire. Je préfère que vous restiez collés ensemble.

— C'est pour ça que tu lui as fait connaître ma queue avec sa bouche ? questionnai-je en fronçant les sourcils. Pour nous aider à nous *lier* ?

Il gloussa.

— Non. C'était purement pour mon plaisir.

Il posa la bouteille à moitié finie, plaqua les mains sur le comptoir et se pencha en avant.

— La regarder te sucer était chaud comme la braise. Peut-être que la prochaine fois tu pourras la regarder me le faire, ou c'est peut-être elle qui regardera comment je viens dans ta gorge. Qu'est-ce que tu préfères, Silas ? me demanda-t-il en posant son regard sur mes lèvres. Parce que je suis impatient d'essayer les deux.

J'étais de nouveau raide.

Vraiment, *vraiment* raide.

Ces deux scénarios ? Oui, ils m'excitaient tous les deux. Ce qui était complètement tordu, mais nous en étions là.

Luna choisit ce moment pour nous rejoindre, la fureur et le désir flottant dans l'air autour d'elle.

— La salle de bain est nettoyée, déclara-t-elle d'un ton glacial .

Ça ne changeait rien à la température de la pièce, la chaleur qui couvait entre Edon et moi ressemblant à une tornade de tentation prête à nous aspirer vers l'enfer.

— Autre chose que vous vouliez que je fasse, Votre Putain d'Altesse Royale, ajouta-t-elle.

Je ne pouvais pas la voir, le regard d'Edon captivant le mien, mais je soupçonnais qu'elle le fusillait du regard.

— Oui, dit-il d'un ton de commandement. Je suis affamé, Silas. Et toi ?

Je souris, saisissant le sous-entendu. Il semblait que nous allions passer à l'étape suivante de sa *leçon*.

— J'aurais bien envie de manger un morceau.

Edon rompit notre connexion pour regarder Luna.

— Viens nous nourrir, petite partenaire.

Ses joues fleurirent en délicieuses nuances de rouge.

Elle nous jeta un coup d'œil incrédule, sa fureur était séduisante à souhait.

— Putain, t'es sérieux, là ? Oui, vous pouvez aller vous faire foutre tous les deux.

Elle tourna les talons, mais se figea en entendant le grognement d'Edon. Bas et menaçant, il résonnait dans la pièce d'une manière dont seul un alpha était capable.

— Viens par ici, exigea-t-il. Maintenant.

Luna se hérissa mais ne bougea pas d'un pas.

— Tu peux t'enfuir si tu veux, mais on te rattrapera, prévint-il. Et tu sais ce qui va se passer quand on te sautera dessus.

Il attendit un moment, la regarda prendre une grande inspiration pour se calmer, et sourit avant de reprendre :

— Tu la joues comment, Luna ? Tu vas te comporter correctement ou nous pousser à ça ?

LUNA

Piégée.

Voilà comment je me sentais.

Les deux mâles me regardaient avec des airs de prédateurs, attendant ma décision. Mon petit doigt me disait que quel que soit mon choix, j'allais être dévorée par eux deux.

J'étais trop en colère après Edon et Silas qui m'avaient laissée dans cette salle de bains, dans tous mes états. Cela avait été la première fois que j'avais sucé un mâle, et il ne m'avait même pas dit *merci*. Non, à la place, il était parti avec l'alpha qui m'avait mise à genoux.

Je n'étais pas un jouet mais une lycane. Une lycane *alpha*. Edon me traitait comme une traînée oméga en chaleur.

Sans doute parce que j'agissais comme telle.

Mais bon sang, ces deux mâles m'embrouillaient la tête. Je ne pouvais pas penser correctement avec un tel concentré de testostérone dans les parages. Il y avait quelque chose d'intensément inassouvi entre Silas et moi, une domination qui n'avait pas encore été établie.

Et Edon… Tant de choses entre nous étaient clairement inachevées.

L'alpha en question leva un sourcil arrogant.

— Luna ?

Cours ou fais la cuisine.

Sauf que quelque chose me disait que ce n'étaient pas de la nourriture qu'ils voulaient manger, mais moi. Ce qui voulait dire qu'il me donnait le choix d'accepter ou de faire la difficile.

Après l'enfer qu'il venait de me faire vivre dans la salle de bains, il n'y avait qu'une seule vraie solution.

— Viens me chercher, lançai-je par-dessus mon épaule, mes jambes déjà en mouvement.

Des grognements retentirent derrière moi, et Silas et Edon bondirent de la cuisine pour me poursuivre.

La chemise vola au-dessus de ma tête et je me transformai, ma louve prête et en attente, puis je me ruai dans la cour.

Je savais exactement où je voulais aller : au bord de la rivière où Edon m'avait déjà poursuivie. C'était un endroit isolé et paisible. Parfait pour l'activité que j'avais en tête.

Après tout, j'en avais marre de jouer les soumises avec ces deux mâles.

Ils voulaient que je suce leurs bites ? Bien. Mais ils allaient foutrement me rendre la pareille.

Mes pattes martelaient la terre, le silence derrière moi était troublant. Je savais qu'ils étaient proches, je sentais la présence de leur domination glisser sur ma fourrure, mais ils se déplaçaient avec une précision et une habileté qui me séduisaient encore plus.

Surtout Silas.

Non seulement je devrais être capable de le battre à une course, mais je devrais être aussi capable de le sentir. Or il était tout aussi furtif que son créateur.

Ça me fit frissonner, et ma louve se réjouit en réponse. Personne dans le clan Ernest ne m'avait jamais attirée de cette façon, pas même Volk. C'était pourtant le seul dont je pouvais supporter qu'il me touche.

Mais maintenant… *maintenant* je désirais bien plus que des caresses.

C'était la faute au lien d'accouplement. Il m'avait changée à un certain niveau, excitant mes hormones en une frénésie que seul l'alpha pouvait dompter. Sauf que ça n'expliquait pas vraiment mon attirance Silas.

Mmmh, c'était peut-être le lien géniteur qui confondait ma louve, me forçant à les désirer ardemment tous deux.

Ou peut-être avais-je enfin trouvé deux mâles dignes de mon attention.

L'un d'eux me mordilla la patte arrière. Je réagis en accélérant encore, mon besoin d'atteindre la rivière était prégnant.

Ils pourraient me prendre là-bas.

Mais seulement s'ils acceptaient mes conditions.

Un grondement sourd fit vibrer ma colonne vertébrale, des dents se plantèrent dans ma peau pour me tirer vers le sol. Je roulai sous lui, laissant presque son corps bien plus grand me coincer, et le repoussai de mes pattes arrière.

Mais un deuxième mâle encore plus massif bondit sur moi.

Je me tortillai, puis gémis, mon objectif d'atteindre la rive étant si proche et pourtant si loin.

Edon inclina simplement sa tête au-dessus de moi, son museau tellement plus gros que le mien. Il donna une poussée à ma tête, me forçant à dévoiler mon cou.

Rends-toi, disait-il.

Je le voulais, mais pas ici. Je voulais l'eau. La tranquillité. La paix.

Il dut le savoir d'une certaine façon, car il me laissa partir avec un doux grognement de patience. Il disait que j'étais à lui, que je pouvais courir où je voulais et qu'il m'aurait toujours, alors si je voulais jouer, il jouerait.

Je me remis sur pattes dans la seconde et sprintai de nouveau.

Cette fois, il me laissa entendre sa présence alors qu'il courait aux côtés de Silas, leur poursuite dégageant une vague de chaleur dans mon dos.

Ils m'avaient et ils le savaient. Cette course faisait office de préliminaires, une façon de faire traîner ma capture finale. L'impatience augmentait, nos halètements formaient une musique dans le vent, et j'atteignis enfin l'endroit désiré.

Edon m'encercla dans un sens et Silas dans l'autre, leurs rondes étaient sexy comme pas permis. Pas étonnant qu'ils soient attirés l'un par l'autre. L'énergie sexuelle suintait d'eux deux, me laissant dans une flaque de désir entre eux.

Je repris ma forme humaine, mes cuisses déjà trempées par anticipation. L'acceptation se formait sur mes lèvres, un appel à les avoir tous les deux, quand des hurlements retentirent au loin. Edon s'immobilisa.

Il écouta attentivement, tout comme Silas, tandis qu'une vague d'alarmes se répandait dans l'air.

De la glace se répandit dans mes veines, calmant sévèrement mon excitation.

C'étaient les cris d'un mâle alpha furieux : le père d'Edon. Ces cris laissaient sous-entendre qu'il exigeait du sang en représailles.

Edon et Silas devaient communiquer, leurs yeux fixés l'un sur l'autre.

Puis l'héritier alpha s'en fut , nous laissant près de la rivière.

Silas se transforma, l es traits sombres.

— Il nous a dit de rester ici.

— J'ai compris ça en le voyant repartir, répondis-je, en remarquant à quelle vitesse était parti Edon. Il est rapide.

Genre, vraiment, vraiment rapide. C'était clair qu'il avait joué avec moi, s'était calé sur mon allure, car putain, ce loup courait fichtrement vite.

— Oui, en effet, dit Silas en posant la main sur sa nuque. Luna…

Je déglutis, croisant son regard circonspect.

— Oui ?

— Quelque chose ne va pas, dit-il d'une voix rauque. Genre, il y a un truc qui n'est pas normal, merde.

Les poils de mes bras se hérissèrent, mon estomac se retourna.

Il ne parlait pas de nous ni de ce qui était sur le point de se produire. Non. Il voulait dire avec la meute.

— Je sais, chuchotai-je. Je le ressens aussi.

Comme une invasion vicieuse, un appel à la mort.

Je soupçonnais l'un de nous d'être la cible de cet appel.

EDON

Bianca.

Ses yeux bleus vides fixaient l'arbre au-dessus d'elle, tandis que le reste de son corps gisait à quelques pas.

Quelqu'un lui avait *mâché* le cou. Une mort horrible, qui, pour être donnée de la sorte, requérait de la force et un certain talent.

L'odeur de Luna imprégnait la scène.

Je serrai les dents et restai hors de vue, en prenant soin de maintenir mon odeur loin des autres. Même mon père ne m'avait pas encore senti, ce qui témoignait de mes dons croissants et des siens qui faiblissaient.

La fureur émanait de la meute, les paroles échangées faisaient bouillir mon sang. Ils avaient déjà voté, sans se soucier du fait que leur héritier alpha – moi – n'était pas présent. Si je me posais des questions sur la loyauté de la meute avant, j'avais mes réponses maintenant. Tout le monde dans cette clairière était allié à mon père, et j'aurais tout intérêt à m'en souvenir.

— Où est ton fils ? demanda l'un d'eux.

Mon père hurla de nouveau, un appel destiné à mes oreilles.

Mais je ne bougeai pas, trop furieux pour faire un pas.

C'était un foutu coup monté. Mais je ne pouvais pas

dire le moindre mot car j'étais l'alibi de Luna. La situation n'était pas tout à fait en ma faveur, même avec Silas de mon côté. En effet, tout le monde verrait ça comme un moyen de protéger ma partenaire et ma progéniture. De plus, aller contre le vote de la meute rendrait mes relations irréparables, ce qui était la dernière chose dont j'avais besoin en ce moment.

La meute exige un châtiment, dis-je à Silas après avoir décrit la scène.

Mais elle est innocente…

Ce n'est pas le problème, répondis-je. *Mon père me fait choisir entre la décision de la meute et ma partenaire. C'est sa façon tordue de me forcer à prouver ma loyauté au clan Clemente.*

L'échec n'était pas une option ici. Si je choisissais Luna, la meute pourrait très bien tenter de me tuer.

Et tu ne peux pas choisir Luna ? s'étonna Silas, sa voix mentale contenant une note d'incrédulité.

Je soupirai. Ce mâle était peut-être un loup impressionnant, mais la politique de la meute était encore très nouvelle pour lui. Au moins Luna pourrait le comprendre. Je l'espérais, en tout cas.

La meute a déjà voté, expliquai-je. *Si j'ignore le vote, je risque une mutinerie.* Ce qui, je le soupçonnais, était le but de mon père.

Ça n'a aucun sens, grogna-t-il. *On sait bien qu'elle n'a pas fait ça.*

Je me frottai la nuque, observant les loups agités à quelques mètres de moi. Si je n'apparaissais pas bientôt, ils allaient me chercher. Ou pire, ils pourraient m'accuser d'être complice du crime. Ce ne serait pas étonnant de la part de mon père.

Je vais t'expliquer autrement, dis-je, concentré à la fois sur Silas et les loups nerveux. *Luna est nouvelle. Elle n'a pas d'alliés ici. Or Bianca en avait plusieurs. Ceux qui la connaissaient veulent se venger et ils se fichent que Luna soit innocente, surtout après l'avoir vue frapper Bianca l'autre jour.*

Donc ils ne prendront même pas la peine de chercher qui a fait ça.

Dans leur esprit, Luna est déjà coupable. Si je dis le contraire, j'aurai l'air d'un mâle qui protège sa partenaire. Ce procès était destiné à blesser une de mes faiblesses perçues : Luna. Mon grand-père m'avait prévenu que cela arriverait. Mais je ne m'attendais pas à ce que ce soit si flagrant.

Je n'ai pas le choix, Silas, chuchotai-je, en m'avançant dans la clairière avec un air ennuyé. J'avais déjà repris ma forme humaine, j'étais donc nu. Mais quiconque prendrait ma nudité pour de la vulnérabilité aurait un sacré réveil.

— On dirait que ma femelle a été occupée, dis-je en jetant un œil aux restes avec désintérêt. Je suppose que Bianca n'aurait pas dû débiter de mensonges.

Car la dernière fois que je l'avais touchée, en dehors d'une étreinte occasionnelle ou pour narguer Luna, c'était bien avant la cérémonie d'accouplement.

— Tu insinues que Bianca a mérité son sort ? lança mon père.

Je haussai une épaule.

— Je dis qu'il n'est sûrement pas sage de provoquer une femelle alpha un jour de pleine lune d'accouplement. On pourrait dire la même chose d'un mâle alpha en plein accouplement.

Sauf que je me sentais plutôt à l'aise pour partager ma promise avec Silas. Mais c'était un autre sujet.

Certains membres de la meute grognèrent. Je les ignorai, feignant la nonchalance.

— Cela dit, je suppose que je dois dire un mot à Luna.

Je croisai les bras et repris :

— À moins que tu ne remettes en question ma capacité à punir ma partenaire ?

— Vu que tu m'as interrompu la dernière fois ? Oui, mon fils. Oui, en effet.

Mon père parcourut ses copains du regard, qui grognèrent tous leur assentiment. Il reprit :

— Tu vas la punir publiquement ou bien je la tuerai moi-même.

— Tu ne peux pas tuer ma partenaire, grondai-je.

— Ah non ? rétorqua-t-il. Ça retardera ton ascension d'une ou deux décennies, mais je suis sûr que d'autres femelles alpha seront bientôt disponibles. On peut toujours demander au clan Ernest d'en produire une autre. Je suis certain que Niko sera heureux de nous rendre ce service quand on l'aura informé des défauts de sa fille.

Oui, et il passera certainement sa colère sur sa femme entre-temps. *Non merci.*

— Ça ne m'intéresse pas d'attendre, mon vieux.

J'avais choisi mes mots avec soin, m'assurant qu'il perçoive mon grondement sur les deux derniers. Son temps était compté, qu'il le reconnaisse ou non.

— Inutile de nous précipiter, Edon. Je suis plus qu'apte à continuer à diriger, répondit-il, l'air aussi nonchalant que moi quelques instants plus tôt. Je suis sûr que la meute serait d'accord aussi.

Bien sûr qu'ils le seraient. Il s'en était assuré.

Ce qui signifiait que je n'avais pas le choix.

Soit je punissais Luna publiquement, soit je risquais sa mort et mon statut au sein de la meute. Aucune des conséquences n'était négociable de ma part.

Plus vite je prendrais le contrôle de cet enfer, plus vite j'arrangerais la situation.

Luna ne méritait pas de mourir pour quelque chose qu'elle n'avait évidemment pas fait.

Mais en voyant les lycans qui entouraient Bianca, je savais pertinemment que personne ne croirait à son innocence. Pas même si Silas se portait garant de l'endroit où elle se trouvait. Au contraire, cela lui vaudrait certainement de mourir en plus de Luna.

Je te déteste, dis-je à mon père dans un regard. Ce fut trop bref pour que quiconque le remarque, mais ses lèvres se retroussèrent en réponse.

C'était une autre de ses foutues épreuves.

Un test.

Je n'avais qu'une seule option.

— Bien.

Il me fallut faire un effort considérable pour ne pas grogner ce seul mot.

— Prépare l'arène. Je vais trouver Luna.

Je ne laissai pas à mon père l'occasion d'argumenter, mes pieds déjà en mouvement. *Silas, j'ai besoin de toi pour une autre tâche…*

SILAS

— Absolument pas, grognai-je sitôt qu'Edon apparut.

Il avait enfilé un jean, nous laissant, Luna et moi, complètement nus devant lui. Non pas que je m'en soucie. J'étais trop concentré sur le plan insensé qu'il m'avait expliqué mentalement à peine dix minutes plus tôt.

— Ce n'était pas une suggestion , Silas. Ils réclament ton sang.

Il ne me regardait pas, ses yeux noirs posés sur Luna.

— Je sais, répondit-elle, ses bras enroulés autour d'elle.

Elle n'avait pas cessé de trembler depuis que les hurlements avaient commencé, ayant déjà compris ce que voulait la meute avant que je lui en parle.

J'avais néanmoins répété chaque mot d'Edon, y compris la *tâche* qu'il m'avait donnée. Une tâche que j'avais refusée en grognant dans ma tête, mais l'alpha avait préféré ne pas m'entendre.

— Je ne le ferai pas, dis-je à nouveau, restant sur mes positions.

Je pouvais supporter beaucoup de choses. Mais pas ça.

Cette fois Edon se tourna vers moi et, en un éclair, il serra sa main sur ma gorge et me poussa contre un arbre.

— L'alternative est bien pire, Silas. Si tu tiens un tant soit peu à elle, tu feras ce que je dis.

179

— Foutaises, rétorquai-je, livide et guère effrayé par ce loup plus fort que moi. Elle est innocente. Je ne vais pas…

— C'est bon, trancha Luna, le souffle court et l'air vaincu. J'accepte la punition.

Elle capta le regard d'Edon, un soupçon de combativité tapi dans ses profondeurs caramel et ajouta :

— Mais je *suis* innocente.

— Je sais, répondit-il. Mais je dois quand même le faire.

Il allégea un peu sa prise sur ma gorge, sans me relâcher.

Elle acquiesça, serrant toujours ses bras autour d'elle comme si elle avait froid.

Je les dévisageai, bouche bée.

— Pourquoi tu acceptes ça, bon sang ?

Les Lycans et vampires étaient censés avoir des droits. Ils étaient l'espèce supérieure. Ces conneries de punitions étaient seulement pour les humains.

— Il y a encore tant de choses sur notre société que tu dois apprendre.

La main d'Edon se contracta, son expression s'intensifia.

— Tu vas faire ce que je dis, Silas, ou les choses vont très mal tourner pour vous deux.

Je ricanai à cette menace.

— Je peux endurer une punition.

Ou plusieurs. J'avais tenu bon durant les vingt-deux ans de ma vie. Ce ne serait pas différent.

— Peut-être que toi tu peux, mais Luna ? s'énerva Edon. Si tu refuses, quelqu'un d'autre prendra ta place. Peut-être plusieurs. Comment te sentiras-tu, Silas ? Parce qu'ils t'obligeront à regarder pendant qu'ils la déchireront, et tu te diras tout du long que tu aurais pu empêcher sa mutilation en accomplissant cette seule foutue tâche.

— Ce que tu me demandes de faire…

— Non, ce que je te *dis* de faire, Silas. Ce n'est pas une putain de demande. J'ai besoin que tu m'aides à protéger ce qu'il restera de dignité à Luna après ça.

Il me lâcha en me repoussant brutalement et ajouta :

— C'est maintenant qu'il faut agir. Sinon, elle meurt.

Luna frissonna visiblement.

Edon lui saisit le bras.

— Allons-y.

Je les fixai, la mâchoire pendante.

Pendant vingt ans, j'avais tout appris sur la vie glamour des lycans et des vampires. Surtout celle des alpha et des royaux. Mais jamais personne ne m'avait parlé de cette soif de punition, de vouloir garder leurs partenaires lycans dans le droit chemin, de les brutaliser pour les soumettre.

C'était de cela dont il s'agissait, au fond : un moyen de briser le psychisme de Luna et de la forcer à se soumettre à ses supérieurs masculins.

L'héritier alpha ne voulait pas faire ça.

Cependant, il allait le faire de toute façon.

Parce que son monde l'exigeait.

Il n'y a pas de vie meilleure, réalisai-je, levant les yeux vers les arbres au-dessus de moi. *Ce n'était qu'un mensonge.*

Nous avons une chance de changer ça, dit doucement Edon. *Mais je ne peux rien faire avant mon Ascension.*

Ce qui exigeait qu'il ait une vraie partenaire : Luna.

Or il semblait que son père était déterminé à supprimer cette condition, ce qui m'amena à me demander : *Penses-tu qu'il a orchestré la mort de Bianca et piégé Luna ?*

Bien sûr, répondit Edon. *Tout ça n'est qu'un test merdique, et si je ne punis pas Luna, il la tuera et retardera mes épreuves. Je dois le battre à son propre jeu.*

Je déglutis, serrant les poings sur mes flancs. *Donc tu as besoin de moi.*

Oui.

Pas d'explication. Rien que ce seul mot. C'était une sorte de concession. Edon pouvait me commander autant qu'il le voulait, mais en fin de compte, il avait besoin de mon consentement pour que ça marche. Refuser ses demandes ne faisait que rendre son travail plus difficile et ça finirait aussi par blesser Luna davantage.

— Putain, marmonnai-je en passant mes doigts dans mes cheveux. *Putain.*

Il serait facile de fuir, me cacher de ce qui allait se passer, mais je ne pouvais pas. Au fond de moi, bêtement, je me sentais obligée de rester, pas seulement pour Edon mais aussi pour Luna.

La loyauté, un sentiment dangereux. C'était fou car je les connaissais à peine, mais je me sentais quelque peu redevable envers eux. Non, pas vraiment redevable, mais quelque chose d'autre. Quelque chose de plus fort.

Ça me rappelait la façon dont je considérais Rae et Willow, mais en plus intense.

Mon loup, pensai-je en clignant des yeux. *C'est mon loup.*

Tu as moins de cinq minutes pour prendre une décision, m'avertit Edon. *Dès que nous aurons atteint l'arène, je t'appellerai.*

Il ne voulait pas dire mentalement, mais en hurlant. Si j'ignorais cet ordre, je serais pourchassé, ce que je comprenais parfaitement. Fuir n'était jamais vraiment une option, supposai-je. Ignorer l'appel d'un alpha était contre nature, ce que je ressentais au plus profond de moi. Mon loup ne l'aurait jamais permis.

Edon le savait.

Je la sentais à travers notre lien, son assurance que je ne le laisserais pas tomber.

Ce qu'il y avait entre nous semblait grandir chaque

seconde, me liant à lui d'une manière que je désirais et détestais à la fois. Je le combattais parce que je le pouvais, mais une partie de moi aimait toujours se soumettre, aussi.

Ça me troublait.

Ça me fascinait.

Ça m'ancrait.

Il n'y avait jamais eu de choix.

Je faisais ce qu'il demandait parce qu'il l'ordonnait. Ce que je détestais par-dessus tout, c'était que j'allais probablement y prendre plaisir parce que ma docilité lui ferait plaisir.

— C'est vraiment la merde, grommelai-je en me dirigeant vers le camp principal.

Je ressentais la pression d'Edon, son besoin que j'obéisse, que je fasse ce qu'il exigeait, et mon corps réagissait de la même manière.

Mais il n'y avait pas qu'Edon.

Je sentais Luna, aussi.

Elle avait trouvé une sorte de lien avec mes veines, chauffant mon sang comme personne ne l'avait jamais fait. Je secouai la tête, refusant ce lien. Sauf qu'il se déclencha à nouveau, m'attirant plus près, me forçant à me soumettre à eux deux.

Deux alpha .

Et moi, un bâtard.

J'ignorais ce que nous faisions, j'avais juste suivi le mouvement quand Edon avait poursuivi Luna tout à l'heure. Pas parce qu'il m'avait dit de le faire, mais parce que je le voulais, ce qui me déconcertait encore plus. C'était comme si mon loup intérieur dirigeait mes instincts à la place de mon esprit, ne me laissant pas d'autre choix que de suivre.

Un hurlement transperça la nuit.

Ce hurlement ne provenait pas d'Edon, mais de Luna.

Il était déchirant et ne laissait rien présager de bon. Luna avait l'air souffrante, détruite, et son cri fut suivi d'autres cris d'approbation et d'excitation. *La meute.*

Le lien géniteur devint fortement troublé.

Qu'est-ce qui ne va pas ? m'enquis-je.

Aucune réponse.

Ma marche vira au sprint ; je foulai le sol pieds nus, insensible aux pierres et à la terre sous mes talons. Des branches griffèrent m es bras, m es flancs, mes cuisses nues. J'avais laissé mon jean chez Edon avant notre petite course dans les bois.

Qu'est-ce qui se passe ? demandai-je encore, courant aussi vite que mes jambes le permettaient. J'étais juste à l'extérieur du village principal, les grondements de la meute devenaient plus forts à chaque pas. Ils étaient près de l'endroit où la cérémonie d'accouplement initiale s'était déroulée. Cela semblait être là où toutes les affaires officielles de la meute étaient traitées, en plein cœur du territoire, entouré de chalets appartenant à l'élite du clan Clemente.

Edon, lançai-je en m'approchant de l'un des pavillons les plus grands.

Pas de réponse.

J'ignorai l'appel de mon loup, réprimai l'envie de me transformer. Cela prendrait trop de temps et d'énergie, et je devais être prêt pour…

Je me figeai juste à l'extérieur de l'arène de punition.

Luna était recroquevillée en boule, en plein milieu d'un déchaînement de violence, tandis qu'Edon se tenait sur le côté et regardait la meute s'abattre sur elle. Il ne m'accorda pas un regard, il avait l'air ennuyé, son attitude était nonchalante. Mais je *sentais* sa colère à travers le lien.

Pourquoi tu ne les arrêtes pas ? Ils vont la tuer !

Elle va bien, répondit-il, sa voix mentale accompagnée

d'un sourd grognement. Mais il leva la main, faisant s'immobiliser quelques loups. Un grondement d'avertissement roula dans sa gorge, attirant l'attention des autres. Son père le fusilla du regard.

— Tu préfères sa mort ? lança Walter de l'autre côté de la foule. Parce que je serai ravi d'arranger ça.

Il fit un pas en avant, mais Edon secoua la tête.

— Non. Je souhaite simplement proposer une alternative.

Il n'y avait pas un soupçon de colère ou d'agacement dans le ton de sa voix, même si je les sentais se déchaîner à travers notre connexion. Je suspectais que si Edon le pouvait, il tuerait son père sur le champ. À la place, il déclara :

— Un des plus gros défauts de Luna est son incapacité à se mettre au pas.

— Un défaut auquel j'ai essayé de remédier l'autre nuit avant que tu ne m'arrêtes, répondit son père. Un défaut que ta meute est prête à résoudre pour toi en ce moment si tu la laisses continuer.

Il désigna les mâles salivants, leurs regards lubriques rampant sur le petit corps de Luna.

Walter avait dû orchestrer cette sévère réception au camp principal. En effet, ça ne faisait pas du tout partie du plan préliminaire d'Edon, un fait que je venais de comprendre en quelque sorte, comme si j'étais connecté à l'esprit de mon créateur.

Il n'avait pas stoppé l'attaque initiale, car il savait que cela le ferait paraître faible. Il savait aussi que ses loups avaient besoin d'expurger un peu de leur colère pour s'estimer satisfaits, ce qui lui permettrait de mieux recommander et faciliter la punition de Luna.

Je cillai, étonné par toutes ces connaissances. J'ignorais s'il me les avait inculquées ou si je les avais découvertes par erreur. Mais j'en ressentais la véracité dans mes os.

Edon avait un plan.

Tout ce qu'il faisait était dans un but précis, de même que cette exécution.

— Je ne crois pas que ta méthode va briser son penchant pour la domination, dit Edon en fourrant ses mains dans ses poches. Mais j'en ai une qui pourrait y parvenir.

Il laissa cela en suspens, piquant la curiosité de sa meute dont les regards allaient de l'alpha en exercice à l'alpha héritier.

Walter croisa ses bras robustes sur sa poitrine nue en souriant.

— Et que suggères-tu, *Alpha Héritier* ? s'enquit-il, son ton incrédule étant clairement une insulte.

— Que le bâtard la baise.

Edon agita la main dans ma direction et ajouta :

— Je ne peux pas imaginer quelque chose de plus dégradant que d'avoir la bite d'un bâtard en moi. N'es-tu pas d'accord, Père ?

Il me fallut beaucoup d'efforts pour baisser les yeux alors que toute la meute se focalisait sur moi. J'avais envie de les affronter du regard, les mettre au défi de me considérer comme inférieur à eux, mais ma défiance ne ferait qu'empirer les choses. Je compris ce qu'Edon faisait. Il voulait rabaisser la position de Luna dans la meute en la faisant souiller par un nouveau venu.

— Tu es sûr qu'il peut y arriver ? railla Walter.

Les poils de ma nuque se hérissèrent et l'envie d'attaquer me prit aux tripes.

Doucement, murmura Edon dans mon esprit. *Ils s'imaginent que tu es faible. Je veux qu'ils s'accrochent à cette supposition jusqu'à ce que le moment soit venu.*

Je réfrénai l'envie de froncer les sourcils, ses paroles n'étant pas du tout ce à quoi je m'attendais.

— Il n'y a qu'une seule façon de le savoir, dit-il dit à haute voix, répondant aux doutes de son père sur ma capacité à baiser. Même s'il ne peut pas, j'imagine que se soumettre au bâtard remettra Luna fermement à sa place.

Son père se frotta le menton, un mouvement que je surpris du coin de l'œil, car je n'avais pas encore levé les yeux de crainte de défier accidentellement un de ces abrutis d'un regard noir. La meute serait impossible à battre collectivement. Mais certains de ces idiots sans renfort ? Oui, j'y arriverais très bien, et je savourerais ma victoire, aussi.

— Je sens sa peur, dit un des lycans en souriant. Je propose que le bâtard se donne en spectacle, nous montre ce qu'il peut faire.

— Je parie qu'il ne tiendra pas plus de dix secondes dans cette chatte, dit un autre.

— Nan, ricana quelqu'un. Je lui en donnerais au moins trente.

— Vraiment ? Moi je dirais une minute. Il ne bande même pas encore.

Ainsi, les paris furent lancés.

Le besoin de sang s'était transformé en une arène de moqueries et d'attentes lubriques autour de mes prouesses sexuelles.

— Les humains n'étudient pas ces conneries ? demanda un mâle intelligent. Quels sont ses résultats ?

— Je n'en sais foutre rien, eut-il pour toute réponse.

Edon restait silencieux, mais je ressentais son soulagement à travers la connexion, un soulagement que je ne partageais pas. Ce n'était pas lui qui devait se produire pour ces connards. Ils ne me demandaient pas seulement de baiser Luna, mais essentiellement de la violer. Elle savait, bien sûr. Elle m'avait déjà dit que tout irait bien.

— Je veux dire, ce n'est pas comme si nous n'allions pas… tu sais… avait-elle déclaré tranquillement, peu avant l'arrivée d'Edon.

Cela ne rendait pas ça plus juste.

Ni plus acceptable non plus.

Elle restait roulée en boule, le corps tremblant, le visage caché. Il y avait des éraflures dans son dos, là où certains membres de la meute l'avaient griffée, et quelques marques sur ses côtés qui provenaient sans doute de chaussures ou peut-être de poings.

C'est carrément tordu, pensai-je, et pas pour la première fois.

Il n'y a pas d'alternative, répondit Edon.

Les discussions continuaient à rouler autour de moi, la meute devenant de plus en plus impatiente à mesure qu'elle s'amusait à l'idée que je prenne Luna. La plupart votèrent pour une ou deux minutes. D'autres pour quelques secondes.

Si je devais faire ça, je durerais assez longtemps pour qu'aucun de ces connards ne gagne.

Sauf qu'alors je prolongerais le tourment de Luna.

Je réfrénai l'envie d'attraper mes cheveux et de tirer dessus, mon attention étant toujours fixée sur le sol. Les lycans avaient commencé à m'encercler, à prendre ma mesure, à évaluer mes capacités en fonction de mon apparence.

C'était ridicule.

Je n'arrivais pas à croire que je m'étais battu lors du Tournoi des Immortels pour subir un tel traitement. Ils me considéraient comme un être inférieur uniquement parce que je n'étais pas né Lycan. Mais les épreuves de ma vie me plaçaient bien au-dessus d'eux tous. Un jour, je le prouverai.

— Très bien, mon garçon. On va essayer à ta façon, opina Walter d'un ton réticent.

C'est alors que je compris pourquoi Edon avait choisi cette méthode : il savait que la meute approuverait. Il retournait essentiellement les techniques de son père contre lui en exploitant la soif d'avilissement du clan.

Car ce n'était pas seulement Luna qu'ils embarrassaient, mais aussi moi.

— Mais je veux qu'il l'encule, ajouta Walter Il ne mérite pas de connaître la chatte d'une alpha.

Le monde cessa de tourner autour de moi.

Luna sembla se figer, sa tension était palpable.

Ce que demandait Walter était encore plus invasif d'une certaine manière ; c'était aussi quelque chose que je n'avais jamais fait. Je soupçonnais Luna d'être dans le même cas.

— Non, gronda Edon d'un ton plein d'énergie. Je n'ai pas encore pris son cul. C'est le mien. Il va fourrer sa chatte à la place.

Son père sourit.

— Prendre son cul vierge serait une bien meilleure punition.

— Comme je l'ai dit l'autre jour, elle est ma partenaire et je décide de la meilleure façon de la punir, et c'est ma décision.

Son attention se porta sur moi et il ajouta :

— Si tu touches son cul, je te tue.

— Noté, murmurai-je, la gorge sèche à cause du conflit de volontés qui se déroulait devant moi.

Je n'arrivais pas à comprendre ce qu'Edon attendait de moi dans ces conditions. Les ricanements de la foule semblaient indiquer qu'ils étaient tous d'accord. Certains allaient même jusqu'à commenter mon manque d'excitation. Apparemment, ils ne comprenaient pas pourquoi violer une femme ne me plaisait pas.

Luna te préférera à n'importe qui d'autre dans cette meute, murmura Edon, sa voix mentale très différente du ton dur qu'il avait employé quelques secondes plus tôt pour me menacer. *Souviens-toi de ça quand tu te glisseras dans sa douce chaleur. Rappelle-toi la poursuite, comment elle nous a attirés vers ce ruisseau avec l'intention de nous avoir tous les deux. La façon dont elle s'est soumise à toi dans le champ. Sa louve te désire, Silas.*

— À genoux, Luna, intima Edon.

Le ton péremptoire de sa voix me donna l'impression d'avoir reçu une claque dans la figure. Il reprit :

— On dirait que le bâtard a besoin d'être motivé. Aide-le avec ta bouche.

EDON

IL M'AVAIT FALLU me retenir physiquement pour ne pas réagir lorsque la meute avait agressé Luna à son arrivée, et il me fallait encore plus de retenue pour ne pas réagir maintenant alors qu'elle luttait pour se relever.

Tout soupçon d'inquiétude ou de douceur de ma part ne ferait qu'empirer les choses. Les yeux de mon père étaient braqués sur moi, son irritation face à ma prise de contrôle de la situation était évidente à en observer les plis durs de sa bouche.

Mais il y avait des petites choses que je pouvais faire, comme attraper une poignée de cheveux de Luna pour la tirer vers le haut. Pour le public, il semblait que j'étais devenu impatient. En réalité, je lui prêtais ma force en me plaçant derrière elle. Elle se raidit quand son dos toucha mes jambes, une réaction qui plut à l'assistance.

Je passai doucement mon pouce sur la peau sensible derrière son oreille, mes doigts étant toujours mêlés dans ses cheveux en ce qui semblait être, je l'espérais, à une prise douloureuse. Elle ne se détendit pas en apparence, mais son poids s'enfonça dans mes cuisses alors qu'elle profitait du soutien que je lui offrais.

Cette confiance intrinsèque frappa directement ma queue. Elle comprenait ce que j'essayais de faire sans que j'aie à le dire et il semblait que Silas le comprenait aussi. Son approbation réchauffa le lien, son esprit ne manqua pas un seul détail malgré ses yeux baissés.

Ignore tout le monde autour de nous et concentre-toi uniquement sur sa bouche, lui murmurai-je. C'était ma tâche de les protéger, de leur offrir un soupçon de paix sous l'apparence d'une punition. Je pourrais y arriver si Silas me laissait faire, s'il suivait mes paroles et s'abandonnait au plaisir du moment.

J'encerclai la gorge de Luna de ma main libre, montrant ma domination tout en l'inclinant en douce de manière à masquer les mouvements de mon pouce. Son pouls battait la chamade à mon contact, ce que je cherchais à atténuer avec des cercles lents et hypnotiques.

J'espérais qu'elle ressentait les similitudes de ce moment avec celui que nous avions partagé quand je me tenais derrière elle pendant qu'elle suçait Silas. Il fallait que je la ramène à cette expérience, lui rappelle la chasse et que j'efface tout le monde autour de nous.

Un exploit difficile.

Heureusement, j'avais sa louve de mon côté. Une louve que j'avais laissée insatisfaite avec la promesse de lui en offrir davantage. Maintenant, j'allais le lui donner.

Sous la forme de la bite de Silas.

— Motive-le, Luna, ordonnai-je d'une voix bien plus cruelle que ma façon de la toucher. Montre à tout le monde ici combien tu es impatiente de te soumettre de ton mieux.

Elle grogna en s'exécutant, sa langue traça un sillon le long de l'érection grandissante de Silas, tandis qu'elle croisait son regard avec audace.

Quelque chose passa entre eux.

Une intercompréhension.

Je m'y sentis connecté même si j'étais extérieur à leur connexion.

- Elle ne m'a pas l'air très soumise, remarqua mon père.

Je ne cessai pas de caresser son pouls d'un toucher léger, même si ma réponse avait une pointe de dureté :

— Elle est à genoux devant un bâtard avec sa bite pressée contre ses lèvres. Je n'appellerais pas ça un comportement très alpha.

— Plutôt celui d'une pute, intervint Glenn aimablement.

— On a besoin d'une nouvelle pute de meute maintenant que Bianca n'est plus là, renchérit Barry. Doit-on considérer ça comme une audition ?

— Tu rigoles ? Je ne veux pas que sa bouche s'approche de ma queue après ça.

Les moqueries continuèrent, les propos désobligeants sur les actions de Luna et la position de Silas dans la meute se fondant dans une brume de dégoût autour de nous. Je sentais la tension de ma petite partenaire et l'agacement de ma progéniture, ce qui me conférait une tâche bien plus importante : les aider tous les deux à être performants dans des conditions loin d'être agréables.

Car si Silas n'arrivait pas à baiser Luna, mon père allait intervenir. Je sentais qu'il était impatient de le faire dès à présent.

Parle-moi de sa langue, dis-je à Silas. *Dis-moi ce que ça te fait.*

C'est forcé, me répondit-il en grognant.

Tu m'as accusé de ça tout à l'heure, mais si je me souviens bien, elle t'a sucé avec enthousiasme. Je fredonnai dans son esprit, d'un murmure bas et apaisant. *Dis-moi ce que ça fait de jouir dans sa gorge. De sentir qu'elle avale ta bite qui palpite dans sa bouche.*

Il gémit, à voix haute et à travers le lien. *Edon...*

Imagine juste comment sa chatte va être bien serrée autour de ta queue, Silas. Un pur paradis, quelque chose que je n'ai même pas encore ressenti. Bon Dieu, je veux en ressentir chaque détail. Chaque putain de sensation. Pourquoi le simple fait de penser à ça m'excitait ? Entendre Silas parler de son plaisir pendant qu'il baisait la femme destinée à être mienne aurait dû me faire chier, pas faire durcir douloureusement ma bite dans mon pantalon.

Mais putain, je voulais le regarder.

Je voulais entendre leurs halètements partagés, sentir leur excitation, et me connecter avec ma progéniture tandis qu'il prendrait la douce et chaude chatte de ma partenaire en levrette.

Silas dut m'entendre car il gémit de nouveau, sa hampe complètement engorgée séparant les belles lèvres de Luna. Il poussa loin dans sa bouche comme il l'avait fait chez moi quelques heures auparavant. Elle tressaillit lorsqu'elle sentit cette intrusion, mais le frottement de mon pouce contre son pouls parut la rassurer une fois de plus, et elle l'avala du mieux qu'elle put, ce qui était impressionnant, d'une aptitude admirable.

Merde. Je pouvais sentir Silas sous ma main, son gland était tellement enfoncé que je doutais qu'elle puisse respirer. Ses mains se crispaient sur ses flancs, incertaines, ses abdominaux se contractaient avec retenue. Les loups autour de nous croyaient qu'il était déjà sur le point de jouir, leurs huées menaçant de gâcher le moment.

Mais je comprenais sa tension.

Il n'était pas sur le point d'exploser.

Non. Silas avait faim de domination. Il voulait attraper Luna et enfoncer sa queue encore plus profond dans sa jolie petite gorge, mais mes mains étaient sur son chemin. Même s'il se sentait à l'aise de la dominer, il ne pouvait pas me défier.

Je faillis sourire.

Ces deux-là étaient parfaits, leur bataille tacite pour le commandement était un putain d'aphrodisiaque pour mes sens.

Je tirai Luna en arrière, mon regard croisa brièvement celui de Silas, dont les lèvres se retroussèrent en un faible grondement qu'il ravala non sans mal.

— Présente ta chatte au bâtard, ordonnai-je en jetant Luna à terre à quatre pattes.

Tout le monde avait cru que je l'avais poussée brutalement, mais ma main autour de sa gorge l'aida à amortir sa chute, lui donnant le temps de se rattraper sur ses mains.

Mon père était trop occupé à rire de ce que quelqu'un avait dit pour remarquer mes mouvements, et je profitai pleinement de cet instant.

Je claquai les fesses de Luna, plaçant ma main de manière à produire un bruit fort sans trop causer de douleur.

— Écarte les jambes, ordonnai-je.

Ce qu'elle fit.

Elle écarta ses belles cuisses, pas seulement pour moi mais aussi pour Silas. Putain, ça me brûlait à l'intérieur de la meilleure façon.

Chaque détail, lui rappelai-je alors qu'il s'agenouillait derrière elle.

— Ne lui touche pas le cul, prononçai-je à haute voix.

C'était à l'intention de mon père après sa demande scandaleuse. Je ne l'avais pas protégée pour moi-même, ce qu'elle devait savoir puisque je ne l'avais pas encore prise d'une quelconque manière. Mais je ne savais pas trop ce qu'elle pensait du sexe anal et je refusais de le découvrir devant tous ces crétins.

— Compris, répondit Silas d'une voix voilée par une variété d'émotions que je ressentais à travers notre lien.

Colère.

Excitation.

Défi.

Irritation.

Désir.

Elle est mouillée ? demandai-je doucement en regardant comment il se plaçait devant l'entrée de son vagin.

Oui, constata-t-il en déglutissant. *Putain, oui.*

Bien. Ma tactique de positionnement semblait avoir bien marché. Ou peut-être que l'exhibitionnisme plaisait à ma petite louve. Ou c'était peut-être un mélange des deux. *Introduis-toi doucement. Fais semblant d'être nerveux.*

Je déglutis à nouveau. *Je ne vais pas la blesser.*

Je sais. C'était pour ça que je l'avais choisi.

Peut-être bien que je le voulais aussi. Sinon, pourquoi l'aurais-je autorisé à la poursuivre avec moi cet après-midi ? Ce n'était pas juste pour que je puisse la baiser devant lui.

Non. On avait fait ça ensemble. Tous les trois, dansant une sorte de danse érotique, une danse que j'avais l'intention de continuer maintenant.

Merde, elle est serrée, Edon. Mon gland rentre à peine. La sueur perlait sur son front, ses dents se plantaient dans sa lèvre. Autour de nous, les loups ricanaient, s'attendant à ce qu'il décharge d'un seul coup. Je cessai de les écouter du mieux que je pus, me concentrant sur ma partenaire, ma progéniture et sur leur union.

Un gémissement mental à travers le lien me serra les testicules : Silas se perdait dans la sensation de son fourreau serré. Ses mots s'entrechoquaient alors qu'il décrivait l'intensité, la chaleur, l'envie irrésistible de pousser ses hanches en avant pour la baiser jusqu'à la garde. Enfin, il renonça, s'affalant contre elle avec un grondement que je ressentis jusque dans mes os.

Putain, elle est parfaite, me dit-il.

Ces trois mots auraient dû faire monter l'envie en moi, et ils le firent dans une certaine mesure, mais pour d'autres raisons. Je voulais les rejoindre, lécher la douce chatte de Luna pendant que Silas la pénétrait, puis le forcer à lui rendre la pareille. Je voulais baiser son cul pendant qu'il prenait sa chatte, l'embrasser pendant qu'il gémissait, faire glisser mes dents le long du cou de Luna et la revendiquer comme mienne avant de permettre à Silas de laper la blessure avec sa langue habile.

Mon sang s'échauffait de seconde en seconde, mille idées se bousculaient en moi, toutes n'étant pas les miennes.

Parce que je n'étais pas le seul à vouloir jouer.

Les désirs de Silas s'intensifiaient également, sa bouche réclamant ma queue, son cul tendu comme s'il attendait que je le rejoigne, et je sentais les remous de leurs deux excitations chauffer mes entrailles.

Comment se sent-elle ? lui demandai-je.

Mouillée. Chaude. Elle me serre trop, trop bien. Il poussa profondément, atteignant un point qui la fit haleter, pas de douleur mais de surprise, bien que je doute que beaucoup de mes frères sachent faire la différence. *Putain…*

Se rappelant ses cours à l'université, Silas s'orienta de manière à maximiser l'expérience pour eux deux tout en s'aidant à durer plus longtemps. Je souris presque, mais quelque chose dans son esprit calculateur m'excita encore plus.

Qu'est-ce que ça ferait d'être en lui et d'entendre ses pensées ? De l'écouter tandis que Luna nous rejoindrait à genoux, le prendrait dans sa bouche, le sucerait jusqu'au bout, puis le nettoierait du bout de sa langue ?

Ma queue palpitait contre ma braguette, me suppliant de les rejoindre, de céder à mes pulsions et d'ignorer tous les autres.

Mais ils comptaient sur moi pour les garder en sécurité, pour les protéger des masses. Ce qui voulait dire que j'avais un rôle à jouer dans cette épreuve merdique. Mmm , bien que je puisse peut-être trouver un moyen de jouer les deux rôles, alpha et amant.

Je tournai autour d'eux et fis semblant d'évaluer la discipline de ma partenaire. Le visage de Luna était caché sous ses cheveux, ce qui ajoutait à l'effet de son humiliation. Je m'accroupis devant elle, plongeai mes doigts dans ses mèches magnifiques et lui relevai la tête pour scruter ses traits.

Des lèvres rouge rubis, gonflées par la bite de Silas.

Des joues roses.

Des pupilles dilatées.

Stupéfiante.

— Tu as l'air de t'amuser, murmurai-je, de façon qu'elle seule m'entende.

Mais bien sûr, mon père entendit.

— Alors, en quoi c'est efficace ? lança-t-il.

Son commentaire fit quelque peu retomber l'hilarité générale.

Mais je les avais amenés tous là où je voulais.

— Je ne peux pas imaginer une expérience plus dégradante que de non seulement laisser un bâtard me baiser, mais de l'apprécier en plus.

Je passai mon pouce sur ses lèvres. Je repris :

— Fais-la jouir, Omega. En supposant que tu puisses tenir jusque-là.

Cela raviva tous les esprits, chacun riant de mon ton

sec et de mes suggestions cruelles. La honte rougit les traits de Luna juste assez longtemps pour que tout le monde puisse la voir, les laissant tous avec la conviction que ma méthode pour l'humilier fonctionnait.

Cependant Silas prit mes paroles comme un défi, sa détermination s'épanouissant à travers le lien. Lisant entre les lignes, il comprenait que je ne désirais pas la jouissance de Luna pour faire plaisir à la meute.

Soulager Luna nous permettait de lui donner un semblant de force, un moyen pour elle de supporter le moment présent et de choisir de céder aux sensations que Silas éveillait maintenant avec ses pénétrations habiles.

Je la lâchai et me redressai, reprenant mon rôle d'évaluateur. L'excitation était palpable dans l'air, non seulement chez le couple en rut sur le sol, mais aussi parmi l'assistance. Mon père n'était pas en reste, ses yeux se posaient avec avidité sur Luna qui gémissait.

Une myriade de commentaires suivit.

Ils la traitèrent de pute.

De salope.

Rabaissèrent sa place dans la meute.

Ils prétendirent qu'elle aimait sentir des mâles inférieurs la remplir et qu'elle ne méritait pas le statut de femelle alpha.

Je voyais chaque insulte gifler ma chère partenaire sur son joli visage et le travail de Silas devenir de plus en plus difficile. Mais ce fut le commentaire sur ce qui allait suivre qui me força la main. Les loups s'emportaient trop, faisaient des allusions sur qui pourrait la goûter après Silas, et je n'avais pas d'autre choix que d'intervenir. Je devais ramener Luna et l'aider à ignorer tout ce qui nous entourait avant de perdre la femelle fougueuse qui était en elle.

Et le plus important, je devais m'assurer que personne d'autre ne la touche par la suite.

Je pouvais la partager avec Silas. Mais un autre ? Aucune chance.

— Mmm , je t'aime comme ça, Luna.

Je m'agenouillai de nouveau devant elle, masquant son visage à la vue des autres, et je caressai sa bouche du bout du doigt.

— À quatre pattes, en train de te faire baiser par un autre loup de mon choix, repris-je. Ça me donne envie de voir à quel point tu es multitâche, dis-je en pinçant son menton entre mes doigts, la forçant à lever les yeux. Je veux ta bouche.

Ces mots furent accueillis par des cris collectifs d'amusement, mais je les ignorai tous, focalisé sur la belle alpha devant moi.

Fais-moi confiance, lui dis-je avec mes yeux. *Je vais te guider à travers ça, pour te donner un acte de pouvoir.*

J'avais besoin qu'elle comprenne ce que je lui donnais. Tant de mâles utilisaient le sexe oral comme un moyen de dominer leurs femmes, mais j'avais toujours compris le pouvoir d'une femme à genoux. La remplir de ma bite lui donnait tout le contrôle et ses narines dilatées montraient qu'elle le savait.

Oh, j'en profiterais.

Mais elle s'épanouirait à ce moment-là, sachant qu'elle aurait mis un mâle alpha à genoux d'un coup de langue.

J'avais remarqué le feu dans son regard quand elle avait sucé Silas, son acharnement à détruire sa sensation d'être . À présent, je lui disais avec mon regard que j'allais lui offrir la même occasion.

Silas gémit, son membre logé au fond d'elle, ses doigts titillant ce petit paquet de nerfs entre ses jambes, caressant ce point en elle. *Elle se serre autour de moi. Putain, Edon, je ne vais pas durer si elle continue comme ça.*

Ne t'avise pas de jouir, avertis-je. *Continue de la baiser jusqu'à nouvel ordre.*

Il jura, ma demande le touchant à un endroit qu'il ne pouvait ignorer.

Je levai un sourcil devant Luna, lui demandant la permission en silence. Si elle disait non, j'en rirais avec un commentaire sévère et trouverais un autre moyen de l'épuiser. Ce ne serait pas facile, mais je refusais de laisser quelqu'un d'autre entrer en elle.

Ses narines se dilatèrent, ses joues s'assombrirent et prirent une teinte d'un rose foncé.

Elle entrouvrit les lèvres.

— Oui.

À peine audible, lâché dans un souffle, mais suffisant pour que je continue.

Je baissai ma fermeture éclair, le bouton de mon jean déjà défait, et je sifflai quand ma bite tomba à quelques centimètres de cette belle bouche. Sa langue en lécha le gland, ses yeux se fixèrent sur les miens et je faillis jouir rien qu'à ce regard.

Aucune peur.

Aucune mortification.

Rien que du pur désir féminin.

J'entourai sa nuque d'une main, glissai l'autre dans ses cheveux pour la positionner où je voulais. Ses iris couleur miel semblaient pulser, son désir palpable rongeait les dernières traces de doute dans mon esprit.

Vas-y, semblait-elle dire. *Je te mets au défi.*

Fais attention à qui tu nargues, lui répondis-je en retroussant les lèvres.

Je n'ai pas peur de toi, m'insinuait-elle du regard, ce qui me rendait encore plus dur.

Silas déplaça sa prise sur sa hanche, orienta ses poussées d'une manière qui lui fit émettre de petits miaulements, que je fis vite taire en m'introduisant dans la caverne humide de sa bouche. Elle déglutit autour de moi, un grondement roula dans ma poitrine en réponse, grondement que Silas imita.

Ce n'était pas la première fois que je partageais une femme avec un autre homme. Pourtant c'était comme la première fois. L'intensité enveloppait notre environnement dans une brume de son et de musc, les lycans étaient impatients de se joindre à nous, mais je les tenais tous à distance.

Silas et Luna étaient à moi. Simplement, ils ne le savaient pas encore.

Edon, gémit Silas. *Putain... Luna...* Ses pensées brisées rejoignirent les miennes lorsque la femme pulpeuse fit courir ses dents le long de ma hampe.

Je sais, opinai-je. *Je sais.*

Elle était une déesse, son corps semblait fait pour nous deux, et waouh, elle savait être multitâche. Je la regardais pousser son cul contre Silas, l'incitant à la baiser plus fort pendant qu'elle me punissait avec sa bouche.

Si bon.

Si parfait.

Si... putain...

Les pensées de Silas se mêlaient aux miennes, nos désirs croissants étaient un mélange enivrant qui nous poussait tous deux plus rapidement aux limites et qui semblait également stimuler Luna. Son corps se tendit, ses yeux devinrent vitreux au bord de l'inconscience, quand un cri fit vibrer ma queue.

Luna jouit entre nous, son visage rayonnant sur la vague de son orgasme. Silas grogna dans sa gorge, son torse s'arqua alors qu'il luttait contre l'envie de la suivre. Je ne lui avais pas encore donné la permission, et cette petite partie de lui que je possédais le forçait à se soumettre, à attendre mon ordre.

Maintenant, lui intimai-je. *Ne te retiens pas.*

Je voulais tout voir de lui, assister à son explosion, la *sentir* comme si c'était la mienne.

Il ne me déçut pas, son grondement féroce chanta la sérénade à mon loup, me forçant à accélérer mon propre rythme entre les lèvres de Luna. Elle me reçut avec empressement, son regard aux paupières tombantes soutenant le mien avec une aisance paresseuse tandis qu'elle suçait, mordait et léchait.

Celui qui lui avait appris la fellation méritait une médaille.

Car cette femme savait exactement comment j'aimais ça, elle me mena au bord de la folie tout en trayant la semence de Silas avec sa petite chatte chaude.

Il jouissait encore, son front appuyé contre ma main, dans une position de soumission qui plaisait à mon loup. Leurs têtes si proches de mon aine m'inspirèrent une toute nouvelle idée, où je baiserais leurs bouches à tour de rôle tandis qu'à genoux, ils attendraient avec enthousiasme de voir qui recevrait ma semence en premier.

Mais je devais achever l'épreuve en cours avant de m'engager dans une telle fantaisie.

C'est ainsi que Luna gagna ce round, mon extase jaillissant dans sa gorge fine sur un dernier coup de mes hanches. Elle me but avidement, les yeux clos comme si elle dégustait une friandise.

Silas gémit de nouveau, mon ravissement cascadant en une énergie chaude dans notre connexion et lui arrachant un dernier frisson. Mon nom se mêlait à celui de Luna dans son esprit, sa félicité était complète.

Jusqu'à ce que des bruits impatients refroidissent l'ambiance.

Mon père se préparait déjà, son esprit dérangé transformant la punition de Luna en quelque chose de bien pire.

Non. Je refuse.

Je resserrai ma prise sur le cou de Luna, me guidai entre ses lèvres jusqu'à un point dangereux au fond de sa gorge.

Ses yeux ronds se levèrent vers les miens, la brume de son extase fondant en incertitude alors que je la fixais.

Elle avait fini d'avaler.

Je devrais me retirer.

Au lieu de ça, je poussai encore plus fort en faisant mine de frissonner lors d'une seconde jouissance. Elle étouffait, les pupilles dilatées, et leva les mains vers mes cuisses comme pour me repousser.

Fais-moi confiance, voulais-je lui dire.

Qu'est-ce que tu fais ? demanda Silas, notant la tension le long de sa colonne vertébrale. Il commença à se déplacer, mais une commande mentale de ma part le figea sur place. *Pourquoi ?*

Je dois l'assommer, expliquai-je, ma prise se transformant en béton quand Luna voulut me repousser pour de bon. *Ne la laisse pas bouger.*

Silas n'était clairement pas d'accord, mais il obéit.

Luna griffa ma peau en se débattant pour nous échapper alors que la terreur s'emparait d'elle. Je détestais lui faire ça, détestais le regard de fureur trahie qu'elle me dardait maintenant, mais je tins bon quand même.

Certains loups pourraient vouloir jouer avec une femelle inconsciente.

La plupart, dont mon père, s'en abstiendraient.

Je suppose qu'ils pourraient toujours attendre qu'elle se réveille, mais elle serait partie avant que cela n'arrive.

Les gémissements étouffés de Luna me faisaient mal au cœur, ses yeux devenaient vitreux à cause du manque d'oxygène. Jusqu'à ce qu'enfin, elle se ramollisse. J'attendis quelques secondes de plus pour m'assurer qu'elle ne faisait pas semblant, écoutant son pouls ralentir, et je me débarrassai de mon prétendu orgasme avec un grognement bas de soulagement.

Puis je la relâchai.

Elle s'effondra, inerte.

Silas se remit à genoux, sa queue flasque pendant lourdement sur sa cuisse. Il ne leva pas les yeux, son regard était fixé sur Luna.

Je me redressai pour remonter mon pantalon, ignorant l'envie pressante de contrôler l'état de ma partenaire. Son pouls était déjà revenu à la normale, m'indiquant qu'elle allait bien, ce qui malheureusement, signifiait que je n'avais pas beaucoup de temps pour achever cet acte. Si elle remuait trop tôt, la meute s'abattrait sur elle.

Je serais alors obligé de la défendre.

Faisant rouler mes épaules, je jetai un regard détaché à Luna et Silas et haussai les épaules.

— Elle est excellente pour ce qui est de ses capacités multitâches. Meilleure que Bianca, aussi, ajoutai-je en lançant un regard à mon père.

Il plissa les yeux.

— C'est cruel de dire du mal des morts.

Bien que je sois d'accord, il me fallut un effort considérable pour ne pas rétorquer : *Il est également cruel de tuer une lycane juste pour une épreuve.* C'était exactement ce qui s'était passé ici.

Je n'avais aucune idée de la façon dont mon père avait réussi à couvrir les restes de Bianca de l'odeur de Luna, mais il avait clairement orchestré tout ça. Certains membres de la meute le savaient aussi. Je le voyais dans la satisfaction qui brillait dans leurs regards. Ils ne se souciaient pas du tout de Bianca, ils voulaient juste un prétexte pour lancer des représailles et voir comment je m'en sortais avec ce défi.

Ou peut-être qu'ils ne savaient pas et qu'ils avaient juste apprécié le spectacle.

Cela me dérangeait de ne pas pouvoir faire la différence.

— Ramène ma partenaire à mon chalet, Omega, ordonnai-je, ne regardant pas Silas mais mon père. *Attends-moi là-bas,* ajoutai-je mentalement.

Silas se pencha pour la prendre dans ses bras mais s'arrêta quand mon père grogna :

— Nous n'avons pas encore fini.

— Au contraire, nous avons fini de manière grandiose.

Je lançai un coup d'œil à Silas.

— Tu es encore là ? C'est à moi que tu obéis, pas à lui. *Emmène-la vite. Je vais m'occuper de ça.*

Mon père émit un grognement bas et menaçant.

— Tu oublies ta place, *mon fils.*

— Non, je m'élève à ma place, *mon vieux,* répondis-je.

Silas faisait exactement ce que je lui avais ordonné. Il bougea rapidement, souleva Luna et s'enfuit de l'arène.

Personne ne l'arrêta, tous les regards étaient tournés vers les deux alpha qui s'affrontaient.

Je captai et soutins le regard de mon père, refusant de céder d'un pouce. S'il voulait se battre, j'étais prêt. La meute pourrait le soutenir, ou pas. J'avais satisfait aux exigences de la punition, dégradé ma femelle comme ils l'avaient exigé. J'avais tout fait comme il fallait et gagné leurs faveurs. Du moins, en grande partie.

Le regard de mon père disait qu'il l'avait compris aussi.

Je souris.

— Tu devras faire mieux que ça pour me briser, père.

Il tiqua, réfléchissant aux possibilités qui s'offraient à lui Tout lui indiquait de s'en aller, ce que nous savions tous deux. Mais je ne pus nier le soupçon de soulagement qui rampa dans mon dos quand il donna un subtil signe de consentement avant de quitter le cercle.

Plusieurs de mes partenaires de meute me tapèrent dans le dos, leur fierté étant une maladie que je ne laisserais pas m'infecter. Qu'ils se sentent comblés par mes actions contre Luna en disait long.

Ce n'était pas un monde qui me tentait. C'était un monde que je voulais changer. Bientôt, *très* bientôt, je serais en position de le faire.

LUNA

DE GRAVES voix masculines entraient et sortaient de ma conscience. Je ne parvenais pas à les comprendre, mon esprit clignotant par intermittence.

Quelque chose de chaud glissa entre mes jambes, provoquant des picotements le long de ma colonne vertébrale. Des lèvres caressèrent mon cou, puis d'autres paroles. Je sentis un tissu humide contre mon dos, un autre baiser sur ma mâchoire. Quelqu'un passa ses doigts dans mes cheveux.

Tout cela me procura le rêve le plus intensément sensuel de mon existence : entourée de chaleur, d'un loup alpha et de caresses protectrices.

Je soupirai en m'étirant contre le mur viril derrière moi et souris quand il embrassa ma tempe.

— Tu es en sécurité, chuchota-t-il.

Je sais.

Pourtant, un souvenir me harcelait, le souvenir d'une situation où je n'étais pas en sécurité du tout, mais horrifiée. Je poursuivis l'image dans mon esprit, essayant d'en trouver la source et la vérité, et je sursautai en portant ma main à ma gorge.

— Tout va bien, Luna.

Je reconnus cette voix grave, ce parfum, ce *mâle*.

Edon.

J'ouvris grand les yeux et me rendis compte qu'il était allongé à côté de moi, ses yeux sombres scintillant dans la lumière tamisée de sa chambre. Je jetai un coup d'œil par-dessus mon épaule et vis que Silas était la source de chaleur dans mon dos, sa paume marquant ma hanche. C'était lui qui avait prétendu que j'étais en sécurité.

Menteur.

Edon m'avait étouffée avec sa queue, me laissant vulnérable, seule et frigorifiée. Je serrai mon cou, étonnée que ma gorge ne me fasse pas mal alors qu'il avait failli me tuer.

— *Pourquoi ?* demandai-je dans un grognement qui fit vibrer ma poitrine, tandis que je croisais le regard de l'alpha.

— Pour garder les autres loin de toi, répondit-il.

Il saisit ma main et la décolla doucement de mon cou avant de reprendre :

— J'ai senti que mon père avait l'intention de prolonger ta punition à mes dépens. Alors je lui ai enlevé l'objet de son désir : *toi.*

Je clignai des yeux, surprise non seulement par son explication mais aussi par son absence d'hésitation à s'expliquer. Je serrai le poing, le souvenir trop frais sous son contact, même si raisonnablement, il avait fait ce qu'il fallait.

Eh bien, non. Ce qu'il aurait fallu aurait été de déclarer mon innocence et ne pas laisser ces conneries se produire. Mais parfois les circonstances empêchent même les personnes les plus morales d'accomplir l'action appropriée.

De plus, je savais ce qui serait arrivé si Edon avait refusé de me punir. *Lui* aurait reçu une correction bien pire, c'est-à-dire que ses actions m'auraient probablement coûté la vie, ce qui aurait permis à son père de prolonger le processus d'ascension.

Mes épaules s'affaissèrent tandis que je soupirais, détestant cette vie plus que jamais.

Or Edon n'avait pas du tout réagi comme un alpha normal. D'abord, il avait essayé de me protéger. Pratiquement tous les alpha auraient jeté leur partenaire aux loups, littéralement, et seraient restés là juste pour s'assurer que personne ne la tue. Au lieu de ça, Edon avait demandé à Silas de me souiller, ce qui avait paru horrible aux spectateurs. Quant à moi… Je regardai de nouveau par-dessus mon épaule, croisant ses yeux bleu brillant.

Eh bien, ça… ça ne m'avait pas vraiment dérangée.

— Tu vas bien ? demanda-t-il doucement, son pouce suivant l'os de ma hanche.

Edon se pencha pour embrasser encore mon cou, son nez frôlant ma mâchoire.

— Ou-oui, balbutiai-je en déglutissant.

Qu'est-ce qui se passe ? Pourquoi sont-ils…

Je sursautai quand Edon mordilla mon pouls, ramenant mon attention sur lui. Il n'était plus qu'à quelques centimètres de moi, un bras replié sous sa tête, l'autre main sur sa hanche.

— Dis à Silas que tu ne le détestes pas.

Je fronçai les sourcils.

— Quoi ?

— Il a peur que tu le détestes pour t'avoir baisée. Dis-lui que non.

— Peut-être que oui.

Ce n'était pas le cas, mais la question n'était pas là.

Les lèvres d'Edon se retroussèrent.

— S'il te plaît, petite partenaire. Mets fin aux souffrances de Silas. Il me donne mal à la tête.

Le grognement derrière moi sembla l'amuser encore plus. Maudit mâle alpha.

— La seule personne que je devrais détester dans cette situation, c'est toi, répondis-je, voulant effacer ce sourire arrogant de sa bouche trop séduisante.

Hélas, mes mots ne firent que l'aggraver, il me souriait maintenant de toutes ses dents.

— Des excuses arrangeraient-elles les choses ?

La taquinerie dans sa voix laissait sous-entendre qu'il ne les proposait pas sérieusement, qu'il jouait plutôt.

— Tu m'as étouffée.

— En effet.

— Tu ne te sens pas mal à ce sujet ? insistai-je.

Il souleva une épaule nue – car oui, il était nu. Bien sûr qu'il était nu, putain. Il semblait que Silas l'était aussi.

— T'étouffer, c'était mieux que l'autre alternative, répondit l'alpha d'un ton toujours aussi impénitent.

Il promena son doigt le long de ma gorge jusqu'à mon sternum, puis jusqu'à mon nombril, et demanda :

— Veux-tu qu'on te fasse te sentir mieux, petite partenaire ?

Son regard s'assombrit sur ces mots. Il conclut :

— Je pense que Silas aimerait ça.

— Silas a sa propre voix, lança le mâle derrière moi.

— Alors pourquoi tu ne t'en sers pas ? rétorqua Edon en regardant sa progéniture par-dessus mon épaule. Parle à Luna. Elle est réveillée et très alerte.

Il ponctua ses paroles en remontant son pouce sur mon sein. L'électricité bourdonna dans mes veines à ce contact, mon corps étant hyper conscient d'être pris en sandwich entre deux loups mâles virils. Ils irradiaient de la chaleur, leurs odeurs mêlées aux miennes me baignaient dans la luxure et le sexe.

Je frissonnai, ce qui l'invita à me caresser de nouveau.

Cette fois, il me pinça le téton. Je sifflai, me cambrant contre Silas, puis je haletai quand Edon se baissa pour embrasser mon sein maltraité.

Putain… C'est… Je ne…

Je fermai les yeux, puis les rouvris, troublée.

— Je suis désolé, chuchota Silas, ses lèvres contre mon oreille. Je n'ai pas… J'espère que je ne t'ai pas blessée.

Me blesser ? Je faillis en rire. Sauf que rien de tout cela n'était un tant soit peu humoristique. Je n'avais été qu'avec un seul autre loup et ça n'avait duré que quelques minutes. Principalement parce que nous n'avions qu'un temps limité, mais je n'avais certainement pas apprécié l'expérience.

Silas, par contre, m'avait fait ressentir des choses. Des choses qui picotent. Des choses sexy. Il m'avait aidé à oublier la meute et sa cruauté, avait effacé la raison de notre accouplement et m'avait donné du plaisir.

Parce qu' Edon lui avait dit de le faire.

Oh…

— Tu ne voulais pas…

Je déglutis, fermai les yeux.

— Bien sûr que je ne voulais pas, répondit-il. Qui pourrait désirer une telle situation ?

Merde. La punition avait été tout aussi horrible pour lui, peut-être même pire avec tout ce que sa meute avait dégoisé sur lui, comment ils avaient parié sur ses prouesses sexuelles, leurs commentaires dégradants sur la bite de bâtard, et comment Edon l'avait forcé à s'exécuter à travers le lien géniteur. Je comprenais pourquoi il l'avait fait et, bizarrement, j'étais un peu reconnaissante pour cette considération, mais je n'avais pas pris en compte les désirs de Silas.

En fait, je n'y avais pas du tout pensé. Ni quand j'avais exigé qu'il me baise dans ce champ, ou encore quand je m'étais mise à genoux dans la salle de bains. J'avais juste supposé qu'il le voulait.

— C'est moi qui te dois des excuses, réalisai-je à voix haute, en me tournant sur le dos pour le dévisager.

Il s'était redressé sur un coude et son autre main suivit mon mouvement pour rester sur ma hanche. Je continuai :

— Je suis désolée, Silas. Je n'ai pas du tout tenu compte de tes sentiments, trop prise dans ma propre merde pour faire attention à autre chose, ce qui n'est pas une excuse. C'est… eh bien c'est la vérité.

Il plissa le front.

— Pourquoi t'excuser, bon sang ? Je t'ai violée sur l'ordre d'Edon.

L'alpha grogna un sourd avertissement :

— Attention.

— Quoi ? Admets au moins ce qu'on lui a fait, dit Silas en regardant le mâle alpha et en plissant les yeux. Rien de tout ça n'était consensuel.

— Rien dans ce monde n'est jamais consensuel, répliqua Edon. Tout est fabriqué et organisé par ceux qui ont le contrôle.

Silas renifla.

— Dixit le futur Alpha du clan Clemente.

— Tu dis ça comme si c'était mon choix.

— Et tu crois qu'être l'oméga d'un clan lycan était mon choix ? Que je voulais aller au Tournoi des Immortels et tuer tous ces gens ? Dont certains que j'ai connus toute ma vie ?

Bouche bée, je les dévisageais tour à tour, choquée par la fureur de Silas et la facilité avec laquelle il avait craché ces mots à l'alpha qui l'avait créé. Mais ce qui m'étonna le plus, ce fut la réaction d'Edon. Mon père se serait emporté et aurait remis le nouveau à sa place, peut-être même l'aurait-il tué.

Mais pas Edon.

Non. Simplement, il soupira et secoua la tête.

— Non, Silas. Je ne le crois pas. Tout comme te transformer en lycan n'était pas mon choix. Mais on en est là. Donc soit on se bat pour ça, et c'est un combat que tu vas perdre, soit on travaille ensemble et on voit ce qu'on peut faire pour bâtir un avenir plus positif pour le clan.

Silas le regarda fixement.

— Comment ?

— En écoutant nos aînés, répondit Edon de façon énigmatique.

Son regard se posa sur moi, l'ébène de ses iris tourbillonnant de mouchetures marron foncé. Il reprit :

— Tout cela n'était-il pas consensuel ? Est-ce qu'on t'a violée, Luna ?

Je secouai lentement la tête, la gorge sèche. Car non, ce n'était pas un viol. Silas avait-il été techniquement forcé de me baiser ? Oui. Mais j'avais déjà envie de lui et ce n'était pas vraiment une épreuve de le recevoir. Edon m'avait laissé le choix avec son regard, en demandant s'il pouvait prendre ma bouche. J'avais compris qu'il tâchait de me rendre un semblant de pouvoir en m'offrant une distraction.

— Ton père m'aurait tuée, ajoutai-je à voix haute. J'ai préféré de loin ta méthode.

— Ça n'était pas bien pour autant, marmonna Silas.

— Non, en effet, convins-je, levant ma main pour toucher sa joue. Mais question punitions, celle-ci ne m'a pas dérangé. Je… Ce n'était pas sans consentement, du moins pas de ma part. Ça se serait passé au bord de l'eau. Pas vrai ?

Sauf que j'ignorais si Silas avait participé à cette poursuite volontairement ou parce qu'Edon l'y avait obligé. Je ne savais même pas s'il était ici maintenant parce qu'il le désirait ou s'il suivait les ordres.

Je fronçai les sourcils.

— Tu n'as pas… ? Je veux dire, vous n'avez pas… ?

Je ne trouvais pas les mots. Alors je me tournai vers Edon.

— Est-ce que tu le forces ?

Il lâcha un rire étonné, un rire bas et sexy qui fit se hérisser les poils sur mes bras.

— Non, petite partenaire. J'ai peut-être un peu d'emprise, mais ses réactions sont les siennes.

D'après ce que j'avais observé, je n'en étais pas si sûre.

— Tu l'as obligé à me baiser.

Il nous jeta un coup d'œil, les sourcils froncés.

— Tu veux des excuses ? Parce que je n'en ai pas à te présenter. Est-ce que j'aurais préféré que tout ça se passe dans d'autres circonstances ? Oui. Est-ce que je regrette la façon dont tout ça s'est déroulé ? Oui, aussi. Mais quelle alternative avions-nous ? Oh, je veux dire, je suppose que j'aurais pu laisser la meute continuer à te battre, Luna, avant de te baiser.

Il plissa les yeux sur Silas et lui fit remarquer :

— Ce qui, au passage, Silas, aurait été un viol parce qu'elle ne l'aurait pas voulu. Contrairement à ce qu'elle ressentait pour toi.

Edon marqua une pause, les traits endurcis.

Je ne savais pas trop que répondre à ça et, à en juger par le silence de Silas, je soupçonnais qu'il ne le savait pas non plus. Heureusement, ou peut-être malheureusement, Edon n'avait pas fini.

— Vous deux pouvez bien me parler toute la nuit de vos choix, ou de leur absence. Parce que je comprends. Croyez-moi. J'ai un père déterminé à me faire échouer à ces Épreuves d'Alpha et je pense qu'il n'hésitera pas à me tuer. Mais plutôt que de me plaindre, j'y fais face, parce que c'est la seule façon de changer les choses dans ce monde.

Il me regarda d'un air entendu.

— Tu dois sûrement comprendre, Luna, avec les enseignements de Claudette et tout.

J'entrouvris les lèvres d'un air pantois.

— Tu sais pour Claudette ?

Comment ? Pourquoi n'était-il pas furieux ? Elle prêchait le bon vieux temps, me disant constamment de ne pas abandonner le combat et me donnant toutes les raisons de vivre. Des paroles qui auraient pu la faire tuer si mon père les avait entendues.

— Oui.

— Comment ? questionnai-je.

L'avais-je mentionnée dans mon sommeil ? Après la drogue de l'autre soir ? En passant et en l'oubliant ?

Puis une pensée plus dérangeante me frappa. *Et s'il y avait des espions dans le clan Ernest ? Est-ce que quelque chose…*

— Jolene Mason, prononça Edon, me déconcertant encore plus.

— Quoi, Jolene Mason ?

Ma gorge étant aussi râpeuse que du papier de verre. Jolene n'était pas un homme que je connaissais personnellement, mais je savais tout de lui par Claudette. Il était une légende parmi les lycans, le mâle qu'elle avait aimé un jour et qui avait fini avec une autre, et il était l'un des alpha les plus forts de l'Histoire. Du moins jusqu'au nouveau monde.

Un feu s'alluma dans le regard d'Edon, que je reconnus comme de la fierté.

—Jolene est mon grand-père.

SILAS

J'AVAIS MANIFESTEMENT MANQUÉ une sorte de leçon d'histoire, car je n'avais aucune idée de qui ils parlaient. Mais ce qu'Edon venait de révéler semblait choquer Luna au plus haut point. Ma main se resserra instinctivement sur sa hanche, dans un besoin impérieux de la protéger que je ne savais pas comment dissiper.

Claudette lui faisait figure de mentor au clan Ernest, expliqua Edon, prenant pitié de ma confusion. *C'est une très vieille amie de mon grand-père. D'avant le nouveau monde.*

Qu'est-ce que ça veut dire ? demandai-je, troublé par sa formulation.

— Ils se souviennent de ce qu'était le monde avant que le Jour du Sang n'existe. Quand les Épreuves d'Alpha représentaient un moment de fierté entre père et fils, quand l'accouplement avait un sens, quand les humains possédaient certains droits.

Edon croisa mon regard et reprit :

— C'est illégal de parler de ces choses, Silas. Mais mon grand-père m'a tout appris sur le monde antérieur et je crois que Claudette a prodigué les mêmes leçons à Luna.

— En effet, chuchota Luna. Chaque nuit. À Logan et moi.

Edon hocha la tête.

— Bien. Alors peut-être que tu me connais mieux que tu ne le penses.

Le respect brillait dans le regard de Luna et ses lèvres se retroussèrent.

— C'est pourquoi tu traites Silas comme tu le fais. Tu respectes les vieilles coutumes du lien géniteur.

Il grogna.

—J'essaie, mais il ne me rend pas la tâche facile.

Je haussai les sourcils.

— Ce que tu viens de dire est complètement faux.

— Crois-moi, on le sait.

Ses yeux sombres captèrent les miens. Je lui demandai :

— Mais es-tu ici parce que je te l'ai demandé ou parce que tu le veux ?

— Tu sais bien pourquoi je suis ici.

— Mais pas Luna, dit-il en la désignant du menton. Elle a l'air de penser que je te force à rester allongé ici. Je le fais ?

Il connaissait déjà la réponse, alors je me tournai vers Luna.

— Non. J'ai exigé qu'il me laisse rester pour que je puisse vérifier que tu vas bien, dis-je en lui caressant la joue, car je voulais qu'elle voie ma sincérité. Je veux être ici, Luna.

— Mais il t'a fait… ? Elle s'interrompit et se mordit la lèvre.

Oui. Ça.

Je passai mon pouce sur sa lèvre inférieure, l'écartant de ses dents.

— Comme il l'a dit, il n'y avait pas de meilleure alternative. J'aurais choisi un cadre bien différent pour cette expérience, mais c'est arrivé comme ça. Maintenant, j'ai seulement besoin de savoir que tu vas bien.

Elle déglutit.

— Je vais bien.

Je me penchai pour effleurer sa bouche de la mienne.

— Bon. Je te promets que la prochaine fois, ce sera mieux.

— La prochaine fois ? répéta Luna, pleine d'espoir.

Je souris contre ses lèvres.

— En supposant qu'Edon le permette.

Le loup en question plaqua sa paume sur ma nuque et serra. Je levai les yeux sur lui, sans aucunement m'excuser. Même si je respectais le fait qu'elle soit sa partenaire, il m'avait entraîné dans ce jeu foireux, et je ne refuserais pas une autre occasion de jouer avec elle. Je ne la laisserais pas croire non plus qu'Edon m'avait forcé à la toucher. Comme si une telle activité pouvait constituer une épreuve.

Edon sourit et m'attira contre lui, sa bouche captura la mienne. Je sursautai de surprise, puis fondis dans l'étreinte. Parce que putain, cet homme savait embrasser. Il suintait la domination, la compétence, le pur désir masculin. C'était très différent de la féminité du toucher de Luna, tellement plus viril, mais tout aussi addictif.

Sa langue possédait la mienne, exigeant que je me soumette. Mais je ne le fis pas. Je l'embrassai en retour, à son rythme, et j'empoignai ses cheveux pour le retenir. Luna se tortillait entre nous, son petit cri était un ajout enivrant à l'expérience. Lorsque son excitation parfuma l'air, nous nous séparâmes pour la regarder, avides de la goûter.

— Mmm , je crois qu'elle aime nous mater, murmura Edon. Mais j'ai envie de me concentrer sur elle. Silas ?

Il s'étendit à côté d'elle, appuyé sur son coude, et sa main opposée glissa le long de mon bras jusqu'à la mienne.

Il posa ma paume sur le haut de sa cuisse, tout en la dévisageant.

— Je pense qu'elle a plus que mérité notre attention commune, oui, acquiesçai-je.

J'imitai la pose d'Edon de l'autre côté et la contemplai.

Leur faire plaisir à tous les deux était si naturel, mes mouvements étaient instinctifs et très, très justes. Je me penchai pour l'embrasser à nouveau, glissant cette fois ma langue entre ses lèvres.

Elle se cramponna à mon épaule comme si elle avait besoin de s'accrocher pour le voyage. Ce qui était peut-être le cas, car dès que j'eus fini de l'embrasser, Edon prit le relais et me dit, par le biais du lien géniteur, de caresser l'espace humide entre ses cuisses. Elle tressaillit à mon contact, puis gémit longuement et bruyamment dans la bouche d'Edon.

Mes doigts fureteurs se retrouvèrent dans un flot d'humidité, ce qui me permit de me glisser facilement entre ses replis lisses jusqu'à son entrée et d'y plonger. Elle serra mes doigts de la même façon qu'elle avait serré ma queue et rien que ce souvenir sensuel suffirait à me faire jouir de nouveau.

Mais il n'était pas question de moi.

Il était question de Luna.

Pour une fois, j'étais complètement d'accord avec les intentions d'Edon. Il fit glisser ses lèvres le long de son cou jusqu'à ses seins, m'offrant l'occasion de l'embrasser encore. J'établis un rythme paresseux de ma langue contre la sienne, me délectant de la sensation et de la saveur addictive propre à Luna.

— Je pourrais faire ça pendant des heures, avouai-je dans un souffle.

Elle n'avait pas lâché mon épaule, son autre main dans les cheveux d'Edon qui continuait à sucer ses pointes roses. Notre excitation mutuelle imprégnait l'air, nous trois exsudant nos propres parfums érotiques qui se mêlaient et se liaient les uns aux autres. Cela créait le mélange le plus fascinant, un mélange dans lequel je voulais me rouler et porter sur moi pour le restant de mes jours.

Edon grogna d'approbation.

Luna soupira.

Je cédai à l'envie de l'embrasser plus fort, de rehausser son parfum excitant pour ma satisfaction personnelle.

Elle combla mon désir au centuple, tout comme Edon. Je gémis, et je bandais tellement pour eux deux que j'avais du mal à voir clair. Mais la pensée de faire plaisir à Luna me ramena à la raison, deux de mes doigts logés au fond d'elle, caressant cet endroit que je savais apprécié des femmes. Ses hanches se soulevèrent lorsqu'elle me sentit en elle, de petits miaulements d'excitation coulèrent de sa bouche à la mienne alors qu'elle était au bord d'un orgasme pas encore tout à fait prêt à déferler.

Luna frémit, la sueur perlant sur sa peau. Je frottai mon nez sur sa joue et à sa gorge, adorant son parfum et le pouls rapide à son cou.

— Encore, chuchota-t-elle. S'il te plaît. Encore.

— Petite chose exigeante, taquina Edon, traçant un chemin de baisers le long de son abdomen jusqu'à l'endroit où jouait ma main. Je m'écartai pour lui permettre d'accéder à son doux bouton de nerfs et je souris quand elle arqua son dos sur le lit.

Mes lèvres capturèrent son cri tandis que son monde se disloquait. Son canal lisse se resserra si fort autour de mes doigts que je crus qu'elle allait les casser. Le souvenir de ce qu'elle avait fait à ma queue me fit gémir dans sa bouche.

Putain, tu me tues, chuchota Edon. *Je veux qu'on soit tout à elle.*

Moi aussi, répondis-je. *Mais putain. Sa chatte est un paradis liquide, Edon.*

Mmm , je sais. Je veux en lécher chaque centimètre. Il ponctua ses mots en tirant sa langue jusqu'à mes doigts et en la remontant, son gémissement d'approbation intense et palpable.

Les ongles de Luna s'enfoncèrent dans mon cou, ses dents effleurèrent mes lèvres dans une exigence silencieuse de renforcer notre étreinte. *Toujours à mener la danse*, me dis-je, et je lui cédai parce que je le voulais, peut-être aussi parce que j'appréciais un peu sa domination.

L'amusement d'Edon parcourut le lien, il était concentré sur la tâche de la faire crier à nouveau. J'ôtai ma main et le laissai prendre le relais, ma paume traça une piste humide le long de son abdomen jusqu'à ses seins. Je dessinai un motif sur chacun de ses tétons, saturant sa peau d'excitation, puis je baissai la tête pour la lécher.

Elle ne lâcha pas ma nuque, ses griffes acérées s'enfonçaient à la base de mon cuir chevelu et me maintenaient juste là où elle le désirait. Je grognai pour l'avertir en retour, mon loup remontant à la surface pour relever son défi sexuel.

Je plantai mes dents dans sa poitrine.

— Putain, souffla-t-elle, se cambrant magnifiquement sous moi.

Tu viens de marquer ma partenaire ? constata Edon, son ton recelant une nuance obscure.

Je me figeai. *Je... oui.* C'était un geste si naturel, ma bête intérieure répondant à la femelle flexible sous ma bouche. Luna frissonna, le souffle saccadé, sa carrure légère tremblant d'extase et non de détresse.

Mes canines étaient logées en elle, immobiles, car j'étais resté figé après le commentaire d'Edon. La tension soulignait notre lien, l'alpha montait en lui.

L'avais-je poussé à bout ?

Je tentai de m'excuser, mais les mots ne voulaient pas se former, pas même en pensée.

Parce que j'avais eu *envie* de la mordre. Sa réaction m'indiquait qu'elle avait aimé ça. Mais peut-être était-elle trop perdue dans ses sensations pour réaliser la gravité de ce que je venais de faire ?

Edon releva la tête, arrachant une plainte aux lèvres écartées de Luna.

Jusqu'à ce qu'elle capte la lueur sombre de son regard.

Il me fallut faire un effort considérable pour la lâcher, pour reculer suffisamment pour abandonner. Je baissai les yeux par réflexe, mon loup s'inclinant devant son supérieur.

Je déglutis, incertain et toujours incapable de prononcer les mots que je devrais dire.

— Edon, chuchota Luna, sa main toujours sur ma nuque.

Il ne dit rien, sa supériorité pesant lourdement entre nous. Les secondes défilaient, mon cœur menaçait de défaillir. Je ne savais pas si je devais fuir, me retourner ou demander pardon. Or tout ce que je pouvais faire, c'était rester allongé là, ma main sur l'abdomen de Luna, ma tête à quelques centimètres de sa poitrine.

Edon se pencha pour goûter les trous que j'avais créés sur son sein, sa bouche se refermant sur sa peau.

Luna faillit bondir du lit, poussant un cri de surprise lorsqu'il glissa ses canines dans la même morsure. Je ne bougeai pas, trop troublé et excité par ce spectacle. Edon se redressa de nouveau, m'attrapa par le cou et me tira vers lui en grognant.

Je sursautai lorsque ses dents s'enfoncèrent dans ma lèvre inférieure. Sa morsure était à la fois une punition et une revendication. Mon sang s'échauffa, mon bas-ventre se serra. *Putain.*

À moi, gémit-il dans mon esprit. *Vous êtes tous les deux à moi.*

LUNA

Je ne pouvais rien entendre à cause du martèlement dans mes oreilles… putain de merde. À la façon dont Edon tenait Silas à présent, je n'aurais su dire s'il voulait le tuer, le manger ou le baiser.

Il fallut un moment à mon esprit étourdi par le désir pour réaliser ce qui s'était passé : Silas m'avait mordue. Il avait exigé ma soumission comme le fait un mâle alpha avec sa partenaire, ce qu'Edon devait prendre comme un défi.

Tout ça était tellement confus, surtout ce que j'avais ressenti après que Silas avait planté ses dents dans ma peau. La paix, la sécurité et une bonne dose de désir m'avaient enveloppée dans un nuage ardent. J'avais voulu lui céder, ma louve se soumettant déjà avant que le vrai alpha ne se mette à grogner. Suite à quoi ma louve avait plié les genoux, me laissant à bout de souffle entre les deux mâles.

Allaient-ils se battre ou baiser ?

Je l'ignorais encore.

Même quand Edon mordit Silas, ce qui leur fit à tous les deux pousser un cri aigu.

Puis ils s'embrassèrent presque violemment, leurs langues s'affrontant dans une lutte pour la domination.

Edon gagna, ses dents firent couler du sang qu'il lécha et avala avant d'en reprendre.

C'était sacrément intense, mais sensuel et incroyablement excitant.

Je lâchai Silas et plongeai ma main entre mes cuisses, l'autre se posant sur ma poitrine. C'était trop. J'avais besoin d'être soulagée. Il le fallait, immédiatement.

Seulement, en une seconde, Edon bloqua mes deux poignets au-dessus de ma tête en me fixant. Je gémis quand la langue de Silas glissa dans ma chaleur humide.

Oh, wouah…

Comment avaient-ils fait ça ? Ils avaient bougé si vite, et… *putain !* La bouche de Silas s'empara de mon clito si intensément que je ne pus retenir mon cri.

Edon prit ma bouche, son baiser n'était pas aussi violent que celui qu'il avait donné à Silas. Mais il montrait toujours que c'était lui qui était aux commandes.

— Dis-nous ce que tu veux, petite partenaire, chuchota-t-il. Nos mains ? Nos bouches ? Nos bites ? Dis-nous comment te faire plaisir.

Une énergie parcourait mes veines, enflammait mon esprit d'un *besoin* intense que seuls ces hommes pouvaient satisfaire. Comment avais-je atterri ici ? Un miaulement, moi en vrac, me tortillant sous deux mâles virils. Je n'avais jamais voulu rejoindre le clan Clemente et maintenant j'avais deux raisons de rester.

— Luna, insista Edon, ses lèvres murmurant sur les miennes. Que veux-tu, ma chérie ?

Tout.

Du plaisir.

Baiser.

Je soulevai les hanches contre la bouche de Silas, mes tétons se tendirent en pics incroyablement durs. Je n'avais jamais ressenti ça, même pas sous mes propres caresses, et j'avais déjà joui deux fois aujourd'hui. Ces deux-là jouaient avec mon corps avec une facilité aussi troublante qu'addictive.

Edon grogna tout bas un avertissement, l'alpha exigeant une réponse.

Mais je n'en avais aucune à donner.

Je ne savais pas comment exprimer mon désir. C'était trop nouveau, trop écrasant, pour que je puisse en faire le tour. Ma louve se préparait, absorbant la tension sexuelle et se baignant dans la chaleur.

Des dents accrochèrent ma lèvre inférieure et la mordirent doucement en guise de réprimande pour avoir ignoré l'alpha au-dessus de moi. Ses yeux sombres fixèrent les miens tandis que Silas glissait deux doigts en moi, les agitant d'une manière qui fit frissonner mes membres.

D'une certaine manière, j'étais encore plus excitée qu'avant. Mon corps tremblait d'un désir que je ne pouvais exprimer. Je ne pouvais pas…

— Combien d'amants as-tu eus ? demanda doucement Edon, sa paume sur ma gorge. Jusqu'où tu les as menés ?

Je déglutis, ma vision vacillant sous l'assaut de la langue et des caresses de Silas au plus profond de moi. Les pupilles d'Edon englobaient ses iris, son beau visage si proche du mien. Il voulait connaître mon expérience, mais j'ignorais pourquoi. Peut-être pour s'assurer qu'il ne me pousse pas trop loin ? Non. Les Alpha ne se souciaient pas de ces choses. Ils pillaient et violaient sans réfléchir.

Mais pas celui-là, chuchota ma louve.

Mmm , Edon s'avérait être une anomalie. Je n'étais pas sûre de pouvoir lui faire confiance après tout ce que j'avais appris. Sauf qu'il avait un mentor similaire, apparemment.

— Luna.

Il me mordit à nouveau, éclaircissant assez ma vision pour distinguer les lignes sévères de son front, la lueur entendue dans ses yeux et son léger sourire en coin quand il s'écarta pour me scruter.

— Je dois savoir ce qu'on peut te faire, petite partenaire.

Permission, traduisis-je, quelque peu abasourdie. L'alpha voulait que je fixe les règles pour qu'ils puissent jouer dans les limites que j'aurais posées.

— Tu n'es pas du tout comme je m'y attendais, admis-je.

Ma main sur sa joue, je l'attirai à moi pour un autre baiser qui me permit de prendre plus qu'il n'avait donné.

— Mon expérience est limitée. Mais je suis ouverte à… à l'exploration.

Un autre baiser, celui-là plus profond. Dominateur. Empreint d'excitation.

— Il m'en faut plus, Luna. Combien t'ont pénétrée ? Et où ?

Je déglutis, puis haletai quand Silas fit quelque chose de particulièrement lubrique avec sa langue. S'il continuait comme ça, je…

Il s'arrêta, son souffle chaud contre ma peau moite.

— Réponds-lui, intima-t-il, soit parce qu'il voulait aussi la réponse, ou parce qu'Edon l'exigeait à travers le lien, je ne savais pas.

Mais en percevant le ton péremptoire de sa voix, couplé au regard de l'alpha, je pouvais difficilement leur refuser.

— Seulement deux, y compris Silas, chuchotai-je. Le premier, ça n'a été qu'une fois, le jour de notre cérémonie.

Une lueur d'amusement illumina le regard d'Edon.

— Pour me dissuader de te prendre.

— O-oui.

— Comment ça s'est passé pour toi ? voulut-il savoir, tandis que Silas gloussait contre ma chair chaude.

Je hoquetai quand ses dents effleurèrent mon clitoris, puis se jetèrent dessus avec une vigueur renouvelée qui fit déferler des vagues de plaisir dans ton mon corps.

— Putain, exhalai-je, crochant les draps d'une main, l'autre plaquée sur le cou d'Edon. Si bon…

Je voulais l'attirer vers moi pour qu'il m'embrasse, mais il resta là à m'observer.

— Cela signifie-t-il que tu ne désapprouves pas mon choix de te garder ? demanda-t-il, un sourire sombre dans les yeux. Ou préfères-tu encore que je te renvoie chez toi ? Pour être punie par ton père ?

— Edon…

— Non. Je veux une réponse, petite partenaire. Dis-moi comment tu te sens en ce moment, avec Silas qui lèche ta douce chatte et ma paume sur ton sein. Voudrais-tu abandonner tout ça ? As-tu envie d'un autre ? De celui qui t'a baisée en premier ?

Je faillis rire à l'idée de désirer Volk plutôt qu'Edon et Silas, mais je captai la lueur de prédation dans le regard de mon partenaire alpha. C'est son loup qui amenait ces questions plus que l'homme, son besoin de savoir où se situait mon désir était un détail clé pour satisfaire l'alpha lycan qui me surplombait.

Je plantai mes ongles dans son cou et plissai les yeux.

— Baise-moi et je te dirai qui je préfère.

Ce qui me valut un grognement.

— Oh, Luna, tu joues à un jeu dangereux.

— Tu as peur de ne pas être à la hauteur ? lançai-je, bien plus audacieuse que je ne le devrais.

Surtout en dessous d'un puissant mâle alpha. Mais je ne pouvais pas m'empêcher de le provoquer, je refusais de réprimer mon besoin de me battre.

Silas déplaça ses caresses vers mon bas-ventre et traça une ligne de baisers jusqu'à mes seins avant de s'installer à mes côtés. Ses yeux bleus brillaient d'admiration, ses lèvres luisantes de mon excitation se retroussaient aux coins.

— Ton penchant à mener la danse est admirable, petite lune.

Il m'embrassa sur la joue et leva les yeux vers l'alpha, à qui il déclara :

— Elle est prête.

— Petite lune ? répéta Edon.

Il se pencha pour capturer la bouche de Silas dans un long baiser dévastateur :

— Mmm , tu as un goût incroyable.

— J'ai le goût de Luna.

— Je sais.

Il l'embrassa de nouveau, faisant manquer plusieurs battements à mon cœur. Ils étaient si proches, leur excitation commune m'enivrait et élevait la mienne à des hauteurs incroyables. Je serrai l es cuisses, en cherchant à ce qu'elles frottent l'une contre l'autre, mais elles s'écartèrent quand Edon se plaça entre elles. Son gland palpita sur mon entrée, puis se glissa en moi avec une aisance experte, sans rompre son étreinte avec Silas. Leurs langues se battirent en duel, la queue d'Edon s'allongea et ma chatte pleura d'un *besoin* irrépressible.

Je resserrai ma prise sur le cou d'Edon et mon autre bras entoura Silas en une étrange étreinte extatique. Edon empoigna mes hanches et s'ancra profondément en moi, sa taille était écrasante, tellement *alpha*.

Je gémis et ma tête tomba en arrière tandis que je m'efforçais de l'accueillir, puis je haletai quand il commença à bouger.

Vraiment, *vraiment* bouger.

Il donna des à-coups.

Durs.

Violents.

Sa poigne devenait douloureuse, il me forçait à le prendre, et il abaissa sa bouche sur mon cou. Celle de Silas se colla à la mienne, il m'embrassa profondément, avalant mes gémissements tandis qu'Edon m'imposait un rythme brutal.

L'accouplement, réalisai-je. *Un loup mâle prenant sa partenaire.*

Je n'avais pas d'autre choix que de l'accepter.

Pire, je le *voulais*.

Je soulevai mes hanches pour aller à sa rencontre, mes instincts prenant le dessus, et mon baiser avec Silas passa de quelque chose d'apaisant à quelque chose de sauvage. Il caressa mes seins, tordit un téton, les caressa de nouveau. Puis Edon m'embrassa, sa langue puissante et dominatrice me rappelant sa queue en dessous. Silas bougea, sa bouche glissa le long de mon épaule jusqu'à Edon et retour.

Tant de sensations.

Intenses.

Brûlantes.

Diablement érotiques.

Silas m'embrassa encore, puis Edon captura ma bouche et Silas réclama mes lèvres une fois de plus. Pendant tout ce temps, un brasier enflait dans mon bas-ventre, qui ne demandait qu'à se déchaîner.

Leurs attouchements se fondaient l'un dans l'autre, la hampe d'Edon était une marque, son corps bougeait de façon à caresser mon clito tout en atteignant ce point douloureux au plus profond de moi.

Et Silas.

Putain, il était partout. Ses mains, ses doigts, sa langue, ses lèvres. Je jure qu'il embrassait Edon aussi, le léchait, le mordillait , faisant s'intensifier la folie du moment, mélangeant le tout dans une tornade de *sensations*.

Ça… je n'aurais jamais pu l'anticiper.

Des dents raclaient ma peau, des grognements

déchiraient l'air, une chaleur que je n'avais jamais éprouvée roussissait l'atmosphère autour de nous.

Je gémissais leurs noms, ne sachant trop qui je touchais, mais certaine que je les tenais tous les deux.

Puis j'embrassai de nouveau Silas, sa bouche m'enracina tandis qu'Edon m'emmenait vers de nouveaux sommets. Mon Dieu, il savait bouger. Tant de force et de puissance, son loup rôdant à la surface alors qu'il me dominait de la plus antique des manières.

Je ratissai son dos de mes ongles, le réclamant.

— Encore, exigeai-je.

Je me cambrai contre lui, chancelant au bord d'une explosion qui me détruirait sans doute. Mais je m'en fichais. Je le voulais, je les voulais, même rien que pour ce soir.

Ou peut-être pour plus longtemps.

J'y réfléchirais plus tard.

Parce que waouh, ils s'embrassaient encore.

Mon orgasme éclata, voilant ma vision et me faisant émettre un grognement bruyant et érotique. Je tremblais sous l'assaut, mes membres se tendaient et vibraient, je respirais par à-coups et, à travers tout ça, je les sentais me lécher, me sucer et me caresser.

Edon s'écarta, me laissant vide, et puis Silas fut là.

Je m'arquai sous lui en gémissant tandis qu'il adoptait un rythme un peu plus doux, calmant mon plaisir et m'embrassant en profondeur. Edon s'agenouilla près de nous, se caressant nonchalamment d'une main tandis que l'autre descendait dans le dos de Silas.

J'eus le souffle coupé lorsque je compris son intention.

Silas leva les yeux sur Edon en souriant.

— Je n'ai pas peur de toi.

— Tu devrais, répondit l'alpha.

— Peut-être, convint-il. Mais ce n'est pas le cas.

— Mmm , encore un défi.

Il claqua de la langue et demanda :

— Qu'est-ce que je vais faire de vous deux ?

— Nous baiser ? suggérai-je d'une voix rauque et cassée.

— Oh, ça, je vais certainement le faire. Bientôt, petite partenaire, c'est toi qui seras au milieu. Mais comme Silas a plus d'expérience, je vais prendre son cul en premier.

Il ponctua sa déclaration en faisant quelque chose qui fit sursauter Silas au-dessus de moi.

Il le prépare, supposai-je. *Oh, douce mère des lycans…*

J'avais déjà vu ça avant, mais jamais pour le plaisir. Les mâles faisaient ça pour blesser. Pourtant Silas semblait l'accepter, l'attendre d'une manière affamée, pas effrayée.

Sa bouche se colla à la mienne, me ramenant à lui, à sa queue, à ses mouvements, à son toucher expert. Je tremblai, mon corps encore sous le choc de l'orgasme, quelques instants plus tôt. Il n'y avait aucune chance que je puisse jouir à nouveau, du moins je le pensais, mais ses coups de queue savants tendaient à me prouver le contraire.

Putain.

C'était de la folie.

Comment pourrais-je m'effondrer à nouveau ? Les loups étaient connus pour leur endurance et leurs prouesses sexuelles, mais là, c'était trop.

Pourtant j'en avais été témoin d'innombrables fois. Pas nécessairement chez les femelles, mais assurément chez les mâles. Ils étaient insatiables, leurs pulsions étaient écrasantes et irrépressibles.

Pourtant, c'était moi qui avais joui plusieurs fois. Pas Edon. Il n'avait éjaculé qu'une fois dans ma gorge, puis avait simulé la fois suivante.

Silas gémit quand Edon se plaça derrière lui, tous deux

se joignant d'une manière que je ne pouvais pas voir mais que je sentais sous leur poids.

— Putain, chuchota-t-il, sa tête tombant dans mon cou.

Comme le gémissement qui suivit n'était pas un cri de souffrance, je supposai qu'Edon avait utilisé une sorte de lubrifiant. Mais il n'était certainement pas doux. Il s'enfonça avec force, Silas le reçut avec un grognement, sa propre bite me pilonnant en même temps.

Je m'émerveillais de cette danse intime, de la façon dont nos corps se verrouillaient ensemble d'une manière unique qui garantissait notre plaisir à tous.

Les paroles d'Edon repassèrent dans mon esprit : *Et bientôt, petite partenaire, c'est toi qui seras au milieu.*

— Ohhh, gémis-je tout fort, cette idée me chauffant de la tête aux pieds.

Parce que oui. Oui, je voulais vivre cette expérience et, à en croire l'expression de Silas, j'apprécierais énormément. Il m'embrassa encore, libérant toutes ses émotions avec sa langue et me forçant à avaler chacune d'entre elles.

Edon choisit notre rythme, s'inclinant de manière à ne pas écraser Silas contre moi, même s'il cédait à ses pulsions les plus violentes. Grognements, gémissements, acquiescements se succédèrent entre nous trois.

Très différent de ce que j'avais observé dans le passé.

Il ne s'agissait pas de domination, pas entièrement, en tout cas, mais de gratification mutuelle. Edon posa ses lèvres sur le cou de Silas, son regard captura et retint le mien. Je levai la main pour effleurer sa joue, puis je rendis son baiser à Silas et me perdis à nouveau dans le ravissement du moment.

Silas gémit, l'intensité parut le déchirer en deux alors qu'Edon nous déchaînait . Je soulevais mes hanches, les touchais tous les deux, mordillais Silas, observais les expressions d'Edon, et je sentis la boule de feu liquide bouillonner une fois de plus, jusqu'à ce que je ne puisse plus voir, ni penser, ni bouger.

Je tombais.

Je tombais d'une falaise dans les eaux sombres et dévorantes de l'extase.

Je sentis Silas se raidir, j'entendis ses grognements d'approbation alors qu'il me suivait. Ses dents percèrent mon cou. Ou peut-être que ce fut Edon qui me mordit, je ne savais pas trop, submergée et absorbée dans mon paradis liquide. Mais je *sentis* Edon jouir, son rugissement fut sûrement entendu par tous les habitants du territoire. Il vibrait à travers Silas directement dans mon cœur, m'enveloppant d'une couche protectrice que j'acceptai sans y penser.

Tout semblait si juste.

Complet.

Entier.

Je ne voulais plus me battre, ni réfléchir.

Je fermai les yeux, ivre des sensations qui flottaient dans mon corps, des picotements de mes membres, de la satisfaction globale qui réchauffait mes entrailles.

C'était une vie que je pouvais apprécier, au moins pour un petit moment.

Je la laissai me suivre dans mes rêves. M'apaiser dans un état que je n'avais jamais ressenti auparavant.

Un état de bonheur.

De paix.

D'harmonie.

J'avais l'impression d'avoir trouvé ma place.

EDON

Luna dormait paisiblement à mes côtés, les joues rouges, les cheveux ébouriffés, les lèvres gonflées. Silas reposait de l'autre côté, sa main sur sa hanche, sa poitrine pressée contre le dos de Luna.

Il rayonnait de protection, les yeux clos, mais le corps alerte.

Je n'avais jamais passé beaucoup de temps avec un humain devenu lycan. La plupart étaient trop faibles pour survivre. Toutefois, Silas avait prouvé que toutes les probabilités étaient fausses. Il prospérait dans sa nouvelle forme, rivalisant déjà en force avec ceux qui avaient trois fois son âge. Un exécuteur né, du moins selon mon intuition.

Qui plus est, il était à moi.

Tout le monde dans la meute voyait en lui un bâtard ordinaire sans guère d'aptitudes. Je voulais que ça reste ainsi, du moins pour l'instant. Non seulement ça me donnerait une carte à jouer au bon moment, mais ça lui permettrait de continuer à grandir et à maîtriser ses compétences.

Il représentait aussi une sécurité supplémentaire pour Luna.

Ce qui se passait entre nous trois défiait l'ordre naturel des choses. Les alpha s'accouplent avec d'autres alpha . Pourtant, d'une certaine manière, Silas s'était inséré dans les liens destinés à Luna et moi seuls. Je sentais sa présence au plus profond de moi, sa morsure était une marque qui revendiquait Luna comme sienne, même si je l'avais déjà identifiée comme mienne.

Quand je l'avais mordu, quelque chose d'autre s'était mis en place au-delà de notre lien géniteur.

J'avais besoin d'aller voir mon grand-père, de lui demander ce qui se passait. Pas seulement entre nous trois, mais avec la meute en général.

Comme la façon dont mon père avait piégé Luna pour le meurtre de Bianca.

Ça ne devrait pas être possible.

— Et pour le vampire ? demanda doucement Silas.

Ses yeux étaient toujours fermés mais son esprit clairement en accord avec le mien. Il semblait qu'il avait enfin pris conscience que le lien allait dans les deux sens. Ou peut-être que, mentalement, je lui avais transmis le message trop fort. Quoi qu'il en soit, il était réveillé, écoutait et pensait.

— Le vampire que nous avons trouvé sentait seulement la meute, pas un coupable spécifique, reprit-il. Est-ce que ton père a orchestré ça aussi ?

Ses iris bleu clair clignèrent vers moi tandis qu'il soulevait paresseusement ses paupières. Il manifestait une attitude de réconfort serein après notre partie de jambes en l'air une heure plus tôt.

Quand je lui avais dit que je voulais prendre son cul, il n'avait même pas bronché. Pendant ses études, il avait déjà fait de telles activités, mais je savais par son esprit que j'avais pris le plus de précautions possible avec lui malgré mes rudes poussées. J'avais rendu la chose agréable, ce qui nous avait choqués tous les deux.

Car toute cette expérience était nouvelle pour moi.

J'avais baisé des femmes de diverses manières, mais jamais un homme, et je doutais de pouvoir un jour en désirer un autre de cette manière. Mais Silas ? Oui, j'avais l'intention de le faire encore. Et encore. Et encore.

Finalement, je prendrais Luna aussi.

— Tu vas devoir la réchauffer un peu plus avant que ça n'arrive, pensa tout haut Silas, prouvant qu'il était dans ma tête.

Il retroussa les lèvres et ajouta :

— Quel endroit fascinant que ta tête.

— Je peux te bloquer, ricanai-je.

Mon grand-père m'avait appris à ériger des murs mentaux, en me disant qu'ils seraient nécessaires lorsque j'aurais accès au psychisme de la meute, ce qui se produirait à la suite de mon ascension. Cependant, personne ne pourrait entrer dans ma tête aussi facilement que cela. Pas comme Silas, en tout cas. Ou comme Luna quand nous aurions complété le lien. Ces connexions-là seraient toujours uniques.

— Peut-être, mais tu ne le feras pas, répondit Silas, à propos de ma menace de le bloquer.

— Mais je pourrais.

Il sourit.

— Bien sûr.

Son arrogance aurait dû m'irriter. Mais elle m'amusait plutôt. Sans doute parce que j'étais bien trop détendu pour m'agacer.

— À propos du vampire, je pense que tu as raison, dis-je, revenant au sujet que j'avais ruminé avant que mon cerveau ne s'enfuie vers ma bite.

— Est-ce que je t'ai dit que j'ai senti plus que ça l'autre jour ? s'enquit Silas, le front plissé. Ou bien j'ai senti autre chose. C'était avant que je ne surprenne Luna en train de courir. Elle m'en a détourné.

— Non, tu ne l'as pas mentionné, dis-je en fronçant les sourcils. Où était-ce ?

— Près de la frontière, dans le marais.

C'était sur le territoire Clemente, non loin de l'endroit où résidaient les membres d'élite de notre meute. Il y avait des centaines de loups à l'intérieur de nos frontières, mais seule une poignée de lycans soigneusement sélectionnés vivaient au quartier général. Tous les autres résidaient en dehors des marais, dans des villes délabrées ou d'autres zones sauvages.

— As-tu senti ça ailleurs ?

— Avant de trouver le cadavre ? Non. Mais je n'y suis pas allé récemment.

Luna remua entre nous, ses lèvres s'écartant en une adorable petite protestation qui disait que son corps n'était pas encore prêt à se réveiller. Vu les événements d'aujourd'hui, je n'étais pas surpris. Elle s'était déjà remise des coups reçus, surtout parce que la meute n'avait pas eu le temps de faire de gros dégâts. Mais sexuellement, Silas et moi l'avions épuisée.

Ce pour quoi je ne m'excuserai pas.

Surtout pas lorsque je la voyais ainsi, à savourer l'état d'extase provoqué par notre affection à tous les deux, putain.

Nous devrions longer les frontières dans la matinée, dit Silas, basculant sur notre lien.

Je dois d'abord voir mon grand-père.

Jolene. Il parut réfléchir en pensant à ce nom, il s'en souvenait clairement en tout cas. *Pourquoi je ne l'ai pas encore vu ?*

Il ne fréquente guère le cercle de mon père. Mais il vit à proximité. Je te le présenterai bientôt.

La surprise illumina le regard de Silas. Il n'émit pas de commentaire à voix haute, mais je ressentis son plaisir silencieux à cette éventualité. Rien de ce que nous faisions ici n'était considéré comme normal. Moi, l'héritier alpha, présentant un nouveau bâtard à un ancien alpha de la meute ? Non, ça n'arrivait jamais dans notre société.

Or quelque chose me disait que mon grand-père approuverait que je brise cette règle tacite.

Tu peux rester avec Luna demain pendant que je vais voir mon grand-père ? demandai-je.

Silas m'adressa un grand sourire. *Une demande au lieu d'un ordre ? Je devrais te laisser me baiser plus souvent.*

J'eus un rire moqueur. *Inutile que tu me laisses faire quoi que ce soit. Une simple exigence et tu te mettras à quatre pattes comme un bon petit loup.*

Il leva un sourcil. *Ah oui ? Qui est arrogant maintenant ?*

Je faillis éclater de rire. *Tu sais comme moi que c'est vrai. Et que tu garderas notre petite lune demain.*

— C'est *ma* petite lune, chuchota-t-il, glissant son bras autour d'elle de manière possessive. Et ta petite partenaire.

— Quels surnoms allons-nous nous donner ? demandai-je à voix haute, en baissant le ton pour ne pas déranger la belle au bois dormant entre nous.

Alpha, railla-t-il.

Oméga, rétorquai-je.

Pas les plus originaux des surnoms. Mais d'un autre côté, peut-être que nous n'en avions pas besoin.

— Luna et moi pourrions parcourir la frontière demain ensemble, voir ce que nous pouvons trouver, pendant que tu t'entretiens avec Jolene, suggéra-t-il tranquillement, me prouvant sa valeur comme exécuteur potentiel.

La capacité de Silas à se concentrer me plaisait, son

esprit était vif et focalisé même dans les moments intimes. Je supposais qu'il devait constamment analyser les situations, étant donné tout ce à quoi il avait survécu au fil des ans.

— Je peux la mettre au parfum, ajouta-t-il. Ça nous aiderait à nous préparer pour la prochaine épreuve, quelle qu'elle soit.

— Oui, acquiesçai-je.

Nous approchions de la prochaine pleine lune. Quelle que soit la tâche que mon père avait l'intention de me confier, ce serait la plus dure. Parce qu'il n'avait plus guère de temps pour me neutraliser. Donc soit ce serait quelque chose qui me mettrait hors course, soit…

— Il va essayer de tuer Luna, acheva Silas à ma place.

Car je ne pouvais pas m'élever sans une partenaire.

Mon père avait clairement montré ces derniers jours qu'il la considérait comme sacrifiable.

— Ça n'arrivera pas, affirmai-je.

— Je sais, opina Silas.

Je soutins son regard un long moment, remarquant la possession qui brûlait dans ses pupilles, et je hochai de nouveau la tête.

— Je sais, répétai-je. Parce qu'il devra nous passer sur le corps à nous deux.

Une chose que mon père n'aurait jamais anticipée.

Oh, il pourrait bien tenter de m'abattre.

Mais Silas ? Il ne l'avait même jamais envisagé.

Ce serait son ultime échec.

Dors un peu, chuchota Silas. *Tu en as plus besoin que moi. Je vais faire le guet.*

Je trouvais bizarre de compter sur un autre, après avoir passé toute mon existence à me protéger à chaque instant. Cependant, pour une fois, j'obéis et laissai mes yeux se fermer.

Car il avait raison : j'avais besoin de repos.
Bonne nuit, Edon.
Bonne nuit, Silas.

LUNA

Quelle chaleur. J'étais blottie contre la source de mon bonheur, satisfaite de la chaleur qui m'enveloppait. Un petit rire flotta dans l'air, profond, grave et délicieusement amusé, suivi d'un baiser sur mon front.

— Tu as l'air bien reposée, petite lune, constata Silas, promenant sa main le long de ma colonne vertébrale.

Je m'étirai contre lui dans un soupir.

— Mmh-mmh.

Quand j'ouvris les yeux, la lumière filtrait à travers les rideaux, illuminant les traits de Silas. Il me sourit, représentant l'image de la sérénité.

— Bonjour, ma belle.

Il jeta un œil par la fenêtre et son sourire s'élargit.

— Bon après-midi, plutôt.

— Quelle heure est-il ? me demandai-je à voix haute, cherchant une horloge.

— C'est l'heure de déjeuner et d'aller courir, répondit-il en me caressant la joue. Edon veut qu'on contrôle les frontières.

— Pour quoi faire ?

— Des odeurs bizarres.

Il s'écarta de moi et reprit :

— Je t'expliquerai pendant le déjeuner.

J'attrapai sa nuque et le ramenai vers moi pour un long et agréable baiser. Mmm , il avait un goût de menthe poivrée et sentait le savon. Ses cheveux mouillés confirmaient qu'il avait pris une douche pendant que je dormais, mais il n'avait pas pris la peine de s'habiller, ce dont mes mains étaient très reconnaissantes, explorant son torse chaud et musclé.

Merde pour le déjeuner.

Je voulais le lécher et le goûter à la place.

Ma louve s'anima à cette idée, lissant sa fourrure sous ma peau tandis que je cédais à l'envie d'enfoncer mes ongles dans sa nuque, mon autre main glissant vers le bas.

Silas sourit contre ma bouche.

— Attention ou Edon va être jaloux, prévint-il quand mes attouchements s'approchèrent de son excitation croissante.

Ferme. Chaud. Doux. La perfection.

— Où est-il ? me demandai-je à voix haute.

Je pensai au mâle alpha qui avait réveillé toutes ces idées interdites dans ma tête. Si tout ça n'était qu'une façon de me préparer à être sa partenaire, ça avait plus que marché. Parce que j'en voulais plus. *Tellement plus.*

— Edon est parti voir son grand-père, répondit Silas en s'étendant sur moi. Il y a une heure.

Je passai ma langue sur sa lèvre inférieure, écartai mes jambes autour de ses hanches.

— Il sait que nous sommes réveillés ?

— Tout à fait.

— Tu lui parles en ce moment ? m'enquis-je.

Mes replis humides enlacèrent le membre dur de Silas et glissèrent contre lui pour l'inviter à entrer.

Il gémit, son front se colla contre le mien.

— Oui, je lui parle.

— Mmm .

Je l'embrassai de nouveau, et lâchai un soupir quand il me pénétra lentement, jusqu'à la garde. Même pas besoin de préliminaires, mon corps était déjà tendu rien qu'à me réveiller à ses côtés, ce qui était insensé après tout ce qui s'était passé la nuit dernière, tous ces orgasmes arrachés à mon corps.

Mais waouh, j'étais accro maintenant. Je ne voulais plus m'arrêter.

M'embrassant en profondeur, Silas imprima à ses hanches un rythme paresseux qui taquinait mes sens. Je le pressai contre mes parois et enroulai mes jambes autour de sa taille pour l'inciter à aller plus vite, plus *fort*, mais il conserva le même rythme. Presque comme s'il voulait me narguer.

J'éraflai son dos de mes ongles, ce qui le fit siffler. Il mordit ma lèvre inférieure en signe de réprimande, puis sourit.

— Quelle impatience, petite lune.

— Baise-moi.

— C'est ce que je fais.

— Tu t'amuses, grognai-je presque.

— Oui, convint-il. Mais techniquement, je te baise quand même.

Il ponctua son propos en poussant à fond. Je me cambrai sur le lit en réaction, ce qui me valut un gloussement de sa part.

— Edon sait que tu es en moi ? demandai-je, agrippant ses épaules pendant qu'il répétait son mouvement.

— Oui. Il me dit que tu dois le mériter.

Il me mordilla la mâchoire et déposa un baiser sur ma gorge. Sa langue glissa jusqu'à mon oreille, ses dents s'accrochèrent au lobe.

— Il m'a aussi dit de te rappeler qu'il nous a confié une tâche .

— Dis-lui que je ne suis pas bien les ordres, haletai-je, serrant mes cuisses autour de la taille de Silas.

— Oh, il le sait, murmura Silas contre mon oreille. Mais il s'en fiche, ma chère Luna. Tu veux savoir pourquoi ?

L'obscure provocation du ton de sa voix envoya un délicieux frisson le long de ma colonne vertébrale.

— Oui, soufflai-je en déglutissant.

— Parce qu'il aime les punitions sensuelles.

Silas se retira brusquement, forçant mes jambes à se déplier, et me retourna avant même que je puisse réagir.

Si rapide.

Si fort.

Si – oh, cher loup – mien.

Il s'enfonça de nouveau en moi si rudement que je criai puis gémis sous l'assaut du plaisir qui suivit.

— *Putain*, soufflai-je, choquée et ayant incroyablement *chaud*.

— C'est ce que tu veux, non ? grogna-t-il contre ma nuque.

Son corps couvrait le mien tandis qu'il me pénétrait avec beaucoup plus de force que la nuit dernière. Son loup avait clairement envie de dominer. Ma louve, elle, semblait adorer la soumission, ce que j'aurais cru impossible à peine une semaine plus tôt.

— Silas, sifflai-je, tremblant sous lui, mon corps déchiré entre le tourment et l'extase.

C'était une punition à part entière et une sacrée façon de se réveiller.

— Edon me dit de te dire qu'il a l'intention de prendre ton cul plus tard, murmura-t-il, ses mots chauffant ma nuque sensible. Il veut que tu te tortilles, que tu mouilles et que tu supplies entre nous. C'est pourquoi il me dit d'arrêter, Luna. De te laisser pantelante et désireuse. Dois-je écouter, petite lune ? Ou dois-je jouer les rebelles moi aussi ?

Au lieu de faire une pause, il accéléra le rythme.

— Ne t'arrête pas, dis-je. Continue.

Je me fichais d'avoir l'air avide, parce que je l'étais. Merde, à la façon dont sa bite frappait mes entrailles, je crus que j'allais m'enflammer, ce qui arriverait s'il se retirait encore.

— Silas…

Son nom sortit de ma bouche dans un gémissement, suscitant de sa part un profond grognement approbateur.

— Oui, c'est bien ce que je pensais, répondit-il.

Il fourra ses doigts dans mes cheveux et tira ma tête en arrière à un angle qui me fit presque mal. Puis il m'embrassa, durement. Sa domination était totale tandis qu'il s'enfonçait en moi encore et encore, sa langue accompagnant les poussées en dessous.

Dominateur, universel, addictif.

Je ne me reconnaissais plus.

Je ne comprenais pas qui j'étais en train de devenir.

Mais je ne vivais que pour ce moment.

Le désir exaltant qui me serrait les entrailles, envoyait de la lave dans mes veines, projetait des étoiles derrière mes paupières .

Mon orgasme culminait mais n'explosa pas.

Mes jambes tremblaient.

Mon souffle devint haletant.

Si proche, si proche.

Juste là.

— Ohh, gémis-je, me fracassant sur une vague d'intensité qui me secoua jusqu'à l'âme.

Silas suivit en grondant, ses dents aiguisées perforèrent mon cou en une morsure qu'aucun de nous ne devrait se permettre. Pourtant je l'acceptai. Ma louve s'inclina, reconnaissant le mâle le plus fort et se gargarisant de sa revendication.

J'étais toute tremblante sous lui, mon corps était secoué d'un mélange de soubresauts euphoriques et d'une béatitude déchirante.

— Putain, exhala Silas dans mon cou, sa lourde masse tremblant à l'unisson avec moi.

Je faillis rire, l'emboîtement que nous avions créé avec nos membres demandait à être prudemment démêlé. Nous avions joui ensemble dans une frénésie, les loups prenant le dessus dans les derniers instants et menant notre accouplement.

Tout comme la nuit dernière.

Juste un peu moins écrasant sans Edon.

Mais toujours bien plus incroyable que tout ce que j'aurais pu espérer.

Qu'est-ce qu'on est en train de faire ? voulais-je demander. Sauf que Silas ne le savait probablement pas. Tout comme je doutais qu'Edon le sache aussi.

C'était un territoire inexploré.

Les alpha étaient destinés à s'accoupler avec d'autres alpha . Un mâle et une femelle. Pas un trio. Pourtant ça ne me semblait pas correct. Edon et Silas étaient trop connectés, trop *quelque chose*. Je n'arrivais pas à identifier quoi au juste, mais l'idée d'en prendre un plutôt que l'autre me paraissait mauvaise.

Peut-être que le temps arrangerait ça.

Bien que j'en doute.

Au contraire, le temps ne ferait qu'approfondir ce lien étrange entre nous trois.

Silas se retourna et m'attira contre lui, m'embrassant à fond tout en me prenant dans ses bras.

— C'est l'heure de la douche, petite lune. On rejouera plus tard. Avec Edon.

Je frissonnai quand il se leva et me souleva sans effort.

— Il est furieux ?

Il sourit.

— Tu as peur ?

— Non.

— Moi non plus.

Il me porta dans la vaste salle de bains en marbre et me posa sur le comptoir, me bloquant de ses bras en empoignant la pierre de chaque côté de mes cuisses.

— Mais il est amusé, pas en colère. Il savait qu'on allait le défier. Et maintenant il est impatient de nous punir tous les deux. Alors merci pour ça.

J'esquissai un sourire.

— Pas de ma faute.

— Oh, c'était entièrement de ta faute. J'étais prêt pour un déjeuner et une course, mais maintenant je dois me doucher à nouveau.

Il s'écarta pour ouvrir l'eau, puis jeta un œil par-dessus son épaule.

— Maintenant, ramène ton cul par ici, que je puisse te baiser à nouveau avant qu'on mange.

— Ma faute, hein ? répétai-je en riant. On dirait que tu as aussi *faim* que moi.

— Ou peut-être que je m'assure juste que l'expérience en vaut la peine.

Il remua les sourcils et me lança un sourire enjoué qui me réchauffa les entrailles.

Je découvrais un nouveau côté de Silas, un côté détendu.

Je l'aimais plutôt bien.

— Baiser, manger et courir, considérai-je à voix haute. Mon genre de journée.

Bon, je n'avais pas encore beaucoup d'expérience côté

baise. Mais entre Edon et Silas, je serais bien éduquée très, très vite.

———

Je m'attendais plus ou moins à ce qu'Edon débarque à tout moment et demande à se joindre à nous, mais il ne le fit pas. À la place, il resta en contact mental avec Silas tout au long de notre douche et nous aiguillonna avec quelques sombres promesses de ce qu'il avait l'intention de nous faire plus tard. Lorsque nous eûmes terminé, nous étions prêts à remettre ça, mais Silas insista pour manger et aller courir.

Après m'avoir expliqué pourquoi, j'acceptai.

Je nous préparai rapidement quelques sandwiches, pour recharger nos réserves d'énergie épuisées, puis j'ouvris la voie en direction des frontières extérieures pour voir ce que mon nez pouvait détecter.

Nous étions dans nos formes de loups parce que c'était plus rapide et que mon odorat était meilleur à quatre pattes.

Silas me suivait, sa taille beaucoup plus grande que la mienne était impressionnante pour un humain devenu lycan. *Bâtard* était un terme trop dégradant pour lui, *novice* était trop doux.

Peut-être que *confirmé* ferait l'affaire.

Mon nez tressaillit, me tirant de mes rêveries. Silas me rejoignit, portant déjà son attention sur la direction de l'odeur. Il devait l'avoir flairée avant moi.

Un autre signe de sa force anormale en tant que changelin.

Il partit en direction de l'odeur avec moi sur ses talons, la puanteur de la mort augmentant à chaque foulée quand nous atteignîmes le passage de la frontière.

Je m'attendais à moitié à trouver un autre cadavre, comme la semaine dernière.

Mais il n'y avait rien.

Silas tourna en rond, truffe en l'air, à flairer.

Nous avions trouvé le point le plus fort, mais il n'y avait aucun signe de la présence d'un vampire.

Il fit quelques pas dans le champ, puis se retourna et partit dans l'autre sens, pour flairer à nouveau en me regardant.

Je secouai ma fourrure pour lui indiquer que je n'avais reniflé aucune piste, et je me mis à longer la frontière dans la direction opposée. Mais l'odeur s'estompa jusqu'à disparaître, me ramenant en sens inverse au même endroit.

Ça n'a aucun sens.

Je commençai la transformation, ce qui incita Silas à me suivre. Quand il se tint devant moi dans sa forme humaine, ce qui lui prit un peu plus de temps qu'à moi, je répétai ma pensée à voix haute.

— Quelqu'un est en train de foutre le bazar dans la meute et s'amuse à modifier les odeurs des vampires, d'une façon ou d'une autre, ajoutai-je.

— Comme ils l'ont fait avec la tienne sur le lieu de la mort de Bianca.

Il jeta un coup d'œil autour de lui, la main sur sa nuque.

— Et le corps qu'on a trouvé puait la meute, il ne pouvait pas y avoir qu'un seul coupable, reprit-il.

— Ça doit être son père ou quelqu'un de haut placé. Mais je ne vois pas comment ils s'y prennent.

— Edon non plus, répondit-il, les lèvres pincées. Il est censé demander à son grand-père ce qu'il en est. J'espère qu'il apprend quelque chose d'utile, parce qu'il est silencieux depuis une heure environ.

Je fronçai les sourcils.

— Silencieux ?

— Oui.

— C'est normal ?

Il haussa une épaule.

— Edon ne me parle que lorsqu'il a quelque chose à dire, ce qui est plutôt fréquent, mais j'imagine qu'il est occupé en ce moment.

Assez juste. Je scrutai le champ, puis le terrain jusqu'au camp principal en faisant la moue.

— Pourquoi un vampire jouerait-il si près du cœur du territoire du clan ? Si nous étions près des frontières des régions de Silvano ou de Lilith, je le comprendrais. Mais nous sommes à plusieurs centaines de kilomètres de la plus proche forteresse vampire. Traîner ici est une invitation aux problèmes.

Les vampires et les lycans jouaient le jeu pour l'Alliance de Sang, mais ils n'étaient pas vraiment alliés. Simplement, ils partageaient tout à parts égales et gouvernaient chacun à leur manière dans les limites du droit international. Au-delà de ça, ils n'étaient pas tenus d'être amis ou partenaires commerciaux. Les vampires avaient plutôt tendance à conclure des accords commerciaux avec leurs collègues immortels, tandis que les lycans s'en tenaient aux échanges entre meutes.

— C'est bizarre, convint Silas, marchant le long de la frontière. Je vais te montrer où on a trouvé le corps. Peut-être que tu verras quelque chose que nous n'avons pas vu.

J'en doutais, mais j'acceptai malgré tout.

Nous avons trotté sous forme humaine jusqu'à l'endroit situé à environ trois kilomètres, mais toutes les odeurs que nous percevions étaient exemptes de celle de la mort.

— Edon s'est débarrassé des restes, expliqua Silas.

— Il a fait du bon travail, parce que je n'en relève pas la moindre trace.

Silas hocha la tête.

— Oui. Il s'en est assuré.

Nous cherchâmes partout, sans rien trouver.

Finalement, je secouai la tête.

— Tout a l'air d'être comme il faut ici. Normal, même.

— Oui, me répondit-il en soufflant un peu. Je suppose qu'on va…

Ses genoux se dérobèrent sous lui, le jetant à terre dans un cri d'agonie qui sonna durement à mes oreilles.

— Silas !

Je m'effondrai avec lui, posai mes mains sur ses épaules et le parcourus des yeux en quête de la source de sa douleur. Mais il paraissait indemne, sa peau toujours aussi bronzée et tendue.

Pourtant il tenait son cœur comme si quelqu'un lui avait tiré dessus, et il s'affala sur le côté, les jambes repliées en position fœtale.

— *Putain…* siffla-t-il, les larmes au coin des yeux. Edon, parvint-il enfin à prononcer d'une voix rauque, son corps frissonnant violemment. Quelque chose… ne va pas… avec Edon…

SILAS

Il me fallut beaucoup trop de temps pour me débarrasser de la brûlure dans ma poitrine.

Puis je courus à quatre pattes.

Mon corps me faisait mal, mes oreilles vibraient à cause des battements intenses de mon cœur et ma vision était floue. Mais je devais arriver jusqu'à lui, l'aider, le sauver…

Non ! cria-t-il dans mon esprit.

Je l'ignorai, mes instincts me poussant en avant, Luna dans mon sillage. Nos pattes couraient en harmonie, sa forme légère était une présence forte dans mon dos quand nous atteignîmes la périphérie du village principal.

Ils vont te tuer, Silas, aboya Edon dans mes pensées. *Arrête !*

Je l'évacuai, mais quelque chose dans cet ordre me fit trébucher juste derrière l'un des chalets. Luna s'affala sur moi, essoufflée et étourdie par mon faux pas.

C'est une autre épreuve, expliqua rapidement Edon. *Si toi ou Luna interférez, ils s'en serviront comme prétexte pour vous tuer tous les deux. C'est à propos des alliés. Je ne peux pas… avoir… d'alliés.*

La façon dont sa voix se brisa à la fin fit de nouveau s'emballer mon cœur. Il avait clairement fait un gros effort pour me crier dessus. Ce qui signifiait que j'avais besoin de *l'entendre.*

— Qu'est-ce qu'il y a ? demanda Luna, qui avait déjà repris sa forme humaine.

Je me forçai à me transformer, haletant à cause de la rude course et de la rapidité forcée avec laquelle je passais du loup à l'homme.

Le lien avec Edon vacillait, sa conscience allant et venant.

— Il ne veut pas qu'on intervienne, murmurai-je en déglutissant. Il dit que c'est un test sur les alliés.

— Quelle sorte de… ?

Luna jeta un regard acéré vers les arbres, prenant une position défensive à mes côtés.

Je plissai le front, tous mes sens en alerte, cherchant ce qui avait capté son intérêt. *Là,* repéra mon loup. Un soupçon de mouvement parmi les arbres.

Luna grogna tout bas, son grognement était bien plus sinistre que tout ce que j'avais entendu venant d'elle.

L'intrus répondit par un gloussement.

— Claudette s'est certainement surpassée, dit d'une voix grave un homme aux cheveux argentés et aux yeux noirs, qui s'avança en silence sur le chemin. Edon a raison, Silas. C'est une question d'alliés. Si tu vas le voir maintenant, ils vont s'attendre à ce que tu les rejoignes. Ou pire, ils verront combien de temps tu peux tenir.

—Jusqu'à quoi ?

Je n'avais pas besoin de lui demander son identité. Sa ressemblance avec mon créateur me la révélait : le grand-père d'Edon.

— Une épreuve de force, devina Luna, la voix rauque.

— Oui, confirma le vieil homme.

— C'est quoi, une épreuve de force ? Je veux dire, je comprends le sens général. Mais en quoi ça consiste ?

— Ils battent l'alpha jusqu'à ce qu'il soit inconscient, juste pour voir ce qu'il peut supporter, chuchota Luna.

Le vieux lycan hocha la tête.

— Connaissant mon fils, il vous ajoutera tous les deux à la curée, juste pour le plaisir.

— Pour éliminer tous les alliés d'Edon du tableau, ajouta Luna. Peut-être pour toujours. Vous êtes Jolene.

Elle inclina la tête, le regard perçant.

L'ancien sourit.

— Personne ne m'a appelé par ce nom depuis bien des lunes, mon enfant. Mais oui, c'est moi, dit-il en jetant un coup d'œil sur sa gauche, et son sourire s'effaça. Tu dois partir avant qu'ils ne te trouvent.

Luna suivit son regard et blêmit.

— Ils vont me poursuivre.

— Silas connaît un endroit.

Il leva un sourcil vers moi.

— Pas vrai ? repris-je, hésitant.

Le chalet, réalisai-je.

— Mais qu'est-ce qu'on fait pour Edon ?

— Ne te laisse pas distraire par mon apparence, mon garçon. Je reste un alpha, et c'est mon petit-fils qui est concerné.

Son sourire était tout en dents, évoquant son loup sous sa peau.

Des hurlements nous parvinrent du cœur du village, faisant reculer Luna de deux pas.

— Ils arrivent.

— Allez-y, insista Jolene. Je vais les distraire.

Il déboutonna sa chemise, révélant un torse qui affichait sa force, et baissa son pantalon pour commencer sa transformation.

Luna empoigna mon bras avant que je ne puisse

observer la transformation, dont la puissance imprégnait l'air.

Putain de merde.

— Silas ! siffla Luna en me tirant. S'ils me trouvent…

Un autre hurlement retentit, bien trop proche.

Il ne venait pas de Jolene.

Je tombai à genoux, opérant la transition aussi vite que mon corps le permettait. Mais je ne fus pas assez rapide. Trois loups apparurent au coin de la rue, leurs regards affamés se fixèrent sur Luna en pleine mutation. Elle grogna, ses poils se hérissèrent, puis Jolene s'avança devant elle en grondant, sa grande taille était impressionnante.

Son grondement grave rappela les autres loups à l'ordre, à baisser les yeux devant l'alpha.

J'étais captivé par la démonstration de domination.

C'est l'avenir d'Edon. Ce qu'il est déjà capable de faire maintenant.

Pourtant, sa meute le battait à mort. Pour quoi faire ? Tester son endurance ?

Je *ressentais* sa souffrance à travers le lien, sa douleur était une force viscérale de la nature qui m'appelait à le trouver et à l'aider. Mais je captais aussi sa réticence, l'avertissement dans son esprit de rester à l'écart. De protéger Luna à tout prix. De le laisser endurer seul cette épreuve.

Car si nous allions l'aider, son père nous battrait aussi.

Contrairement à Edon, on ne survivrait pas.

Un pincement à l'oreille me força à reporter mon attention sur Luna qui me fixait avec une expression implorante. La peur irradiait d'elle, d'autres hurlements assaillaient l'air, quelqu'un annonçait notre position à la meute.

La vie d'un lycan n'était pas meilleure que celle d'un humain.

C'étaient des animaux, qui se nourrissaient de la douleur des autres et exigeaient la soumission de la manière la plus cruelle qui soit.

Même le plus fort d'entre eux était puni juste à cause de sa position. Battu par ses congénères pour prouver sa place au sommet.

Putain, pourquoi quiconque permettrait ça ?

Pour la même raison que celle pour laquelle j'avais combattu au Tournoi des Immortels. Edon endurait leurs conneries pour assurer sa place au sommet, pour s'élever à la seule position où il pourrait changer les choses.

Ces épreuves allaient bien au-delà de son destin. Il s'agissait de restructurer le clan Clemente. Si Edon devait le faire, cela passerait avant tout le reste de sa vie, y compris Luna et moi.

C'est pourquoi il avait besoin qu'on s'enfuie.

Il ne pouvait pas nous protéger ce soir. Nous étions seuls. Mais il m'avait laissé les clés de notre sécurité. Un mâle si astucieux, toujours un pas d'avance.

Mon cœur se réchauffa d'un respect que je ne m'attendais pas à ressentir. Je croisai le regard de Luna et inclinai la tête pour dire *suis-moi*.

Son soulagement était palpable alors que je filai dans les bois, mes pattes martelant la terre selon une piste destinée à confondre ceux qui nous suivaient. Car il était hors de question que je les mène au refuge d'Edon.

Son approbation chantait dans mon sang, son esprit était plein de gratitude même si son angoisse violait notre lien. *Ne laisse pas ces salauds te tuer,* lui dis-je.

Il leur faudrait plus qu'une raclée, Oméga, chuchota-t-il, sa voix mentale étant d'une douceur troublante.

Je suis sérieux, Alpha. Nous n'en avons pas encore fini.

Mes mots étaient empreints d'amusement, mais il ne

parlait plus. Il semblait réserver son énergie. Tant que je le sentirais, je ne m'inquiéterais pas.

Plus d'une heure plus tard, je nous menai finalement au petit chalet hors des frontières. Luna haletait derrière moi, ses yeux brillaient de vie, d'émerveillement et d'admiration. Elle avait manifestement apprécié la course, ou peut-être l'adrénaline provoquée par la fuite.

Je me transformai devant la porte et l'ouvris pour elle.

— Ce n'est pas aussi joli que sa maison principale, mais c'est confortable.

Bizarrement, cet environnement familier provoquait une certaine nostalgie en moi. Je n'avais guère passé de temps ici et ma dernière visite remontait à peu de temps. Or il s'était passé tellement de choses ces derniers jours que j'avais l'impression que cela faisait une éternité que je n'avais pas mis les pieds ici.

Toutefois, la cuisine était toujours bien approvisionnée et toutes les commodités fonctionnaient.

Luna s'aventura dans la chambre principale, sans doute en suivant l'odeur d'Edon, et en ressortit quelques minutes plus tard vêtue d'un vieux T-shirt. Elle me lança un short que j'enfilai pendant qu'elle fouillait dans les placards.

Puis elle s'immobilisa, les épaules contractées.

— Luna ?

Je m'approchai lentement derrière elle, posai ma main dans son dos. Elle frémit à mon contact et se tourna vers moi. L'excitation qu'elle avait ressentie pendant la course était rapidement retombée. À présent, elle se tenait devant moi dans une posture qui irradiait la défaite.

— On a fui, chuchota-t-elle.

— Oui.

Elle déglutit et leva les yeux sur moi.

— On a fui comme des lâches.

— Non, on a fait ce qu'Edon voulait qu'on fasse, dis-je

en plaquant ma paume sur sa joue. Ils nous auraient fait du mal, Luna.

— On aurait pu se battre, argua-t-elle. Mais on n'a même pas essayé. Putain, je n'ai même pas pensé à essayer. J'ai juste… fui, fit-elle remarquer en cillant. Je… Et si… ?

Je l'entourai de mes bras, posai mon menton sur sa tête.

— Ce n'est pas le moment de nous battre. *Pas encore*, ajoutai-je mentalement. Nous avons aidé Edon en n'étant pas là.

Un jour, que je soupçonnais proche, nous nous battrions. Mais pas ce soir.

C'était du moins ce que j'avais compris à travers le lien.

— Mais s'il se trompe ? me demanda-t-elle en reculant pour me fixer. Si son père va trop loin ?

— Alors on doit compter sur Jolene pour l'aider, dis-je, déconcerté à l'idée de compter sur quelqu'un d'autre que moi.

— Est-ce que…

Elle hésita, déglutit, puis s'éclaircit deux fois la gorge avant de reprendre :

— Est-ce que tu peux le sentir ?

— Oui. Il ménage ses forces.

Ma connexion avec Edon était nette, malgré la douleur. L'alpha avait formé un plan que je ne pouvais pas définir. Mais je savais qu'il allait bien. J'ajoutai :

— Je pense que les loups sont à notre recherche.

Car il semblait y avoir une accalmie dans l'épreuve, une sorte d'attente dont Edon profitait pour guérir.

Elle redressa l'échine, un éclair de défi prenant le pas sur l'incertitude dans son regard.

— S'ils nous trouvent, je les combattrai.

— Ils ne nous trouveront pas ici.

J'en étais certain, pas seulement à cause de la furtivité

de notre fuite, mais parce que j'avais confiance en Edon. Il gardait cet endroit pour une bonne raison. Une maison sûre pour les moments où il avait besoin de se cacher, et nous traversions à présent l'un de ces moments.

— Mais on devrait se préparer, juste au cas où.

Elle hocha la tête et se dégagea de mes bras.

— Des pièges.

— Des pièges ?

Un autre hochement de tête.

— Oui. On les flairera, mais si on installe des alarmes dans les champs, on les entendra aussi, ça nous donnera assez de temps pour nous préparer.

Ça me semblait être un bon usage de notre temps.

— Très bien. Je vais t'aider.

— Non, rétorqua-t-elle en levant les yeux sur moi. Tu dois trouver des fournitures médicales. Edon aura besoin de nous pour le soigner. Alors reste en contact avec lui et ramène-le ici quand il sera prêt. Pendant ce temps, je vais préparer le terrain.

Je souris presque en entendant s'exprimer son côté autoritaire, intrigué par la femelle alpha qui sortait pour jouer. Mais une réponse amusée n'aurait pas été très appropriée, vu notre situation. Donc je me contentai de dire :

— D'accord. Je vais continuer à lui parler.

— Bien. Dis-lui qu'on l'attend.

Elle avait l'air un peu plus calme maintenant qu'elle avait retrouvé un certain contrôle.

— D'accord.

— Et qu'on ne se laissera pas abattre sans se battre.

— Il le sait, Luna.

— Non, il ne le sait pas, répondit-elle en croisant mon regard. Mais il le saura.

Quelque chose sembla se mettre en place en elle, une

sorte de détermination qu'elle n'avait pas vraiment jusqu'ici. Je n'avais pas remarqué son absence parce que je ne savais pas où regarder, mais je la saisissais maintenant.

Elle ne voulait plus fuir.

Luna avait finalement accepté son partenaire.

Elle ferait tout ce qu'il fallait pour le garder.

Mon cœur se serra un peu à cette idée, ma place étant nettement hors de leur lien qui se renforçait. Hélas, ce n'était pas le moment de m'inquiéter de moi-même ou de mes sentiments irrationnels.

J'avais mon créateur à sauver. Pour je ne sais quelle raison, il m'avait chargé de veiller au bien-être de sa partenaire. Je ne les laisserais pas tomber, lui et Luna.

Je sais, chuchota-t-il, comme une caresse dans mon cœur. *On se revoit bientôt.*

LUNA

Je balançai un coup de pied dans un tas de terre et grognai quand la poussière vola partout. Cette végétation était très différente de celle de mon pays natal. Beaucoup plus chaude, en premier lieu, et plus sèche.

Je soupçonnais que cette sécheresse était due à un manque de pluie.

Non pas que je me souciais du temps.

Ni du manque d'eau.

Non, mon esprit était focalisé sur Edon, et le fait que j'avais fui. Ç'avait été instinctif, ma terreur d'être jetée dans une arène avec lui l'emportant sur mes autres sens.

Elle me transformait en foutue lâche.

Je grondai du fond de ma gorge. Ce n'était pas mon genre de fuir. Je m'étais toujours battue. Même en me pavanant à cette satanée cérémonie d'accouplement, je m'étais battue à ma façon.

Mais voir ma force testée par Walter et ses hommes m'avait bloquée d'une manière inhabituelle. Comment ils m'avaient agressée après que j'avais frappé Bianca, les commentaires et désirs vicieux exprimés dans l'arène de punition... Je frissonnais de nouveau, rien qu'en repensant à tout cela.

Était-ce vraiment étonnant que j'aie voulu m'échapper ?

N'était-ce pas mon but depuis qu'Edon m'avait marquée comme étant sa propriété ?

Or mon arrivée avec Silas à la maison sécurisée avait réveillé un tout nouveau domaine de pensées. J'avais fui pour sauver ma vie, ce que j'aurais respecté une semaine plus tôt. Mais laisser Edon souffrir à présent me semblait mal. J'avais trop vu le mâle sous son vernis alpha et j'avais entendu le murmure de ses vraies intentions dans sa façon de parler du passé et du futur.

Il me rappelait Logan.

Je n'abandonnerais jamais Logan.

J'émis un autre grognement, bien plus féroce que ce que je ressentais.

Tout avait changé si vite. Mon idée initiale de fuir vers des territoires sauvages où je pourrais me débrouiller seule s'était envolée en un instant. Derrière tout ça, j'avais trouvé une connexion avec un mâle que j'étais née pour haïr.

Toute ma vie, j'avais été promise à un futur alpha ayant deux objectifs principaux en tête : s'accoupler avec une femelle alpha et la forcer à porter sa progéniture.

Fin de la discussion.

Aucun choix.

Ma vie était terminée avant même d'avoir commencé.

Pourtant Edon n'était pas le mâle auquel je m'attendais. Il ne me forçait pas à faire quoi que ce soit. Pas vraiment, en tout cas. Il se souciait de mes désirs et de mes besoins, ne me poussait pas au-delà de mes limites et se souciait clairement de ma protection.

D'où la présence de Silas.

Oh, mais ça ajoutait une nouvelle couche de complexité à toute cette situation. Car j'aimais Silas autant que j'aimais Edon, mais d'une manière très différente.

Tous deux étaient dominants. Aucun doute là-dessus. Ils voulaient ma soumission et feraient ce qu'il fallait pour l'obtenir. Avec Edon, je m'y attendais. Silas, cependant, m'avait tout à fait surprise. Mes penchants alpha et mes gènes de pure race auraient dû me permettre de le vaincre facilement. Or, non seulement il s'était battu comme un diable contre moi, mais il avait *gagné*.

Cette victoire, il ne la devait pas à ma faiblesse.

Je pouvais attaquer des loups de deux fois ma taille.

Non, Silas avait une force en lui que bien peu possédaient. Je soupçonnais qu'il l'avait développée pendant toutes ces années à devoir se battre pour survivre. Cela le rendait similaire à Edon, mais différent aussi.

Silas avait également une douceur qui manquait à Edon. Il était légèrement plus intuitif et analysait constamment son environnement et ses choix. Edon réfléchissait à ses actions lui aussi, mais il n'hésitait jamais à prendre une décision et sa parole avait force de loi. Plutôt que d'en débattre, Silas préférait céder, s'en remettre au plus fort au lieu d'essayer de lui faire des reproches.

La dynamique entre eux était enivrante et chaude comme l'enfer.

J'avais envie des deux à égalité, incapable de choisir, et cela créait tout un tas de problèmes. Car finalement, quel que soit le jeu auquel Edon jouait, il prendrait fin. Il m'avait dit dès le début qu'aucun de ses loups ne me baiserait jamais. Pourtant Silas l'avait fait plus d'une fois sans la moindre trace de représailles.

Bien sûr, Edon l'avait autorisé. Deux fois. Mais il n'y avait aucune chance qu'il continue à l'accepter. À moins qu'il ne me partage pour l'aider à dompter ses instincts possessifs ? C'était mal vu chez les alpha d'avoir des tendances possessives. Peut-être qu'Edon se préparait simplement à de futures exigences sociales impliquant le partage de sa partenaire ?

Je fronçai les sourcils.

Non. C'était plus profond que ça. Je le sentais jusque dans mes os, et Edon ne paraissait guère désireux de se conformer aux exigences de la société. Il avait empêché les autres loups de me toucher plus d'une fois maintenant. Sauf Silas, qu'il avait l'air assez impatient de voir rejoindre notre nid.

Voire *trop* impatient.

Et si Edon préférait Silas ? J'arrêtai de marcher, la lune brillait au-dessus de moi. *Edon n'a-t-il pas dit que Silas lui avait fait la meilleure pipe de sa vie ?* J'avais fait de même la nuit dernière et il n'avait rien dit, il avait même simulé un second orgasme dans ma gorge.

Parce que je n'étais pas aussi douée ?

C'était ma deuxième fois, Silas étant la première, alors bien sûr, ce n'était pas aussi bon.

Je frissonnai. La compétition m'échauffait toujours le sang, mais dans ce cas-là, elle me refroidissait. Car je ne voulais pas être en concurrence avec Silas pour l'affection d'Edon. Si ç'avait été quelqu'un d'autre, putain oui, je me serais battue jusqu'au bout. Mais pas Silas.

Secouant mon pelage, je repris ma marche. J'avais besoin de réorganiser le fil de mes pensées, car elles étaient devenues trop profondes et troublantes. Je devrais me préoccuper du bien-être d'Edon, me demander s'il survivrait à ce piège mortel, au lieu de penser à mes compétences sexuelles, ou à leur absence, et de me comparer à Silas.

Égoïste, me morigénai-je. *Et stupide, par-dessus le marché.*

Tout comme l'était ma fuite.

Argh. Au fond de moi, je voulais sprinter jusqu'au camp pour trouver Edon, mais je savais que ce serait me condamner à mort. Il était probablement trop blessé à ce stade pour se battre et je me retrouverais seule contre une meute de loups assoiffés de sang.

En train de défoncer la gueule de leur futur chef.

Pourquoi ce comportement était-il même acceptable ?

Si dégradant et…

Mes oreilles tressaillirent, le craquement d'une branche m'alerta d'une présence, celle de quelqu'un de fort. Son aura souffla la mienne, ce qui, réalisai-je une seconde trop tard, avait été fait exprès pour attirer mon attention.

Jolene se tenait à environ trois mètres de là, portant dans ses bras Edon, inconscient.

Je sursautai, choquée qu'il ait réussi à s'approcher si près de moi sous forme humaine sans que je m'en aperçoive. Mais d'un autre côté, c'était un mâle alpha pour une bonne raison. Qui plus est, il avait vécu une très, très longue vie.

— Il respire, mais à peine, déclara-t-il d'un ton sinistre. Walter allait le tuer.

Si j'avais été sous forme humaine, j'aurais été bouche bée. Assassiner un héritier alpha n'était pas inédit, mais c'était rare. La plupart des alpha ne voulaient pas céder leur place à leur progéniture pourtant notre cercle de vie l'exigeait.

Walter avait dû se dire qu'il pouvait simplement procréer un autre mâle. Toutefois, étant donné l'état mental de sa partenaire actuelle, je suspectais que ce soit impossible. À moins qu'il ne trouve une autre femelle alpha à baiser.

Quelqu'un comme… moi. Mes yeux s'écarquillèrent. Oh. Putain. Non.

L'expression de Jolene suggérait qu'il venait de lire dans mes pensées.

— Viens, m'ordonna-t-il. Il a besoin du genre de

guérison que seule une partenaire peut lui fournir.

Claudette en avait parlé, de cette connexion rare entre lycans où de la force pouvait être donnée et empruntée pour guérir. Je soupçonnais Edon d'avoir puisé dedans l'autre soir pour me retaper après que Walter et ses sbires m'avaient battue.

Maintenant il avait besoin de la même chose de ma part.

Non, il avait besoin de beaucoup plus.

C'est pourquoi il ne voulait pas de nous dans l'arène, réalisai-je en suivant Jolene. *Edon savait qu'il aurait besoin de moi pour ça.*

Cependant, je devais être volontaire, il n'était pas seulement question de préserver sa seule source de vitalité. Le fait qu'Edon comptait sur moi pour l'aider en cas de besoin exigeait une grande confiance. Je pourrais facilement m'en aller maintenant et le laisser mourir. Mais il avait eu confiance en moi et avait estimé que je n'allais pas le faire. D'une certaine manière, savoir cela me fit bouger plus vite.

Je ne voulais pas lui prouver qu'il avait tort.

Je voulais le rendre fier.

L'aider de la seule façon possible.

En étant sa partenaire dans tous les sens du terme.

— Ils ont exigé qu'il révèle votre emplacement, m'informa Jolene alors que nous approchions du chalet. Mais il a refusé. Walter a prétendu qu'il t'avait choisie toi plutôt que d'être loyal envers la meute, et ils l'ont anéanti pour ça.

Il secoua la tête, un sourd grondement sortit de sa poitrine. Il reprit :

— Mon fils a transformé ce clan en une horde de barbares idiots.

J'acquiesçai en grognant, mais mon cœur manqua un battement. Oh, il m'avait cachée de Walter pour se protéger lui-même autant que moi. Je le comprenais. Mais c'était la troisième fois qu'il me protégeait de l'horreur de sa meute.

Silas nous attendait à la porte, averti de notre approche, l'air sombre. Je repris ma forme humaine et il me tendit la chemise que j'avais abandonnée sur le perron. Il se tourna vers le mâle à mes côtés.

— Edon te remercie d'être intervenu.

Jolene parut surpris un bref instant, avant de gagner directement la chambre d'Edon.

— Tu peux toujours l'entendre.

Pas une question, une affirmation.

— Oui, confirma-t-il, me tirant un soupir de soulagement.

— Alors il n'est pas aussi mal en point que je le craignais, dit-il en allongeant Edon sur le lit.

— Il survit sur ses réserves d'énergie, dit Silas en déglutissant. Je… je le sens.

Jolene avait l'air impressionné.

— Ton lien avec ton créateur est étrangement profond.

Silas s'éclaircit la gorge.

— Oui, peut-être, répondit-il en se dirigeant vers la salle de bains. J'ai préparé quelques fournitures qui pourraient servir. Je vais les chercher.

J'échangeai un regard avec Jolene.

— Ça ne te dérange pas ? demanda-t-il. Ce qui se passe entre eux deux ?

— Pourquoi ça me dérangerait ?

Je n'étais pas vraiment d'humeur à jouer à ce jeu ou à discuter de relations en ce moment.

— Pourquoi en effet, convint-il, une lueur d'amusement dans le regard. Bon, je suppose que tu sais quoi faire.

Je hochai la tête.

— Bien.

Il intercepta Silas à son retour, prit les fournitures et me les remit.

— Silas va me trouver un lit de camp où dormir cette nuit. Toi, tu vas t'occuper de mon garçon.

Silas me lança un regard comme pour me demander : *Tu vas bien ?*

Je hochai de nouveau la tête. *Je m'en occupe.*

Je le fis.

Il n'y avait pas d'autre choix : soit je ramenais Edon à la vie, soit je m'enfuyais pour de bon… pour le restant de mes jours. Parce que m'incliner devant Walter, en supposant que ce soit son plan, ça n'arriverait jamais. Plutôt mourir.

Silas et Jolene me laissèrent seule, leurs voix s'affaiblissant jusqu'à ne plus être qu'un faible murmure, tandis que Jolene expliquait ce que je devais faire. Normalement, ça m'aurait choquée d'entendre un alpha être si patient et prêt à expliquer tout ce qu'il fallait faire à un nouveau lycan, mais ce ne fut pas le cas. Bizarrement, ça ne fit que renforcer ma détermination.

Jolene avait appris à Edon à devenir l'homme qu'il était aujourd'hui, et il était clair que les principes du vieux loup étaient profondément enracinés dans le mâle que je revendiquais maintenant comme mon partenaire.

J'écartai les cheveux épais d'Edon de son visage meurtri et me penchai pour poser mes lèvres sur les siennes.

— Je suis là, chuchotai-je. Prends tout ce qu'il te faut.

Fermant les yeux, je me concentrai sur son parfum et l'inhalai. Des effluves profonds, succulents, pleins de forêt et de mâle et soulignés d'un soupçon d'épice qui semblait propre à Edon.

Je l'acceptai.

Reconnus sa revendication.

Je lui permis d'accéder à ma louve.

Il ne se passa rien, l'air était frais, son souffle léger.

Je pris une serviette, déjà chaude et humide, avec laquelle j'essuyai le sang de sa bouche, de ses joues, de son front, puis je l'embrassai de nouveau.

Ses lèvres frémirent sous les miennes mais ne bougèrent pas, son souffle toujours faible.

Je répétai l'action avec la serviette, nettoyai son torse et ses bras, ses cuisses et ses mollets puissants. Il me fallut près d'une heure pour l'essuyer, échanger les serviettes dans la salle de bains et le bouger en tous sens pour le laver entièrement. Il faudrait encore qu'il prenne une douche, mais au moins ses blessures étaient accessibles.

Je pris la pommade préparée par Silas, j'en tamponnai chaque entaille, en couvris les blessures les plus profondes. Entre chaque soin, je faisais courir mes lèvres sur lui, embrassant sa mâchoire, sa tempe, sa bouche, son cou, le laissant sentir mon consentement à chaque contact.

Nous n'avions pas vraiment finalisé notre accouplement. Cela n'arriverait pas avant la prochaine pleine lune. Il m'avait seulement revendiquée. Mais maintenant, c'était moi qui le revendiquais, j'acceptais notre relation et je lui donnais accès à mon âme.

Son loup semblait bâiller sous sa peau, les coups l'avaient laissé seul et diminué, mais je savais qu'il me ressentait, je le sentais renifler la connexion avec intérêt.

Je m'allongeai à côté de lui, ma main sur son abdomen, mon autre main soutenant ma tête, et je me mis à fredonner pour lui. Une mélodie lancinante, que Claudette m'avait apprise jadis, mais qui m'avait toujours fait du bien.

Sa respiration devint plus régulière, sa guérison était en bonne voie, mais il semblait réticent à faire usage de moi.

— Edon, chuchotai-je, faisant glisser ma paume le long de son torse pour la poser sur son cœur. Je sais que j'ai fui, mais je ne suis pas faible. Tu peux prendre ce dont tu as besoin.

Toujours rien.

Quelle tête de mule, ce loup.

Mais je captai son intérêt. Je l'imaginais rôdant autour de moi, me flairant, avec un grognement grave et intrigué. Ma louve ne bougeait pas, sa posture était forte, insoumise. Il lui fallait une égale en ce moment. Une femelle digne de ses besoins.

Cette fois-ci, son grognement n'était pas seulement dans mon imagination, mais bien réel, un vrai grognement brisé provenant de sa gorge tourmentée.

Je me penchai sur lui, frottai mon nez le long de son cou et pressai ma bouche contre son oreille.

— Es-tu intimidé ? chuchotai-je. C'est pour ça que tu ne veux pas prendre ce qu'il te faut ?

Je mordillai son lobe, puis le mordis assez fort pour faire couler le sang.

— Je n'ai pas peur de toi, Alpha, ajouté-je.

Un grondement sortit de sa poitrine, son loup menaçant de se libérer.

— Prends ce que tu veux, dis-je en ronronnant doucement. Je suis là.

Il retomba dans le silence et refit les cent pas, du moins dans mon esprit.

Je soupirai dans son cou.

— La nuit va être très longue si tu continues comme ça.

Pas de réponse.

— Heureusement que je suis têtue moi aussi, repris-je en embrassant son pouls régulier. C'est ta volonté contre la mienne.

EDON

Glenn.

Barry.

Oscar.

George.

Mon père.

Un grondement chauffa ma poitrine, c'était un vœu de châtiment pour ceux qui nageaient dans mon esprit. J'avais une très longue liste de lycans que je voulais tuer.

Ils avaient poussé l'épreuve de force trop loin.

Et mon père qui voulait savoir où était ma partenaire ? C'était la cerise sur le gâteau. Je savais pourquoi il la voulait et ça n'avait rien à voir avec la loyauté envers la meute.

Ma mère était stérile après toutes les épreuves qu'elle avait endurées sous son règne. Elle n'ouvrait même plus les yeux. Engendrer un nouvel héritier aurait été impossible. Mais avec Luna ? Oh oui, il pourrait en procréer un.

Putain de monstre.

J'avais passé bien des années à essayer de gagner ses faveurs, en vain. Eh bien, c'était terminé. Je n'avais plus besoin de son approbation ou de ses conseils. Je deviendrais l'alpha que j'avais l'intention d'être à la prochaine pleine lune, et suivant le mauvais exemple de mon père, il serait le premier lycan que je bannirais. Ses acolytes seraient les suivants.

Tout mon corps me faisait mal, surtout ma cage thoracique où mes os se ressoudaient lentement. Ils avaient brisé de l'intérieur sous des milliers de coups de pied ; c'était franchement un miracle que j'aie survécu.

Non.

Pas un miracle.

Mon grand-père était intervenu, menaçant d'aller se plaindre à l'Alliance de Sang du comportement de mon père. Tuer un héritier injustement était mal vu et mon père ne pouvait pas se servir d'une épreuve de force comme excuse, sauf si j'essayais de me défendre, ce que je n'avais pas fait. J'avais subi leur raclée comme le rituel alpha l'exigeait, mais il avait décidé d'aller trop loin.

Enfin, lui et mes putains de partenaires de meute qui avaient participé à tout cela avec bien trop d'empressement.

D'où ma liste.

Un autre grondement fit vibrer ma poitrine, ma colère se répandait dans mes veines. Je voulais briser leur…

Mes sens me piquèrent lorsque quelqu'un répondit à l'expression de ma colère.

Pas vocalement, mais par un autre grognement. Un grognement plus sexy.

Luna.

Son corps souple était étendu à côté de moi, sa paume pesant agréablement sur mon cœur. Il me fallut faire un effort considérable pour ouvrir les yeux, ça valut la peine car je découvris une vision magnifique qui me scrutait : des vagues de cheveux bruns ébouriffés sur une épaule, la tête reposant sur la main opposée, et des iris couleur de miel qui me fixaient avec une intensité qui me fit perdre haleine.

— Il était temps, putain, dit-elle, ce qui me fit hausser les sourcils.

Mes lèvres s'entrouvrirent sans que je ne puisse répondre quoi que ce soit. Mais ça n'avait pas d'importance, car sa bouche se posa sur la mienne avant que je puisse refaire une tentative.

Un choc me parcourut, vite suivi par la chaleur et un désir intense.

Merde. Luna m'embrassait. Avec ardeur. Avec domination. En un clin d'œil, je compris pourquoi elle agissait si impulsivement. Elle voulait que j'active notre lien d'accouplement et que j'absorbe sa force.

Ça ne risquait pas d'arriver.

Je refusai de l'utiliser de cette manière. Je n'avais pas besoin d'un coup de pouce de la sorte. Mes réserves d'énergie me guérissaient très bien.

Mais sa compagnie ?

Oui, je pourrais l'accepter maintenant.

Sauf que je ne pouvais pas bouger sans tressaillir. Ma bouche ne fonctionnait pas non plus correctement.

Elle prit ma mâchoire dans sa paume, ce qui me fit grimacer.

— Elle est cassée, chuchota-t-elle, effleurant mon nez avec le sien. Laisse-moi t'aider, Edon, s'il te plaît.

Elle m'embrassa à nouveau, puis me mordilla la lèvre inférieure avec insistance devant ma réticence.

— Pourquoi tu luttes contre moi ?

Oh, je pourrais répondre à cette question de bien des façons si ma bouche fonctionnait. Je lui dirais : *Tu as lutté contre moi en premier, chérie. Peut-être que je considère ça comme des préliminaires. Une satisfaction différée, petite partenaire.*

Cependant, en vérité, je ne voulais pas la blesser. Je ne connaissais pas non plus ses intentions réelles. Même si j'appréciais qu'elle soit là pour moi, je savais aussi que c'était une obligation pour elle, que la société lui avait imposée. Je refusais de la forcer. Surtout que je n'avais pas besoin de sa force pour guérir. Est-ce que ça me permettrait de recouvrer ma pleine santé plus rapidement ? Oui. Mais elle méritait mieux que de me voir aspirer sa vie comme un vampire.

Luna se recula, son regard s'assombrit.

— Pourquoi tu me rejettes ?

J'ouvris des yeux ronds. Quoi ? Je ne voulais pas la rejeter.

— Est-ce... Je veux dire, est-ce que tu... ?

Elle se mordit la lèvre, détourna le regard, puis revint vers moi avec une tristesse qui me fit bien plus mal que mes côtes fracturées.

— Tu veux que j'aille chercher Silas ? demanda-t-elle doucement.

Elle laissait paraître une émotion indéfinissable, pas vraiment de la tristesse, mais plutôt des spasmes de douleur.

Elle reprit :

— Je ne sais pas si le lien géniteur peut aider, mais si tu le préfères, je comprendrai. J'irai le chercher pour toi.

Où es-tu ? demandai-je à Silas à travers le lien.

Je fais un contrôle de périmètre avec Jolene avant qu'il aille se coucher, répondit-il. *Pourquoi ? Quelque chose ne va pas ?*

Oui. Luna a l'air de penser que je préfère que tu joues à l'infirmière plutôt qu'elle. Même si ça ne me dérangerait pas que Silas soit couché près de moi maintenant, je ne le préférais pas vraiment à Luna. *Quelque chose me dit que sa façon de me toucher sera un peu plus tendre et c'est ce qu'il me faut en ce moment.*

Il grogna dans ma tête. *Tu ne m'as pas semblé être le genre de gars qui aime la tendresse, Edon.*

Je ne serais pas contre de la part d'une certaine louve, pensais-je en la regardant. *Sauf qu'elle m'a l'air plutôt contrariée.*

Parce qu'elle croit que tu me préfères à tes côtés ? Il avait l'air aussi confus que moi. *Qu'est-ce que tu lui as dit ?*

Rien. Ma mâchoire est cassée.

Encore ? Je pouvais presque le voir se gratter la tête. *Jolene a dit que tu guérirais plus vite grâce à ton lien d'accouplement avec Luna.*

Oui, seulement si je prends son énergie, mais je ne le ferai pas.

Et pourquoi ça ?

Parce que je ne veux pas la forcer.

Tu ne veux pas… ? Il se mit à rire, ce qui me fit froncer les sourcils.

Ce n'était pas censé être drôle, Oméga.

Oh, mais c'est gonflé, Alpha, reprit-il. *Tu m'as ordonné de la baiser, mais tu n'acceptes pas le lien qu'elle t'offre maintenant ? Vraiment ?*

Sérieux, on en est encore là ? Tu ne vas pas me dire que tu n'as pas apprécié…

— Edon ? chuchota Luna.

L'agacement antérieur dans le ton de sa voix avait totalement disparu, remplacé par ce qui ressemblait à de la déception. Elle me demanda :

— Je sais que tu ne peux sûrement pas parler, mais peux-tu au moins hocher la tête ?

Je levai mon menton de quelques centimètres afin de tester les mouvements de mon cou. Ça faisait un mal de chien, mais j'y arrivais.

Si tu laissais la femme t'approcher pour absorber un peu de sa force, peut-être que ça ne ferait pas mal, railla Silas dans ma tête.

Va te faire foutre.

J'aurais juré que le connard me souffla des baisers en réponse, son amusement était palpable. Mais l'expression sur le visage de Luna anéantit mon envie de sourire.

— Tu veux que j'aille chercher Silas pour toi ? demanda-t-elle d'une voix douce.

Je ne hochai pas la tête.

Son front se plissa.

— Je ne… Je ne sais pas ce que tu veux, Edon. J'essaie de t'aider, mais tu ne veux pas de moi, c'est clair. Donc je vais aller chercher Silas, d'accord ? Peut-être que tu le laisseras t'aider ou je ne sais quoi.

Elle secoua la tête, mais je le vis dans ses yeux avant qu'elle ne les ferme.

Le rejet, réalisai-je. *Elle croit que je rejette notre accouplement.*

Parce que tu le rejettes, répondit Silas.

Non, pas du tout. C'est juste que je ne pompe pas sa source de vie, lui répondis-je, irrité.

Mais est-ce qu'elle le sait ?

Apparemment non, constatai-je, remarquant le tremblement de sa lèvre inférieure avant qu'elle ne l'aspire. *Ah, petite partenaire…*

Elle avait été si forte, couchée à côté de moi, à vouloir que je me serve d'elle. L'absence de sang sur ma peau me laissa comprendre qu'elle m'avait aussi nettoyé.

Elle accepte sa place à tes côtés, murmura Silas. *Je l'ai vu en elle tout à l'heure.*

Je le ressentais à présent

Luna commença à rouler hors du lit, me poussant à l'attraper, ce qui se solda par une grimace et un gémissement qui la firent me regarder avec inquiétude.

— Désolée, je ne voulais pas te faire plus de mal. J'essayais juste de… de bouger, dit-elle dans un mouvement de recul. Tu as besoin d'un antidouleur ou quelque chose comme ça.

Non, ce dont j'avais besoin, c'était d'un corps tout neuf. Qui pourrait me servir à tuer mon père et ses crétins de potes.

— Écoute, comme tu me rejettes, je ne peux manifestement pas t'aider, reprit-elle, semblant retrouver un peu de sa résolution. Donc je vais me lever très vite et trouver Silas. Puisque lui et toi êtes… plus proches.

Merde. Ce n'était pas ça du tout.

Je grognai car c'était la seule réponse que je pouvais formuler, et ça la fit se figer sur place.

Puis elle plissa ses yeux sur moi.

— Tu viens de me grogner dessus ?

Cette fois, je hochai la tête.

— Pourquoi ?

Parce que tu viens de m'accuser de rejeter notre lien d'accouplement, pensai-je en la regardant.

Bien sûr, ce fut Silas qui répondit. *Alors peut-être que tu devrais faire ce qu'il faut pour l'accepter.*

Tu dis ça comme si c'était facile, Oméga.

Parce que ça l'est, Alpha.

Je voulais argumenter sur ce point, mais je ne le pus, car j'avais clairement accepté le lien géniteur avec lui sans hésiter. Mais c'était un peu plus complexe avec Luna. J'avais déjà initié notre accouplement contre sa volonté. Si je prenais sa force maintenant, cela finaliserait nos destins.

Bien sûr, elle n'avait pas le choix, de toute façon. Moi non plus, en réalité.

Luna laissa échapper un soupir de frustration.

— Tu es un loup têtu, tu sais ça ?

Mes lèvres tentèrent de se retrousser, ce qui me fit mal et anéantit l'effet escompté, en quelque sorte.

Elle plissa les yeux.

— Ça t'amuse ?

J'inclinai le menton pour répondre par l'affirmative, ce qui ne fit qu'accroître sa colère.

— Me rejeter t'amuse ? ricana-t-elle.

L'ambiance entre nous se refroidit aussitôt.

— Ouh là… Bon, d'accord. J'admets que je n'étais pas trop favorable à notre accouplement au début, mais je pensais que la nuit dernière avait changé les choses. C'était vraiment naïf de ma part, et je le vois maintenant.

Wouah, attends. Ce n'est pas…

— Mon Dieu, tu sais que je m'inquiétais vraiment pour toi ? me demanda-t-elle en lâchant un rire empreint de tristesse. Peu importe. Je vais te laisser à ton *amusement*. Parce que je ne vais certainement pas rester là pour que tu en profites à mes dépens.

Elle roula hors du lit, me laissant grogner dans son dos.

Comment *osait*-elle s'enfuir alors que je n'avais pas de voix pour me défendre ?

Reviens ici, lui intimai-je.

Mais elle ne pouvait pas m'entendre et n'obéissait pas non plus à l'ordre qui irradiait de ma poitrine. Elle continua à avancer, le dos raide malgré son abattement qui rendait l'air plus aigre.

Une vraie femelle alpha jusqu'au bout des ongles, ne voulant pas laisser les autres voir sa douleur. Mais son odeur démentait sa bravoure.

Quand elle atteignit la porte, quelque chose craqua en moi.

Hors de question que je la laisse s'éloigner comme ça.

Elle tituba sous le choc de notre connexion soudaine, son souffle s'échappa en un hoquet tandis que je plantai mes griffes mentales en elle et la forçai à rester. Mon loup ne voulait pas jouer, il voulait dominer.

Cette femelle m'appartenait.

Elle croyait que je voulais la rejeter ?

Mon cul.

Tous les murs érigés entre nous s'effondrèrent quand je

tirai avec force sur le lien d'accouplement, la connexion qui avait commencé à se former quand je l'avais mordue. Aucun de nous deux n'avait exploré ce lien, surtout parce que c'était plus une formalité qu'un désir. Mais maintenant ? Maintenant, je voulais tout savoir à ce sujet.

Parce que si elle avait cru une seconde que je ne voulais pas d'elle, elle allait devoir réviser son jugement .

Tu es ma partenaire. Ces mots venaient de mon loup mental, qui grondait dans son cœur et son esprit en même temps qu'il l'encerclait comme une proie. *Ne t'éloigne pas de moi.*

Elle se retourna et déglutit, les yeux écarquillés.

—Je... Je...

Reviens ici, lui lançai-je. *Tout de suite.*

Mais elle ne le fit pas. À la place, l'impudente petite femelle me darda un regard noir.

— Non. Tu t'es moqué de moi, Edon. Ce n'est pas parce que tu as activé le lien maintenant que je dois l'accepter.

Elle fit l'impensable : son esprit releva rapidement les barrières que je venais de faire tomber.

C'était déjà assez moche que notre lien ne soit pas complet et que je n'aie droit qu'à un aller simple dans son esprit. Avec la connexion ouverte, je pouvais instiller des choses en elle, comme des mots et des sentiments, et prendre tout ce qu'elle offrait de bon gré, mais c'était tout.

Maintenant, elle voulait m'expulser complètement ?

Ça n'arriverait pas, putain.

Je ne me suis pas moqué de toi, Luna, dis-je rapidement, afin qu'elle m'entende avant d'avoir rebâti son mur. *Ça m'a amusé que tu me traites de têtu. Je n'ai pas rejeté notre lien d'accouplement. C'est juste que je ne voulais pas me servir de toi.*

Elle s'immobilisa en faisant la moue.

— Explique-toi.

Plutôt que d'expliquer, je récapitulai toute la conversation de mon point de vue. Je la mis même au courant de ma discussion avec Silas en la lui résumant un peu. Une fois que j'eus fini, son froncement de sourcils avait disparu.

— C'est la chose la plus stupide que j'ai jamais entendue, accusa-t-elle. Le but d'un lien d'accouplement est de s'entraider, Edon. Tu n'es pas le seul à avoir des réserves de force et, franchement, je me sens insultée que tu ne penses pas que je puisse supporter un peu de vampirisme. Je ne suis pas une louve oméga ou bêta, mais une alpha de naissance. C'est dans mon sang, espèce d'idiot.

Je haussai les sourcils. *Attention, petite partenaire. Tu es peut-être née alpha, mais je suis toujours* ton *alpha.*

— Ah oui ? railla-t-elle. Parce que tout ce que je vois, c'est un loup brisé qui a refusé de faire ce qu'il devait dans une tentative malavisée de protéger sa femelle. Une femelle, remarque bien, qui sait fort bien se défendre. Ça te ferait quoi si je rejetais ta force ? Si je t'estimais trop faible pour m'aider ?

Ses beaux yeux s'étrécirent une fois de plus.

Ce n'est pas…

— Si, c'est *exactement* ça, n'essaie pas de me la faire à l'envers. Tu penses que je ne suis pas assez forte pour te venir en aide.

Elle croisa les bras. Ma chemise lui arrivait aux cuisses, lui donnant un look très sexy. Non pas que ce soit le moment d'y songer. Elle continua :

— Pourquoi t'es-tu accouplé avec moi , Edon ? Pour faire des petits ? Pour baiser ta progéniture ? À quoi je te sers si tu ne trouves pas ma force digne d'un alpha ?

Mon sang s'échauffa à ses accusations, mon cœur s'emballa dans ma poitrine. *Viens ici.*

— Non.

Qui est têtu maintenant ? lançai-je, sacrément irrité. *Tu veux me prouver que tu es assez forte ? Alors ramène ton joli cul sur ce lit et allonge-toi.*

— Je n'ai pas à m'allonger…

Elle s'agrippa au mur pour se soutenir alors que ses genoux se dérobaient sous la demande affamée de mon loup. Comme je puisais dans ses réserves, ma cage thoracique s'affaissa de soulagement et tout mon corps en redemanda, mais je voulais seulement que ce soit une démonstration, pas une solution réelle.

Or maintenant je ne voulais plus m'arrêter.

Maintenant, Luna, exigé-je, réfrénant mon envie de lui en prendre plus. *À moins que tu n'aies soudain trop peur ?*

Un bruit peu flatteur sortit de sa gorge, un bruit qui m'indiqua clairement ce qu'elle ressentait à ce sujet.

— Je te déteste, dit-elle en se dirigeant vers le lit.

Menteuse, murmurai-je.

Elle ricana mais se rallongea près de moi.

— Ça ne veut pas dire que je te pardonne.

Je me permis de goûter à nouveau à sa vitalité, mon loup s'étirant avec satisfaction sous sa belle chaleur. Elle soupira, son plaisir échauffant notre lien et m'encourageant à en prendre plus. C'est ce que je fis, laissai son énergie se diffuser dans mes veines, mes membres, mes os et mon âme.

Putain, mais c'était excitant et incroyablement intime. Comme mon antalgique personnel, sous une forme féminine souple et galbée.

Je devrais être blessé plus souvent si c'était là ma récompense.

— N'y pense même pas, dit-elle, soit parce que j'avais

prononcé ces mots à travers le lien, soit parce qu'elle les avait captés, je ne savais pas trop.

Merci, petite partenaire, murmurai-je, sincère.

Elle garda le silence un moment, les yeux au plafond, mais finalement, elle roula sur le flanc pour me faire face.

— De rien.

LUNA

Mon corps me picotait suite à l'intrusion d'Edon. Pas dans un mauvais sens, mais dans un bon, me laissant quelque peu essoufflée à côté de lui et en manque d'affection.

Il restait totalement immobile, les yeux fermés comme s'il dormait, mais je sentais sa vigilance. Notre lien n'était pas encore complet, mais je le sentais persister, son loup appelant ma louve pour le compléter à la prochaine pleine lune.

Une seule morsure de mes dents dans sa peau suffirait.

Tous les alpha ne l'exigeaient pas, leur revendication initiale suffisait à forcer une femelle à s'accoupler. Mais je savais qu'Edon en voulait davantage, je le captais maintenant qu'il avait ouvert la porte et m'avait laissée entrer.

Chaque partie de lui était ouverte à mon exploration, alors que mes propres émotions et pensées restaient bloquées derrière un mur d'acier auquel il ne pouvait accéder sans l'achèvement de notre lien.

Mais son esprit était maintenant le mien, et quel endroit fascinant.

J'y sentais la présence de Silas, son lien solide et prospère.

Je pris aussi note de ses sentiments confus, comme il nous désirait tous les deux à un niveau douloureusement égal. Edon s'interrogeait là-dessus, se demandait comment faire pour que ça marche, et ma réaction excessive n'avait fait qu'ajouter à sa confusion générale.

Il pensait que j'étais jalouse de Silas. Peut-être que je l'étais, dans une certaine mesure, mais pas vraiment. Quand je pensais qu'il préférait sa progéniture, je me sentais exclue plus qu'autre chose. Dévalorisée, aussi, comme si toutes mes résolutions à son sujet étaient mauvaises et souillées.

Puis il m'avait expliqué ses intentions.

Une telle perte de temps et d'énergie.

En à peu près trente minutes, son corps paraissait guéri, du moins extérieurement, grâce à notre lien. *Alors prends ça, tête de mule de loup. Toi qui pensais que la tâche était trop lourde pour moi ou que je ne voulais pas t'aider. Idiot.*

Il retroussa ses lèvres.

— Je ne suis peut-être pas capable de t'entendre, Luna, mais je ressens tes émotions.

Sa voix était claire, sa gorge et sa mâchoire totalement guéries. Lorsqu'il me regarda, je remarquai l'absence d'enflure sur ses traits, son beau visage tout à fait intact.

— Tu es contente de toi, ajouta-t-il.

— Pour une bonne raison. Comment te sens-tu, Edon ?

Allongée sur le flanc, j'appuyai ma tête dans ma main pour lui faire face, sans le toucher.

— Détendu. J'ai bien chaud.

Il fit pivoter sa tête sur l'oreiller, soutint mon regard.

Nous nous dévisageâmes ainsi un long moment, la paix flottant entre nous. Tout allait si bien. Ma vitalité bourdonnait de mes veines aux siennes dans un silence naturel, nous berçant dans un état de tranquillité perpétuelle.

— Embrasse-moi, chuchota-t-il.

Le ton avec lequel il prononça cette phrase m'indiqua que c'était davantage une exigence qu'une demande.

C'était un alpha, après tout.

Je souris.

— Tu me veux ? Viens me chercher.

Ses pupilles se dilatèrent avec intérêt.

— Tu vas me faire courir, petite partenaire ?

Je faillis rire.

— Un autre jour, peut-être. Pour l'instant, je me contenterai que tu changes de position.

Ça me paraissait un bon point de départ puisqu'il n'avait pas bougé depuis des heures.

— Tu doutes de ma capacité à te baiser, Luna ? demanda-t-il, haussant un sourcil. Parce que je t'assure que ce ne sera pas un problème.

— Qui a parlé de baiser ? Tout ce que tu voulais, c'était *un* baiser.

— Si ça me demande des efforts, alors je vais te rendre la pareille.

Il bougea avant que je puisse répondre, son grand corps immobile une seconde et sur moi la suivante.

J'exhalai de surprise, non seulement devant sa démonstration de force, mais aussi à la vitesse avec laquelle il avait réagi.

— *Foutre,* soufflai-je.

— Oui, c'est l'idée, murmura-t-il, calant ses hanches entre mes cuisses écartées. Maintenant, embrasse-moi, petite partenaire.

Ses lèvres étaient à un cheveu des miennes, son corps dégageait une chaleur et me baignait dans une mer de désir que je ne pouvais pas ignorer.

Alors je ne le fis pas.

Je l'embrassai. Pas gentiment, pas doucement, mais passionnément, et j'adorai le grondement qu'il émit en retour. Il roula de sa poitrine dans la mienne, d'un grognement possessif qui imprégna immédiatement l'intérieur de mes cuisses. J'étais déjà prête.

Ma louve se soumit par instinct, l'alpha bien plus fort prenant le contrôle de ma bouche avec sa langue. Je gémis, une poussée de désir lubrique inondant toutes mes pensées.

J'étais perdue en lui.

À son contact.

À sa présence.

À son existence même.

Le destin subi qui avait été le mien presque toute ma vie avait fait place à une ferveur que je n'aurais jamais crue possible.

Je voulais Edon. Énormément.

Je lui permis de le ressentir en pressant la chaleur douloureuse de mon corps contre sa verge dure. Il gémit et ce gémissement sorti des profondeurs de son abdomen titilla mon désir.

— Edon, chuchotai-je, me cambrant de nouveau sous lui.

— Je croyais que tu voulais juste un baiser, me taquina-t-il, mordillant ma lèvre inférieure et traçant un chemin de baisers jusqu'à mon oreille. Tu n'es pas inquiète que je ne puisse pas assurer ?

— La bite palpitante qui appuie sur ma chatte me dit que tu seras très bien, répondis-je en déglutissant.

— Mmm , je ne sais pas.

Il me lécha le cou, goûta la sueur qui parsemait ma peau, me faisant trembler sous lui.

— Peut-être que tu devrais être au-dessus, petite partenaire.

Je frissonnai, l'image de l'enfourcher à ma façon détruisant ma capacité à penser ou à répondre.

Parce que oui. *Putain,* oui. Je le voulais plus que je ne voulais respirer.

Il le savait.

Il roula sur le dos, m'entraînant avec lui, ses mains sur mes hanches. Je le chevauchai par réflexe, gardant mon sexe contre le sien, mon corps tremblant d'un désir incontrôlé.

— Prends-moi, m'intima-t-il en tirant sur la chemise que je portais encore. Mais enlève ça. Je veux voir tous tes mouvements quand tu me baises, Luna. Chaque gémissement, chaque rebond, chaque halètement sera pour moi.

Oh, bon Dieu de loup, il va me détruire.

J'ôtai lentement sa vieille chemise et la jetai par terre en me léchant les lèvres. Son sourire de prédateur me fit frémir, et la promesse dans son regard, j'avais bien l'intention de l'honorer.

— Effrayée ? railla-t-il.

— Terrifiée, murmurai-je.

Ce n'était pas un mensonge. Ce sentiment qui remuait dans ma poitrine me faisait peur en effet. Mais je ne pus m'empêcher de me soulever et de le prendre en moi, de balancer mes hanches contre les siennes et de grogner son nom, tout bas et longuement au fond de ma gorge.

C'était un cadeau.

Un cadeau que je chérissais plus qu'il ne pouvait le savoir.

Il m'offrait une totale liberté, la possibilité d'exprimer mes instincts d'alpha et de prendre ce que je voulais du mâle fort en dessous de moi.

La plupart des femmes dans ma position n'avaient jamais l'occasion de vivre une telle expérience, les mâles préférant dominer dans tous les sens du terme. Mais Edon restait immobile, son corps tendu par l'effort de permettre à une autre de dicter le rythme et de le chevaucher.

Une larme glissa du bord de mon œil, il l'essuya avec son pouce avant de plaquer sa paume sur ma nuque et de m'attirer à lui pour un baiser complice. Peut-être comprenait-il la gravité de ce qu'il offrait, ce qui ne me faisait que l'aimer davantage.

— Edon, chuchotai-je.

— Chut, m'intima-t-il, léchant la commissure de mes lèvres. Dévore-moi, petite partenaire. Fais-moi tien .

Je ne me fis pas prier ; avec chaque coup de langue, baiser et mordillement, je le revendiquai. *Il était à moi.* La seule chose que je ne fis pas, c'est le mordre, un acte que je voulais garder pour la prochaine pleine lune, quand ça compterait vraiment.

Mon estomac brûlait, mes cuisses tremblaient.

Un orgasme pointait à l'horizon, du genre qui démolirait ma capacité à penser et sans doute mon envie de respirer.

Mais je le poursuivis quand même, montant et descendant sur lui, l'enfonçant plus profondément, gémissant chaque fois que mon clito le frottait de la bonne façon.

Oh, comme j'en voulais davantage.

J'accélérai le rythme, la sueur dégoulinait de nous deux, mais ce n'était pas encore assez. Je m'effondrai sur lui en gémissant, embrassai sa mâchoire. Mon corps se mit à convulser presque douloureusement, l'extase était toute proche et pourtant si loin.

Edon plongea ses doigts dans mes cheveux et me ramena à lui pour m'embrasser, posant son autre main au bas de mon dos. Son bassin se ruait contre le mien, me faisant haleter contre sa bouche. Putain, cet homme bougeait d'une façon diablement sexy alors qu'il n'avait même pas encore toutes ses forces.

Je cédai à ses prouesses, me livrai à son habileté.

Être au-dessus me donnait la confiance associée au contrôle, mais à chaque poussée vers le haut, il redéfinissait le sens du mot *alpha*. Tant d'assurance, tant de puissance, tant de *perfection*.

Une de ses mains demeura sur l'arrière de ma tête tandis que l'autre glissait de ma colonne vertébrale sur mon flanc, puis sur mon ventre et vers le bas.

Le bout calleux de son doigt effleura mon bouton gonflé, pile comme j'en avais besoin, et me il me fit cascader dans un tourbillon d'extase. Son nom s'échappa de ma bouche pour être avalé par la sienne tandis qu'il me caressait à travers des vagues intenses de plaisir. Chacune roulait sur moi, m'amenait sur le rivage et me reprenait. Je haletais, gémissais, hoquetais, chaque bruit absorbé par Edon dont la langue baisait ma bouche avec une habileté experte.

Je remarquai à peine que mon dos heurtait le matelas ou que le mâle s'enfonçait dans l'espace entre mes cuisses.

Je n'avais qu'une seule pensée : *C'est le paradis.* Avec Edon qui me couvrait de sa chaleur primaire, je ne voulais plus jamais bouger. Sauf que mes hanches se soulevaient encore pour répondre à ses coups de reins , mes membres vibrant sous l'assaut de la pression accrue dans mon bas-ventre, alors qu'une autre spirale d'extase submergeait mes sens et me couvrait de chair de poule.

Putain…

Ce ne fut même pas tant mon orgasme qui me frappa que celui d'Edon. Il avait laissé le lien ouvert, m'inondant de ses sensations et m'entraînant avec lui dans un trou noir d'euphorie. Merde, c'était chaud. Sensuel. Incroyable.

Il me donnait tout.

Son excitation.

Sa domination.

Son envie irrésistible de me prendre à nouveau dès qu'il aurait cessé de trembler.

Son envie de plaisirs plus sombres.

Je frissonnais, intriguée par les idées qui envahissaient ses pensées, idées qu'il ne me cachait pas : il voulait me prendre dans tous les sens, me marquer comme sienne afin que personne d'autre ne puisse me toucher.

Sauf Silas.

Je le voyais dans ses fantasmes également. Edon aimait qu'on soit tous les trois ensemble. Non, il faisait plus qu'aimer ça. Il en avait *envie*. Même maintenant, je le sentais communiquer avec Silas, mais je ne pouvais pas les entendre. Leur lien était séparé de celui que je partageais avec Edon. Cependant, je sentais que Silas fredonnait des mots dans les pensées de l'alpha, des mots qu'Edon paraissait lui retourner.

— Qu'est-ce qu'il dit ? demandai-je, mes cuisses soutenant toujours la taille d'Edon.

— Qu'il veut dormir sur le canapé, répondit-il, ses lèvres contre mon cou.

Il se souleva sur ses coudes, m'étudia de son regard chaleureux. Il continua :

— Il a l'air de croire que tu serais mal à l'aise s'il se joignait à nous, alors il ignore mon ordre.

Au fond de moi, j'eus envie de sourire en entendant la dernière partie de la phrase, mais la première captiva mon intérêt.

— Pourquoi serais-je mal à l'aise ?

— À toi de me le dire, petite partenaire, me dit-il en promenant ses doigts dans mes cheveux. Tu es d'accord pour que Silas se joigne à nous ?

— Que ferais-tu si je disais non ? me demandai-je à voix haute. Le renierais-tu ?

Il déglutit, ses yeux papillonnant vers la tête de lit avant de revenir lentement sur mon visage.

— Si c'est le désir de ma partenaire, oui. Je pense que je devrais le faire.

Je haussai les sourcils.

— Tu me choisirais plutôt que lui ?

Pour une raison quelconque, cela ne me remplit pas de joie comme je le pensais. En fait, cela me fit l'effet inverse. Je lui intimai :

— Tu ne peux pas faire ça à Silas.

Il gloussa.

— Je n'ai pas dit que je le voulais, Luna. Je ne vais pas te mentir. Je le veux aussi fort que je te veux, mais ton confort est important pour moi. Tout comme il l'est pour lui. Si tu ne le désires pas dans notre lit, il ne voudra pas nous rejoindre. Ce qui ne me laisse guère d'autre choix que de respecter vos deux souhaits.

Je cillai.

— Tu n'es pas du tout celui auquel je m'attendais.

— Vu que tu t'attendais à un homme comme mon père ou le tien, je vais prendre ça comme un compliment.

Il fit courir son pouce le long de ma mâchoire, ses yeux suivant le mouvement.

— Qu'est-ce que je dois dire à Silas ?

— De ramener son cul par ici, répondis-je sans hésiter. Pourquoi diable voudrait-il dormir sur le canapé ?

Ses lèvres se retroussèrent.

— C'est comme si tu lisais dans mes pensées, ma chère Luna. Parce que je lui ai dit exactement la même chose.

Il m'embrassa profondément, tandis que sa queue glissait lentement hors de mon corps. Il reprit :

— Mmm , te baiser pourrait bien être ma nouvelle activité préférée, mais Silas a besoin d'être soulagé.

— Ça va bien, répondit-il, sa silhouette agile appuyée contre le montant de la porte, vêtue d'un jean.

De l'eau perlait sur son torse nu, ses cheveux étaient humides car il s'était récemment douché. Il avait dû s'y rendre au retour de son inspection du périmètre.

— Prouve-le, murmura Edon.

Glissant de moi sur le côté, il attira mon corps contre le sien, me plaçant en chien de fusil, sa poitrine contre mon dos, de sorte que nous faisions tous les deux face à l'entrée. Edon se souleva sur un coude tandis que son autre main courait sur mon ventre et descendait vers les preuves de notre baise.

— Viens ici, Silas.

L'autre homme plissa les yeux mais entra dans la pièce en fermant la porte d'un coup de talon. Il dut dire quelque chose à Edon, car l'alpha gloussa dans mon dos. La vibration couplée au doigt glissant dans mes replis rendit ma gorge trop sèche pour que je puisse parler.

Non pas que je savais quoi dire.

Un gémissement semblait plus approprié, surtout vu la façon dont le regard de Silas suivait les mouvements d'Edon. Il saisit ma cuisse et la tira vers l'arrière pour qu'elle repose sur ses jambes, m'écartant ainsi largement pour que Silas puisse me voir.

— N'a-t-elle pas une chatte superbe ? demanda doucement l'alpha, ses lèvres près de mon oreille et sa main revenant vers mon centre.

Silas déglutit visiblement.

— Oui.

— Mais tu vas *bien*, non ?

Edon fourra deux doigts en moi, me pénétrant profondément. Il lui ordonna :

— Enlève ton jean, Silas. Montre-nous à quel point tu vas *bien*.

Son regard s'assombrit, le bleu de ses iris devint bleu nuit tandis qu'il déboutonnait et dézippait son pantalon.

Les deux mâles étaient également beaux et bien dotés, chacun à sa manière : la hampe de Silas était plus mince et plus longue, celle d'Edon plus épaisse et presque plus rude. En quelque sorte, chacune correspondait à son homme.

Je me surpris à avoir envie des deux, même si je venais de prendre mon pied avec Edon en moi.

Silas balança son jean d'un coup de pied, les mains sur les hanches.

— Satisfait ?

— Moi ? Très. Mais tu as l'air mal à l'aise, Silas. On peut t'aider, peut-être ? Ou bien tu vas toujours *bien ?*

Edon faisait le tour de mon clitoris avec son pouce, sa main entière semblait explorer l'humidité entre mes cuisses.

Je me tortillai quand Silas s'agenouilla sur le lit, sa chaleur et sa présence étaient un aphrodisiaque pour mes sens. *Oui, s'il te plaît,* chuchota ma louve.

— Allonge-toi à côté de Luna, lui intima Edon.

L'autorité dans sa voix n'offrait aucune discussion. C'était comme s'il ne sortait pas d'un passage à tabac qui avait failli le tuer, comme s'il n'était pas encore en train de guérir. Même si je sentais qu'il tirait sur mes réserves, juste un peu, pour favoriser sa guérison. Il pourrait reprendre ses activités, mais il n'était pas à pleine puissance. C'était juste un alpha avec beaucoup d'ego.

Pour une bonne raison, pensai-je. Je souris à Silas quand il s'allongea près de moi.

— Salut, chuchotai-je.

— Salut, répondit-il en me lançant un regard beaucoup plus doux que celui qu'il avait dardé sur Edon.

Je soupirai quand il se pencha pour m'embrasser, ses lèvres douces et chaudes cajolant les miennes. Jamais précipitées, elles bougeaient à la manière de Silas tout craché, goûteuses et ensorcelantes.

Edon retira ses doigts, m'arrachant un gémissement que Silas étouffa par un grognement.

— *Putain,* Edon, geignit-il, se cambrant de sorte que sa bouche s'écarta de la mienne.

Je compris pourquoi.

Edon avait attrapé la hampe de Silas et la caressait, employant les sucs mêlés de notre excitation comme lubrifiant.

C'était pourquoi il m'avait palpée si complètement, pour enduire sa paume du résultat de nos ébats et peindre la bite de Silas avec.

Mes cuisses se tendirent, la chaleur s'accumula dans mon bas-ventre. Bon sang, c'était chaud. Silas semblait approuver aussi, il ferma les yeux et émit un grognement guttural quand Edon tordit la main sur son gland.

Qui aurait cru que regarder un homme branler un autre homme pouvait être aussi excitant ?

Ou peut-être que c'était juste regarder ces deux-là interagir, tout en étant prise en sandwich entre eux, qui transforma mon sang en lave bouillante.

Peu importait .

J'étais perdue dans l'instant, les yeux rivés sur la main d'Edon et le rythme qu'il imposait. Pas dur ni rapide, mais ferme et précis. Les muscles de Silas se tendirent, son abdomen était un labyrinthe de stries que je voulais explorer avec ma langue.

— Il va venir, petite partenaire, murmura Edon à mon oreille. Veux-tu glisser vers le bas pour qu'il puisse jouir dans ta bouche ? Ou bien je le laisse gicler sur ta douce chatte et lui demande de te lécher pour te nettoyer ?

Silas répondit par un bruit inintelligible, les yeux papillonnant tandis que son corps commençait à convulser.

— Mmm , on dirait qu'il a décidé pour toi.

Edon mordilla mon cou, sa chaleur étant comme une couverture dans mon dos tandis que Silas éjaculait sur mes replis, les inondait de sa semence.

— N'est-il pas magnifique ?

— Oui, acquiesçai-je.

Il l'était vraiment, avec ses cheveux dorés tombant en vagues sur ses oreilles, le cou tendu, la mâchoire crispée et sa forme athlétique gonflée par sa force.

Mais ce fut le grondement qu'il émit que j'adorai par-dessus tout. Si primal et masculin, totalement fascinant. Mmm , je voulais l'entendre faire ça dans mon oreille.

Ses paupières se soulevèrent pour révéler de magnifiques iris bleus, légèrement égarés par le plaisir.

— Putain, Luna, continue à me regarder comme ça et je vais jouir encore.

Edon gloussa, ses lèvres caressant ma gorge.

— Je pense que tu devrais la nettoyer d'abord. Avec ta langue.

Silas frissonna, puis se pencha pour effleurer ma bouche de la sienne, sa main tombant sur ma hanche.

— On a fait du désordre, petite lune ?

Il frotta son nez contre le mien, son souffle chaud sur mes lèvres entrouvertes. Il continua :

— Tu veux que je lèche tout ça ? Ou devrais-je le masser dans ta chair et te marquer comme nôtre ?

Des mots audacieux.

Mais qui furent accueillis avec approbation par le mâle derrière moi. Je le *sentis* à travers notre lien d'accouplement. Il aimait que Silas me revendique. Tout comme il aimait nous partager tous les deux.

— Dis-lui ce que tu veux, m'encouragea Edon d'une voix grave. Dis-*nous* comment te servir, petite partenaire.

Il m'embrassa dans le cou pendant que Silas prenait ma bouche, me rendant incapable de leur répondre. Non pas que je savais ce que je désirais. Je ne pouvais pas choisir. Je voulais les deux.

Quand j'eus finalement l'occasion de le dire à voix haute, les deux mâles gloussèrent. Edon glissa sa main entre mes cuisses, ses doigts fourragèrent dans mes replis et mélangèrent nos nectars respectifs, puis il leva sa main pour que Silas et moi puissions la lécher.

Aucun mot ne fut échangé.

Juste des sentiments.

Nos corps bougeaient à l'unisson, d'une union purement instinctive.

Je perdis la notion de qui touchait qui, de quelle bouche appartenait à qui, et me livrai simplement aux sensations. Pendant tout ce temps, je sentais qu'Edon tirait doucement sur ma force, son corps étant encore en train de guérir malgré ses prouesses apparentes.

Enfin, après beaucoup de caresses et de plaisir, nous sombrâmes tous les trois dans le sommeil.

Sommeil au cours duquel je rêvai d'un avenir où un trio de loups vivrait heureux pour toujours.

Juste pour être mangés tout crus par les règles de la société…

SILAS

Les invités arrivent, dis-je à Edon en observant tout le périmètre.

Des voitures descendaient l'une après l'autre l'allée de graviers vers le cœur du territoire du clan Clemente. Elles amenaient un mélange de loups et de vampires d'élite, venus assister à la cérémonie de la pleine lune de ce soir.

L'électricité dansait sur ma fourrure, j'étais vigilant jusqu'au bout des griffes.

Ce soir, c'était la dernière chance pour Walter d'arrêter l'ascension d'Edon.

Ces deux dernières semaines et demie avaient été bien trop calmes à mon goût.

Son père devait préparer quelque chose, car il n'aurait certainement pas abandonné après l'épreuve de force. Pas après tout ce qu'il avait fait. Quoi qu'il en soit, il nous avait mis tous les trois en état d'alerte permanente, attendant une attaque qui n'était jamais venue.

Ce qui nous avait tous épuisés.

Je soupçonnais que c'était précisément le but.

Rien d'inhabituel ? demanda Edon.

À part le fait que je suis le seul à garder le périmètre en ce moment ? Pas vraiment, non.

Edon resta silencieux un long moment avant de dire : *Ils préparent quelque chose.*

Je sais. Le mois dernier, nous étions vingt à surveiller le périmètre. Et ce soir ? Aucun. Je n'étais même pas techniquement assigné à ce poste. Mais ma loyauté envers Edon et Luna me plaçait là où je devais être.

On a une heure avant le début du rituel . Je veux que tu sois à proximité quand ça commencera.

J'y serai. Ma confirmation n'était pas vraiment nécessaire, et sa demande non plus, mais elles ajoutaient à la solennité de cette journée.

Nous étions tombés dans un rythme dangereux ces dernières semaines, où je m'étais mis à occuper une place beaucoup plus importante dans la vie d'Edon. Ce soir, cependant, il me ramenait à ma place de progéniture.

Non, en fait, ce n'était pas tout à fait ça. J'avais joué le rôle de la progéniture lors de la cérémonie de la pleine lune du mois dernier. Personne ne m'avait parlé ou reconnu, à part ma vieille amie Rae, à qui j'avais parlé en secret pendant la réception d'ouverture. Edon m'avait traité comme si je n'existais pas.

Rien dans cette soirée n'était comparable à ma dernière expérience.

En effet, j'avais Edon dans la tête, dans le sang, et même dans mon âme.

Il m'avait aussi chargé de la protection de Luna, pas seulement de lui.

Donc non, ce n'était pas du tout comme le premier rituel.

J'avais beaucoup plus à perdre cette fois.

Ceci dit, j'allais tout perdre ce soir de toute façon, car Edon et Luna étaient sur le point de finaliser leur lien d'accouplement. Une fois que Luna l'aurait mordu sous la lune, il deviendrait irrévocablement sien, scellant ainsi le lien qu'il avait créé un mois plus tôt.

Je serais donc rejeté hors de leur lien comme un simple observateur.

Encore une fois.

Ma queue bougea, mes oreilles s'aplatirent. Quelque part au fond de moi, je voulais faire la fête avec eux, tandis que d'un autre côté, je me sentais incroyablement seul. Je savais que tout cela était censé être temporaire, mais les dernières semaines avaient été parmi les meilleures de ma vie. Ce qui n'était pas rien, sous le voile du stress.

J'aimais être avec Edon et Luna. Beaucoup, et pas seulement dans un sens sexuel. Ils étaient juste bien, comme s'ils pouvaient être ma famille.

Ce qui était fou.

Je n'avais pas de maison familiale.

Seulement des logis temporaires.

Il se trouve que je préférais celui dans lequel j'avais dormi la nuit dernière. Avec la tête de Luna sur mon épaule et le bras d'Edon autour de sa taille, c'était le paradis. Or je m'étais réveillé ce matin dans une réalité que m'éclairait la lumière d'une lune montante.

Edon m'avait fourni une distraction temporaire en demandant à Luna de se coucher sur moi pendant qu'il la baisait par-derrière. Il n'avait pas encore pris son cul, et moi non plus, mais je savais qu'il le ferait bientôt. Après avoir appris son manque d'expérience, il avait décidé de la mettre à l'aise là-dessus, avec mon aide. Même si j'aimais être impliqué, quelque chose me disait que je ne serais pas là pour l'apothéose finale.

Juste un instinct.

Un murmure du destin.

Comme une sphère lumineuse au-dessus de ma tête.

Je levai les yeux vers lui, fronçant le nez en flairant la

puanteur croissante des morts-vivants descendant sur notre propriété. Au lieu de broyer du noir, je devrais inspecter les autres frontières, en quête de quoi que ce soit de fâcheux.

Luna et Edon comptaient sur moi, je ne voulais pas les laisser tomber.

Le problème était que je n'avais aucune idée de ce qu'il fallait chercher. Avec toutes ces odeurs étrangères et l'énergie croissant dans…

Mes instincts s'éveillèrent, le bruit net d'une branche cassée sur ma gauche attira mon attention. L'un des véhicules s'était arrêté et garé sur le bas-côté tandis que tous les autres avaient continué leur route. Il ne restait que moi et l'entité inconnue à l'intérieur, seuls sur le périmètre.

Ce qui ne pouvait pas être une coïncidence.

Mes soupçons furent confirmés à la seconde où la portière s'ouvrit sur un homme en costume noir qui s'avança sur l'allée de gravier.

Ses yeux sombres, brillant sous la lune pâle, se focalisèrent sur ma position parmi les arbres.

— Silas, appela le vampire royal, dont la voix me parvenait sans mal.

Je frissonnai.

Qu'il m'ait reconnu sous sa forme de loup après une seule rencontre témoignait de son intense pouvoir. Non pas que je n'en aie jamais douté.

Kylan était connu, après tout.

Violent, impitoyable, cruel.

Qui plus est, accouplé à l'une de mes rares amies.

Il s'écarta, tenant la portière de sa voiture noire ouverte, et arqua un sourcil. Apparemment, c'était chez lui une invitation. Rae sortit la tête en fronçant les sourcils.

— Où est-il ? s'enquit-elle.

Mes lèvres se retroussèrent. Cette voix m'avait manqué. Bon sang, *elle* m'avait manqué.

Et Willow.

Nous étions si proches, mais c'était il y avait une éternité. Un souvenir constitué de faux rêves et d'espérances, tous massacrés par la réalité que nous vivons maintenant.

Kylan fit un signe de tête dans ma direction.

— Il joue sous sa forme de loup pour le moment. On lui aboie dessus ? Peut-être que ça l'encouragera à se dépêcher.

Je grognai. *Enfoiré.*

Pardon ? répondit Edon.

C'était destiné à Kylan, pas à toi.

Kylan ? répéta-t-il. *Le vampire le plus mortel au monde ?*

Lui-même, répondis-je en me transformant. *Il me convoque.*

Quoi ? Son inquiétude rayonnait à travers notre lien tandis que je cherchais le pantalon que j'avais apporté ici exprès, au cas où j'aurais besoin de reprendre forme humaine. Quoique ce n'était pas un scénario que j'avais anticipé à l'origine. Non pas que ça me dérange.

C'est bon. Je lui racontai comment Kylan s'était arrangé pour que Rae et moi puissions nous parler lors de la dernière pleine lune et je sentis le choc d'Edon à travers notre lien.

Pour une fois, l'alpha était sans voix. Une bonne chose, aussi. Je ne pouvais gérer qu'une seule personnalité dominante et j'avais besoin de toute ma concentration pour approcher le royal qui se tenait près de la voiture.

Il portait un costume, ce que je supposais être la norme chez tous les vampires. Bien que son attitude détendue contre la voiture ne soit pas menaçante, je restai sur mes gardes.

Quand Rae me vit m'approcher, son beau visage s'illumina de soulagement. Elle bondit pratiquement hors de la voiture, droit dans mes bras. Si cela dérangeait le vampire royal, il ne le montra pas. Il se contenta d'observer d'un air stoïque, son ennui palpable.

— Tu vas bien, chuchota Rae.

Ses mains palpaient mes bras nus comme une mère auscultant son enfant. Elle vérifia chaque centimètre de mon torse comme si elle avait besoin de se convaincre que je n'étais pas blessé.

Je gloussai.

— Tu es devenue plutôt tactile, Rae. Ce professeur de notre cours de socialisation en serait ravi.

Elle parut surprise, puis se mit à rire.

— Hé, j'étais bonne à ce cours.

— Grâce à mon aide, lui rappelai-je.

— Oui, Oui, se moqua-t-elle, puis elle sourit. Tu m'as manqué.

— Toi aussi. C'est bon de te revoir.

Je la serrai à nouveau dans mes bras, cette fois sans palpations, et je soupirai dans ses cheveux.

J'ignorais à quel point j'avais besoin de cette étreinte, à quel point je me languissais de mon amie, jusqu'à ce qu'elle apparaisse.

Les émotions me submergèrent.

L'abandon.

La confusion.

La loyauté.

L'adoration.

La solitude.

— Qu'est-ce qui ne va pas ? chuchota Rae.

Elle s'écarta pour scruter mes traits, puis me saisit la joue, son regard cillant devant mes yeux.

— Qu'est-ce qu'ils t'ont fait ? reprit-elle.

— Puis-je suggérer que nous retournions à la voiture ? intervint Kylan, portant son attention sur la route déserte devant lui. Je préférerais que nous n'attirions pas l'attention.

Sur ces mots, un faible faisceau de lumière apparut, signalant un autre véhicule en approche.

Rae se glissa à l'intérieur en premier.

Kylan me fit signe de la suivre.

Ma nuque bourdonnait, en alerte, tandis que j'obéissais à son ordre tacite, puis mon sang se glaça lorsqu'il nous rejoignit dans la limousine. Il y avait deux banquettes ; Rae et Kylan en prirent une, tandis que je m'assis sur celle en face.

Un coup sur le toit remit la voiture en marche et nous nous dirigeâmes vers le cœur du territoire.

— Si j'arrive avec vous, cela va soulever des questions, fis-je remarquer.

Je dus transmettre cela à Edon, car il répondit aussitôt par : *Oh, j'en ai plusieurs à te poser.*

Plus tard, répondis-je. *Quand je ne serai pas assis en face d'un vampire royal.*

Son appréhension fusa à travers le lien. L'inquiétude d'Edon pour ma sécurité laissait percevoir une chaleur que j'appréciais plutôt.

Je te jure que tout va bien, lui dis-je. *Concentre-toi sur Luna et la cérémonie.*

— Tu parles à ton nouvel alpha ? demanda Kylan, montrant son intérêt tandis qu'il glissait un bras autour des épaules de Rae. Ses doigts tripotèrent la bretelle de sa robe rouge, couleur assortie à ses superbes cheveux auburn.

Je croisai son regard entendu et décidai que lui mentir ne serait pas une bonne idée.

— Oui, en effet.

Il hocha la tête, approbateur.

— C'est un développement intrigant. Ce n'est pas

commun pour un alpha de se soucier de sa progéniture. Du moins, plus maintenant.

— Que veux-tu dire ? intervint Rae.

— Dans l'ancienne société, les alpha prenaient un soin extrême des lycans qui étaient le fruit de leurs entrailles. Mais dans le monde d'aujourd'hui, ceux qui ont le pouvoir ne sont plus censés s'occuper des jeunes. Les lycans, surtout, préfèrent créer une progéniture en baisant plutôt que de donner l'immortalité à un mortel adulte.

Il parlait avec un tel stoïcisme, comme si ses mots ne signifiaient rien. Peut-être que c'était le cas, du moins *pour lui*. Mais ils signifiaient tout pour moi.

— Edon n'est pas commun, dis-je, réalisant l'erreur de ma déclaration à la seconde où elle quitta mes lèvres. Je veux dire, c'est un alpha convenable. De plus, il s'occupait de la sécurité avec moi.

Pas vraiment un mensonge. C'était juste ma sécurité personnelle qui l'inquiétait, plus que celle du périmètre.

Kylan esquissa un sourire en coin.

— Bien sûr, répondit-il, son regard scintillant sous la faible lumière du plafond. Il me paraît prendre grand soin de toi. D'après l'augmentation de ta masse musculaire et ton état de santé général, je veux dire.

Je déglutis. Sa perspicacité et sa franchise me déconcertaient. Je ne savais pas quoi répondre.

Heureusement, Rae intervint à ma place :

— Ne devrait-il pas être en meilleure santé ? C'est un lycan maintenant.

— La plupart ne survivent pas à la transformation de nos jours, répondit Kylan, ses yeux ne quittant pas les miens. Ils ne sont pas non plus soignés après.

— Pourquoi ça ne me surprend pas ? renâcla-t-elle.

Kylan lui adressa un sourire, me donnant enfin un

répit, et caressa l'endroit où le battement de son cœur se faisait ressentir avec son pouce.

— Parce que tu apprends, Raelyn.

Il l'embrassa avant qu'elle ne puisse répondre, comme une frappe qui me fit serrer les poings.

Trop rapide.

Trop rude.

Putain, je ne voulais pas sentir l'excitation de mon amie. Mais j'étais piégé dans ce tout petit espace pendant qu'il la dévorait comme si je n'étais pas assis en face d'eux.

Elle se tortilla, une protestation s'insinua entre ses lèvres tandis qu'il traçait un chemin de baisers le long de son cou et plantait ses crocs dans sa chair.

— Kylan…

Son nom s'accompagna d'un gémissement de reproche qui me fit déglutir.

J'avais vu Rae simuler le plaisir un nombre incalculable de fois en classe.

Là ce n'était pas simulé. Pas du tout.

Mon estomac se retourna, mon cœur manqua un battement. Ce n'était pas ainsi que je voulais voir mon amie d'enfance, jamais de la vie.

Tu as beaucoup d'explications à donner, grogna Edon dans ma tête.

Oui, je m'en doutais, même si mon passé n'était pas souvent évoqué dans nos conversations. Edon était plus concentré sur le présent et l'avenir, pas sur mes années à l'université.

Kylan lâcha Rae avec un petit rire sombre, la laissant essoufflée et levant vers lui des yeux confus.

— Ça devrait t'offrir à peu près vingt minutes d'intimité, dit-il.

Il frotta son nez sur son menton avant de lui mordiller la lèvre inférieure.

— Qu-quoi ? s'étonna-t-elle, pantelante, clignant plusieurs fois des yeux.

Il revint à moi, sa main sur la poignée de la portière.

— Vingt minutes, Silas. Après quoi je reviendrai auprès de ma partenaire. Sache que la laisser dans un espace confiné avec un autre mâle n'est pas une chose que j'apprécie. Je te suggère de ne me donner aucune raison d'être encore plus mal à l'aise. Compris ?

La voiture s'arrêta près d'un autre vampire royal, Jace. À ses côtés se tenait une femme aux cheveux noirs portant ce qui semblait être une robe de style lingerie.

— Le silence ne m'apaise pas, Silas, insista Kylan. Dois-je répéter mes préoccupations ?

— C'est l'une de mes meilleures amies, rétorquai-je, mon irritation prenant le dessus. Votre Altesse, ajoutai-je, espérant tempérer un peu ma déclaration.

Il sourit.

— Edon te va bien, jeune loup, tout comme Luna.

Il manœuvra la poignée avant que je puisse répondre, puis jeta un coup d'œil à Rae.

— Ressaisis-toi et retrouve-moi dehors.

La froideur du ton de sa voix balaya la voiture, mais il lui fit un clin d'œil avant de sortir dans la nuit. Il claqua la portière derrière lui et sortit un mouchoir de sa poche pour s'essuyer la bouche avant de s'adresser au royal dehors.

— Elle est en cours de formation.

— Je vois ça, répondit Jace, reportant ses lèvres sur le cou de la belle à ses côtés. Tout comme Juliet. N'est-ce pas, ma chérie ?

Elle ne leva pas les yeux de ses chaussures mais hocha la tête avec raideur.

— Oui, Votre Altesse.

— Sa présence ici signifie-t-elle que Darius est dans le

coin ? demanda Kylan tandis que tous deux se mettaient à marcher.

— Oui, il est avec Luka et Mira quelque part.

— Ah, bien sûr, murmura Kylan, sa voix toujours forte dans mes oreilles malgré sa distance croissante.

Un des avantages d'être un loup ? Une ouïe fantastique.

Tout comme je pouvais entendre le cœur de Rae battre la chamade dans sa poitrine.

— Tu vas bien ? m'enquis-je.

Elle déglutit et hocha la tête.

— Oui, c'est juste que… oui, me répondit-elle en s'éclaircissant la gorge. C'est juste… Kylan.

— Il te traite bien ? lui demandai-je, en fixant avec insistance la blessure dans son cou. Parce que ça a l'air de faire mal.

Elle rit.

— Crois-moi, ça ne fait pas mal. Il m'a juste rendue toute chaude et… enfin bref. Mordre, c'est bon. C'était sa façon de me donner une excuse pour mon absence afin qu'on puisse parler et on perd du temps. Comment vas-tu, vraiment ?

— Je pourrais te poser la même question. C'est une sacrée excuse, Rae.

— Comme je l'ai dit, c'est Kylan. La seule chose dont il est coupable, c'est de me donner envie d'aller encore plus loin, ce qui était le but, je suppose. C'est un connard territorial et tu es une sorte de bouton pour lui.

— Moi ? demandai-je, à deux doigts d'éclater de rire. Un bouton ? Comment ça ?

— Il sait qu'on était ensemble en classe, tu sais. Pendant un moment, il a suspendu ta destinée au-dessus de ma tête parce qu'il pensait que je t'aimais plus qu'un ami.

Je haussai vivement les sourcils.

— *Quoi ?*

— Ce n'est ni le moment ni le lieu pour en parler, et tu détournes la conversation, accusa-t-elle. Parle-moi, Silas. Qu'est-ce qui se passe ?

Je lâchai un soupir et me frottai le visage en secouant la tête.

— On n'a pas assez de temps pour que je te raconte tout.

— Alors résume.

— Ce n'est vraiment rien. Je suis juste heureux de te voir, Rae. C'est tout.

Elle plissa ses yeux bleu glacé.

— Je sens ton mensonge. Je sens aussi Edon et Luna sur toi.

— Vraiment ? Je croyais que les nouveaux-nés vampires ne pouvaient pratiquement rien sentir. Comment sais-tu que c'est Edon et Luna ?

Je fronçai les sourcils. *Depuis quand les vampires peuvent sentir les mensonges ?*

— Parce que mon lien avec Kylan n'est pas, disons, ordinaire.

Je savais que les circonstances entourant sa transformation n'étaient pas tout à fait normales, mais je pensais que ç'avait plus à voir avec la politique qu'avec le changement physique.

— Comment ça ?

— On ne parle pas de moi en ce moment, Silas. On parle de toi. Pourquoi tu sens l'odeur de l'héritier alpha et sa nouvelle partenaire ? C'était quoi cette énergie morose qui émanait de toi tout à l'heure ? Ça ne te ressemble pas.

Ah, ça c'est bien Rae tout craché, elle ne va pas me ficher la paix. Je soupirai de nouveau. Éluder ses questions ne ferait que la rendre plus suspicieuse et insistante pour obtenir une réponse. Je n'avais pas l'énergie de la repousser. De plus, s'il y avait bien quelqu'un à qui je pouvais parler, c'était à Rae. Elle me connaissait mieux que quiconque, à part peut-être Willow.

J'eus un pincement au cœur en me remémorant notre amie perdue. Elle était soit déjà morte, soit en train de souhaiter l'être . Je préférais penser à la première option ; c'était moins douloureux que l'alternative.

Secouant de nouveau la tête, je croisai le regard de Rae et lui racontai brièvement tout ce qui s'était passé depuis ma transformation. De plus, ce serait bien d'avoir un autre allié de notre côté, quelqu'un qui garderait un œil sur les environs et me renseignerait peut-être sur tout ce que ses nouveaux sens vampiriques pouvaient détecter.

Elle demeura étrangement figée pendant que je parlais, son expression ne laissant rien transparaître, même lorsque j'expliquai mes récents arrangements de couchage, avec deux alpha . Je ne lui donnai pas de détails, mais elle lisait entre les lignes.

Je conclus par un résumé des exploits de Walter.

Cela la fit rougir.

— Quelle tête de nœud, proféra-t-elle.

Je ris aux éclats.

— Oh, Rae, ta façon de mettre les formes m'a manqué.

— Eh bien quoi ? Il a tout l'air d'un con.

— Tu n'as pas tort, admis-je. Mais ça nous met un peu sur les nerfs pour ce soir.

Elle hocha pensivement la tête.

— Et tu n'es pas du tout sur les nerfs parce que les deux loups dont tu es tombé amoureux s'accouplent l'un l'autre, sans toi.

Je clignai des yeux.

— Pas du tout, je veux dire, je les apprécie, bien sûr,

mais ils sont censés être ensemble. Ce qui se passe avec moi est temporaire.

— Ce que tu m'as décrit ne me semble pas si temporaire que ça, dit-elle en inclinant la tête. Je suis sûre que Kylan te dirait que c'est tout à fait inhabituel.

— On pourrait dire la même chose d'une membre du harem transformé en consort vampire.

— Ouh… ça fait mal, mais encore une fois, on parle de toi, pas de moi.

Un peu de sa personnalité ardente refit surface lorsqu'elle fit ce commentaire, mais elle reprit :

— Tu peux m'avouer ce que tu ressens, Silas. Je ne te jugerai pas.

— Je n'ai pas peur que tu me juges, Rae. C'est juste un fait de la vie que je dois accepter. Edon et Luna sont partenaires alpha. Je ne suis pas du tout impliqué.

— Sauf que tu parcours le périmètre en quête de menace, pour les protéger.

— C'est mon rôle en tant que progéniture.

— Et leur amant, ajouta-t-elle. Ne te rabaisse pas juste parce qu'il n'y a pas de terme approprié pour ça.

Elle sourit tristement.

— J'ai beau être une vampire maintenant, je te connais toujours, Silas. Tu as toujours su incroyablement cacher tes sentiments. Cette petite faille dans ton apparence de surface me laisse entrevoir à quel point tu es épuisé. Tu ne dérapes jamais.

Je laissai ma tête retomber sur l'appuie-tête derrière moi, la gorge serrée.

— Ces quelques semaines ont été très instructives, Rae.

— Mois, corrigea-t-elle. Je suis bien d'accord.

— C'étaient des conneries, poursuivis-je, libérant un peu de ma colère. Tout. La grandeur, les promesses d'immortalité, ce n'était que des *conneries*.

Putain, combien de personnes avais-je tuées lors du Tournoi des Immortels ? Six ? Le problème, c'est que je les avais toutes tuées pour l'avenir que je croyais trouver de l'autre côté. Des gens que je connaissais. À quel point était-ce tordu ?

— Ça me met tellement en colère, Rae. Tellement en colère.

Elle me prit la main et la serra.

— Je sais ce que tu ressens.

— Vraiment ? lui demandai-je, riant de bon cœur. Je suppose que oui. Kylan, hein ?

Elle retroussa ses lèvres.

— Il n'est pas aussi mauvais que tu le penses.

Je renâclai avec un air de dédain.

— Cette blessure sur ton cou semble indiquer le contraire.

— Ne t'inquiète pas. Je le mordrai en retour plus tard.

— Comment ça marche ? m'enquis-je. Vous êtes tous deux des vampires. Vous n'avez pas besoin de sang humain ?

Son air amusé se fondit en partie dans un air mystérieux.

— Comme je l'ai dit, ma transformation ne s'est pas déroulée de manière ordinaire.

J'ouvris la bouche pour appuyer ce commentaire, quand une odeur proche me chatouilla le nez. *La mort.* Pas le parfum que portaient Kylan et Rae, mais un relent similaire à la puanteur putride que je n'avais cessé de sentir près des frontières au cours du mois dernier.

Sauf que nous étions loin de la frontière à présent.

Nous étions au cœur du territoire du clan Clemente.

Je regardai par les fenêtres afin de déterminer la provenance de cette odeur. Le silence retomba dans la voiture. Rae avait dû remarquer ma vigilance, car elle ne disait rien, et elle aussi regardait autour d'elle.

— Des vampires, chuchota-t-elle. Ils sont nombreux.

— Oui, acquiesçai-je, fouillant l'obscurité avec ma vision de loup.

La portière s'ouvrit à la volée et je reculai quand Kylan apparut.

— Viens, Raelyn, lui ordonna-t-il en lui tendant la main. Maintenant.

Elle n'hésita pas, l'énergie était tangible entre eux.

— Préviens ton héritier alpha, Silas, m'avertit Kylan sur un ton péremptoire. Une guerre s'approche de chez vous. Il semble que le clan Silvano soit en quête de sang.

LUNA

Tout semblait clocher. La lune, l'air, cette robe ridicule que ma mère m'avait fait porter, Edon qui n'arrêtait pas de faire les cent pas et les poils qui se dressaient sur ma nuque.

L'absence de Silas… Je déglutis, fermai les yeux. *Il devrait être ici avec nous.*

Personne ne pouvait m'entendre à part moi, et pourtant je savais qu'Edon ressentait la même chose, pouvait capter mes pensées qui faisaient écho aux siennes.

Depuis l'ouverture du lien entre nous, quelques semaines plus tôt, ni l'un ni l'autre n'avait cherché à le fermer. Au contraire, il n'avait fait qu'élargir l'entrée et m'avait offert un droit d'accès à son esprit à tout moment. C'était la méthode d'Edon pour établir la confiance, ce que j'appréciais beaucoup car je n'avais plus à deviner ses intentions.

L'agacement irradiait de lui par vagues, associé à un sentiment d'inquiétude et à un léger soupçon de peur.

Pas pour nous, mais pour Silas.

Rae, la fameuse membre du harem devenue vampire, était apparemment une ancienne amie à lui. Il avait omis de nous en parler, à Edon et moi.

Ce qui me faisait m'interroger sur le degré de confiance que Silas avait envers nous.

Une pensée ridicule, vraiment. Je savais ce qu'il éprouvait, je pouvais le sentir dans chacun de ses gestes. Edon *ressentait* ses émotions.

Non, ce n'était pas du tout une question de confiance. Silas n'en avait simplement pas parlé, ni guère de son passé. Nous étions tous tellement concentrés sur le présent, sur ce que Walter allait faire ensuite.

Je rouvris les yeux pour découvrir qu'Edon me regardait d'un air protecteur.

— Il est presque temps, dit-il d'une voix douce.

—Je sais.

L'énergie de la lune glissait sur ma peau et j'étais contente qu'Edon ait choisi cet endroit pour se préparer. Nous étions très seuls ici, sur le porche privé de son grand-père, nous cachant de l'agitation de la ville. Jolene était parti devant nous, disant qu'il voulait parler à un vieil ami. Nous soupçonnions qu'il s'agissait d'un membre de la résistance silencieuse, mais nous étions trop préoccupés par nos propres destinées pour insister.

Edon me saisit la joue, laissa tomber son autre main sur ma hanche et caressa de son pouce le tissu de soie de ma robe.

— Après ce soir, nous pourrons recommencer à zéro.

Je me penchai contre sa main.

— Oui.

J'aurais aimé savoir ce qu'il sous-entendait par là. Tout semblait si bien aller ces dernières semaines avec Edon et Silas, mais ce soir, tout allait changer. Ce pressentiment pesait sur mes épaules et me troublait.

— Tu le sens aussi, chuchota-t-il. Il manque quelque chose.

— Silas.

— Oui, acquiesça-t-il en hochant la tête.

— Il devrait être là.

Un autre hochement de tête.

— Tu veux que je l'appelle ?

— Je ne sais pas.

Est-ce que ça arrangerait les choses ? Ou est-ce que ça ressemblerait à un au revoir ? Je n'étais pas prête pour ça. D'une manière ou d'une autre, j'avais ce loup dans la peau presque autant qu'Edon. Un peu comme si cette morsure qu'il m'avait infligée était une revendication qu'il me possédait. Sauf que je savais que c'était impossible. Seules les morsures sous la pleine lune se terminent par un accouplement.

Edon effleura mes lèvres d'un baiser avant d'appuyer son front contre le mien.

— Ce n'est pas la fin, petite partenaire.

— Alors pourquoi j'ai cette impression ? demandai-je en déglutissant. Pourquoi j'ai l'impression que tout va changer ?

Il soupira, son souffle mentholé se mêlant au mien.

— Parce que c'est le cas. Mais ce n'est pas une fin pour autant, plutôt un nouveau départ.

— Sans Silas.

— On l'ignore.

— Non. Je crois qu'on le sait tous les deux, argumentai-je, me reculant pour le fixer. Ma morsure va nous connecter irrévocablement. Pour toujours. Ça annulera ton lien géniteur.

— Mais ça ne l'effacera pas.

Vrai.

— Ça le remplacera, précisai-je. Et ce n'est pas juste pour Silas.

Sur ce point, il n'avait pas d'argument. Je le voyais dans son regard.

— Le forcer à rester avec nous serait cruel, ajoutai-je. Tu le sais aussi bien que moi. Il ne sera jamais notre égal.

— Il n'a jamais été destiné à être notre égal, Luna.

Il porta sa main de ma hanche à ma joue, tenant mon visage entre ses deux paumes, et reprit :

— Nous sommes des alpha . Nous sommes faits pour nous accoupler. Silas…

Il s'interrompit, l'air chagriné.

— Ce n'est pas un oméga, chuchotai-je.

— Je sais.

— Mais ce n'est pas un alpha non plus, répondis-je, et mon estomac se serra. Rester avec lui… Edon, ça va le blesser.

— Je sais, répéta-t-il en baissant les yeux.

— Je ne veux pas le blesser.

Il pressa de nouveau ses lèvres contre les miennes, cette fois son baiser s'attarda, comme s'il avait besoin d'un moment pour rassembler ses pensées. Mais quand il croisa de nouveau mon regard, je sus ce qu'il avait l'intention de dire.

Nous devons le laisser partir.

C'est pour son propre bien.

Même si ça nous anéantit de faire ça.

Cependant, aucun de ces commentaires ne sortit de sa bouche. À la place, il se figea, ses mains raides sur ma peau.

Puis je la sentis.

La puanteur rance de la mort. Partout.

Je ne pouvais pas regarder par-dessus son épaule pour scruter autour de nous, car il me tenait trop serrée. Or je *sentais* la vague de pouvoir qui arrivait.

Il ne s'agissait pas que de quelques vampires royaux et leurs souverains.

Toute une armée approchait.

Edon me poussa à travers la porte de la maison de son

grand-père et je trébuchai sur une chaise en jurant. Puis il se transforma.

Des grognements s'échappèrent de sa gueule tandis qu'il fonçait vers la ligne d'arbres qui menait au camp principal, m'envoyant un ordre sous mon crâne : *Reste ici.*

Sûrement pas, lui répondis-je. Non pas qu'il puisse m'entendre. Personne ne pouvait entendre quoi que ce soit avec les cris de guerre dans l'arrière-cour.

Je m'élançai à sa suite, ma robe disparaissant dans mon sillage tandis que j'appelais ma louve.

Je courus à toute vitesse sur la terre, mes sens s'intensifiaient chaque seconde.

Tant de vampires. La rage. Le sang. La soif du combat.

Tout cela provoqua un frisson le long de ma colonne vertébrale et une mare de terreur dans mon bas-ventre.

C'était l'épreuve finale, celle que Walter avait mise en place pour qu'Edon échoue. Je le ressentais jusque dans mes os, je savais ce qu'il voulait.

La mort de mon partenaire.

Pas tant que ce serait moi qui surveillerais ces terres, pensai-je, courant plus vite que jamais sur les traces d'Edon.

Les cris de guerre emplissaient l'air, suivis de hurlements.

Je m'arrêtai à la périphérie, les yeux écarquillés devant l'assaut du chaos.

Des centaines de vampires avaient encerclé le camp, leur attaque était imminente.

Walter se tenait au milieu d'eux, affrontant leur chef, Silvano, un vampire vieux comme le monde, connu pour son mauvais caractère.

Merde…

— Je n'ai pas autorisé de telles activités, grogna Walter, ses mots résonnant dans les chalets environnants.

Des loups faisaient les cent pas autour de lui, mais ils

étaient bien moins nombreux que l'armée de morts-vivants.

Edon le rejoignit, pénétrant dans le cercle sur deux jambes tout en remontant un jean qu'il avait récupéré quelque part. Je me tapis sur le côté d'une maison pour observer, mon pelage frissonnant sous la vague d'énergie violente qui agitait l'air.

— C'est quoi ce bordel ? lança Edon.

— Silvano croit que nous chassons et tuons des vampires sur nos terres, dit Walter en croisant les bras. Ce que je ne permettrais jamais, nous le savons tous.

Oh, merde…

Tout cela était lié à la première épreuve.

Celle du cadavre du vampire.

Le corps dont Edon s'était débarrassé.

— Je vois. Ceux-ci disent le contraire, Walter. Vas-y, prends une bouffée. Ils empestent tes bâtards.

Silvano fit signe à deux de ses vampires en costume de s'avancer, l'un d'eux tenant un sac. Il en versa le contenu sur la pelouse : une collection de têtes.

Mes oreilles s'aplatirent, le choc secoua mon corps.

Edon croisa simplement les bras, imitant l'attitude de son père.

— Alors nous avons un problème dans notre clan, que je résoudrai dès mon ascension.

Son père ricana.

— Comme c'est bizarre, dit-il en se tournant vers son fils, les yeux plissés. Quelle coïncidence.

— Tu m'enlèves les mots de la bouche, répliqua Edon, sans paraître troublé le moins du monde. Si je n'avais pas plus de jugeote, je dirais que tout ça fait partie de tes épreuves d'alpha foireuses. Eh bien, c'est trop tard, mon vieux. Je suis prêt et je vais prendre le pouvoir, avec ou sans ton approbation.

— Alors quoi ? Tu as orchestré tout ça pour dénigrer mon héritage ? Pour ternir ma réputation ?

Edon serra les lèvres.

— Tu sais comme moi que je n'ai pas de soutien dans ce clan pour monter un tel coup.

— Ah non ? rétorqua Walter, feignant la surprise. Peut-être devrions-nous mettre cette théorie à l'épreuve.

Il jeta un coup d'œil autour de lui tandis que Silvano l'observait dans un silence stoïque, ses vampires tous prêts à se battre. Un signal de sa part et le chaos se déclencherait, mais il se retint.

Car tout cela n'était que du spectacle.

Je le compris dès que Walter demanda :

— Qui parmi vous a participé à ça ?

Il promena autour de lui un regard autoritaire. Il reprit :

— À mon avis, mon fils vous a promis quelque chose pour m'avoir piégé dans cette folie. Ce sera difficile pour lui de tenir sa promesse s'il ne s'élève pas cette année. Je vous implore d'avouer la vérité maintenant, sinon nous risquons un avenir incertain, comme l'a fait mon fils.

Salaud.

Il avait planifié tout ça.

Cette idée se confirma lorsque deux mâles s'avancèrent avec précaution, détournant le regard.

— Pardonnez-nous, Monsieur, dit l'un d'eux à voix basse. Mais E-Edon a dit que c'était autorisé, que n-nous remboursions une dette.

— I-Il a affirmé que c'était avec l'approbation de Si-Silvano, bégaya l'autre.

Le silence tomba.

Un bourdonnement de colère parcourut ma fourrure.

Edon se mit à rire.

— Je n'arrive pas à croire que tu l'aies laissé te

manipuler de la sorte, dit-il en secouant la tête, toujours souriant. Vous êtes tous les deux des imbéciles.

Walter était un expert dans l'art de feindre l'étonnement.

— Tu ne pouvais pas t'élever normalement, n'est-ce pas ? Il a fallu que tu essaies de ternir ma réputation au passage.

Il secoua la tête en soupirant, puis croisa le regard de Silvano.

— Il m'a posé problème depuis le début, reprit-il, mais j'ai fait des efforts. C'est difficile, cependant, vu que sa mère est totalement inutile.

La femme en question n'était nulle part.

Mais ces mots allumèrent une flamme dans le regard d'Edon.

— Pourquoi est-elle inutile ? demanda-t-il. Oh, c'est vrai, parce que tu l'as brisée, railla-t-il en regardant Silvano. Je n'ai ni comploté ni permis quoi que ce soit contre ton territoire en aucune façon. Qu'est-ce que j'aurais à y gagner ?

— Beaucoup, argumenta Walter. Me piéger et ternir ma réputation prouverait à la meute que je ne suis pas apte à diriger, et te permettrait de devenir leur sauveur. Ce dont on sait bien que tu as grand besoin, car tu n'es pas si respecté que ça par tes pairs.

Il écarta les mains devant les loups qui l'entouraient et la plupart d'entre eux grognèrent en signe d'approbation.

Walter soupira, et prit un ton dramatique en se tournant de nouveau vers Silvano.

— Dis-moi comment me faire pardonner, mon vieil ami. Dis-moi ce que tu veux.

— Ma mort, je présume, intervint Edon. Fascinant. Je veux dire, tu as essayé de la provoquer tout au long des épreuves. Pas vrai ?

Walter posa une main sur sa poitrine.

— Moi ? Tout ce que j'ai fait, c'est d'essayer de te rendre plus fort.

Il regarda à nouveau la meute pour obtenir son assentiment, qu'elle donna, bien sûr car tous ses membres étaient de foutus moutons de Panurge.

— C'est pour cela tu as fait accuser ma partenaire de meurtre ? riposta Edon. C'est pour cette raison que tu as pris sur toi de la punir dans une tentative de viol collectif ? C'est pour cela aussi que tu m'as battu à mort dans ta soi-disant épreuve de force ? demanda-t-il en souriant. Bien sûr, *papa*. Je suis certain que tout ça a été fait pour mon bien.

— Tu es devenu trop proche d'elle et de ton bâtard pour penser clairement, mon garçon. Je t'avais prévenu par rapport à ça.

Il avait l'air si triste et contrit que j'avais presque envie de l'applaudir pour cette comédie.

Le problème, c'était que tout le monde autour de lui avait l'air croire à ces conneries.

Plusieurs alpha avaient rejoint l'arène et regardaient depuis les bords, y compris mes parents, ainsi qu'une poignée de vampires royaux. Ils avaient tous la même expression d'indifférence. Mais je sentais qu'ils acceptaient.

Ils allaient laisser Walter tuer son fils.

Pour se faire pardonner par Silvano et…

— Votre accusation a toutefois quelque chose d'infondé, intervint une voix grave venant de derrière la foule, qui me fit sursauter.

Silas traversa l'arène et rejoignit son créateur. L'absence de surprise dans les traits d'Edon indiquait soit qu'il appréhendait l'arrivée de Silas, soit qu'il jouait un très bon jeu d'acteur.

— C'est moi qui ai trouvé le vampire mort, dit Silas,

suscitant quelques expressions de surprise parmi le cercle. Ces deux idiots étaient tout simplement sur mes traces. Quand j'ai contacté Edon, il était tout aussi choqué que moi par la présence du cadavre.

— Ça ne prouve rien, renâcla Walter. Tu n'es qu'un bâtard sans aucun statut dans cette communauté.

Silas sourit.

— Pourtant c'est mon créateur que vous accusez. Comme j'ai accès à son esprit, je dirais que ma contribution est utile dans cette discussion.

— Alors que je dirais qu'elle est inadmissible en raison de l'influence qu'il a sur toi , répondit Walter du tac au tac. Tout comme sa salope de partenaire serait jugée sans valeur dans ce procès. D'ailleurs je ne la vois pas ici à tenter de te défendre, Edon. Comme c'est intéressant.

— Tu aimerais bien, n'est-ce pas ? grinça Edon en serrant les lèvres. Parce qu'alors tu pourrais la revendiquer sous la lune comme tienne. Après ma mort, bien sûr.

— Eh bien, je vais avoir besoin d'un nouvel héritier. Autant utiliser la seule femelle alpha du territoire qui peut donner le genre de fils que je veux, rétorqua Walter en haussant les épaules, bien que je doive la dresser un peu, puisque tu as échoué de façon si spectaculaire.

Mon sang se glaça.

Même pas en rêve, pensai-je, un grognement menaçant de s'échapper. Mais je parvins à le réprimer.

— Tu peux toujours essayer, répondit Edon en inclinant la tête sur le côté. Quelque chose me dit que ce sera plus difficile que tu ne le penses.

— Voire impossible, ricana Silas, dit-il, croisant les bras. Vous savez, je suis curieux de quelque chose.

Walter arqua un sourcil.

— Pourquoi devrais-je m'en soucier ?

Silas haussa une épaule.

— Parce que vous êtes l'Alpha régnant. Je suis l'un de vos loups. Oh, et votre fils est mon créateur.

Un discours bien courageux, me dis-je en remuant la queue.

Mais ce n'était pas du tout ça.

Il essayait de gagner du temps.

Je ne savais pas pourquoi.

— Aucune de ces raisons ne me pousse à reconnaître ou même à écouter un bâtard, rétorqua Walter, et il revint à son fils. Que diable as-tu fait à cette ordure pour lui donner une telle assurance ?

Edon afficha un sourire carnassier.

— Nous avons créé des liens.

— Tout ceci a été légèrement divertissant, intervint Silvano. Hélas, cette querelle de famille ne m'amuse plus. Le clan Clemente a franchi les frontières sans permission et a assassiné plusieurs de mes frères. Je demande réparation pour les vies perdues, au nombre de douze. Un héritier alpha ne compte que pour une. J'en veux onze de plus.

— Ne trouvez-vous pas étrange que vous ayez pu franchir les frontières si facilement avec autant de vampires ? releva Silas d'un ton remarquablement calme, considérant qu'il s'adressait à un vampire royal.

Le fait qu'il soutienne le regard de l'homme en disait long. Il continua :

— J'étais le seul à patrouiller ce soir, alors que nous étions presque deux douzaines à la dernière pleine lune. Ça me semble un peu, je ne sais pas, être un coup monté ?

— Tu suggères que je complote avec Walter ? Pour faire tuer mes propres hommes ? s'étonna Silvano, son sourcil blanc remontant jusqu'à la ligne de démarcation de sa chevelure, également blanche.

— Je suggère que votre arrivée était attendue. Et aussi qu'Edon n'a pas encore l'autorité pour ordonner aux loups de quitter les frontières. Faites-en ce que vous voulez.

Silas laissa retomber ses bras sur ses flancs.

Un coup monté.

Ce que j'avais déjà compris.

Mais à présent je me demandais si Walter et Silvano étaient complices, si peut-être le vampire savait depuis le début que l'alpha voulait rester au pouvoir.

Peut-être qu'il avait eu quelques sous-fifres à sacrifier.

Ce n'était pas si rare de se débarrasser d'immortels de cette manière, ça facilitait la paperasse.

Et s'il y avait un accord entre eux ? Walter aidait Silvano à éliminer quelques vampires indisciplinés et Silvano aidait Walter à maintenir sa position. Comme ils partageaient une frontière, ils avaient tout intérêt à rester loyaux l'un envers l'autre.

— C'est intrigant, convint Kylan, au bord de l'arène.

— Oui, acquiesça Jace à ses côtés. Je me demandais pourquoi les loups n'étaient pas à la frontière. Tu peux nous en dire plus, Walter ?

L'alpha gloussa.

— Eh bien, nous étions censés organiser une cérémonie ce soir. Je soupçonne mes loups d'avoir voulu y assister.

— Vous en avez organisé une le mois dernier et vous avez relégué beaucoup d'entre eux à la patrouille frontalière, observa Silas. Moi y compris.

— Parce que tu es un bâtard indigne d'y assister, grogna Walter, son vernis s'effilochant légèrement. Tu as de la chance qu'on t'ait même laissé entrer au cœur du territoire, chose que je vais rectifier rapidement une fois ce désordre terminé.

— Mais ça n'explique toujours pas les autres, insista Jace. Pourquoi les forcer à garder un rituel et pas un autre ?

— Ce soir, il y a une cérémonie plus importante que les autres avec l'ascension de leur nouvel alpha, répondit

Walter, qui considéra le vampire royal en plissant les yeux. De quoi m'accuses-tu vraiment, Jace ?

— Moi ? demanda-t-il en se touchant la poitrine et en relevant ses sourcils sombres. Mais de rien. Je suis simplement curieux, mon vieil ami.

C'était bien là une démonstration de la politique de cette société. Personne ne pensait ce qu'il disait, et pourtant tout le monde lançait des accusations en silence.

— Peu importe qui a permis quoi, on me doit réparation, déclara Silvano, sa voix résonnant dans la nuit.

Des mots simples.

Suivis d'un geste de la main qui me fit chavirer le cœur.

Un coup de feu retentit, me transperçant les oreilles et accélérant mon pouls.

Ce n'était pas autorisé.

La discussion n'était pas terminée.

Mais Silvano avait clairement décidé de l'achever et avait pris Edon pour cible.

Un hurlement déchira l'air et je devinai qu'il s'agissait d'une balle d'argent, seule Némésis du lycan hormis le temps qui passait. Avec une horreur absolue, je vis Silas tomber.

Il avait bondi devant l'arme au canon pointé sur Edon.

Le chaos éclata dans le sillage du coup de feu, à commencer par Edon qui se jeta sur l'attaquant et lui tordit la tête dans un tel angle qu'il lui faudrait plusieurs jours pour s'en remettre. Silas se tordait au milieu du terrain, le sang jaillissant de sa blessure.

Je criai, mon changement s'inversa par réflexe et me força à courir vers lui sur mes deux jambes.

Mais quelqu'un d'autre l'atteignit en premier : un vampire en costume, dont le nom m'échappait. Mon esprit se fracturait sous la folie du moment.

Je voulus le poursuivre, appeler Silas, mais des bras d'acier enserrèrent ma taille, me tirant en arrière.

— Te voilà, prononça une voix grave à mon oreille.

Je frissonnai, l'énergie menaçante couplée à la sensation de sa poitrine contre mon dos me serra le cœur.

— Walter, soufflai-je.

— Je préfère *Monsieur*, répondit-il. Mais on va travailler là-dessus, petite salope. On va travailler sur plein de choses.

EDON

Silas ! rugis-je, mon corps se tordant dans tous les sens alors que je me battais, coup après coup, contre les vampires qui descendaient sur le terrain. *Tu ferais mieux de ne pas mourir devant moi, Silas. Ou je te jure, je vais ramper dans l'au-delà juste pour te battre moi-même.*

Pas de réponse.

Putain !

Je lui avais dit de ne pas intervenir.

Je lui avais dit de ne pas bouger.

Je lui avais dit de ne pas parler.

M'avait-t-il écouté ? Non. Comment avait-il fait pour bouger si vite, putain ? Je n'avais même pas vu le pistolet, mais je l'avais entendu juste avant que la balle ne vienne frapper la poitrine de Silas. À présent je n'avais aucune idée d'où il était allé ou de qui l'avait pris. Il avait tout simplement disparu avant que je puisse réagir.

Mon poing rencontra la figure d'un autre suceur de sang, mon instinct de transformation submergea mes pensées. Mais je ne pouvais pas prendre les quelques secondes nécessaires pour prendre ma forme bestiale. Il y avait trop de vampires et pas assez de lycans pour se battre.

Je grondai, balançai mon coude vers un autre assaillant et mon genou dans le torse de l'enfoiré en face de moi. Il s'effondra en grognant, son arme tomba par terre. Je ramassai la dague en un éclair et m'en servis pour trancher la gorge de l'homme derrière moi.

Puis je passai au suivant, tout en appelant Silas.

Pas de réponse.

Je sentais son énergie vitale s'échapper de ce plan, la balle d'argent me l'enlevant bien trop tôt. Je ne ressentais plus que de la rage.

Walter allait payer pour ça.

Tous ses putains de copains aussi.

Un hurlement franchit mes lèvres, ordonnant à la meute de se rassembler, de se battre et, à ma grande surprise, plusieurs répondirent à l'appel.

Ce n'était pas trop tôt, putain.

Et ceux qui s'étaient cachés ? Eh bien, ils seraient les premiers sur ma liste. Hors de question de laisser une armée de vampires m'abattre.

Pas aujourd'hui.

Pas pour quelque chose que je n'avais pas fait.

Mon père avait disparu, me laissant me débrouiller seul. *Lâche.* Silvano était resté, mais pas pour se battre. Il supervisait simplement, comme s'il appréciait le carnage.

Tuer des vampires exigeait beaucoup d'efforts.

Les Lycans, c'était plus facile, car nous n'avions pas le gène de l'immortalité. Mais cela ne nous rendait pas faibles pour autant. Je le prouvai en éliminant trois autres de ses hommes pendant qu'il observait dans un silence stoïque.

Où diable était mon grand-père ? Il pourrait mettre un terme à cette folie.

Et Luna… Je l'avais sentie quelques instants plus tôt. Où s'était-elle enfuie ?

Une claque contre mon flanc me força à détourner mon attention sur l'idiot qui venait de me frapper. Je le mis à terre d'un coup de poing au menton avant de pivoter vers le vampire qui s'approchait derrière moi.

Ils étaient tous si jeunes, peut-être une centaine d'années tout au plus.

Donc Silvano avait amené son équipe de réserve au combat.

Mauvais choix. Mais bon, ça jouait en ma faveur, donc je n'allais pas me plaindre.

Silas, tentai-je encore.

Un signal statique, un silence, puis plus rien.

Mon cœur me faisait mal, mon âme criait à l'injustice de sa chute. Pourquoi avait-il sauté devant cette balle ? Comment...

Des étoiles éclatèrent dans mes yeux quand quelque chose de dur frappa l'arrière de mon crâne. Je cillai, secouai la tête et dansai pour me battre, mais ma vision se fondait en taches de lumière.

Non. Je n'abandonnais pas. Pas encore. Pas alors que... *Qu'est-ce que c'est ?* Le cri perçant résonna dans mes oreilles, faisant s'emballer mon cœur à toute vitesse. *Luna !*

LUNA

— Va te faire foutre, grognai-je.

Les bras tendus, je tentai vainement de desserrer la prise de Walter. Il m'avait tiré derrière l'une des maisons, une main serrant mon cou, l'autre mes deux poignets.

— Dès qu'Edon sera mort, c'est moi qui te baiserai, gronda-t-il, ses lèvres bien trop proches de mon cou à mon goût.

Son but ne m'échappait pas : mon lien avec Edon mourrait avec lui, permettant à Walter de me revendiquer sous la lune.

Alors, je serais bel et bien baisée, au sens propre comme au figuré.

Ça n'arrivera pas.

Je lui balançai un coup de pied arrière et il riposta en me poussant contre les rondins du chalet, ce qui me fit crier de douleur. Putain, ça faisait mal.

Mon père se tenait tout près, l'air dégoûté. Pas envers Walter, non, mais envers *moi*.

Ma mère, quant à elle, avait les yeux brillants de larmes.

Logan, toutefois, semblait prêt à commettre un meurtre. Il avait déjà essayé d'intervenir une fois, ce qui lui avait valu l'œil au beurre noir qui fleurissait maintenant sur son beau visage.

Notre père était un foutu connard.

Mais mon frère était prêt à retenter le coup. Il serrait les poings sur ses flancs, ses yeux bleus fixaient les miens, essayant de me transmettre une sorte de plan. Il regarda ostensiblement mes poignets serrés dans mon dos, puis il inclina brusquement le menton.

Je ne saisis pas son but jusqu'à ce qu'il fonce en avant, droit sur Walter. Je secouai mes mains juste au moment où il s'écrasa sur l'alpha choqué derrière moi, dégageant ainsi sa prise.

Mais celle sur mon cou se resserra violemment.

Je toussai, ma trachée écrasée sous sa main qui me serrait si fort la gorge, mais je fus soudain libérée lorsque Logan cogna Walter en pleine mâchoire.

Mon père rugit de fureur et se rua en avant, mais ma mère le percuta en pleine course.

— Cours ! me cria-t-elle juste avant que mon père ne la jette au sol avec un cri perçant.

Je ne voulais pas l'écouter.

Je ne voulais pas courir.

Mais je n'allais pas réduire à néant leur rébellion.

Mes jambes se décollèrent du sol, mon corps endolori là où Walter m'avait malmené. Si je pouvais me cacher jusqu'au lever du soleil, je serais en sécurité pour un mois de plus. Je devais juste m'échapper, me…

Une main se plaqua sur ma bouche et me tira en arrière contre un corps dur qui sentait la mort. Un autre bras me bloqua à l'abdomen. Je me débattis, furieuse de m'être échappée pour être à nouveau captive.

C'est quoi ce bordel ?!

Je ne suis pas cette femme.

Je ne suis pas faible.

Laissez-moi partir !

Je me battis de toutes mes forces, ce qui me valut un juron et un grognement de mon nouveau ravisseur. Puis il me plaqua violemment contre une surface rugueuse.

Une autre foutue maison.

Je grondai, fatiguée d'être malmenée et traitée comme une jouvencelle. Ce n'était pas…

Il me fit tourner, son avant-bras sur ma gorge, et ses yeux bleus perçants captèrent les miens. Des yeux couleur de glace.

— J'apprécie tout à fait les louves fougueuses, chérie, mais pour l'instant, nous avons besoin de ton aide pour y comprendre quelque chose.

Je restai bouche bée. *Jace.*

De qui parlait-il en disant *nous* ?

Il me fit franchir la porte de la maison, qu'il referma derrière lui d'un coup de pied.

— On n'a pas beaucoup de temps, alors je te suggère d'être une bonne petite louve et de jouer le jeu.

— Je te l'ai dit, c'est trop tôt, intervint un autre mâle appuyé contre le mur dans une posture décontractée. Il faut qu'on laisse passer plus de temps avant de montrer nos cartes.

— Alors on laisse Edon mourir et on essaie de recommencer ? répondit Jolene, les mains dans les poches. Je ne peux pas garantir de rester en vie assez longtemps pour aller jusqu'au bout, messieurs. J'ai donné à ce garçon tout ce que j'ai et il est exactement celui dont nous avons besoin dans cette région.

— Et pour Silvano ? demanda le vampire aux cheveux noirs d'un ton aussi nonchalant que sa pose. Ça va soulever un sacré paquet de questions, surtout si peu de temps après ce qui est arrivé à Robyn.

— Ça n'a aucun rapport, ajouta une quatrième voix avec un ricanement sardonique.

Luka.

Merde. Dans quoi Jace m'avait-il entraînée ?

— Que ça en ait un ou pas n'est pas la question. Toute cette agitation va inquiéter Lilith, dit le brun en s'écartant du mur. Je ne discute pas le fait que vous avez mis beaucoup d'efforts dans cette affaire, Jolene. Je vous signale simplement que nous devrons ensuite remplir une tonne de paperasse si nous intervenons. Ça pourrait nous faire perdre des années, car nous serons obligés de faire profil bas.

— Si on n'intervient pas, nous perdons deux clans, répondit Jace doucement, ce qui nous ramène plusieurs décennies en arrière.

— Deux ? suggéra Luka.

— Logan vient d'agresser Walter pour sauver sa sœur.

Jace me regarda.

Je déglutis. C'était pour cela qu'il voulait mon avis ? Je ne savais pas quoi dire.

— Eh bien, merde, Niko ne va pas aimer ça.

Luka se passa une main sur le visage en secouant la tête.

— Je suppose que non. Parle-nous de ta relation avec Edon et Silas.

Jace me regardait toujours.

Je haussai les sourcils.

— Pardon ?

— Tu les baises tous les deux. C'est parce qu'Edon t'y oblige ?

Son ton plat ne correspondait pas à la sévérité de sa question.

— Va te faire foutre, grognai-je. J'emmerde tes suppositions.

Ses lèvres se retroussèrent.

— Oh, Claudette t'a parfaitement élevée, à ce que je vois, fit-il remarquer en jetant un coup d'œil à Luka. Il y a encore de l'espoir pour ta précieuse fille si Logan est comme elle.

— Vu qu'il vient d'attaquer Walter, je dirais que c'est un candidat parfait.

Jace haussa une épaule.

— C'est vrai, dit-il avant de revenir à moi. Ta relation avec Edon et Silas n'est pas acceptée par la société actuelle. Quel est ton ressenti par rapport à ça ?

— Comme si ma relation avec Edon et Silas ne vous regardait pas, répondis-je platement. C'est quoi ce bordel ? Il y a une guerre en cours dehors et vous êtes tous là à cancaner sur qui je baise ? À parler de mon frère comme s'il était un pion dans votre jeu d'échecs ? Rien à foutre. Vous me faites perdre mon temps.

Je reculai d'un pas, pour trouver le mâle aux cheveux noirs soudain dans mon dos.

La puissance irradiait de lui par vagues, me donnant la chair de poule et me rappelant que j'étais bien nue dans une pièce remplie de mâles dominants.

Cela sentait le roussi pour moi.

Surtout considérant le penchant de Jace à jouer avec les louves.

Je déglutis.

— Écoutez, Edon est innocent. Il n'a pas attaqué les vampires de Silvano ni publié un quelconque édit autorisant ses loups à partir en chasse. Son père veut tout simplement rester au pouvoir, déclarai-je, en posant sur Jolene un regard implorant. Dites-leur.

— Ils le savent déjà, ma chérie, répondit-il. Ils essaient de savoir s'ils doivent intervenir.

Il ôta sa veste et me la tendit.

— Eh bien, si vous voulez mon avis, je dirais que vous devriez le faire, déclara une nouvelle voix, celle de Kylan, qui entrait par l'arrière de la maison. Je veux dire, que serait une révolution sans une petite fête de lancement ?

La seule manifestation de surprise à son apparition fut un léger raidissement des épaules de Luka.

— Vous savez, je n'ai pas été invité à la fête, reprit Kylan, l'air très amusé. Mais j'ai senti vos intentions depuis un certain temps maintenant. Qu'est-ce qu'on attend tous ? Je vote pour qu'on élimine Silvano. C'est en partie à cause de lui que nous sommes tous dans ce pétrin. Je suis sûr qu'il ne manquera pas à ceux qui comptent.

Le silence accueillit sa déclaration.

Mais le tic dans la mâchoire de Jace indiquait que Kylan avait touché un point sensible.

— Je peux le faire, continua Kylan. Je veux dire, j'ai déjà le don d'énerver Lilith. Peut-être qu'elle m'enverra là où elle a caché Cam.

Tous échangèrent des regards.

— Oh, allez. Je ne peux pas être le seul à soupçonner qu'il soit encore en vie, dit-il en regardant Luka. Son *Erosita* vit bien avec votre clan, non ?

Il soupira devant leur silence persistant et reprit :

— Je vois. Bien. Si on fait appel à mes services pour quoi que ce soit, vous savez où me trouver.

Jace l'arrêta d'une main sur son épaule et leurs regards se croisèrent dans un long duel silencieux, tandis que les cris des loups et des vampires vrillaient dans l'air nocturne au dehors.

J'avais mal au cœur pour eux tous, mais surtout pour Edon. La seule chose qui me maintenait debout était la force qui irradiait de son lien d'accouplement.

Il était vivant, se battait et pleurait Silas.

Qu'il ne pouvait plus ressentir.

Une larme glissa du bord de mon œil. Je resserrai ma veste encore plus étroitement autour de moi.

— On ne peut pas rester là, chuchotai-je. Je ne sais pas pourquoi vous êtes tous là à débattre d'un calendrier alors que vous pourriez aider. Mais je sais une chose : ne pas intervenir alors que vous le pouvez fait de vous tous une bande de lâches, dis-je, en fixant Jolene avec insistance. Votre petit-fils se bat pour sa vie là dehors. Je vais le rejoindre avec ou sans votre aide.

J'envoyai mon coude en arrière, espérant frapper le brun, mais au lieu de cela je me mis à frapper dans le vide. Il se tenait près de la porte avec une expression amusée.

— On devrait la présenter à Juliet, dit-il en jetant un coup d'œil à Jace, et voir si on ne pourrait pas instiller en elle un peu de cette énergie fougueuse.

— Crois-moi, D, Mira y travaille déjà, intervint Luka.

D sourit.

— Super.

Puis il ouvrit la porte.

— Après toi, petite louve.

Petite louve.

Petite partenaire.

Petite lune.

J'en avais vraiment, *vraiment* marre que tout le monde m'appelle *petite*.

Je n'étais pas petite.

Je n'étais pas faible.

Il se trouvait juste que j'étais moins musclée et moins grande que les autres autour de moi. Mais j'étais d'une lignée alpha pour une bonne raison, et ils allaient tous découvrir laquelle.

EDON

Rouge.

Tout ce qui m'entourait était taché de *rouge*. Les vampires, les loups, Silvano et son satané sourire en coin, la lune, l'herbe, le mâle qui essayait de me mordre.

Tout était rouge.

Je n'entendais plus Silas. Je ne trouvais pas Luna. Je ne pouvais pas me concentrer sur autre chose que les connards qui essayaient de m'abattre.

Je ne tomberais pas. Pas comme ça. Pas avant de connaître le sort de Silas et de Luna.

Un grondement s'échappa de ma gorge alors que je mettais à terre un autre suceur de sang. Il en arrivait toujours. Heureusement, la plupart d'entre eux étaient sans armes.

Alors où est le flingue ? me demandai-je pour la millième fois. Quelqu'un en avait un. Mais il s'était enfui, ne laissant derrière lui que des vampires armés de couteaux.

Cela m'amena à penser que ce n'était pas un vampire qui m'avait tiré dessus, mais un loup.

Comment Silas a-t-il su ?

Non. Pas le temps pour ça maintenant. J'y réfléchirais plus tard.

Silvano. Il était la clé pour mettre fin à tout ça. Si je

pouvais seulement me rapprocher assez pour le neutraliser, ses sous-fifres seraient…

Merde !

Une lame tranchante me frappa la cage thoracique, m'envoyant rouler loin de celui qui m'avait porté le coup tandis que le feu se répandait dans mes veines.

Un autre foutu couteau.

Mieux qu'un flingue.

Je tournoyai sur le sol, ignorant la douleur dans mon flanc, et je frappai mon agresseur. Mais l'air fuyait mes poumons qui refusaient de se remplir.

Il m'a perforé un poumon.

C'était donc pire qu'une égratignure.

Un mouvement de recul me fit perdre une demi-seconde, assez pour que mon assaillant me saute dessus et pointe sa lame sur ma gorge.

J'attrapai son poignet et le tordis, mais les taches dansaient dans mes yeux, je me sentais étourdi. Il appuya sur moi, sa force égalant la mienne grâce à sa position supérieure.

Le sadisme rayonnait sur le visage du mâle, déformant ses lèvres en un rictus abject.

Cela sentait mauvais pour moi, très mauvais.

Je le saisis à la gorge de l'autre main tout en essayant de casser son poignet. Je ferais tout pour le dissuader de poser une nouvelle fois cette arme mortelle sur ma gorge.

Mais il se rapprochait.

Encore plus près.

Jusqu'à ce qu'une boule blanche l'éjecte de moi avec un grondement violent.

Luna.

Le soulagement m'envahit à la vue de sa forme svelte massacrant la figure du vampire qui hurlait à l'agonie, son couteau oublié. Je le ramassai puis me donnai une seconde pour récupérer avant de sauter sur mes pieds. Ça me fit un mal de chien, mais l'adrénaline me fouetta.

Ma partenaire était vivante.

Elle était là.

Elle se battait comme une sacrée déesse.

Elle terrassa deux autres vampires avec ses seules mâchoires, leur arrachant la gorge avant de revenir à mes côtés, son pelage lisse peint de sang.

Magnifique.

Si nous n'étions pas en train de nous battre pour nos vies, je l'aurais chopée, forcée à se transformer et baisée sur place.

Mais je vis une autre horde de vampires surgir d'entre les arbres, comme si Silvano avait toute une armée de réserve qui n'attendait que d'attaquer. Il avait dû les déployer par vagues. Ça expliquait pourquoi il n'avait pas agi plus tôt pendant ma dispute avec Walter.

Quelles sont tes intentions réelles ? me demandai-je. Car il n'aurait pas gaspillé autant de ressources juste pour m'abattre pour le compte d'un vieil ami. Ce devait être un coup double, un moyen d'affaiblir le clan Clemente et de prendre plus de terres.

Mon idiot de père était tombé dans le panneau en lui ouvrant les frontières.

Viens ici.

Détruis mes loups.

Tant que je garde mon trône, je m'en fiche.

Quand je survivrai à cette folie, mon père paiera.

Mes poumons à peine rétablis, grâce à ma guérison lycane, d'autres vampires affluèrent sur le terrain, leurs ordres étaient clairs. *Tuer à vue.*

Les nouveaux arrivants étaient frais.

Pas moi.

Mon loup avait envie de sortir pour jouer, mais je

n'avais pas le temps. Je fis tourner dans mes mains les couteaux que j'avais volés aux vampires précédents.

— Bienvenue dans le clan Clemente, les saluai-je en plissant les yeux. Permettez-moi de me présenter correctement.

Luna gronda et leur montra les dents pendant que je gravais mes initiales sur leur peau.

J'étais en train de le faire sur le Vampire Trois quand un grand silence tomba sur la foule. Tous les suceurs de sang tombèrent collectivement à genoux.

Je parcourus le terrain du regard jusqu'à la source de tous ces ennuis.

Kylan.

Il se tenait, décontracté, au milieu de ce terrain ensanglanté, dans son costume immaculé. Sans cérémonie, il jeta la tête de Silvano sur le sol.

— Désolé, je vous ai interrompu ? lança-t-il d'un ton nonchalant, en s'essuyant la main avec un mouchoir.

— Je crois que tu as cassé leur plaisir, remarqua Jace en le rejoignant.

— Dommage.

Kylan plia le tissu souillé et le remit dans sa poche, puis observa la foule. Il continua :

— Eh bien, je vois que nos lois sociales fonctionnent merveilleusement. Quelqu'un voudrait-il appeler Lilith ? Je suis sûr qu'elle sera ravie.

Silence.

Bien sûr, personne ne voulait signaler ça à l'Alliance de Sang.

Luna se transforma à côté de moi et se tint fièrement à mes côtés, sa peau pâle luisante de sang. J'effleurai son cou de mes lèvres, puis sa joue de mon nez, m'imprégnant de son parfum attrayant.

— Merci, chuchotai-je.

— Tu es mon partenaire, répondit-elle doucement, ses yeux dans les miens. Et Silas ?

Je secouai la tête, mon cœur tressautant dans ma poitrine. *Je ne peux pas le sentir,* lui avouai-je dans son esprit. *Je ne le sens pas du tout.*

Cela me donnait une foutue sensation de vide.

Blessé.

Perdu.

Seul.

Coupable.

Luna saisit ma joue dans sa main et m'embrassa tendrement, les yeux pleins de larmes.

— Tu n'es pas…

— Où est Walter ? demanda Jace, brisant ce moment.

J'appuyai brièvement mon front contre le sien, m'autorisant une seconde de chagrin avant de me redresser et me tourner vers le royal. J'étais sur le point de revendiquer ma place d'alpha quand la voix bourrue de mon père retentit derrière l'un des chalets :

— Ici.

L'enfoiré se pointa entouré d'une poignée d'alpha , dont le père de Luna. Ils avaient tous l'air énervés, mais mon regard se focalisa sur le salaud qui les menait.

C'était encore la pleine lune.

J'avais un sacré paquet d'agressions à régler.

Pour moi-même.

Pour Luna.

Pour Silas.

— Bats-toi contre moi, exigeai-je avant que quiconque n'ouvre la bouche. Finissons-en une fois pour toutes.

Rien à foutre de la politique, j'en avais marre de ces conneries.

Le rire qu'il émit en réponse manquait d'humour.

— Ce n'est pas le moment de faire le pitre, mon garçon.

Je souris.

— Au contraire, c'est pile le bon moment. On est tous là, non ? C'est toujours la pleine lune. Mon droit de naissance définit ce soir comme mon ascension. C'est moi qui l'invoque. Tu veux garder ta place d'alpha du clan ? Mérite-la et bats-toi contre moi. Peut-être même que tu auras un avantage puisque j'étais ici à combattre avec le clan alors que tu as fui la queue entre les jambes.

Quelques loups épuisés autour de moi grognèrent de dégoût, mais pour une fois, c'était dirigé contre mon père et non contre moi.

Je jetai mes lames à terre à côté de deux vampires agenouillés et je m'avançais.

— Bats-toi, répétai-je en grondant, faisant vibrer le champ autour de nous. Ou incline-toi et reconnais-moi comme ton alpha.

Mon père se hérissa.

— Je n'ai pas à faire ou à reconnaître quoi que ce soit.

— En fait si, tu le dois, intervint mon grand-père.

Il s'avança sur le terrain, Luka à ses côtés, tous deux de taille égale. Une énergie rayonnait d'eux, dénotant leur lignée. Mais mon grand-père semblait être le plus puissant du duo.

— Tout héritier alpha a le droit de défier l'alpha régnant au cours d'un rituel de pleine lune après le vingt-deuxième anniversaire de l'héritier. Ce qui, pour Edon, est arrivé il y a trois mois.

Plusieurs loups murmurèrent leur accord, dont deux alpha aux côtés de Walter.

Je haussai un sourcil.

— Tu as peur ?

Mon père cracha par terre et plissa les yeux.

— De toi ? me demanda-t-il en laissant échapper un autre de ces rires sans joie, mais pas du tout.

— Bien. On fait ça sous forme humaine ou sous forme de loups ?

J'avais la ferme intention de le détruire et je voulais qu'il soit conscient de chaque putain de minute.

Il parut réfléchir, soit à ma question ou bien à ses chances de s'en tirer par un beau discours, je ne savais pas trop.

Je m'en foutais.

Je voulais juste l'anéantir.

— Une seconde, déclara-t-il, ne me demandant pas un peu de temps, mais exprimant plutôt le besoin d'avoir une partenaire à ses côtés.

Des chuchotements parcoururent la foule : la demande de l'alpha n'était pas commune. Habituellement, deux loups se battent jusqu'à la mort, seuls.

Mais je compris aussitôt pourquoi mon père avait choisi cette voie.

Il pensait que je n'avais personne pour se battre à mes côtés et il misait sur le fait que ce soit un combat à deux contre un.

Connard.

Ses lèvres se retroussèrent.

— À moins que tu n'aies personne de confiance pour être à tes côtés ? railla-t-il.

Luna se hérissa.

— Je me tiendrai à ses côtés.

Merde. Ça n'irait pas pour moi. Si elle essayait de combattre mon père, je perdais ma concentration. J'avais confiance en elle, je savais qu'elle pouvait se battre, mais je ne pouvais pas laisser mon père toucher un seul de ses cheveux.

Son sourire en coin m'indiquait qu'il en avait conscience.

— Eh bien, ça devrait…

— Je combattrai avec lui, annonça mon grand-père.

Des murmures s'élevèrent dans la nuit, tous choqués par cette déclaration. Mon père, lui, gloussa simplement.

— Tu sais comme moi que c'est contre les règles, Jolene.

Jolene. Jamais *Père*. Ou *papa*. Toujours *Jolene*.

— Certains diraient que provoquer une guerre dans le but de garder le pouvoir est aussi contre les règles, répondit mon grand-père avec désinvolture.

L'incrédulité colora les traits de l'alpha régnant.

— Ne me dis pas que tu crois les conneries que mon fils débite à mon sujet.

— Malheureusement, il n'y a aucun moyen de confirmer ou d'infirmer la cause, vu que tous les témoins sont morts et tout le reste.

Il jeta un coup d'œil à la tête de Silvano par terre avant de regarder Kylan qui haussa les épaules, puis les nombreux lycans tués sur le terrain. Barry et Glenn étaient parmi eux.

Quelle tristesse.

— Tu crois ça ? l'interrogea mon père en lançant un regard à Niko. Le vieil alpha m'accuse d'avoir orchestré ce carnage. Tout ça pour détourner l'attention des règles qui disent qu'un ancien alpha n'est pas autorisé à jouer dans l'arène des défis. Du moins, pas en tant que second.

— Et moi qui pensais que tu serais heureux d'avoir la chance de te battre contre moi, rétorqua mon grand-père. Une honte que tu sois un tel lâche.

Je souris. Le vieil homme savait jouer avec les mots, un talent dont j'avais hérité.

— Contrairement à toi, Jolene, je souhaite simplement

suivre les règles et, comme Luna a parlé en premier, je vais permettre à cette salope de servir de seconde à ta place, dit-il d'un sourire tout en dents. À moins qu'elle ne recule devant le défi ?

Je grimaçai, sachant très bien qu'elle ne reculerait pas.

Mais une voix plus grave répondit à la place. Une voix qui fit s'arrêter mon cœur :

— En tant que sa progéniture, je suis volontaire pour être son second.

SILAS

La foule s'écarta de moi, les visages reflétant la surprise.

Oui, regardez tant que vous voulez, bande de lavettes, pensai-je tandis que j'avançais avec Rae à mes côtés. J'étais un peu de mauvaise humeur à cause de la balle d'argent qui avait failli me transpercer le cœur.

Quand Rae m'avait dit ce qui se passait, je n'avais même pas réfléchi à ma décision. Edon avait besoin d'un second et j'étais le seul en qui il pouvait avoir confiance à part Luna. Bien qu'elle sache parfaitement se défendre, je savais qu'elle le distrairait. Son instinct de protection l'obligerait à intervenir, ce qui le déconcentrerait.

Avec moi, il devrait être capable de parvenir à ses fins. Je l'espérais, en tout cas.

Jolene m'adressa un signe de tête subtil depuis l'autre côté de la cour quand je croisai son regard. Rae avait mentionné qu'il essayait de gagner du temps et Kylan lui avait dit que c'était à cause de moi. Ils voulaient que je me batte aux côtés d'Edon. Je n'avais pas besoin de leur soutien, mais j'appréciais le vote de confiance.

Kylan m'intercepta, ses iris bleu nuit se posèrent sur ma poitrine, où il remarqua le sang séché et la blessure guérie. Il sourit.

De rien, semblaient dire ses yeux, ce qui me mit mal à

l'aise. Je ne voulais pas avoir une dette envers lui, mais j'en avais une. Sauf que ce n'était pas comme si j'avais demandé son aide. C'est lui qui s'était ouvert le poignet et m'avait forcé à boire son sang.

Il tendit le bras à Rae.

— Consort.

— Sire, répondit-elle en s'installant à ses côtés.

— Bonne chance, loup, murmura-t-il, s'écartant de mon chemin.

La chance. Mais oui, bien sûr. Ça me paraissait un peu frivole.

Car je n'en avais pas besoin.

Son sang me procurait une étrange sensation d'énergie. J'étais comme revitalisé. Tous mes sens étaient exacerbés, comme si je m'étais réincarné en quelque chose de résolument différent. J'*entendais* battre le cœur d'Edon, bien qu'il soit à plusieurs mètres.

Putain, je pouvais entendre *tout le monde*.

— Silas, souffla Luna, des larmes brillant au fond de ses yeux.

Ce regard effaça mes pensées et me fit accourir vers elle. Je l'attrapai et elle se jeta à mon cou. Edon croisa mon regard par-dessus son épaule, ses yeux sombres pétillaient d'une multitude de questions.

Sans doute parce qu'il ne pouvait pas accéder à mon esprit.

Il nous faudrait comprendre pourquoi plus tard.

Pour l'instant, il devait reprendre ses esprits et ne pas s'inquiéter de choses sur lesquelles nous n'avions aucun contrôle.

— La surprise ne te va pas, Alpha, dis-je sur un ton menaçant. Je préfère de loin quand tu es enragé et avide de vengeance.

Si nous devions combattre son père, j'avais besoin de sa concentration.

— Tu vas bien ? chuchota Luna, qui n'avait pas reçu le même message.

Sa voix brisée me fit dérailler une fois de plus.

J'emmerde les convenances. Ces idiots peuvent attendre une minute de plus.

Je saisis la joue de Luna et l'embrassai doucement, ignorant les cris de surprise qui montaient de la foule. Elle frissonna contre moi, ses bras enroulés autour de mon cou.

— On t'a tiré dessus. Avec une balle d'argent, ajouta-t-elle.

Sa voix était si basse que je doutais que tout autre que moi et Edon l'ait entendue, même avec une ouïe améliorée.

— J'ai guéri. Je t'expliquerai plus tard, petite lune. Promis.

J'effleurai ses lèvres des miennes une fois de plus avant de presser ma bouche contre son oreille.

Elle hocha la tête, la gorge nouée.

— D'accord, oui. D'accord, répéta-t-elle.

Elle parut se rappeler où elle était, et ses traits furent comme masqués.

Edon se tenait immobile près de nous, captant chaque mot, son expression toujours pleine d'interrogations.

— Tu es prêt pour l'ascension ? lui demandai-je en libérant Luna d'un dernier baiser sur sa tempe.

Il m'examina, son regard s'attarda sur ma poitrine et se déplaça vers le bas avant de revenir sur mon visage.

— Tu peux te battre ?

— Je ne saigne pas, n'est-ce pas ? souris-je.

— Tu as l'air remarquablement bien guéri pour quelqu'un qui a reçu une balle d'argent, estima-t-il en plissant les yeux. Ai-je envie de savoir comment c'est possible ?

— Pas maintenant, non.

Je jetai un coup d'œil à son père et je redressai les épaules, puis repris :

— Comme je l'ai dit, je suis volontaire pour être son second.

Walter ricana, un son cruel.

— Je pense que tu t'es porté *volontaire* pour servir mon fils de bien des manières ces derniers temps, dit-il en lançant un regard à Jolene. Je suppose que les triades sont courantes dans la famille, non ?

Triades ? Ce n'était pas un terme que j'avais déjà entendu, mais je devinais ce qu'il signifiait.

— Eh bien, j'accepte ton choix, Edon, reprit Walter d'une voix grave. Je prendrai juste un morceau de Luna après avoir gagné.

Edon sourit.

— La confiance règne.

— En effet, répondit-il. Je choisis Niko comme second.

Des cris de surprise se répandirent dans la cour, répercutés par les chalets et les arbres alentour. Edon et moi échangeâmes un regard.

— Ce doit être contre les règles, remarqua Luna, m'ôtant les mots de la bouche. Si Edon ne peut pas se battre avec Jolene, tu ne peux pas te battre avec l'alpha d'un autre clan.

— Les bonnes manières font cruellement défaut chez ta fille, informa Walter à Niko, sur le ton de la conversation. Je commence à me demander comment vous élevez vos enfants dans le clan Ernest.

Niko grogna.

— Crois-moi, je vais avoir une longue discussion avec Claudette à mon retour, grogna-t-il en fusillant Luna du regard. Les règles stipulent que Walter peut choisir n'importe qui lié à sa meute, ce qui est mon cas, grâce à ton union avec son fils. Ce n'est peut-être pas un choix commun, mais c'est un choix acceptable. Comme j'ai un héritier qui est presque majeur, je suis éligible pour concourir. Non pas que ça compte, car je n'ai pas l'intention de perdre.

— Moi non plus, gloussa Walter.

— Vous oubliez un détail essentiel : l'héritier alpha doit accepter vos conditions, souligna Jolene. Et comme elles sont ridicules, je suggère…

— Oh, j'accepte, annonça Edon. J'attendais juste que ces deux-là finissent de fanfaronner.

Il avait l'air si posé et à l'aise à l'idée de s'attaquer à deux alpha . Non, pas seulement des alpha . Mais deux alpha *expérimentés*.

Avec moi à ses côtés.

Un débutant.

Un oméga.

— Tu es sûr de ça ? lui demandai-je à mi-voix.

Car moi je ne l'étais pas. Un des autres loups du clan ? Oui, bien sûr. Mais un autre alpha ? C'était une situation totalement différente.

— Carrément, répondit-il.

— Edon, chuchota Luna en lui prenant le bras. Tu ne connais pas mon père comme moi. Ce n'est pas une bonne idée.

— Aie confiance.

Il l'embrassa sur la joue, puis s'avança.

— Quelle forme choisis-tu, Walter ? lui demanda-t-il.

Son choix d'employer le prénom de son père ne m'échappa pas. Il se détachait des obligations familiales et se préparait à ce qui devait être fait.

Il s'apprêtait à l'inévitable mise à mort.

— Loup, répondit son père, les yeux fixés sur moi. Ce ne sera pas un problème pour ta nouvelle progéniture, n'est-ce pas ?

Enfoiré, pensai-je. Il savait que je serais plus faible sous ma forme animale puisque tout était encore si nouveau pour moi.

Mais bien sûr, Edon n'en tint pas compte.

— Loup, alors, dit-il simplement. Il me faut juste une minute avec mon second et nous pourrons commencer.

— Bien sûr, opina son père, l'air suffisant.

Edon se tourna vers moi, posa la main sur ma nuque et m'attira à lui.

— Pourquoi je ne t'entends plus ? demanda-t-il en un murmure destiné à mes seules oreilles.

Luna n'entendit même pas la question, car elle fronça les sourcils comme si elle ne comprenait pas ce qu'il faisait.

— Je l'ignore, avouai-je. Mais je pense que c'est lié à Kylan.

— Kylan ?

— Oui.

Je baissai le ton encore plus afin que personne n'entende, pas même Luna, et ajoutai :

— Il m'a donné son sang.

Edon leva brusquement les sourcils.

— *Quoi ?*

— Qu'est-ce qu'il y a ? demanda Luna, son inquiétude étant palpable. De quoi parlez-vous tous les deux ?

Edon soutint mon regard un long moment, puis me lâcha et se pencha pour lui parler directement à l'oreille. Malgré la douceur de sa voix, j'entendais chaque mot grâce à mes sens améliorés.

— Silas a bu le sang de Kylan.

Elle haleta, ses pupilles se dilatèrent.

— C'est…

— Interdit, acheva Edon à sa place. Oui.

— Ce n'est pas comme si le royal m'avait laissé le choix, dis-je entre mes dents.

Je glissai un regard vers le vampire en question, qui me fit un clin d'œil depuis sa position près du bord de l'arène, complètement imperturbable, et demandai :

— Pourquoi c'est interdit ?

— Parce que ça augmente tes sens et tes forces, chuchota Edon. Ce qui est parfait pour notre situation actuelle, à part l'énergie de Kylan qui bloque mon accès à ton esprit.

Luna fronça les sourcils.

— Walter ne doit pas réaliser que Silas s'est fait tirer dessus.

— Je ne vois pas l'intérêt de l'en informer, répondit Edon en jetant un coup d'œil à son père. Il a bien mérité une petite surprise, tu ne crois pas ?

Je fis rouler mes épaules et craquer ma nuque.

— Oui. Je dirais que oui.

Il baissa les yeux sur mon jean.

— C'est un des miens ?

— Oui.

— Bien. Son sang coule peut-être dans tes veines en ce moment, mais tu es toujours à moi, putain. Tu me sens ?

Il saisit de nouveau mon cou et me tira en avant jusqu'à ce que nos poitrines se touchent.

Sa bouche s'écrasa sur la mienne, rendant toute réponse impossible.

Nom de Dieu.

Edon me revendiquait.

Devant toute cette foutue meute.

Pas seulement en tant que sa progéniture.

La pure possession de son baiser me coupa le souffle et fit s'emballer mon cœur.

Jusqu'à ce qu'un grondement de son père ne brise cet instant.

Edon mit fin à notre étreinte en mordillant ma lèvre inférieure, la résolution brillait dans ses yeux sombres.

— Ce n'est pas fini.

— Je sais.

— Pas de retenue, Oméga.

— Toi de même, alpha.

— Alors allons botter des culs.

Il attrapa Luna et l'embrassa tendrement avant de la faire tourner dans mes bras.

— Ce n'était pas un adieu, petite partenaire. Juste une promesse.

— Je sais, souffla-t-elle, son regard glissant de lui à moi. Vous vous protégerez l'un l'autre.

— Toujours, jurai-je en penchant la tête pour poser mes lèvres sur celles qu'Edon venait d'embrasser. Sois prête à t'enfuir si ça tourne mal, soufflai-je à son oreille.

Je la relâchai avant qu'elle ne puisse répondre et me plaçai aux côtés d'Edon.

À plusieurs mètres de là, Walter regardait son fils d'un air renfrogné.

— Tu me dégoûtes.

— Bien, répondit-il. Au moins quelque chose de bien.

Son père ouvrit la bouche pour parler de nouveau, mais il fut coupé par Jace :

— Je commence à m'ennuyer avec tout ce bavardage. Vous allez vous battre enfin ? Ou je vais boire un verre et revenir plus tard ?

Walter gloussa.

— Toujours aussi impatient de voir des loups s'entre-déchirer, n'est-ce pas, mon vieil ami ?

— J'apprécierais un peu de sang, oui, opina le vampire.

Peut-être que je goûterai à certaines de vos louves quand tout sera terminé.

Walter haussé les épaules.

— Tu es mon invité.

— Pour l'instant seulement, ajouta Edon. Bientôt, il sera *mon* invité, et il n'y aura pas de dégustation de quoi que ce soit sans consentement.

Walter secoua la tête.

— J'aurais dû te tuer quand tu étais un chiot.

Edon sourit.

— Arrête de tergiverser, vieil homme. Finissons-en.

— Avec plaisir.

Walter se débarrassa de sa veste et de sa chemise, révélant un torse musclé parsemé de fins poils bruns. Niko fit de même, son corps légèrement moins large mais tout aussi mince et athlétique.

— Il nous faut une stratégie, chuchotai-je.

— On en a une : tuer.

Edon fit sauter le bouton de son jean et glisser la fermeture éclair.

Oui, excellente stratégie, pensai-je en ôtant mon pantalon à mon tour. *J'ai vraiment bien fait de demander.*

Je ne vois pas le problème, loup. N'as-tu pas assassiné la majorité de tes adversaires pendant le Tournoi des Immortels ?

Je me redressai en sursaut, posai les yeux sur Kylan. Il m'ignorait soigneusement, contemplait Rae. *Sors de ma tête.*

Allons, allons, se moqua-t-il. *Je suis seulement ici pour aider, puis je te laisserai retourner à ton alpha.*

Je ne veux pas de ton aide, grognai-je. Je dégageai mon jean d'un coup de pied et appelai mon loup intérieur.

Si tu meurs, Raelyn sera bouleversée. Par conséquent, tu toléreras mon aide et ma force tout comme tu as accepté mon sang.

Si mes lèvres n'étaient pas en train de s'allonger en un

museau, j'aurais juré. Kylan voulait aider ? Très bien. *Mais ne me distrais pas.*

Au contraire, loup. J'ai l'intention de te guider. Walter pense que tu es faible dans ta forme animale, c'est pourquoi il l'a choisie. Maintenant qu'il a vu l'affection de son fils pour toi, il va profiter des deux en laissant Niko attaquer Edon pendant qu'il essaiera de te tuer. C'est un coup classique, qu'il espère utiliser pour distraire son fils et ainsi vous affaiblir tous les deux.

Merci pour le tuyau, lui envoyai-je en secouant mon pelage.

Ce n'était pas un tuyau, Silas. Je te suggère de te défendre contre Walter jusqu'à ce qu'Edon en ait fini avec Niko.

Tenir tête à un alpha de trois cents ans. Pigé.

Trois cent vingt-deux, mais c'est un détail. Utilise mon sang. Je t'en ai donné plus qu'assez. Il est puissant. Ne le gaspille pas.

Si je savais comment l'utiliser, je le ferais.

L'instinct, loup. Suis ton instinct.

Jolene s'avança sur le terrain et observa les quatre loups d'un air stoïque.

— Laissez-leur de la place, conseilla-t-il, faisant reculer la foule pour créer une arène géante, qui me rappelait une version fortement agrandie du cercle de punition.

Edon s'assit à côté de moi, son corps de loup légèrement plus grand que le mien. Il semblait parfaitement à l'aise, comme si nous n'étions pas engagés à nous battre à mort.

Niko et Walter faisaient les cent pas, impatients, leurs tailles rivalisant avec celle d'Edon.

Ce qui faisait de moi le plus petit.

L'oméga.

Super.

Avec cet état d'esprit, tu vas mourir en deux minutes, réprimanda Kylan. *Ça va bouleverser ma partenaire. Ça n'a pas intérêt à se produire, Silas. Crois-moi.*

Les menaces ne fonctionnent pas vraiment dans cette situation, l'informai-je.

As-tu vraiment survécu à tous ces tourments juste pour mourir de la main d'un alpha que tu détestes ? répliqua-t-il. *Parce que ce serait vraiment dommage.*

Ce n'est pas comme si je voulais mourir.

Ah oui ? Et si tu le prouvais, loup ? Pense à ce que ce sadique va faire à ta précieuse Luna. Pense à ce qu'il a déjà fait. Canalise-le et utilise ma force. Ne me fais pas regretter de te l'avoir prêtée.

Son commentaire couvrit ce que disait Jolene. Quelque chose à propos des paramètres, que je résumai à un combat jusqu'à la mort ou jusqu'à ce que quelqu'un se soumette.

Comme je me tenais dans une arène avec trois mâles alpha, je doutais fort que cela se produise.

Jolene énuméra quelques règles rituelles, précisa que personne du public ne pouvait interférer, ce qui provoqua un grognement de Kylan dans ma tête, et réitéra les conditions qu'Edon avait acceptées avec Walter.

— Celui qui gagne revendique le clan Clemente comme sien. Si l'alpha régnant du clan Ernest tombe, son successeur prend la relève. Y a-t-il des objections avant de commencer ?

Silence.

— Alors je déclare ce défi valide. Vous pouvez…

Walter s'élança et je réagis en esquivant sur ma gauche. *Putain !* Je n'avais pas réalisé que nous allions commencer immédiatement. Ce satané alpha n'avait même pas attendu que Jolene ait fini. À en croire les grognements que j'entendais à ma droite, Niko n'avait pas attendu non plus.

Un tourbillon de fourrure blanche courut devant moi juste avant que Walter ne charge à nouveau.

Je l'esquivai, provoquant un grognement de sa part et plusieurs halètements parmi l'assistance. Pourquoi ça les choquait, je n'en avais aucune idée. Je n'avais pas le temps d'y penser, mon agresseur bondissant vers moi.

Un autre bond de ma part pour l'éviter, suivi d'une roulade et d'une cabriole sur le côté, le fit gronder de fureur.

Apparemment, il n'était pas fan de mon jeu d'esquive.

Dommage pour lui.

Parce que je n'étais pas près d'arrêter.

Tout ce que j'avais pour moi, c'était ma vitesse et mon agilité. S'il m'attrapait, j'étais foutu. Ma force ne faisait pas le poids face à la sienne et nous le savions tous les deux. C'était pourquoi il essayait de m'attraper et que je restais hors de portée.

Le choc imprégnait l'air, suivi de la puanteur de la peur.

Je ne pouvais pas savoir ce qui en était la cause, mon regard fermement fixé sur l'alpha enragé qui me suivait à la trace.

Ses griffes fouettèrent l'air un peu trop près de moi pour être à l'aise, alors que je dansais juste hors de sa portée.

Si Kylan parlait, je ne l'entendais pas, concentré à cent pour cent sur le terrain et mon adversaire. J'avais seulement besoin de…

Quelque chose me frappa dans le dos, m'envoyant voler directement dans la trajectoire de Walter. Il me percuta de plein fouet, ses griffes me déchirèrent le flanc tel un violent coup de poignard.

Putain !

Bats-toi ! ordonna une voix. J'ignorais à qui elle appartenait et je ne m'attardai pas pour le découvrir.

Je frappai Walter d'une de mes pattes, plus vite et plus fort que jamais, et grognai lorsque je griffai une fourrure ferme. Combattre sous forme animale était nouveau pour moi, je n'en avais aucune expérience, alors je m'abandonnai à mon loup et le laissai diriger mes mouvements.

Mordre.

Frapper.

Esquiver.

Rouler.

Si vite.

Répéter.

La douleur me cisaillait le dos, des griffes s'enfonçaient dans ma chair tandis que je mordais à pleines dents une peluche blanche. Et de la peau. Oh oui. Je goûtai le sang. Beaucoup de sang. J'en voulais *encore*.

Walter était plus grand et plus fort, mais j'avais la vitesse de mon côté et je l'utilisai à mon avantage, lui rendant ses coups de plus belle. Mais ce n'était toujours pas suffisant. Il me coinça, ses dents cherchant ma gorge.

Je refusai d'abandonner, je contractai mes épaules et protégeai mon cou tout en me tordant sous lui et en cherchant une faiblesse. N'importe quoi pour le repousser, pour...

Des vivats éclatèrent dans la nuit et soudain Walter disparut. Edon le plaqua au sol, leurs tailles identiques, puis ils s'affrontèrent à terre dans un tourbillon de fourrure sanglante que je n'arrivais pas à suivre.

Je poussai un soupir, me remis sur mes pattes et secouai mon pelage. Le corps sans tête de Niko gisait à quelques mètres, revenu à sa forme humaine à sa mort.

Edon a gagné.

Pas encore, répondit une voix. *En plus, il est blessé. Alors arrête de faire le con et va l'aider.*

Agissant sans réfléchir, je courus sur cette informe masse blanche et heurtai le flanc de Walter. Il glapit quand

Edon lui chopa une patte, qu'il déchiqueta jusqu'à l'os et écrasa sous ses puissantes mâchoires.

Je mordis le flanc de Walter, le forçant à se baisser tandis qu'Edon passait à la cuisse opposée et la mordait.

Or Walter ne resta pas immobile.

Cet enfoiré poussa un mugissement du fond de la gorge et roula avec une force à laquelle je ne m'attendais pas, m'écrasant sous sa masse avec Edon sur lui. Ses canines trouvèrent ma gorge, se plantèrent dans ma trachée, écrasèrent mon organe vital…

Edon l'arracha de moi avec un grondement et serra le cou de Walter.

Les sons qu'ils émirent allaient me hanter pour l'éternité.

Pourtant, je ne pouvais pas m'empêcher de regarder, fasciné par la vue de Walter en *sang*. J'avais envie de le laper en signe de victoire, de me baigner dans son tourment, mais ce satané loup frappa le sol de sa patte, ce qui figea Edon.

Je ne compris pas tout d'abord.

Je me dis que quelque chose n'allait pas.

Puis je percutai.

Walter avait abandonné, putain.

Oh non ! Ce bâtard méritait sa mort et pire encore, surtout pas d'être relâché et autorisé à vivre.

Mais Edon s'écarta, ses babines retroussées montrant ses dents acérées tandis qu'il regardait Walter reprendre forme humaine avec deux jambes broyées. Il s'effondra en position fœtale, comme un foutu bébé, tout tremblant.

— C'est un combat jusqu'à la mort ou jusqu'à ce que l'un d'eux abandonne, annonça Jolene d'un ton morne. L'alpha régnant du clan Clemente a abandonné.

Des insultes fusèrent dans l'air de tous côtés.

— Au moins Niko est mort avec honneur, souligna quelqu'un.

— Tout ça est bien peu reluisant pour un alpha, ajouta un autre.

— Pathétique.

— Faible.

— Tuez-le. Il n'est pas digne de vivre.

Edon reprit sa forme humaine, une variété d'entailles et blessures profondes marquant sa forme athlétique, et se releva. Il plissa les yeux devant le mâle qui frissonnait à terre.

— Soumets-toi, grogna-t-il. Appelle-moi ton Alpha.

Walter trembla, secoua ses épaules, mais ses lèvres demeurèrent closes.

Edon empoigna sa nuque et le tira vers lui pour lui crier au visage :

— Soumets-toi !

— T-tu es l'alpha, chuchota Walter.

— Pas convaincant, vieil homme.

Edon le rejeta sur le sol, et continua :

— Pas convaincant du tout, puis il lui balança un coup de pied dans les côtes, provoquant un cri de douleur. Je veux l'entendre de ta putain de bouche, espèce de vieille merde. Je veux tous les aveux, aussi. Ou je te tue sur-le-champ, ici même.

Le sourire de Walter en réponse était sanglant et malveillant.

— Tu n'as pas les couilles de me tuer, gamin.

Edon haussa les sourcils.

— Ah non ? demanda-t-il en me jetant un regard, puis à Luna. On sait tous que tu n'as pas tué Bianca, que mon père a en quelque sorte répandu ton odeur tout autour de la scène du crime. Tu veux entendre son aveu ?

— Ce n'est pas nécessaire, intervint Jolene, qui

s'avança sur le terrain armé d'une épée. Ton père a exploité la psyché de la meute. Je l'ai suspecté pendant des années et ce soir l'a confirmé. Il a contraint ses propres loups à déclencher une guerre, puis s'est caché comme un lâche pendant qu'ils se battaient tous pour survivre.

Il secoua la tête et baissa les yeux sur le mâle pathétique par terre avant de reprendre :

— Tu t'es littéralement rendu fou, tout comme j'avais averti que cela se produirait si tu abusais de ton pouvoir d'alpha.

— Va te faire foutre, cracha Walter, interrompant ma réponse mentale. Tu ne sais rien du vrai pouvoir. Tu n'es qu'un vieil homme faible, qui a trop peur de faire ce qu'il faut pour garder la meute en vie.

— J'ai mis beaucoup trop de temps à réaliser que tu ressentais cela, mon fils, répondit Jolene en tendant l'épée à Edon. Je t'avais prévenu qu'il ne fallait pas se mêler de la psyché de la meute, mais tu as manipulé l'esprit de tes loups pendant trop longtemps.

La psyché de la meute, songeai-je, fronçant les sourcils. Luna l'avait mentionné une fois, mais je n'avais pas vraiment compris. *C'est comme un esprit de ruche ?*

Oui, répondit Kylan. *Je ne suis pas un loup, mais d'après ce que j'ai compris, la psyché de meute est une capacité mentale d'existence qui ne peut être atteinte que par l'alpha d'un clan. Cela lui donne la capacité de faire le point avec tous les membres sous sa protection, de les surveiller et de les contacter si nécessaire. C'est un peu comme ton lien avec Edon, sauf qu'il nécessite une intense concentration pour pénétrer l'esprit des autres membres, alors que ton lien est beaucoup plus naturel.*

D'après l'expression d'Edon, il avait déjà compris tout cela. Il émit un rire sans joie et secoua la tête.

— Putain, j'aurais dû m'en douter. Bien sûr que tu as envahi la psyché de la meute. Je n'avais jamais envisagé ça comme une cause, mais c'est très logique. Tu as retourné tout le monde contre moi dans cette meute pour ton propre bénéfice, par un lavage de cerveau. Tu les as tous utilisés, du moins, *leurs odeurs*, pour faire accuser les autres des crimes que tu as commis.

Comme avec le vampire, traduisis-je lorsque j'eus compris. *C'est pour ça qu'il sentait la meute. Mais comment a-t-il souillé le corps de Bianca avec l'odeur de Luna ?*

En altérant les sens de ceux qui étaient sur les lieux, répondit Kylan. *C'est la meilleure hypothèse, en tout cas. Je suppose que son corps a été enlevé immédiatement ?*

Franchement, je l'ignorais. Mais c'était probable.

— Crois-moi, le lavage de cerveau n'était pas nécessaire, ricana Walter, dit-il en crachant du sang, puis il leva les yeux vers son fils. Tout le monde sait que tu es pathétique pour un alpha. Ils ne te suivront jamais.

— Pas ceux que tu as gardés près de toi, non, intervint Jolene. Mais tu oublies tous les autres loups qui résident à l'intérieur de nos frontières. Des loups que tu as rejetés hors du cercle intérieur. Des loups que tu as reniés pendant bien trop longtemps. Des loups que tu as laissés mourir de faim.

— Ils n'étaient pas dignes de mes ressources, répondit Walter. Ils semblent bien se débrouiller tout seuls.

— Parce que je les ai guidés, grogna Jolene. J'ai fait en sorte qu'ils survivent assez longtemps pour connaître le nouveau règne d'Edon.

Edon fit tournoyer son épée, plissant les yeux.

— Règne qui commence maintenant.

Walter ouvrit la bouche pour ajouter quelque chose, mais Edon ne lui en laissa pas l'occasion.

La lame fendit l'air si vite que je faillis manquer le bel impact sur le cou trapu de Walter. Ce qui aurait été dommage, car sa décapitation fut l'une des plus belles vues de mon existence.

Presque aussi bon que de voir sa tête rouler sur le sol dans un chœur de halètements.

Luna s'avança et cracha sur le cadavre.

— Bâtard.

J'aurais bien souri, mais ça aurait plutôt ressemblé à un grognement dans ma forme actuelle.

— Je dirais que c'est un jugement juste, annonça tranquillement Jace. Je veux dire, cet homme a déclenché une guerre avec Silvano avec ses conneries.

— Oh, ils complotaient ensemble, précisa Kylan. Ai-je oublié de le mentionner quand je lui ai coupé la tête ? C'est ma faute.

— Un royal et un alpha menant leur peuple à des souffrances inutiles ? releva un autre, ce qui déclencha un brouhaha de conversations qui me provoqua une migraine intense.

Tout cela fut coupé par un hurlement strident provenant d'une source inconnue près des chalets.

Une telle souffrance, et sainte Déesse…

Lilith.

EDON

EH BIEN, merde. Ça ne va pas bien se passer.

Lilith entra dans le cercle de la mort avec ses grands yeux verts, ses talons aiguilles s'enfonçant dans la terre et ses cheveux blonds immaculés frisant à cause de la chaleur. Ce n'était pas son terrain et ça se voyait.

Elle regarda les cadavres de Niko et Walter, l'épée dans ma main, puis considéra le carnage qui nous entourait. Quelques vampires et lycans commençaient à remuer, leur génétique surnaturelle leur permettant de guérir, du moins ceux qui avaient encore une tête.

Seules une balle d'argent dans le cœur ou une décapitation pouvaient mettre un loup à terre définitivement.

Ce qui me fit penser à une chose… *Où est le flingue utilisé contre Silas ? Et qui a tiré ?*

Aucun des autres vampires n'avait tiré de balle d'argent, et je me dis qu'ils avaient essayé de minimiser les dégâts, ce qui prouvait d'autant plus que mon père et Silvano avaient comploté ensemble.

Sauf que l'attaque était allée bien au-delà des moyens nécessaires pour monter un coup.

Donc qu'est-ce que Silvano voulait gagner, exactement ? Il ne pouvait pas s'emparer du territoire s'il était encore peuplé de loups et, comme seule une poignée d'entre eux était vraiment morte, il n'avait aucune chance de posséder le clan Clemente.

— Pourquoi ? demanda Lilith, posant les yeux sur la tête de Silvano. Qui lui a ôté la vie ?

— C'est moi, répondit Kylan, toujours détendu. C'était le seul moyen d'arrêter le combat. Une fois que j'ai tenu sa vie éteinte dans mes mains, ses vampires sont tombés sous mon contrôle. Je leur ai ordonné de cesser leurs violentes bêtises.

Lilith le fixa, puis elle promena de nouveau son regard autour d'elle, remarquant l'assistance : loups, vampires, royaux, alphas, partenaires. Elle secoua la tête comme pour s'éclaircir les idées, sa figure bien plus pâle que d'habitude sous la lune.

Il y avait plus d'une centaine de personnes rassemblées dans ce champ. La plupart d'entre elles étaient nues et couvertes de sang.

Elle examina la dépouille de Walter, puis plissa les yeux vers moi.

— Je suppose c'est toi maintenant le responsable ici ?

— Officieusement, répondis-je en me redressant. On n'a pas eu le temps d'achever les rituels, vu l'attaque inattendue de Silvano.

Bien que je sois techniquement l'Alpha de Clemente à présent, je n'avais pas encore procédé à l'ascension correctement, donc je n'avais pas encore accès à la psyché de la meute. Cependant, cela ne m'empêcherait pas de relever tous les défis qui se présenteraient à moi. Je n'avais peut-être pas la puissance mentale, mais je possédais les moyens physiques de tenir bon.

— Trouve-nous un lieu de réunion, de préférence pas dans la boue, ordonna-t-elle d'un ton autoritaire qui hérissa mon loup intérieur. Je veux que tous les royaux et alphas ici présents se présentent immédiatement pour une réunion d'urgence du conseil.

Bien sûr.

— Pendant ce temps, tous les autres, allez vous laver. Nous ne sommes pas des animaux ! s'emporta-t-elle.

Elle tourna les talons avant que je puisse corriger cette déclaration. Je n'avais aucune idée d'où elle voulait aller. Peut-être retournait-elle à sa voiture ou juste sur l'allée de gravier pour nettoyer ses chaussures souillées.

— Nous pouvons utiliser le chalet principal, lui proposai-je, ajoutant quelques indications pour qu'elle puisse s'y rendre.

Elle ne me répondit pas mais prit la direction indiquée. Je secouai la tête, puis me tournai vers mes loups.

— Rassemblez les morts, ordonnai-je. Nous les pleurerons comme il faut demain. Emmenez tous ceux qui sont en train de guérir et ne sont pas encore réveillés dans un endroit sûr.

J'observai les vampires encore en vie, puis me concentrai sur Kylan, puisqu'il prétendait en être le responsable maintenant.

— Les vampires de Silvano sont invités à récupérer leurs morts comme ils le souhaitent. Mes loups n'interviendront pas, dis-je, prononçant cette dernière phrase avec un regard acéré vers les lycans en question. Nous sommes en paix.

— Pour l'instant, intervint un vampire, ses cheveux noirs se fondant dans la nuit.

Il s'approcha de Kylan. Sa tenue décontractée, un jean et un T-shirt, contrastait avec celle de tous les royaux présents. Et ces tatouages visibles sur son biceps, sous l'ourlet de sa manche ? C'est étrange. Il avait presque plus l'air d'un loup que d'un vampire.

— Je ne m'inclinerai pas devant vous, annonça-t-il sans ambages à Kylan.

— Une décision peu judicieuse, mais que je peux respecter, répondit le royal. *Pour l'instant.*

— En tant que plus ancien vampire de Silvano sur place, j'assisterai à la réunion du conseil pour représenter ses terres, ajouta le mâle, ignorant la menace persistante dans le ton de Kylan.

Ces deux-là avaient clairement des antécédents.

— Bien sûr. Nous attendons avec impatience votre explication de ce qui s'est passé ici, dit Kylan en souriant. Je suis sûr que c'est une sacrée histoire.

Il tourna le dos au courageux vampire et s'adressa à la foule.

— Vous avez entendu Lilith : allez vous laver. Si quelqu'un sort une arme ou provoque un autre combat en notre absence, je m'en débarrasserai comme je l'ai fait avec Silvano.

Un frisson traversa la foule, la réputation de cruauté de Kylan jouant fortement en sa faveur. Personne ne voulait affronter le royal réputé fou.

Pas même moi.

Son sang coulait dans les veines de ma progéniture.

Putain.

Je me tournai vers Luna, posai ma main sur sa nuque et l'attirai pour un baiser qu'elle me rendit avec un soupir.

— Reste avec Silas. J'ignore comment ça va se passer.

Elle hocha la tête et me saisit la joue.

— Nous t'attendrons.

— Je sais, chuchotai-je en passant ma langue sur sa lèvre inférieure. Tu me dois une morsure, petite partenaire.

Ce que j'aurais bien demandé maintenant, alors que la pleine lune brillait encore au-dessus de nos têtes, si je ne n'avais pas senti les yeux de tout le monde sur moi. Hélas, le devoir m'appelait.

Il était temps de jouer à l'alpha.

Je lâchai Luna avec un autre frôlement de ma bouche contre la sienne, puis j'attrapai Silas et capturai ses lèvres avec les miennes.

Un choc le traversa comme la dernière fois que je l'avais embrassé, comme s'il ne pouvait pas croire que je lui montrais de l'affection devant tout le monde. Nous en discuterions plus tard, car s'il pensait que j'avais l'intention de le cacher, il se faisait des idées. Je les voulais tous les deux, et merde à tous ceux qui penseraient du mal de moi pour ça.

— Veille sur Luna, lui intimai-je.

— Je la protègerai de ma vie, jura-t-il.

Je le lâchai et repérai mon grand-père dans la cour. Il y avait une nostalgie dans son regard que je ne comprenais pas, mais la fierté était tapie dans ses profondeurs.

— Je vais donner un coup de main ici pendant que tu t'occupes de Lilith, dit-il, sa voix me parvenant avec facilité grâce à mon ouïe de loup.

— Merci, acquiesçai-je.

— Je fais simplement mon travail, répondit-il en souriant. Emmène Logan avec toi. Il représentera le clan Ernest.

Je fronçai les sourcils et le cherchai autour de moi.

— Où est-il ?

Je ne l'avais pas vu du tout, même pendant le combat.

Mon grand-père désigna un des chalets du menton. Logan se tenait à côté, son bras autour de Cora, sévèrement battue. Luna suivit mon regard, hoqueta et se précipita vers sa mère, Silas à ses trousses.

Enfoiré de Niko.

S'il avait encore été en vie, je l'aurais tué à nouveau.

Ces ecchymoses sur le corps de la femelle alpha portaient toutes la marque de l'alpha mort.

Logan la confia à Luna. Il avait un œil salement amoché et fermé, sans doute suite à un coup de poing de son père. Avait-il essayé de rejoindre le combat pour aider le clan Clemente ? Son père l'en aurait-il empêché ?

Non, il devait s'être passé quelque chose de plus fâcheux pour que Cora soit battue de la sorte.

— On a tenu tête à Walter quand il a voulu prendre Luna, expliqua Logan, captant ma confusion.

Je haussai les sourcils.

— Quand Walter *quoi* ?

— Ça n'a pas d'importance, dit Luna, son bras autour de la taille de Cora. Il est mort. Ils sont tous morts. Va au conseil, nous serons là à ton retour, ajouta-t-elle avec insistance, faisant se retrousser mes lèvres.

Luna portait sa domination avec fierté et j'approuvais complètement.

— Oui madame, répondis-je en lui adressant un clin d'œil.

Silas ricana.

— Alors tu te plies à ses ordres, mais pas aux miens.

— C'est une alpha. Toi, tu n'es qu'un oméga.

C'était plus une raillerie que la vérité.

Il renâcla à nouveau.

— Un oméga qui a combattu à tes côtés dans une arène de mort. De rien, au fait.

Je saisis son épaule et la serrai.

— Oui, tu as raison. Tu feras un bon exécuteur.

Logan haussa les sourcils, surpris. Il savait ce que ce terme signifiait, comme tous ceux qui étaient assez proches pour l'entendre.

— Mets tout le monde au pas pendant que je suis parti.

Je n'attendis pas qu'il réponde à mes ordres et je pris la

direction du chalet principal, Logan à mes côtés. Nous fîmes une halte dans l'une des cabanes pour que je prenne un jean. Il était un peu serré, mais ça allait, et nous reprîmes notre chemin en silence.

Tout le monde nous attendait quand nous arrivâmes, Lilith manifestant une touche d'impatience que j'ignorai en m'appuyant contre le mur.

Je savais qu'il y avait beaucoup d'alpha et de royaux présents ce soir, mais je n'avais pas eu l'occasion de faire le point sur qui était réellement là. La plupart faisaient partie de l'assistance habituelle.

Claude, Lajos, Cormac, Jace, tous des vampires ayant un penchant pour les jeux avec les lycans.

Kylan était le seul participant peu commun. Son arrivée le mois dernier m'avait surpris. Tous les royaux étaient invités à ces événements, mais seule une poignée d'entre eux s'y rendait habituellement, et Kylan était connu pour sa discrétion. Maintenant que je connaissais son lien avec Silas, quel qu'il fût, sa présence était légitime.

Le vampire de Silvano se tenait à sa place, les bras croisés. Quelque chose en lui me paraissait louche. Un pouvoir rampait sous sa peau, qu'il s'efforçait de cacher. Quand il vit que je le fixais, il arqua un sourcil sombre en signe de défi.

Oui, je n'avais pas envie de me frotter à lui. Je le trouvais plus dur et plus sévère que Silvano. Comme s'il était habitué à avoir affaire aux loups en plus des vampires.

Non merci.

Pour la partie lycan du conseil, nous avions tous nos voisins de ce côté-ci du globe, ainsi que quelques-uns des régions entourant le clan Ernest. Tous les loups appréciaient une bonne ascension, cela faisait partie de notre nature de meute.

Luka du clan Majestic.

Brandt du clan Calgary.

Vlad du clan Vladik.

Miko du clan Maykel.

Dimka du clan Kostenka.

Tous étaient d'âges différents, mais cela faisait une moyenne de deux cents ans environ. La majorité d'entre eux étaient donc des amis de longue date de mon père, ce qui me nuirait probablement après mon ascension.

Mais bon.

Ceux qui s'y opposaient pouvaient toujours aller se faire voir.

— Maintenant que nous sommes tous là, nous pouvons commencer, annonça Lilith en me fixant , le regard chargé d'une subtile réprimande pour l'avoir fait attendre.

Comme si je devais m'excuser d'organiser mon clan avant d'assister à une réunion politique. Mes loups passeraient toujours en premier.

Lilith se lança dans une diatribe sur sa déception envers le conseil pour ne pas avoir agi plus tôt, sur le fait qu'un seul d'entre eux avait pris la peine de l'appeler et sur la chance qu'elle avait d'être déjà en route quand elle avait reçu cet appel.

Un tas de belles conneries. Qu'aurait-elle fait ? Taper dans ses mains fraîchement manucurées et crier pour que tout le monde s'arrête ?

Oui, ç'aurait été un beau spectacle.

Elle demanda une explication sur l'origine de tout cela, ce que Vlad fournit en tant qu'observateur. Lorsqu'il arriva à la partie concernant les accusations comme quoi Silvano et Walter avaient orchestré la bataille, tous les regards se portèrent sur le vampire de Silvano.

— Qu'as-tu à dire à ce sujet, Ryder ? demanda Lilith.

Il haussa une épaule.

— C'est du Silvano tout craché, pour moi. Ce connard n'a jamais pensé qu'à lui.

Il marqua une pause avant d'ajouter :

— Qu'il repose en paix.

Manifestement, Lilith n'apprécia pas cette réponse. Ses yeux s'étrécirent.

— C'est tout ce que tu as à dire ?

— Vous faites comme si je savais ce qui se passait, répondit-il. Une bande de vampires a traversé mes terres en direction de la frontière et je les ai suivis parce que ça a piqué ma curiosité. Je n'ai même pas participé à ce bordel. Je ne me trouve ici qu'en raison de mon âge et de mon droit de naissance. D'après ce que j'ai observé, Silvano a orchestré une attaque d'enfer avec l'espoir de prendre le contrôle du clan Clemente par la suite. À mon avis, il a accepté les conditions de Walter avec l'intention de doubler l'alpha. Ça n'a joué en faveur d'aucun d'entre eux, malgré tout.

Pour une fois, l'estimée Déesse parut sans voix.

Tout compte fait, je pourrais bien apprécier ce Ryder.

— Mais si j'étais vous, je chercherais Catalina, reprit-il d'un ton aussi ennuyé que sa posture. Elle s'est enfuie après avoir tiré sur le nouveau venu du clan Clemente avec une balle d'argent. Je suppose qu'elle ne voulait pas faire face aux conséquences avec le nouvel alpha vu qu'il était sa cible initiale.

Kylan eut un sourire en coin.

— Une bonne chose que Jace l'ait assommée et attachée dans un des chalets.

— Il m'a paru étrange qu'elle soit si pressée de s'enfuir alors que ses frères étaient tous si impatients de se battre, ajouta Jace sur le ton de la conversation.

— En effet, opina Kylan. Devons-nous aller la chercher pour vous, madame ?

— Comme si je vous faisais confiance pour ne pas la tuer sans procès, s'emporta Lilith.

Kylan haussa les sourcils.

— J'ignorais qu'il fallait un procès dans une telle situation. Auriez-vous préféré que nous les laissions continuer à se battre comme des animaux ? demanda-t-il en inclinant la tête sur le côté. Ou devons-nous discuter des exigences dictées par nos lignées ? Parce qu'aux dernières nouvelles, je suis le plus ancien des vampires, et je dirais que cela me confère un semblant de responsabilité. Mais peut-être que je me trompe. Peut-être ai-je besoin d'un titre plus important pour affirmer un tel pouvoir.

Plusieurs membres du conseil échangèrent des regards sur le défi très clair lancé par Kylan. Tout le monde savait que son droit de naissance supplantait celui de Lilith, mais il n'avait jamais revendiqué sa position, probablement parce qu'il ne désirait pas la prise de tête qui allait avec les responsabilités et préférait conserver son propre territoire.

Mais ses actions récentes semblaient repousser certaines de ses limites.

Il tâtait le terrain.

Il lançait des piques subtiles sur la place de Lilith au sommet de la hiérarchie.

— Je veux parler à Catalina, répondit-elle, la tête haute, le regard fixé uniquement sur Kylan. Vous tous, déclara-t-elle en jetant un rapide coup d'œil autour d'elle avant de se concentrer à nouveau sur le royal, resterez ici pendant que j'enquête sur ce désordre et que je détermine un recours approprié.

— Vous voulez que nous restions sur les terres du clan Clemente ? Pendant combien de temps ?

La question venait de Brandt.

— Le temps qu'il me faudra pour prendre une décision, lâcha-t-elle.

— Je ne suis pas un chien que vous pouvez commander, reine des vampires, lança Dimka. Nous avons des responsabilités chez nous.

Lilith plissa les yeux sur l'alpha blond cendré.

— Tu resteras jusqu'à ce que je te donne la permission de partir. À moins que tu préfères qu'on aille tous à Lilith City ?

Plusieurs alpha se hérissèrent à cette menace. Aucun de nous ne désirait aller au cœur du territoire des vampires. Surtout pas *son* territoire.

— Cinq jours, suggéra Luka. Nous acceptons de rester ici pendant cinq jours pendant que vous enquêtez. Ça devrait être plus que suffisant et ce n'est qu'une durée très courte pour la plupart d'entre nous.

— La plupart de vos preuves seront effacées en une semaine, renchérit Cormac avec un fort accent, écossais, pensais-je, si ma géographie des anciennes régions était correcte. Je ne peux pas accepter plus longtemps, jeune fille.

Plusieurs approuvèrent par des hochements de tête et des mots d'assentiment, ne laissant pas d'autre choix à Lilith que de céder à leurs demandes.

— Très bien. Je vais m'y mettre immédiatement.

Je faillis ricaner. Comme si elle aurait attendu quelques heures.

— Jace, viens avec moi. Et, Edon ? Prends les dispositions nécessaires, exigea-t-elle. Oh, et félicitations pour ton ascension.

Ce dernier mot était presque une moquerie, mais elle ajouta un sourire poli avant de sortir de la pièce en fanfare.

— Je vais demeurer chez Walter, annonça Jace en passant devant moi. Ta mère et moi sommes de vieilles connaissances.

J'avais envie de contre-argumenter, mais il partit avant que je ne puisse émettre un commentaire.

Puis tout le monde dans la pièce se mit à énoncer ses propres exigences d'hébergement en même temps.

Merde. Ça va être une semaine sacrément longue.

— Bienvenue aux commandes, petit, me dit Kylan en me tapant sur l'épaule.

Oui. Une putain de bienvenue.

LUNA

— Vous êtes allés à l'université ensemble ? m'exclamai-je en écarquillant les yeux. Wow ! Quelle était la probabilité que ça arrive ?

Silas et Rae échangèrent un regard.

— Plutôt faible, répondirent-ils en même temps.

Je hochai la tête, faisant semblant de comprendre. Ces deux-là avaient manifestement un passé commun, une histoire qui me contrariait un peu car je voulais être celle avec qui Silas partageait ce genre de regards. Mais nous étions loin d'en être là malgré le temps passé ensemble et je n'avais aucun moyen de savoir si nous y arriverions un jour.

Si Kylan partageait ma jalousie, il ne le montrait pas. Il se prélassait à côté de Rae sur le canapé d'Edon, son bras tendu le long du dossier et le bout de ses doigts effleurant l'épaule de la femme. Silas était assis dans un fauteuil, tandis que je me détendais sur l'ottomane près de lui.

Ma mère et Logan étaient en train de préparer une des chambres d'amis pour eux. Apparemment, Rae et Kylan allaient prendre l'espace que j'avais initialement réclamé pour moi, me laissant dans les quartiers d'Edon jusqu'à ce que ces nouvelles attributions de logement soient terminées.

Non pas que ça me dérangeait.

J'espérais juste que Silas se joindrait aussi à nous.

Je m'éclaircis la gorge.

— Quand avez-vous dit qu'Edon serait de retour ? demandai-je à Kylan.

D'après ce que j'avais compris, Edon était occupé à trouver des hébergements pour tous nos invités apparents. La plupart des royaux et des alpha avaient eu l'intention d'assister seulement à la cérémonie puis de repartir dans leurs jets, mais la Déesse avait exigé que tout le monde reste jusqu'à ce qu'elle ait réglé le bordel que le père d'Edon avait créé.

— Je ne l'ai pas dit, répondit Kylan. Il avait l'air déterminé à déloger Jace et Darius de chez Walter, un combat qu'il ne gagnera pas à mon avis. Donc ça peut prendre un certain temps.

— Pourquoi s'en soucierait-il ? demanda Silas.

— Parce que Jace aime à séduire les louves, et il y en a une brisée qui vit dans cette maison et qui est très importante pour le jeune Edon, expliqua Kylan avec un petit sourire. Il ne se rend pas compte que tous deux ont une histoire commune.

— Il ne lui fera pas de mal, dit doucement ma mère en entrant dans la pièce, les yeux baissés.

Elle était totalement soumise pour une femelle alpha. Mais au moins elle n'était pas quasi catatonique comme la mère d'Edon. Non, la mienne se défendait à l'occasion. Comme ce soir.

Maintenant, elle n'aurait plus jamais à se débrouiller seule, à moins que mon frère ne la négocie à un autre alpha. Elle était encore assez jeune et jolie pour que d'autres s'y intéressent, au moins comme concubine. Cependant, je ne voyais pas Logan accepter un accord, à en croire sa position protectrice à ses côtés.

— Je n'ai jamais dit qu'il lui en ferait, Cora, répondit Kylan. J'ai simplement signalé son penchant et leur histoire.

Ma mère se tordit les lèvres.

— Une histoire que Jace partage avec beaucoup.

Je plissai les yeux, mais Edon entra avant que je puisse l'interroger. Il promena son regard dans le salon et grogna.

— Salut à toi aussi, répliqua Silas en souriant.

— Ça a été une foutue longue nuit.

Edon alla droit à la cuisine d'où il revint avec une bière qu'il fit rouler sur son front. Il fit remarquer :

— Je ne me rappelle pas t'avoir invité, Kylan.

— Ce n'est pas grave, jeune alpha. J'ai pris sur moi de le faire pour toi, répondit-il.

— Je suis trop épuisé pour discuter, grogna Edon.

Kylan sourit.

— Non, j'imagine que les autres t'en ont fait voir de toutes les couleurs, dit-il en se relevant, puis il tendit la main à Rae. Allons-nous nous retirer et laisser sa triade le calmer ?

Triade. Silas et moi avions demandé à Jolene de nous expliquer ce que cela signifiait pendant qu'on nettoyait la cour, plus tôt dans la soirée. Il avait vaguement répondu qu'il s'agissait d'une relation rare entre trois lycans, avant d'être appelé pour aider à remettre en place l'épaule d'un loup en convalescence. Nous ne l'avions pas revu après ça.

— Pourquoi tout le monde n'arrête pas de parler de triades ? s'enquit Logan, sourcils froncés.

— Parce que ta sœur est au cœur d'une triade florissante, répondit Kylan en tirant Rae à ses côtés. La société actuelle les désapprouve car il s'agit d'un lien indéfectible qui supplante toutes les autres relations au sein d'une meute, mais nier le destin, c'est comme essayer de défier un vampire royal, autrement dit, une très mauvaise idée, dit-il en effleurant la bouche de Rae de ses lèvres, puis il sourit. Sauf si tu t'appelles Raelyn. Alors tu peux défier un vampire royal autant que tu veux.

Elle plissa les yeux.

— Tu essaies juste de me séduire.

— Et ça marche ?

— Peut-être.

Elle lui mordilla la mâchoire, un message tacite passa dans leurs regards, message qui fit sourire Kylan, qui l'entraîna hors de la pièce en chuchotant.

— Il a changé, remarqua ma mère, sourcils froncés, fixant le couloir vide dans leur sillage.

Logan l'ignora, ses iris bleus allant de moi à Silas, puis à Edon et de nouveau à moi.

— Attendez… Vous êtes tous les trois… ? Tu partages ma sœur avec *lui* ?

Il dévisagea Edon.

Edon attrapa le poing de mon frère avant qu'il n'atteigne sa figure et le repoussa en arrière.

— J'ai eu une putain de longue nuit, Logan. On verra ça demain.

Silas bondit du fauteuil et intercepta Logan qui s'en prenait de nouveau à Edon.

— Recule.

— C'est bon, intervins-je, me levant pour rejoindre Silas. *Je* vais bien.

Logan cilla.

— C'est un vrai merdier. Putain, c'est toute cette nuit qui est un vrai merdier.

Il se passa les doigts dans les cheveux en soupirant.

— Sans blague, marmonna Edon. la semaine ne va pas s'arranger.

Logan secoua la tête et se détourna de nous sans un

mot, nous quittant pour aller dans chambre au bout du couloir.

— Je lui parlerai, chuchota ma mère en serrant ma main. Quand il connaîtra l'histoire de Claudette et sa propre triade avec Jolene, il se ravisera.

— *Quoi ?* m'indignai-je, bouche bée devant elle. Quelle histoire de Claudette ?

Elle fronça les sourcils.

— Tu veux dire qu'il n'en a pas parlé ?

— Non, répondîmes-nous tous les trois à l'unisson.

— Explique, ajouta Edon de son ton d'alpha.

— Oh, je ne crois pas que ce soit à moi de le faire, dit ma mère en reculant d'un pas. Tu devrais peut-être en parler à ton grand-père. Je n'avais pas réalisé… Je pensais juste… continua-t-elle en faisant à nouveau un pas en arrière. Demande à Jolene.

Elle s'enfuit sur ces mots, ce qui me fit plisser le front.

Edon marmonna un juron et ouvrit sa bière.

— Et merde. J'en ai ras-le-bol de tout ça. J'en ai marre d'essayer de résoudre des énigmes ce soir. Je veux juste m'échapper pendant une heure et ne plus penser à rien.

Silas me regarda avant de se tourner vers lui.

— On peut t'aider pour ça.

Je souris et me tournai moi aussi.

— Oui. On peut tout à fait t'aider pour ça.

Silas et moi nous étions douchés ensemble plus tôt, pendant que tout le monde se nettoyait et se changeait.

Mais Edon était toujours sale.

Ensanglanté.

Il portait un jean qui, manifestement, était trop étriqué pour lui.

Je tirai sur le bouton, libérant sa taille.

— Viens avec nous, Alpha.

Silas prit la bière d'Edon en répétant :

— Oui, viens avec nous, Alpha, et il ouvrit la voie.

— Hé, je l'ai méritée, grommela Edon en rougissant.

— Et tu vas la boire, répondit Silas avec un regard par-dessus son épaule. Tu as dit que tu ne voulais plus penser à rien. Alors on va le faire à ta place.

Il tint ouverte la porte de la chambre principale.

— Fais-nous confiance, ajouta-t-il.

Je passai devant Edon et Silas et je tirai ma chemise par-dessus ma tête, la laissant tomber par terre. Puis je levai les yeux sur eux.

— Je vais prendre une douche pendant que vous réglez ça tous les deux.

Leurs grognements me suivirent dans la salle de bain, où je laissai tomber mon jean et ouvris l'eau.

Silas et moi n'avions guère parlé pendant notre douche tout à l'heure, nous nous étions juste lavés mutuellement et embrassés quelques fois avant de rejoindre les autres dans le salon. On ne se sentait pas bien sans Edon, comme s'il nous manquait une partie de nous-mêmes. C'était l'une de ces choses que l'on partageait tacitement et qui n'avait pas besoin de mots. Un sentiment que je remarquais dans le regard de Silas aussi facilement que lui dans le mien.

Quand il entra dans la salle de bain, je sus qu'il avait compris et partagé mon intention.

Il posa la bouteille, ôta sa chemise et son jean, et sourit quand Edon se débarrassa de son propre pantalon.

D'un signe de tête, Silas indiqua où il voulait qu'Edon aille.

La mâchoire de l'alpha frémit, car il n'avait pas l'habitude d'obéir aux ordres, mais il finit par céder et me rejoignit sous le jet d'eau chaude.

Je le récompensai en passant mes bras autour de son cou et en l'embrassant.

Ses mains tombèrent sur mes hanches et il me plaqua

contre le mur, son excitation grandissant contre mon ventre et faisant monter la chaleur dans mes veines. Silas nous rejoignit et se plaça derrière l'alpha, ses paumes glissant sur le dos d'Edon.

L'odeur du savon, fraîche et propre, me chatouilla le nez et m'indiqua ce qu'il faisait : il nettoyait l'alpha.

Pendant que je le distrayais avec ma langue.

Mmm , Edon savait si bien embrasser. Si dominant, irrésistible, absolument parfait. Je me cambrai contre lui en gémissant, lui permettant d'approfondir notre étreinte pendant que Silas savonnait les jambes, les fesses et les bras d'Edon.

Bientôt, ce serait mon tour de lui savonner le devant pendant qu'ils se baiseraient la bouche, et rien qu'à cette idée, je serrai les cuisses sur un besoin irrépressible.

Edon grogna lorsque Silas lui toucha le derrière, il arracha ses lèvres des miennes pour embrasser sa progéniture et la soumettre. Vu comme leurs bouches s'affrontaient, cela semblait être une bataille pour la domination, une bataille fascinante.

J'adorais quand ils s'étreignaient de la sorte.

C'était tellement primitif, chaud et excitant. La façon dont Edon chopa Silas par le cou mit le feu à mon sang.

Je pris le savon dans la paume de Silas pour le passer sur l'abdomen de l'alpha, faisant mousser chaque centimètre de son torse avant de descendre pour empoigner sa bite tendue. Sa poitrine vibra en réponse, son membre épais palpita dans ma main tandis que je glissais ma prise plus bas pour attraper ses couilles.

— *Foutre,* souffla-t-il.

— Mmm , c'est l'idée, répondit Silas.

Ses lèvres tracèrent un chemin le long du cou d'Edon jusqu'à son épaule.

C'était presque toujours Silas ou moi au milieu, jamais

Edon, et nous appréciions tous le changement. Même l'alpha, qui paraissait un peu troublé que sa progéniture prenne le contrôle.

Silas capta mon regard et fit un geste du menton vers le bas, m'indiquant ce que je devais faire.

Je souris et glissai le long du mur pour m'agenouiller devant Edon. L'eau ruisselait sur son abdomen jusqu'à ses cuisses épaisses et emportait la mousse.

— Laisse-moi te distraire, Alpha, dis-je en le regardant fixement. S'il te plaît.

Sa tête tomba en arrière sur un gémissement, son bulbe épais s'avança vers mes lèvres en signe de bienvenue. Je le léchai, j'aimais l'essence salée à son extrémité, puis le pris profondément dans ma bouche. Silas l'embrassa encore, ce qui provoqua une violente secousse d'Edon contre ma langue.

Je serrai de nouveau les cuisses, mon désir croissant chaque seconde, tandis qu'ils se dévoraient l'un l'autre.

Les doigts d'Edon se faufilèrent dans mes cheveux, son autre main main tenant toujours la nuque de Silas le guida vers le bas et autour de lui pour me rejoindre sur le sol.

— À mon tour, petite lune, murmura Silas.

Il prit le relais. Ses joues se creusèrent alors qu'il aspirait la queue de l'alpha au fond de sa gorge et déglutissait visiblement.

Edon plaqua son avant-bras sur le mur pour mieux s'arc-bouter, sa main opposée allant de ma tête à celle de Silas tandis que nous faisions tourner sa verge entre nos bouches. Ses gémissements se transformèrent en un bruit sombre et guttural qui provoqua un flot de chaleur humide entre mes cuisses.

Un putain de gémissement si sexy.

Je voulais l'entendre à nouveau.

Je voulais le *sentir* contre ma chatte quand il me léchait.

Je voulais qu'il grogne comme ça dans mon oreille pendant qu'il me baisait à fond.

Je dus geindre, car ses doigts agrippèrent soudain mes cheveux, il me souleva et se jeta contre moi. En quelques secondes, il m'avait plaquée contre le mur et s'était enfoncé en moi en ne se cambrant qu'une seule fois, mes cuisses autour de sa taille.

— Edon, soufflai-je, me cambrant vers lui.

Puis ma bouche fut prise.

Pas par Edon, mais par Silas, par sa langue chaude, pénétrante, tellement addictive. Me cramponnant d'un bras à Edon, j'enroulai l'autre autour de Silas, mes griffes plantées dans son cuir chevelu.

Une paume se posa sur mon sein.

Edon.

Une autre main tripota mon autre téton.

Silas.

Ses lèvres descendirent en lécher la pointe pendant qu'Edon réclamait ma bouche.

Les pensées m'échappèrent, remplacées par des sentiments et des sensations. Une paume chaude se posa sur mes fesses, un doigt glissa dans la raie, trouva mon autre orifice. Je ne tressaillis ni ne reculai, habituée à ce jeu d'Edon, à la préparation qu'il continuait à donner à mon corps.

Deux doigts s'immiscèrent à l'intérieur, la double pénétration généra un faible gémissement de ma bouche. Pas parce que ça faisait mal, mais parce que j'en voulais *davantage.*

Il devait le savoir, car il en ajouta un troisième, qui me fit basculer dans un orgasme explosif que je n'avais même pas senti venir. Je criai, mes parois intimes se resserrèrent autour de lui et le forcèrent à me rejoindre dans l'extase.

La tête de Silas retomba sur mon épaule, ses

halètements se mêlèrent aux nôtres. Edon glissa hors de moi, échangea sa place avec sa progéniture.

Puis je fus à nouveau remplie, cette fois par la longue et dure queue parfaite de Silas.

Ma tête heurta le carrelage, mon corps était endolori, il me picotait et était trop tendu, mais il brûlait encore tout entier. Edon était là, sa bouche sur mon cou, sa paume revenant sur mon cul. Silas me prenait avec brusquerie, ses mouvements étaient pressants, ce qui fit que les jointures d'Edon se cognèrent au mur. Mais ça ne l'empêcha pas de fourrer ses doigts à l'intérieur, avec un mouvement de ciseaux qui me fit me trémousser.

— Jouis, Oméga, grogna Edon. Jouis pour qu'on puisse la lécher ensemble.

Oh, putain…

Mon corps trembla, mes membres se tendirent.

Tout se concentrait dans mon bas-ventre.

Tout était si serré.

Silas chercha à aller plus profond, vers ce point que j'adorais, et le toucha avec la force dont j'avais besoin pour exploser à nouveau.

Du noir.

C'était tout ce que je voyais.

Une pure félicité.

Ils me baisaient littéralement dans un autre domaine de l'être, un état vide, mon esprit complètement éteint.

Je m'en fichais, trop assaillie pour respirer. Mais je les sentais me lécher, j'entendis Silas glousser en récupérant la bière et dire à Edon de la boire en la versant sur moi. Ce qu'il fit.

Jusqu'à la dernière goutte.

Sa langue mémorisait ma chair.

Sa bouche couvrit mon corps de baisers tandis qu'ils me déposaient dans le nuage du lit d'Edon.

Tous deux me soutenaient, me vénéraient, m'aimaient.

Je soupirai et me blottis contre l'une de leurs poitrines tandis que l'autre me dorlotait par-derrière.

Le paradis, décidai-je. *C'est mon paradis.* Personne ne me forcera à le quitter.

SILAS

— C'est surréaliste de te voir comme ça, dis-je à Rae.

Elle était pelotonnée sur le canapé avec un mug fumant qui sentait le chocolat. Kylan était dans la cuisine avec Luna, tous deux discutant à mi-voix du petit-déjeuner.

Ouah. *Ça* c'était encore plus surréaliste.

Au moins ce bâtard était sorti de ma tête. Ça n'avait duré que deux foutues journées.

Je veux juste m'assurer qu'on est sur la même longueur d'onde, avait-il répété. *Je pourrais avoir besoin de toi pour protéger ma Raelyn.*

Il ne m'échappait pas que la seule raison pour laquelle il m'avait sauvé la vie était d'apaiser sa consort. Que si elle et moi n'étions pas de vieux amis, il m'aurait laissé mourir sans hésiter. Alors l'avoir eu dans ma tête si longtemps m'avait vraiment emmerdé. Surtout qu'il n'arrêtait pas de me rappeler qu'il pouvait faire de moi sa marionnette.

Je ne l'aime pas beaucoup non plus, murmura Edon dans ma tête.

J'étais si heureux de le retrouver que je ne pris même pas la peine de lui faire remarquer qu'il lisait mes pensées sans permission. À la place, je demandai : *Où es-tu ?*

Je surveille ma mère.

Encore ?

Jace habite chez elle, grogna-t-il.

Je fronçai les sourcils. *Tu n'avais pas dit qu'ils ne faisaient que jouer aux échecs ?*

Lors de sa visite hier, il les avait trouvés tous deux sous le porche, engagés dans une partie de jambes en l'air très vive. Cela avait tellement troublé l'alpha qu'il était revenu tout perplexe et avait déclaré qu'il n'avait jamais vu sa mère aussi vive. Ce qui en disait long, je suppose, puisque tout ce qu'elle faisait, c'était d'être assise sur une chaise et de déplacer des pièces sur un échiquier.

Edon grommela quelque chose d'incohérent, ce qui me fit glousser. Ça ressemblait beaucoup à : *Foutu connard de royal suceur de sang.*

Essaie de ne pas te faire tuer par ce connard royal, hein ?

Le grognement de l'alpha en réponse vibra dans ma tête. *J'ai amené Logan avec moi. On peut le choper.*

Mh-mmh, fis-je en m'écroulant dans le fauteuil inclinable à côté de Rae. *Content que vous deux vous entendiez bien maintenant.* C'était tendu au début, mais la promesse continue de Luna qui répétait qu'elle allait bien avait quelque peu calmé son frère, bien que cela ne l'ait pas empêché d'avoir des paroles sévères avec Edon et moi sur ce qui arriverait si nous la blessions. Comme si ça risquait arriver.

— Edon ? demanda Rae, un sourire dans ses yeux bleu clair.

— Oui.

Je passai mes doigts dans mes cheveux, de nouveau hirsutes.

— Il n'est vraiment pas content que Jace reste avec Aurora.

— Jace a une façon d'entretenir une réputation sans vraiment l'honorer, dit Kylan de façon énigmatique en rejoignant Rae sur le canapé.

— Mmm , ça me semble bizarrement familier, répondit Rae en se tapotant pensivement le menton. Je me demande bien pourquoi…

Kylan mordilla l'endroit où l'on sentait son cœur battre et frotta son nez dans son cou, en un geste inexplicablement espiègle. Pas du tout ce à quoi je m'attendais de la part de quelqu'un notoirement connu pour son sadisme.

— Mmm , il semble que beaucoup mettent en jeu leur réputation ces derniers temps, murmura-t-il contre sa gorge. Comme les loups qui s'approchent de la porte.

Je perçus l'odeur une seconde après qu'il eut parlé, mais ce fut Luna qui courut vers le vestibule. Elle ouvrit la porte.

— Où diable étais-tu ? demanda-t-elle. J'ai des questions à te poser.

Jolene gloussa.

— Bonjour, ma chérie. Je suppose que Cora a parlé ? Où est mon petit-fils ?

Il entra dans la maison avec Luka sur ses talons, et parcourut le salon de son regard perçant.

— Il est allé voir Aurora, dis-je en me levant. Il n'aime pas que Jace reste avec elle.

— Bonne chance à Edon, grogna Luka. Jace est une force de la nature.

— Tu t'es accouplé avec Claudette ? intervint Luna, concentrée sur Jolene. Et tu n'as jamais pensé à nous en parler ?

Il plissa les yeux sur elle.

— Ne me parle pas sur ce ton, jeune fille. Il va me falloir une longue sieste avant qu'on remue mon passé. Non que ce soient tes affaires, d'ailleurs.

Elle cala ses mains sur ses hanches, pas découragée.

— Que tu sois en triade avec mon mentor, ce ne sont

pas mes affaires ? Fascinant. Je dirais que c'est assez pertinent, n'est-ce pas, Silas ?

Oh, il valait mieux ne pas être en désaccord avec ma petite lune.

— Je pense qu'il nous doit une explication sur ce qu'est une triade et comment elle s'applique à notre situation, oui. Mais je pense aussi qu'on devrait attendre qu'Edon soit là pour l'entendre.

Ce dernier point me valut un bref sourire de Jolene.

— Nous devrons probablement discuter de ce que Luka et moi avons entendu en premier, mais je pense que nous devrions attendre mon petit-fils. Dis-lui de revenir et d'amener Jace et Darius avec lui.

— Ça veut dire que je vais enfin pouvoir jouer ? lança Kylan en inclinant la tête sur le côté. Ou on fait toujours comme si j'ignorais ce que vous faites ?

Luka plissa ses yeux bleus sur le royal.

— Pour info, j'ai voté contre te prendre à bord.

— À bord de quoi ? s'enquit Luna.

— Mais Jace et Darius ont l'air penser que tu pourrais être un allié, continua Luka, ignorant ma petite lune.

— Pour quoi faire ? insistai-je, mécontent de la voir écartée si froidement.

Luka me dévisagea de haut en bas, me jaugeant. Je n'avais pas encore rencontré le mâle alpha, mais je le connaissais. Chef du clan Majestic, marié à Mira, peu marquant dans l'ensemble.

— Tu dois avoir une sacrée paire de couilles pour tenir tête à un alpha de deux cents ans, mon garçon.

— Je t'avais dit qu'il était spécial, remarqua Jolene en me tapant sur l'épaule. Luna aussi. Leur petite triade va s'avérer inestimable, dit-il en jetant un coup d'œil autour de lui. Logan également, où qu'il ait fui. Du moins selon ma Claudette.

— Je veux quand même savoir de quoi vous parlez, rétorqua Luna, un grognement grave imprégnant son ton. Et avoir plus d'infos sur cette *triade* dont tout le monde parle.

Kylan soupira.

— C'est un lien de parenté rare entre trois lycans. Toi, Silas et Edon êtes manifestement une triade. Pourquoi est-ce si difficile et énigmatique ?

— Parce qu'un rituel doit être accompli pour la solidifier, répondit Jolene. Mais je n'en dirai pas plus tant que les autres ne seront pas là. En attendant, je vais me faire du café.

Ton grand-père est énigmatique et impoli avec Luna, grognai-je. *Bon, pas impoli. Mais il n'expliquera pas la triade avant ton retour, et il veut que tu ramènes Jace et Darius avec toi.*

— Dis-lui d'amener Aurora aussi. Ce serait bien de la voir.

Ça venait de Luka.

Je transmis le message à Edon.

Je suis quoi, un foutu garçon de courses ? protesta-t-il.

Je suppose que ça fait de moi un simple messager, répliquai-je.

Edon grogna. *Je m'occuperai de mon grand-père une fois sur place. Embrasse Luna pour moi.*

Bien sûr.

Avec la langue, ajouta-t-il.

Je souris. *Les tâches que tu me confies sont bien lourdes.* J'attrapai Luna qui se dirigeait vers la cuisine et l'attirai contre moi, mes lèvres capturèrent les siennes en lui coupant la parole.

— De la part d'Edon, chuchotai-je après un moment. Et ça, c'est de ma part.

J'intensifiai l'étreinte, la laissant sans souffle et pantelante dans mes bras, sous les yeux de tout le monde.

Elle est à moi, pensai-je en les regardant, submergé par

mon instinct protecteur. Peut-être parce qu'il y avait trop de mâles dominants dans la maison. Ou juste parce que j'en avais envie. Quoi qu'il en soit, je la revendiquai d'un coup de dents et je cueillis le sourire qui en résulta avec ma langue.

À nous, corrigea Edon.

À nous, acquiesçai-je. *Dépêche-toi de revenir.*

EDON

Putain, il y a beaucoup trop de monde chez moi, pensai-je en m'installant dans mon fauteuil préféré. Près de moi, le canapé était bondé de vampires : Jace, Darius, Kylan et Rae. Juliet, la vierge de sang de Darius, était sagement assise sur une chaise sortie de la cuisine.

Luka était vautré sur l'ottomane.

Jolene avait pris l'autre fauteuil de détente.

Logan se prélassait par terre.

Cora, Mira et ma mère buvaient du thé dans la salle à manger. C'était vraiment bizarre, car ma mère ne sortait jamais de chez elle pour voir du monde. Je ne me rappelais même pas la dernière fois où elle avait relevé la tête, et encore moins parlé.

Or la mort de Walter semblait l'avoir quelque peu détendue, à moins que ce ne soit le royal qu'elle semblait beaucoup apprécier : elle avait même embrassé Jace sur la joue avant de s'asseoir en face de Mira.

Genre, c'était quoi ce bordel ?

Concentre-toi, me gronda Silas. Il se tenait derrière moi, les bras croisés sur l'appuie-tête de mon fauteuil. Luna était pelotonnée contre moi.

Tu as de la chance que je sois distrait, lui rétorquai-je en embrassant le haut de la tête de ma petite partenaire.

Pourtant, c'est de ta distraction que j'essaie de te tirer, me lança-t-il.

Je grognai et leva les yeux vers lui. *Marre d'être l'oméga ? Tu veux te mettre dans la peau d'un alpha ?*

Ce que je veux, ce sont des réponses, répliqua-t-il platement.

Bon, je ne pouvais pas discuter avec lui sur ce point.

— Où étais-tu ? demandai-je à mon grand-père. On t'a cherché.

— Luna m'a dit ça, répondit-il avec désinvolture. J'étais avec Luka, à écouter l'interrogatoire de Catalina par Lilith.

Question excuses, c'en était une bonne.

— À l'aérodrome ?

Lilith n'avait pas voulu rester au quartier général du clan Clemente, déclarant que son jet privé suffirait. Elle avait, qui plus est, emmené la souveraine de Silvano.

— Oui. Ça n'a pas été facile, répondit-il en grimaçant.

Je l'imaginais bien. Il n'y avait pas beaucoup d'arbres là-bas.

Hum. Qui aurait cru que mon grand-père était encore capable de jouer les espions ? Je savais qu'il était vénéré à son époque comme l'un des plus forts alphas de son temps, mais il accusait bien son âge. La plupart des lycans vivaient jusqu'à six ou sept cents ans, et il était dans le haut de cette fourchette.

— Et ? intervint Kylan, l'air ennuyé. Qu'a dit cette bonne souveraine à propos du comportement de son royal ?

— Qu'il l'avait chargée d'éliminer Edon et Walter dans le cadre d'un double jeu.

Luka leva sa cheville pour la poser sur son genou.

— Catalina a également confirmé que Silvano utilisait Walter pour s'occuper de certains vampires indisciplinés. Il les a remis au clan Clemente pour qu'ils s'en débarrassent.

Les loups avaient donc bien déchiqueté les suceurs de sang.

— Mon père était d'accord avec ça.

Je ne formulais pas une question mais une affirmation. Walter était un encore plus sale enfoiré que je ne le croyais.

— Oui, d'après les aveux de Catalina. Les lycans en ont fait un sport, comme la chasse de pleine lune, mais en chassant les vampires boiteux à la place.

Mon grand-père avait l'air écœuré par cet aveu.

— Ça explique toutes les odeurs sans les cadavres, intervint Silas, parlant de la puanteur qu'il avait repérée sans cesse près du périmètre du quartier général.

— Oui, en effet, acquiesçai-je. Alors pourquoi trahir Walter ?

J'appelais rarement mon père par son prénom, mais je trouvais ça plus naturel maintenant. Il ne méritait plus le terme affectueux de *papa*.

— Catalina a dit que le but de Silvano était de gagner plus de territoire, surtout autour de l'ancienne frontière entre le Texas et la Louisiane. Là où sont installées les fermes de sang et les camps de reproduction dans cette région, ajouta Luka.

— Il pensait qu'en affaiblissant la meute, il pourrait s'étendre, précisa Jace. Et comme les fermes de sang et les camps de reproduction génèrent des gains financiers, il aurait pu en tirer profit en les prenant au clan Clemente.

— Et imposer à nos loups un tarif plus élevé pour procréer, traduisis-je. Ce que le clan aurait été prêt à payer s'il avait perdu son chef et dû repartir à zéro.

Je ne savais pas quels types de sang les camps abritaient pour le moment, mais s'il y avait des traces d'alpha chez l'une ou l'autre humaine, elles seraient baisées quasi à mort pour créer une nouvelle lignée.

Vous pouvez créer des lignées alpha à partir d'humaines ? demanda Silas.

Oui. Je soupçonne que tu en as des traces, avouai-je. *C'est une question de tendances dominantes, ce que tu as à la pelle, je dirais.* C'était pourquoi j'avais l'intention d'en faire mon exécuteur.

Donc un alpha n'a pas besoin d'être né lycan ?

Il avait l'air troublé. Je ne pouvais guère l'en blâmer. La génétique, c'est compliqué.

Si un lycan engendre un enfant avec une mortelle, puis transforme cette mortelle en lycane pendant la grossesse, l'enfant naîtra lycan.

Ça paraît trop facile, remarqua-t-il en baissant les yeux sur moi.

Je croisai son regard et précisai : *Il y a un taux de mortalité de 99 %. La transition pendant la grossesse d'une femme est généralement mortelle pour la mère et l'enfant. Seuls les mortels les plus forts survivent.*

Ah, et les plus forts sont généralement des alphas, traduisit-il.

Pas généralement, *mais* toujours. *La plupart des humains sont tués au cours du processus.*

— Ça explique pourquoi il voulait les camps de reproduction. Un salaud brillant, reconnus-je à voix haute, interrompant ce que Jace était en train de dire à Kylan.

Tous deux me regardèrent en arquant les sourcils, manifestement irrités par mon interruption, et me demandèrent de m'expliquer.

Je m'éclaircis la gorge.

— J'étais juste en train d'expliquer à Silas comment on créait un alpha.

— Entre lycans et humaines, précisa-t-il. J'ignorais que ça marchait comme ça. Dans les camps, je veux dire.

— Ça dépend de l'objectif du reproducteur, dit Jace en se tournant vers moi. Et quelles conclusions en as-tu tirées, Edon ?

— Si Silvano avait détruit la lignée alpha du clan Clemente, les lycans restants auraient voulu créer à tout prix une nouvelle famille dirigeante. Ce qui aurait nécessité soit l'implication d'autres clans, un choix peu probable vu le peu de femelles alpha qu'il reste dans notre monde, soit qu'ils tentent les camps de reproduction.

— En payant le prix fort pour chaque hôte, ajouta mon grand-père. C'est le motif que Luka et moi avons également déterminé.

La fierté illumina son regard lorsqu'il prononça cette dernière phrase. Une fierté pour moi, pas pour lui-même.

— Et Lilith ? me demandai-je à voix haute. En a-t-elle tiré la même conclusion ?

Les deux alpha secouèrent la tête.

— Elle a appelé Ryder, répondit mon grand-père. Elle pense qu'il en sait plus qu'il n'en dit.

— J'en suis certain, opina Kylan, amusé. Mais pas à propos de Silvano.

— Qui est ce Ryder ? m'enquis-je. Il ne fait pas partie de la hiérarchie de Silvano. Sinon je l'aurais rencontré.

Or l'autre jour dans le champ, c'était la première fois que je voyais ce vampire. L'âge et le pouvoir émanaient de lui comme une nuée obscure, et il ne s'était pas battu du tout.

Je demandai alors :

— Pourquoi est-il encore là ?

— Il vit près des camps, expliqua Luka. Du côté de Silvano. Il reste discret, refuse de jouer le jeu politique et n'est venu que parce que Silvano a fait passer l'armée par sa propriété.

— Oui, il a demandé à Lilith de l'excuser, en disant qu'il s'était seulement porté volontaire pour représenter Silvano lors de la réunion initiale et qu'il n'avait pas l'intention de rester, dit mon grand-père en renâclant. Elle a refusé, bien sûr. Elle a dit qu'avec Catalina en détention, elle avait besoin d'un aîné ici pour garder tous les vampires de Silvano dans le droit chemin.

Kylan esquissa un sourire en coin.

— Je parie qu'il est ravi de s'être porté volontaire.

— Tu penses qu'il était au courant des intentions de Silvano ? demandai-je. Qu'il travaillait avec lui ?

Kylan éclata de rire.

— Certainement pas. Il détestait ce bâtard.

— Silvano a fait traverser les terres de Ryder à ses vampires, rappela Luka.

— Bien sûr, répondit Kylan. C'était le meilleur moyen de pousser le vieux reclus à sortir de son trou et Ryder est tombé dans le panneau.

— Mais pourquoi le provoquer ? m'étonnai-je. Pourquoi le mêler à tout ça ?

— Peut-être pour servir de bouc émissaire, en cas de besoin. Ou parce que c'était le chemin le plus facile, répondit Kylan en haussant les épaules. Quoi qu'il en soit, je suis certain que Ryder n'est pas impliqué dans tout ça. Il a beau être vieux et sénile, il n'est pas suicidaire.

— Je suis enclin à dire comme Kylan que Ryder ne s'associerait jamais avec Silvano sur un coup pareil, continua Jace d'un ton assuré. Mais c'est un vrai problème. La question demeure : comment Lilith va-t-elle réagir à ces nouvelles ?

— Tu veux dire, est-ce qu'elle me punira pour avoir ôté la vie à Silvano ? demanda Kylan en souriant. Elle peut toujours essayer.

— Elle peut, oui, confirma Jace, souriant à son tour. En attendant, Edon et Logan devraient bien s'en tirer, car c'est Walter qui a accepté le défi et demandé à se battre avec Niko à ses côtés. Pas d'ennui majeur, mais j'imagine qu'elle les surveillera de près par la suite.

— Tout était conforme aux lois de la meute, précisai-je. Elle ne peut pas nous reprocher de les avoir respectées.

Mais Kylan pourrait bien avoir un problème ou deux.

— En effet.

Darius gratta l'ombre de barbe sur sa mâchoire. Il reprit :

— Néanmoins, je pense que nous devrions tous faire profil bas pendant quelques mois, le temps que la poussière retombe. Trop de bouleversements si rapprochés vont mettre l'Alliance à cran et nous ne pouvons pas nous permettre de nous faire remarquer.

— Tuer Silvano pour empêcher les vampires et les loups de s'entretuer ne sera guère perçu comme un mouvement révolutionnaire, remarqua Kylan. Je suis le royal fou, vous vous rappelez ? Je fais des trucs dingues tout le temps.

Il ponctua ces mots d'un baiser dans le cou de Rae.

— N'est-ce pas, consort ?

Elle secoua simplement la tête, mais le bourdonnement d'énergie entre eux suggérait qu'elle était dans son esprit. *Fascinant.* J'ignorais que les vampires pouvaient communiquer ainsi avec leur progéniture. J'avais toujours cru que c'était un truc de loups.

Il l'a transformée après en avoir fait son Erosita, expliqua doucement Silas. *Elle m'a dit que ç'avait altéré sa transformation.*

Fascinant, répétai-je.

— C'est vrai. Tous les actes de rébellion de ces derniers temps ont impliqué Kylan d'une manière ou d'une autre. Si quelqu'un risque un blâme, c'est bien lui, fit remarquer Luka en lançant un regard au royal. C'est pourquoi je ne voulais pas t'impliquer. Vous mettez nos plans en danger.

— Tu suggères que je pourrais vous dénoncer pour sauver ma peau ? demanda Kylan en retroussant les lèvres.

Qu'est-il arrivé à notre bonne vieille confiance, loup ? Tu ne flaires pas ma loyauté ?

— Pour moi, tu sens le vieux puissant, grognai-je.

Tout comme Jace et Darius. Ils étaient âgés de deux ou trois mille ans au moins.

— Ils sentent le vieux pour moi aussi, opina Logan. Mais puisqu'on en parle, j'aimerais bien savoir à quoi rime cette histoire de révolution.

Jace sourit.

— Tu es en plein dedans.

C'est ainsi que démarra une conversation d'une heure sur ceux qui cherchaient à faire tomber le Conseil de l'Alliance du sang.

Quatre des membres fondateurs étaient dans cette pièce : Jace, Darius, Luka et Jolene. Mais il y en avait d'autres à travers le monde, tous vivant tranquillement en attendant leur tour pour se soulever. Ils n'avaient pas prévu de le faire avant plusieurs années, voire décennies, mais les événements des deux derniers mois avaient accéléré leur calendrier.

Cette semaine, en particulier, les propulsait carrément dans l'avenir.

Car Logan et moi avions été formés dans un but précis : mener nos clans à la rébellion. Toutefois ce devait être subtil. De petites choses comme supprimer la chasse de pleine lune pourraient ne pas être remarquées, surtout qu'elle n'avait lieu que quelques fois par an.

Une autre solution serait de permettre aux relations de s'établir, d'encourager les accouplements plutôt que les avilir.

Il fallait juste que ça reste discret, invisible pour les autres meutes.

— Avec Silvano hors-jeu, on pourrait saisir l'occasion,

intervint Darius. Jaxon est l'un des plus anciens du territoire.

— Mais pas dans une position de leader, souligna Jace.

— Moi non plus, sourit Darius. Pourtant nous sommes là.

— Grâce à ma place au sommet.

Le royal adressa un clin d'œil à la vierge de sang de Darius.

— C'est agréable de voir tes yeux, ma chérie.

Elle rougit mais ne baissa pas les yeux. C'était clair qu'elle était dans le coup, car d'après ce que j'avais compris, les vierges de sang étaient élevées pour être soumises à l'excès. Pourtant, elle semblait plutôt confiante et posée aux côtés de Darius, comme si elle avait tous les droits de s'immiscer dans ce cercle.

Ce qui pouvait être le cas.

— Combien d'autres jeunes lycans sont formés pour votre rébellion ? s'enquit Luna auprès de Luka. Votre fille ? Pour Logan ?

Ses traits s'assombrirent.

— Ce n'est pas parce que Niko a décidé de prendre une retraite anticipée que ma fille doit se marier le mois prochain.

Ce n'était pas du tout ce que Luna avait demandé. Mais ça semblait être un sujet sensible pour l'alpha lycan.

— Donc ma meute va rester sans chef jusqu'à ce que vous décidiez qu'elle est prête ? s'étonna Logan en haussant un sourcil. Vous savez que je ne peux pas m'élever sans une partenaire.

— C'est un sujet dont nous continuerons à discuter, répondit Jolene en dardant sur Luka un regard acéré. Pour répondre à ta question, Luna, il y a une poignée de mentors en place pour contribuer à guider les mentalités des jeunes lycans, oui. Cependant, toi, Edon et Logan étiez nos premiers objectifs pour cette vague. Comme on l'a déjà dit, nous pensions avoir plus de temps. Mais on dirait que nos pions se mettent en place plus tôt que prévu.

— Beaucoup plus tôt, opina Darius. Nous allons devoir réévaluer plusieurs pistes, mais d'autres se sont ouvertes à notre exploration.

— De rien , intervint Kylan.

Darius l'ignora.

— Je crois qu'il serait sage qu'Edon s'engage dans sa triade, car cela créera un précédent relationnel immédiat pour la meute. Tout comme je conseillerais à Luka de reconsidérer sa position sur les noces de sa fille. Le clan Ernest aura besoin d'unité pour se reconstruire et Logan ne peut pas s'en charger seul.

Luka grogna, mais j'intervins avant qu'il ne réponde.

— Vous savez ce qui serait sage ? Qu'on m'explique ce qu'est une putain de triade avant de me demander de m'y engager, suggérai-je d'un ton pas très poli.

Tous les regards se tournèrent vers mon grand-père.

Il poussa un soupir résigné.

— C'est ce que j'ai vécu avec ta grand-mère et Claudette.

Luna se raidit à côté de moi.

— Et qu'est-ce que ça veut dire au juste ? insista-t-elle.

— Oui, même question, renchérit Logan.

Je ne fis pas de commentaire puisque je me demandais la même chose.

Mais ce fut à moi que mon grand-père s'adressa :

— Nous formions tous les trois une unité similaire à celle que toi, Silas et Luna formez.

Une tristesse voleta dans les profondeurs de ses yeux sombres. Il continua :

— Ta grand-mère était la femelle alpha et Claudette une humaine devenue lycan. Au cours de mes premiers rituels d'alpha, je l'ai transformée, puis j'ai revendiqué Yazmine sous la lune quelques semaines plus tard.

Comme c'était la coutume pour une ascension alpha.

Je comprenais ça.

— Et ? relançai-je.

— Et contrairement à ton couple avec Luna, Yazmine était mienne par choix. Ce qui veut dire que nous avons entamé notre relation initiale avec de l'amour dans nos cœurs. Comme tu le sais, le mâle mord en premier. Puis la femelle mord à la pleine lune suivante. Mais quelque chose s'est passé entre Claudette et moi entre- temps, qui s'est propagé à ma Yazy. Nous ne l'avons pas compris au début ; la connexion physique était tout simplement incroyablement intense.

Ça me paraît familier, pensai-je.

— À la pleine lune suivante, nous étions tous trois trop engagés pour que Yazmine et moi poursuivions notre couple seuls. Nous avons invité Claudette à se joindre à nous et avons opéré une liaison en triade, à la grande surprise de notre meute. Nous avons ensuite vécu ensemble en trio pendant près de cinq cents ans, dont trois cents que j'ai passés à la tête du clan Clemente. Nous ne nous sommes pas séparés jusqu'au nouvel ordre mondial, et, depuis ce jour, je crois que c'est cette séparation qui a tué ma Yazy.

Il déglutit et baissa les yeux.

— Les triades ne doivent pas être séparées.

— Ce qu'il te dit est un avertissement, ajouta ma mère d'une voix douce depuis le salon, nous surprenant tous. On n'entre pas dans une triade à la légère. Vous devez tous les trois vous engager et être prêts à vous battre pour elle.

LUNA

Deux jours plus tard, Lilith n'avait toujours pas réuni le conseil. Apparemment, elle n'était pas pressée de rendre son verdict.

Ce qui laissait des loups et des vampires traîner partout dans le quartier général du clan Clemente.

Plus précisément dans la maison d'Edon.

J'étirai mes jambes, m'échauffant pour une course bien nécessaire, quand Silas me rejoignit dehors.

— En humains ou en loups ? demanda-t-il.

— En humains.

En effet, je voulais lui parler de cette histoire de triade. On avait évité la bombe de Jolene suffisamment longtemps. Alors que je pouvais ressentir ce qu'Edon éprouvait, je n'avais aucune idée de ce que Silas pensait de tout ça.

Baiser temporairement à trois, c'était bien.

Mais s'engager ainsi pour l'éternité ? Oui, un scénario complètement différent. Même si ça me briserait le cœur de voir Silas partir, je le laisserais faire si c'était ce qu'il voulait.

Et c'est là le problème : je ne peux pas lire en lui. Tout comme il ne peut pas lire en moi.

Ce problème serait censément résolu si nous nous

acceptions l'un l'autre à la prochaine pleine lune, mais je n'étais pas prête à ça sans être certaine qu'il désirait les mêmes choses que moi.

— Humains, donc.

Silas alla enfiler une paire de chaussettes et de chaussures et revint sans chemise, ce que mes yeux firent plus qu'apprécier.

— Prête ?

— Oui.

Il sourit.

— Prends les devants.

— Tu veux juste mater mon cul, le taquinai-je, partant au petit trot vers l'orée du bois.

— Ce short est sacrément court, petite lune. Tu ne peux pas me reprocher d'admirer la vue.

Je ricanai et accélérai le rythme.

— Tu m'as vue nue il y a une heure à peine.

Il m'avait rejointe sous la douche, non pour batifoler, mais pour avoir de la compagnie. Ce qui était sympa. J'aimais bien comme il me lavait les cheveux.

Bien sûr, j'aurais besoin d'un autre nettoyage complet après cette course.

Peut-être qu'Edon serait de retour à ce moment-là et qu'on pourrait s'amuser tous les trois. Cela dépendait, supposais-je, de comment se déroulait la conversation d'Edon avec son grand-père. Ils passaient en revue la liste des partenaires de meute que Jolene avait recommandés pour une promotion au quartier général. Apparemment, il avait gardé un œil sur chacun d'entre eux au cours des dix dernières années, en préparation du moment où son petit-fils ferait son ascension.

Une claque sur mes fesses me fit bondir.

— Hé !

— Je croyais qu'on allait courir ? Là ça ressemble plus à une flânerie !

Je jetai un œil par-dessus mon épaule à ce mâle prétentieux.

— Tu veux faire la course, le bleu ?

— Qu'est-il arrivé au *grand loup* ? taquina-t-il, évoquant l'autre jour dans la cuisine.

— Tu n'as pas encore gagné cette appellation, rétorquai-je. Bats-moi à l'arrivée au ruisseau et peut-être que je reconsidérerai la question.

Je m'élançai à fond de train, sans lui laisser le temps de répondre ou de réagir. Son gloussement me suivit, bien trop proche pour être à l'aise. J'accélérai donc mon sprint, ma louve intérieure grondant de jalousie envers mes deux jambes. Elle voulait être libre de courir, de flairer les arbres, de sentir le vent ébouriffer son pelage.

Plus tard, lui promis-je.

Je voulais parler à Silas habillée car je n'avais pas confiance en moi pour l'aborder nue. On aurait fini entremêlés. Surtout après un sprint chargé d'adrénaline à travers les bois.

Son épaule effleura la mienne, ses longues jambes le portaient plus vite que les miennes.

Sur quatre pattes, je me défendais grâce à mon expérience. Mais on dirait bien qu'il me battait sous forme humaine.

À chaque centimètre qu'il mettait entre nous, je devenais de plus en plus agitée.

De plus en plus excitée.

Car l'homme était racé, tout en muscles effilés, filant entre les arbres en esquivant les branches comme un professionnel. J'avais envie de lécher la traînée de sueur qui perlait le long de sa colonne vertébrale, de lui mordiller la nuque et de le plaquer au sol. Juste pour qu'il me retourne sous lui, ce qu'il ferait à coup sûr. Après quoi il se glisserait directement dans ma chaleur qui l'attendait.

C'est pour ça qu'on porte des vêtements.

Sauf que mon débardeur était collant et bien trop lourd.

Mon short était trop épais.

Mes chaussures m'asphyxiaient les pieds.

Je voulais *respirer*.

Non.

Il fallait d'abord que je lui parle, et nous étions presque arrivés au ruisseau, là où j'avais joué avec Edon des semaines plus tôt. Tant de choses avaient changé depuis.

Une révolution ? Qui aurait cru ça possible ? Mais foutre oui, j'en étais. Edon et Silas aussi. La question était : allions-nous nous battre ensemble en tant que triade ou juste comme des partenaires de meute ?

Silas atteignit la rive en premier, son sourire triomphant m'attirant d'autant plus vers lui. Je dus faire de gros efforts pour ne pas lui sauter dessus et enrouler mes jambes autour de sa taille. Je m'arrêtai juste à côté de lui, les mains sur les hanches, haletante, cherchant un souffle bien nécessaire.

Il m'avait poussé à mes limites. J'aurais pu encore parcourir quelques kilomètres, mais bon sang, j'avais les jambes en coton.

— Alors, j'ai mérité mon surnom ? demanda-t-il, bien moins essoufflé que moi.

Quelque chose me disait qu'il aurait pu forcer l'allure, et qu'il l'aurait fait si Edon avait fait la course avec lui.

J'allais devoir m'entraîner plus dur pour suivre ces deux-là. *Génétique masculine veinarde.*

Silas me saisit la joue et frotta sa bouche contre la mienne.

—Je préfère *mon mignon* à *grand loup*.

— Ah oui ? demandai-je en léchant sa lèvre inférieure. Et si moi je préfère *grand loup* ?

— Tu pourrais me surnommer *boule de poils* que je te répondrais toujours, Luna, chuchota-t-il en m'embrassant de nouveau.

Bon sang, il avait un goût exquis. De sexe, de loup et d'homme, le tout sous l'enveloppe de Silas. Mmm , mais d'abord il fallait que je lui parle. C'était le – *oh, ça fait du bien* – but de tout ça…

Je me cambrai contre lui et gémis quand sa langue fit un truc vraiment génial avec la mienne.

Coucou, petite érection, me dis-je en sentant son excitation sous son jean.

Il avait dû apprécier cette course autant que moi, même si on n'avait parcouru que deux kilomètres à peine.

Une de ses mains enveloppa ma nuque, l'autre se posa sur ma hanche et il me dévora à pleine bouche.

Nous nous étions un peu embrassés sous la douche, mais c'étaient plutôt des mordillements ludiques. Silas avait désiré jouer à ce moment-là. Mais maintenant ? Oui, il avait clairement envie. Non, il était *affamé*. J'étais son prochain repas.

— Silas, soufflai-je, mon pouls s'emballant comme à chaque fois qu'il me touchait. Je voudrais…

Sa langue me fit taire et dispersa mes pensées.

Je frissonnai, ma louve s'inclinant devant son loup.

Hmm, non, j'ai besoin de…

— Triade, parvins-je à articuler d'un ton bien plus sensuel que je l'aurais voulu.

Mais qui capta son attention.

— Triade ? répéta-t-il, se reculant juste assez pour me fixer de ses pupilles dilatées.

Oh, chère lune, la faim dans son regard…

Concentre-toi ! m'admonestai-je.

Je me raclai la gorge et m'efforçai de me rappeler ce que je voulais dire. Mais je n'y arrivais pas. Pas avec lui si près, ses iris bleus qui m'hypnotisaient, ses lèvres pleines qui me tentaient pour un autre baiser. Je le voulais, et pas seulement physiquement. Je voulais *Silas*. Tout de lui.

— Je veux la triade, chuchotai-je. Je veux être avec toi. Avec Edon. Avec *nous*. Je veux entendre ton esprit. Explorer ton âme. Toucher ton cœur. Je veux savoir ce que ça serait d'être aimée par toi. De t'aimer en retour. D'être ta partenaire, ton tout. De nous connecter tous les trois. Pour toujours. Mais je ne te forcerai pas, même si je ne pense qu'à ça, même si c'est tout ce que j'ai toujours voulu dans ma vie. Tu as le droit de choisir et je ne t'enlèverai jamais ce droit.

— Hé, hé, murmura-t-il, essuyant du pouce les larmes qui avaient coulé de mes yeux sans que j'en aie conscience.

Grande déesse, je pleurais.

Mais la pensée qu'il ne veuille pas de moi en retour brisait quelque chose en moi.

Je n'avais pas réalisé à quel point c'était important pour moi jusqu'à cette seconde, ce dernier souffle. S'il me rejetait, s'il *nous* rejetait, je... je ne serais plus capable de respirer normalement.

Je l'aime déjà, réalisais-je. *Je les aime déjà tous les deux.*

Je pressai ma main sur ma bouche, le choc me secouant tout entière. Comment j'avais pu laisser cela se produire ? Ou bien je n'avais pas eu le choix ?

Ma louve se soumettait à eux deux par pur instinct.

Elle *connaissait* ses partenaires, même si ma moitié humaine ne les connaissait pas encore.

— Luna, murmura Silas, son pouce caressant de nouveau ma pommette. Ma douce petite lune, regarde-moi.

J'avais baissé les yeux sans m'en rendre compte,

tellement mortifiée de tomber si bas que ça menaçait de me détruire.

—Je-je ne peux pas, avouai-je.

Ce n'était pas une réponse à sa demande de le regarder, mais au chagrin d'amour très réel qui me déchirait. Jamais de ma vie je ne m'étais sentie ainsi, si terrifiée par la réponse potentielle de quelqu'un.

Je détestais ne pas être capable de le sentir, de capter ses pensées. *Qu'est-ce qu'il ressent ?*

Ce serait trop facile de le présupposer, mais une éternité, c'était long. Cette relation contournait tant de règles sociales. Rien dans une triade n'était considéré comme habituel. Aucun de nous ne comprenait vraiment ce que cela signifiait au-delà de ce que Jolene avait expliqué.

Mais je le voulais tellement que ma poitrine souffrait du vide de l'incomplétude. J'avais du mal à respirer, ce qui me faisait monter les larmes aux yeux.

Ce n'était pas lui qui nous rejetait, mais nous qui refusions le lien.

Maintenant que je m'étais permis d'envisager la triade, je ressentais ce que me faisait cette incomplétude.

—Je me sens si vide, Silas.

— Je sais. Je ressens ça aussi, chuchota-t-il, ses lèvres sur mon front. C'est une torture de ne pas t'avoir en moi, petite lune. Edon est là, je le sens tous les jours, mais toi… tu me manques même quand tu es juste devant moi. Je veux cette connexion avec toi aussi. Ce lien, pour que tu sois vraiment mienne, pour vous revendiquer tous les deux. Je le fais déjà dans mon cœur, Luna. Tu es déjà mienne.

Je déglutis, et mes yeux s'embuèrent de nouveau.

— Tu le fais ?

— Tous les jours, affirma-t-il. Tu es ma petite lune. Ma

Luna. À la prochaine pleine lune, je le prouverai au monde entier. À toi et à Edon. Je ne veux être nulle part ailleurs.

Je l'attrapai et l'embrassai, mes larmes ruisselant entre nous, tandis que j'évacuais toutes mes inhibitions, tous mes doutes, toutes mes peurs. Tout. Je lui donnai tout ce que j'avais, l'embrassai jusqu'à en perdre le souffle, sans m'arrêter pour remplir mes poumons.

Je lui appartenais.

À Edon aussi.

Ma nuque me picota en guise d'avertissement : une chaleur familière s'approchait derrière moi. Comment il nous avait retrouvés, comment il *savait*, je m'en fichais. Quand je sentis les lèvres d'Edon sur mon épaule, je m'effondrai, laissant les deux mâles me bercer entre eux.

— Je le veux aussi, chuchota-t-il à mon oreille. Je vous ai désirés tous les deux dès le début. Tu es mienne, petite partenaire. Silas est mien aussi.

Mes vêtements disparurent en vrac sur les rochers. Ceux de Silas suivirent. Edon était arrivé nu, sans doute dans sa forme de loup.

Je me retournai dans ses bras et l'embrassai comme je l'avais fait avec Silas, déversant toutes mes émotions, tout mon *cœur*, dans ma langue qui caressait la sienne. *Je t'aime,* pensai-je en le regardant. *Je t'aime tellement que ça fait mal.*

Il ne pouvait pas m'entendre, notre lien d'accouplement étant incomplet.

Ça me déchirait en deux.

Je ne voulais pas attendre la pleine lune, mais on n'avait pas le choix.

Quatre semaines encore… Je devrais survivre tout ce temps sans qu'il m'entende, sans me connecter à Silas.

— Ne pleure pas, petite partenaire, dit Edon en léchant la larme sur ma joue, on va bientôt arranger ça.

— Je veux que vous me captiez, dis-je. Je veux que vous *m'entendiez* tous les deux.

— Alors crie pour nous, ma chérie, rétorqua Edon. Crie pour que tout le monde entende, pour dire au monde qui te possède.

Silas mordillait mon épaule, pressant son corps chaud contre mon dos.

— Nous allons prendre soin de toi. Nous allons te montrer ce que nous ressentons pour toi et ce que nous ressentons l'un pour l'autre. Réunis-nous, Luna. Accouple-toi à nous deux. En même temps.

Je frissonnai, mon cœur martelant ma poitrine.

— Oui, déglutis-je, oui.

Si on ne pouvait pas s'unir mentalement, alors on allait le faire physiquement.

Les deux en moi en même temps.

À ressentir tout ce que j'avais à offrir.

— Oui, répétai-je pour la troisième fois.

Ma tête tomba en arrière contre la poitrine de Silas, tandis qu'Edon me léchait la gorge. Il appuya sa main sur mon abdomen et glissa vers le bas, jusqu'au désir ardent entre mes jambes.

— Toute humide, siffla-t-il, et ses doigts me pénétrèrent sans aucun mal.

Je gémis, cambrai mes hanches à son contact, le suppliai d'aller plus profond.

Mais il avait autre chose en tête.

Il retira sa main qu'il glissa vers mon derrière. Silas s'écarta pour lui laisser de la place, mais je sentis sa bite appuyée contre le poignet de l'alpha.

La chaleur envahit mes veines et enflamma mon corps alors qu'Edon pénétrait mon petit trou plissé.

Silas me tira la tête en arrière pour m'embrasser, me titiller avec sa langue. Mais la pression montait en moi tandis qu'Edon s'évertuait à lubrifier les deux côtés, me préparait à les prendre tous les deux.

Ça allait me détruire.

Paralyser ma faculté de penser à autre chose qu'à eux.

Ça me convenait. Car Silas et Edon me faisaient me sentir entière. Ils étaient ma meute, mon passé, mon présent et mon futur, et je ne désirerais qu'eux pour toujours.

— Elle est prête, chuchota Edon quelques secondes, ou minutes plus tard.

Je n'en savais rien, mon corps était trop tendu par l'attente pour avoir conscience du temps.

Il captura ma bouche, sa langue la baisant à fond pendant qu'il nous amenait tous trois à terre. Un tapis de feuilles accueillit mes jambes nues, ce qui plut énormément à ma louve intérieure. Silas s'allongea sur le dos près de moi, ses traits splendides firent fondre mon cœur.

— Grimpe sur moi, petite lune, invita-t-il.

Son érection me fit signe avec une pulsation qui fit se serrer mon vagin à l'avance. *Oui, s'il te plaît.* Je rampai sur lui, chevauchai ses hanches et enveloppai sa verge dans mes replis trempés.

— Putain… Descends sur moi.

Il empoigna mes hanches, me plaça là où il me voulait, son gland devant mon entrée.

Ce que je fis.

Sa demande démolit toute velléité de me rebeller, de me battre, de faire autre chose qu'accepter. Mon bas-ventre frémissait, la sensation de sa longueur épaisse et chaude en moi créait une dépendance croissante dans mon sang. Je m'assis sur lui, le bloquant en moi si profondément qu'il gémit de contentement.

Edon saisit ma hanche, ses dents effleurèrent mon épaule.

— Penche-toi et embrasse-le, petite partenaire.

Mon cœur battait la chamade, ma louve se trémoussait sous le commandement de l'alpha.

Je me penchai sur Silas et l'embrassai sur la bouche en soupirant, tandis qu'il plaquait sa paume sur ma nuque.

Tu es à moi, disait-il.

Je suis à toi, opinais-je.

C'était tout ce dont j'avais besoin : nos corps connectés confirmant que nous étions faits l'un pour l'autre.

— Encore, suppliai-je, non, *ordonnai*-je.

Ce n'était pas une demande mais une exigence. Il m'en fallait plus .

Edon caressa ma colonne vertébrale, hérissant mon dos de chair de poule dans son sillage. Je me sentais légère et adorée. Il me fit d'autres doux attouchements, sa langue glissa sur mon échine, puis il empoigna mes fesses et les écarta.

Je m'attendais à moitié à sentir sa bouche *là*. Mais à la place, il s'écarta et quelque chose de beaucoup plus dur et plus grand se pressa contre mon orifice.

Je déglutis, soudain incertaine.

Mais une petite morsure de Silas me rappela à ma tâche, ses lèvres remuant sous les miennes, coquines, douces, parfaites, m'incitant à lui rendre son baiser. Ce que je fis, me perdant en lui alors qu'une pression intense commençait à me remplir par-derrière.

Lentement.

Avec précaution.

Dedans et dehors, un centimètre à la fois.

Ça faisait mal.

Mais ça provoquait aussi toutes sortes de choses immorales en moi.

Je gémis dans la bouche de Silas, mon bas-ventre

palpitant de douleur et de plaisir, les deux mâles se joignant à moi d'une manière ensorcelante.

— Comment tu te sens, Luna ? s'enquit Edon.

Son souffle était devenu un peu plus laborieux, comme s'il dosait soigneusement ses efforts.

— Chaude, murmurai-je en déglutissant. *Pleine*.

— Pas tout à fait pleine, petite partenaire, gloussa-t-il.

Il s'enfonça un peu plus, ce qui me fit tressaillir et gémir.

— Je te sens, dit Silas, serrant la mâchoire. Putain, je te *sens*.

— Attends que je commence à bouger, répondit Edon, ses mains courant le long de mes flancs. Encore un peu, Luna. J'y suis presque.

Un son inintelligible m'échappa tandis qu'il me forçait à le prendre jusqu'à la garde.

Un son qui ressemblait à un grognement mêlé à un cri.

Un son qui évoquait son nom mêlé à un juron.

Il se pencha dans mon dos pour me permettre de m'adapter à eux deux. Je ne pouvais pas bouger, coincée entre deux mâles costauds dont les mains et les lèvres couraient sur ma peau, tandis que tous deux me félicitaient de les avoir en moi, d'avoir accepté notre lien, de nous avoir permis de nous unir si complètement.

C'était exactement ce que je ressentais : la *complétude*.

C'étaient mes deux partenaires, mes mâles, mes amants, mon avenir.

— Baisez-moi, dis-je. J'ai besoin que vous me *baisiez*.

Je voulais les sentir bouger.

Silas gloussa, ses lèvres effleurèrent ma joue.

— Tu l'as entendue , Edon.

— Toujours à jouer la dominante, remarqua-t-il.

— Comme si tu voulais qu'il en soit autrement, répliqua Silas.

— Je ne voudrais pas.

Edon glissa presque entièrement hors de moi puis se renfonça, m'arrachant un cri.

Putain.

Je m'attendais à ce que ça fasse mal. Ce ne fut pas le cas. Ça me coupa plutôt le souffle d'une façon délicieuse.

— *Encore*, lâchai-je, ne sachant trop ce que je voulais de plus. Une autre poussée ? Plus forte ? Plus douce ? Plus rapide ? Je me sentais simplement si pleine, si complète, si vivante.

Ses hanches claquèrent de nouveau contre les miennes.

— C'est ça que tu veux, petite partenaire ? me demanda-t-il à l'oreille. Me sentir prendre ton cul vierge et le posséder ?

Silas se cambra sous moi, sa queue palpitant en moi.

— Encore, exhala-t-il.

Edon s'exécuta, me laissant sans souffle et *chaude* entre eux. J'étais accaparée par de délicieux muscles masculins qui bougeaient en mesure avec mon corps, me scellant dans un cocon de sexe sauvage.

Tous deux prirent un rythme que je m'efforçai de maintenir, mais chaque coup de reins me faisait voir des étoiles. Je ne m'étais jamais sentie aussi totalement dominée, maîtrisée, possédée, adorée.

Ils m'embrassaient, me caressaient, s'assuraient que j'aimais ça autant qu'eux. Rien que cette attention me fit cascader dans un puits d'extase si profond que je dus lutter pour refaire surface.

Un pincement de mon clitoris me ramena à la surface, des dents contre mon cou, une paume serrant un sein, un ordre ferme de jouir encore.

Edon. Il voulait mon plaisir, me déchirer en deux pour que tout le monde l'entende.

Mon corps brûlait d'envie de le lui donner.

Les deux mâles entraient et sortaient avec des mouvements brusques, me frappant à des endroits dont j'ignorais la puissance orgasmique. Je tremblais entre eux, mon plaisir montait encore, cette fois-ci bien plus intense. De la lave liquide coulait dans mon corps, culminant dans mon bas-ventre, menaçant d'exploser.

— Edon, gémis-je, Silas.

Je ne savais plus qui supplier, qui appeler. Le feu s'intensifiait en moi et je me mis à transpirer, à vibrer, à hurler.

Ça me déchirait en deux. Une moitié revendiquée par Silas, l'autre par Edon. Leurs noms sortaient de ma bouche, tout comme ils le désiraient.

— Putain, c'est magnifique, s'émerveilla Edon.

Sa bite était si enfoncée dans mon cul que je ne pouvais pas bouger, je ne pouvais que convulser tandis que la jouissance continuait à se propager en moi.

— La perfection, opina Silas.

Il se cambra sur le sol quand il vint en moi en un rugissement qui se répercuta sur les arbres et fit exploser tous mes sens.

Edon nous suivit, sa semence giclant loin au fond de moi comme pour trouver l'essence de Silas.

Une paix soudaine se répandit en moi.

Unis.

Enfin nous étions ensemble. Tous les trois, par l'esprit, le corps et l'âme.

Avec Silas sous moi et Edon dans mon dos, nous étions finalement accouplés dans une harmonie de félicité.

Ils sont à moi, chuchota ma louve. *Ces mâles sont les miens.*

Tout comme j'étais à eux.

Pas besoin d'une cérémonie pour nous compléter.

Nous étions déjà complets.

Nous ne faisions qu'un.

Le rituel du mois prochain ne serait qu'une formalité. Car je sentais dans mon sang que nos âmes étaient déjà liées. Promises pour l'éternité.

Une triade.

Pour toujours.

EDON

Lilith faisait les cent pas dans la salle du chalet principal, sa robe flottant autour d'elle en une vague rouge ridicule. Elle avait l'air plutôt prête à assister à un foutu bal qu'à s'adresser à une assemblée houleuse d'alpha et de royaux.

Ce soir marquait la date limite de cinq jours après les événements. Elle avait attendu jusqu'à la dernière seconde pour convoquer sa réunion d'urgence du conseil. Quel délire mégalo.

Je m'adossai au mur, les bras croisés, et l'observai arpenter le parquet dans ses talons aiguilles de quinze centimètres. On aurait pu croire que cette garce aurait eu hâte de rentrer chez elle en vitesse. Hélas, non.

— J'ai examiné les preuves, déclara-t-elle.

Elle s'arrêta au milieu de la pièce, sous la lumière la plus vive, qui conférait à ses cheveux clairs une affreuse teinte jaune. Ça correspondait à sa personnalité, apparemment.

Ça commence, annonçai-je à Silas. Il était chez moi avec Rae, Luna, Darius et Juliet.

Si ça tournait mal ce soir, ils avaient l'ordre strict de fuir dans la région de Jace. Mais je soupçonnais qu'une évasion ne serait pas nécessaire. Lilith aurait amené une armée avec elle si ç'avait été le cas, or seuls deux sous-fifres se tenaient à l'écart, deux jeunes vampires que Kylan et Jace pouvaient éliminer en une seconde.

Cette équipe révolutionnaire s'avérait bien utile.

Lilith se racla la gorge et fixa Kylan.

— Je ne peux pas laisser créer un précédent où des royaux ou des alpha décident de prendre la vie d'un autre dans l'unique but d'apaiser une situation. Nous sommes immortels. Il y a des moyens de nous neutraliser sans ôter une vie.

Le royal sourit.

— C'est bien noté. Je m'en souviendrai à l'avenir.

— Pourquoi ne l'as-tu pas simplement abattu ? Ou brisé son cou ? Pourquoi le décapiter ? voulut-elle savoir.

— Parce que je n'aimais pas ce connard, répondit Kylan. Il a mis ma vie en danger en déclenchant une guerre. Pourquoi n'analyse-t-on pas sa culpabilité, Lilith ? Combien de vies ont été perdues en vain à cause de son ingérence ?

— Comment sais-tu qu'il est coupable ? rétorqua-t-elle.

— N'est-ce pas évident ? demanda-t-il en haussant les sourcils. Je croyais que tu avais achevé ta recherche de preuves. Si tu n'as pas établi que Silvano a doublé Walter dans l'intention de nuire au clan Clemente pour son propre profit financier, alors peut-être qu'il te faut passer cinq jours de plus dans ton jet de luxe.

Ce royal avait des couilles. De grosses couilles.

Lilith avait l'air prête à le tuer pour ça. Le sang affluait dans ses joues de porcelaine, les teintant d'un rouge cerise.

— Tu as vérifié tout ça avant de le tuer ?

Il plissa les yeux.

— J'ai plus de cinq mille ans, Lilith. Presque deux fois ton âge. Ça m'a permis d'acquérir une expérience que tu n'imagines même pas. Un double jeu comme celui de Silvano n'est pas un événement rare dans ma très longue vie. Donc oui, *jeune dame*, je l'ai fait. J'ai rendu la justice qu'il méritait.

Il fit un pas en avant, et sa grande taille l'avantageait quand il baissa les yeux sur elle.

— Mon seul regret est de ne pas avoir coupé aussi la tête du loup, car il le méritait certainement pour avoir comploté une manœuvre politique aussi ridicule. Si ç'avait été moi, j'aurais été beaucoup plus rusé sur ce coup. Mais encore une fois, ce genre de connaissance vient avec l'expérience, ce que je possède à la pelle.

Elle déglutit mais ne bougea pas.

— Est-ce une menace, Kylan ?

— Non, ma chérie, répondit-il en souriant. Pourquoi diable voudrais-je ta place au sommet ? J'ai déjà assez de cibles dans le dos.

Le silence tomba dans la salle.

Le bruit des battements de cœur résonnait contre les murs.

Tout le monde attendait le verdict de Lilith et la réaction de Kylan.

Ton amie Rae pourrait bien être l'une des personnes les plus courageuses que j'aie jamais rencontrées, murmurai-je à Silas.

Pourquoi ?

Parce qu'elle vit avec Kylan. Ce royal est carrément terrifiant. Il ne paraissait pas du tout effrayé, sa posture était à la fois intimidante et détendue.

Quelque chose me disait qu'il gagnerait sans problème un combat contre Lilith. Surtout avec cette foule. Elle avait peut-être quelques partisans parmi l'assistance, mais il y en avait aussi plusieurs contre elle.

Sauf que nous ne pouvions pas encore nous en prendre à elle. Jace m'avait expliqué qu'ils avaient besoin d'elle en vie parce qu'elle était la seule qui pouvait les aider à retrouver Cam, l'ancien roi vampire. On le croyait mort.

Son *Erosita*, qui vivait au sein du clan Majestic, apparemment, prouvait le contraire, car si Cam était mort, elle aurait dû l'être aussi.

J'avais absorbé toutes ces informations d'un air choqué.

Mais Silas avait simplement haussé les épaules en disant : *Rien dans ce monde n'est ce qu'il paraît.*

Si seulement nous pouvions tous accepter ça avec autant de décontraction.

— Aucun ajout à ton harem, asséna Lilith, pas de participation au Jour du Sang, aucun événement social d'aucune sorte. Tu es consigné dans ta région jusqu'à ce que j'en décide autrement. C'est bien compris ?

— C'est censé être mon châtiment ? la questionna-t-il en penchant la tête. On dirait des vacances.

— Alors je vais envisager d'ajouter un rationnement de sang à la liste, gronda-t-elle. Rentre dans le rang ou je menacerai ta position au sommet de la royauté.

Il retroussa les lèvres.

— Tu peux toujours essayer. Mais je ne te le conseille pas.

Elle tiqua tandis qu'il regagnait notre cercle improvisé.

Cela faisait partie de notre plan qu'il prenne le contrôle du spectacle, et il avait joué magnifiquement. J'espérais seulement qu'il n'en subirait pas les conséquences. Mais au moins, tous les projecteurs resteraient braqués sur lui en tant que rebelle potentiel, et non sur l'un d'entre nous.

— Edon et Logan ont la permission de procéder à leur ascension, reprit-elle Lilith en tournant le dos à Kylan. Edon a agi dans le cadre de son droit au défi et je ne vois là aucune raison de le punir. Logan était un spectateur innocent que je suis heureuse d'avoir vu grandir. Malheureusement, il ne pourra pas s'élever avant onze lunes, ce qui pose un problème de direction au sein de son clan.

— J'ai une suggestion, intervint Luka. Si je puis me permettre.

Elle lui fit signe de la main.

— Je suis tout ouïe, Alpha.

Il s'éclaircit la gorge et s'avança.

— Après l'ascension d'Edon, envoyez Jolene au clan Ernest pour jouer le rôle de dirigeant pendant que Logan achève sa dernière année de formation. L'ancien alpha est peut-être vieux, mais c'est toujours une force de la nature, comme on en a eu la preuve l'autre soir quand il a assumé le rôle cérémonial pour le défi d'Edon. Je pense qu'il serait plus qu'apte à gérer les épreuves d'alpha l'année prochaine.

Elle le dévisagea un long moment.

— Y a-t-il des objections à cette idée ? s'adressa-t-elle aux autres alpha présents dans la pièce.

Son regard tomba sur moi.

— Edon ?

— Je suis d'accord avec la suggestion de Luka. Jolene a beau être vieux, c'est toujours un alpha.

Je l'avais appelé exprès par son prénom, au lieu du terme affectueux que j'employais à son égard. Plus Lilith me croirait détaché, plus elle serait d'accord. Même s'il me manquerait, je savais qu'il désirait retourner auprès de sa Claudette.

— Je n'ai pas d'objection non plus, ajouta Logan. Il n'y a pas d'aînés alpha dans mon clan et je serais ravi qu'un homme aussi expérimenté prenne ce rôle de dirigeant.

Quelques autres hochèrent la tête, nul ne s'éleva contre cette solution clairement évidente.

— Très bien, agréa Lilith. Edon, s'il te plaît, informe Jolene de son nouveau poste quand nous en aurons fini ici.

— D'accord, acceptai-je.

Non pas que j'avais le choix. Elle avait peut-être

prononcé les mots *s'il te plaît*, mais c'était néanmoins un ordre.

Elle acquiesça.

— Le dernier point que nous devons aborder est la région de Silvano. La souveraine Catalina a avoué son implication dans ses plans infâmes visant à fomenter une guerre dans le but de gagner des terres.

Elle jeta un coup d'œil à Kylan, et son ton était subtilement tranchant, avant de reprendre :

— Ce qui fait que je ne peux pas me fier à ses choix politiques dans cette région et que je dois mener personnellement une enquête complète. Je vais donc temporairement prendre le relais en tant que royale du territoire jusqu'à ce qu'un candidat approprié puisse être trouvé.

— Ou bien tu pourrais me permettre d'assurer l'intérim et t'épargner ainsi de multiples voyages, s'avança Ryder, faisant tourner plusieurs têtes vers lui. Je veux dire, je réponds à toutes les qualifications royales et je vis déjà dans la région. Ça me semble être une réponse plus appropriée.

Eh bien, voilà qui est inattendu.

Quoi donc ? s'enquit Silas.

Ryder vient de se porter volontaire pour être le royal temporaire de la région de Silvano. D'après le regard de Lilith, ça ne la réjouissait pas.

— On t'a offert une royauté il y a un siècle et tu l'as refusée, trancha-t-elle avec colère. Pourquoi maintenant ?

— Parce que tu as dit que ce serait temporaire, sourit-il. Une royauté temporaire, je l'accepte. Une royauté permanente ? Dans ce nouveau monde ? Non.

Elle se hérissa.

— Tu n'es pas apte à diriger.

— Pourquoi ? répliqua-t-il. Parce que j'ai refusé ta

précieuse offre il y a un siècle ? demanda-t-il en ricanant. Tu sais aussi bien que moi que je suis plus que qualifié, Lilith. Si je le voulais, je pourrais exiger ce poste de façon permanente.

Il régnait un tel silence qu'on aurait pu entendre une mouche voler.

Les autres royaux dans la pièce semblaient être d'accord, leurs regards rivés sur Lilith, attendant sa décision.

Mais Ryder n'avait pas fini.

— J'ai *choisi* de m'occuper de mes affaires, mais Silvano a changé ça quand il a fait passer une armée d'idiots sur mes terres. Je ne sais pas ce qu'il a enseigné aux vampires de sa région ni pourquoi. Tout ce que je sais, c'est qu'ils ont besoin d'une refonte que je suis le seul à pouvoir leur fournir, ajouta-t-il en arquant un sourcil. À moins que tu ne doutes aussi de ma santé mentale ?

Kylan esquissa un sourire en coin.

Pas Ryder.

— On sait bien que le Texas n'est pas ton terrain de jeu, Lil, ajouta Ryder. Laisse-moi les choper et leur donner une bonne leçon, pendant que tu trouves un candidat approprié pour prendre ma place. En guise de paiement, je veux être libre de continuer à m'en foutre et à m'occuper de mes oignons. Compris ?

Merde, il faisait de la concurrence à Kylan question couilles. Parce que putain, il lui dictait carrément sa décision, agissant comme si elle avait déjà accepté.

Peut-être que c'était le cas.

En effet, elle continuait simplement à le fixer, manifestement sans voix.

— Ça me paraît un bon arrangement, jeune fille, opina Cormac. Il est méritant et il se propose. On ne peut pas trouver mieux, si tu veux mon avis.

Lajos acquiesça :

— Il faudra du temps pour trouver un bon candidat, Lilith. Gérer les deux territoires dans l'intervalle serait une lourde tâche. Donne le territoire à Ryder ; garde juste ce bâtard en laisse.

— Laisse tes fétiches bondage en dehors de cette discussion, Lajos, grogna Ryder.

Lilith leva la main entre eux avant que Lajos ne puisse répondre.

— Ça suffit.

Elle baissa le bras et appuya un index sur sa tempe pour la masser.

— Bon. Ryder peut prendre le relais en tant que royal *temporaire*. Jusqu'à ce que je trouve une meilleure solution.

Merde. Elle a cédé. Je m'attendais à ce qu'elle se batte plus âprement ou qu'elle le refuse catégoriquement, mais elle parut trop épuisée tout à coup pour s'en soucier.

Darius dit que c'est une manœuvre politique intelligente, répondit Silas. *Ryder pourrait revendiquer la royauté à tout moment et exiger un territoire. Elle n'est vraiment pas en position de le refuser.*

Vraiment ?

C'est ce que dit Darius.

Hum. La politique des vampires était un vrai bordel.

— Je crois que nous avons tout abordé, alors, conclut Lilith. Le conseil en entier se réunira à Lilith City dans deux mois. Nous ne nous réunirons plus chaque année, mais chaque trimestre.

Elle promena son regard autour de la pièce, cherchant une objection.

— Est-ce un événement social auquel je ne dois pas assister ? demanda Kylan, m'évoquant un enfant indiscipliné posant une question irritante.

Cela provoqua un sourire de Ryder de l'autre côté de la pièce.

— Si on pouvait avoir cette chance…

— *Tous* les membres du conseil doivent être présents, répondit Lilith d'un ton autoritaire. Même Robyn.

Toute la bonne humeur s'effaça des traits de Kylan.

— C'est comme si tu me mettais au défi de tuer une autre royale, Lilith.

Elle plissa les yeux.

— Étant donné tes récents antécédents, Kylan, je ne te le conseille pas.

— Pourquoi ça m'a l'air d'un défi, chérie ? murmura-t-il. Je suppose que nous sommes tous libres de partir ?

Lilith serra les dents.

— Oui. Vous pouvez partir, acquiesça-t-elle avec un sourire très crispé.

— Parfait.

Il fit volte-face d'un mouvement théâtral et partit sans même un regard en arrière.

Plusieurs le suivirent, mais s'arrêtèrent en chemin pour me remercier de mon hospitalité. Quelques-uns me félicitèrent, me promettant qu'ils reviendraient pour mon ascension officielle. Jace en faisait partie. Luka aussi. Apparemment, on allait refaire la fête dans un peu moins d'un mois. Génial.

Heureusement, Lilith dit qu'elle ne pourrait pas venir.

Feindre ma déception ne fut pas facile.

Même Logan semblait avoir du mal, tandis qu'il attendait près de moi.

Les vrombissements s des voitures qui démarraient dehors furent plus que bienvenus. Je soupirai pendant que les derniers membres du conseil s'éclipsaient, me laissant seul avec Logan. Nous avions quelques affaires à régler, avec le déménagement de mon grand-père sur son territoire.

— Qu'en dirais-tu si j'amenais Claudette avec moi ? proposa Logan. À ton ascension, je veux dire.

—Je pense que mon grand-père aimerait ça, répondis-je en souriant. Ça te dérange si je le garde encore quelques semaines ? Pour mettre de l'ordre dans le chaos du clan Clemente ?

Il avait assisté à l'une des réunions avec mon grand-père où nous passions en revue tous les membres de la meute, leurs compétences, leurs situations et leur potentiel d'avancement. Logan savait donc quel merdier Walter m'avait laissé à nettoyer.

— Oui, je peux me débrouiller quelques semaines sans lui, dit-il en souriant. Ça me donnera l'occasion de trier quelques membres moi-même.

Je retroussai les lèvres.

— C'est compréhensible.

Il y avait plusieurs enfoirés ici que j'avais hâte d'éliminer. Je lui tapai dans le dos.

— On reste en contact, hein ?

— Évidemment, opina-t-il. Je dois m'assurer que tu ne fais pas de mal à ma grande sœur.

Je ris tandis que nous sortions du chalet.

— Fais-moi confiance. Ta sœur se débrouille très bien toute seule.

La fierté illumina ses yeux bleus.

— Oui. Elle peut.

Je rentre à la maison, dis-je à Silas. *Mets Luna à poil.*

C'est déjà en cours, répondit-il d'un ton voilé. *On a commencé dès que les vampires sont partis.*

Je ne voudrais pas qu'il en soit autrement.

LUNA

C'était très différent de ma première cérémonie d'accouplement.

D'une part, je ne voulais pas la gâcher.

D'autre part, je voulais que l'alpha flaire ma récente expérience sexuelle pour une tout autre raison.

Le regard d'Edon lorsqu'il traça un chemin de baisers le long de mon corps devant la meute me révéla que mes efforts en valaient la peine. Quand il rejoignit l'espace entre mes cuisses, il grogna de faim en humant le marquage récent de Silas.

Si l'alpha me reniflait par derrière, il se sentirait lui-même.

Mais il ne le fit pas.

À la place, il sourit et me mordit là où il l'avait fait deux mois plus tôt, me revendiquant à la vue de tout le monde. Seulement cette fois, Silas s'agenouilla et mordit mon autre cuisse.

Je déglutis, la chaleur de leur étreinte allumait en moi une braise inextinguible. S'ils ne se levaient pas très vite, je les rejoindrais par terre.

Mais ils se relevèrent lentement, affichant les mêmes sourires voraces.

— Nous acceptes-tu comme tes partenaires ? demanda Edon, dont les yeux plus sombres que la nuit scintillaient sous la pleine lune.

— Je vous accepte.

J'entourai sa nuque de ma paume et l'embrassai, et fis de même avec Silas. Puis je me mis à genoux devant eux.

Je frottai mon nez le long de leurs cuisses, respirant leurs riches parfums masculins. Ces deux mâles virils étaient tout à moi. Pour l'éternité. Mmm . Toutes ces choses que nous allions faire ensemble. Mais d'abord je devais les revendiquer correctement sous la lune, devant nos pairs, la meute et tous nos ancêtres au-dessus.

Je plantai mes dents d'abord dans Silas et notre connexion se mit en place avec une force qui expulsa l'air de mes poumons. Toutes ses émotions, ses pensées, ses sensations devinrent les miennes. Tout comme il hérita la même chose de moi, notre incroyable lien permanent remplissant un vide au plus profond de moi.

Oh, mais j'avais aussi besoin d'Edon.

Je le mordis sans perdre un instant.

Il gémit dans mon esprit, deux mois d'accomplissement partiel me frappant d'un coup. Putain, son désir de s'accoupler était puissant. Le bonheur qui suivit faillit me faire tomber à terre. L'amour immense qui s'épanouissait en lui me fit fondre le cœur.

Je me jetai dans ses bras et capturai ses lèvres avec les miennes pour le dévorer. Silas grogna et plongea ses doigts dans mes cheveux pour m'écarter d'Edon et couvrir ma bouche avec la sienne.

Partenaires, soufflai-je.

Oui, répondirent-ils à l'unisson.

Nous nous embrassâmes si longtemps que notre public commença à s'agiter. Ils en voulaient plus. Nous étions nus tous les trois, notre excitation était évidente. Mais nous n'en avions pas encore terminé.

Edon devait établir un lien d'accouplement avec Silas et vice versa. Cela irait plus loin que leur lien créateur-progéniture et solidifierait notre triade.

Après un autre long baiser avec Edon, les mâles me lâchèrent pour se concentrer l'un sur l'autre.

— Mais avant, j'ai une annonce à faire, déclara mon partenaire alpha d'une voix rauque et sexy à souhait.

J'aimais son ton dominant. Il me faisait me mettre à genoux, mais en captant ce qu'il voulait dire dans son esprit, je résistai à mon instinct.

Je souris à la place.

Oui, lui dis-je. Il n'avait pas besoin de mon approbation, mais je la lui donnai quand même.

Il parcourut la foule du regard, porta son attention sur plusieurs membres de notre clan, tous les nouveaux venus au quartier général après une sélection minutieuse au cours des dernières semaines. L'ambiance était très différente de celle de mon arrivée. Ces lycans étaient curieux mais un peu méfiants. Cependant, Edon les guiderait vers un nouveau mode de vie, et Silas et moi l'aiderions de toutes les manières possibles.

— Il est très rare qu'un humain devenu lycan survive, continua Edon. Et encore plus rare qu'il dégage une telle force dans sa nouvelle forme. Cela dit, j'ai remarqué une volonté et des prouesses troublantes chez ma progéniture. À tel point que je le soupçonne d'être d'une lignée alpha rare. Ce qui expliquerait l'attirance de Luna et la mienne pour lui.

Il fit une pause pour sourire à Silas, un léger bourdonnement m'indiquant qu'ils parlaient d'esprit à esprit.

Bientôt, nous posséderions tous trois cette caractéristique.

Pas de murs.

Pas de cachette.

Que de l'intensité et de l'amour.

— Alors pourquoi je raconte tout ça ? reprit Edon, manifestement amusé par ce que Silas avait dit.

Sans doute un commentaire sur la raison pour laquelle Edon et moi étions amoureux de lui.

La seule chose attirante dans mon sang est la façon dont il gonfle ma bite quand vous voulez baiser tous les deux, murmura Silas dans mon esprit. *C'est ce que je lui ai dit.*

Je me mordis la lèvre pour m'empêcher de rire et lui décochai un regard enjôleur, ce qui me valut un grognement grave à travers notre nouvelle connexion.

Arrête de draguer, me réprimanda doucement Edon. *J'ai une annonce importante à faire.*

Il poursuivit à voix haute :

— Je vous dis tout ça parce que je promeus Silas au poste d'exécuteur au sein de la meute.

Une onde de choc traversa l'assistance.

Suivie d'un applaudissement.

Jolene était debout, les yeux brillants de satisfaction, tapant fort dans ses mains. Tous les autres se joignirent bientôt à lui, contemplant Silas avec respect.

Tout son amusement s'était évanoui, il affichait une totale surprise.

— Exécuteur ?

— Considère que c'est ton nouveau nom officiel, murmura Edon en souriant, tandis que les acclamations augmentaient. Tu l'as bien mérité.

Je ne sais même pas ce que ça veut dire, chuchota Silas.

Ça veut dire que tu es son bras droit, expliquai-je. *Si Edon s'absente pour affaires, tu es l'alpha par intérim. C'est extrêmement rare. En général, un alpha ne nomme pas d'exécuteur parce que ça suggère qu'il croit que tu brigues sa place au sommet. Que tu pourrais être l'a lpha du clan Clemente.*

Silas dévisagea Edon, bouche bée.

— Tu n'es pas sérieux.

— Tu sais que je ne fais jamais rien sans but, répondit-il en plaquant sa paume sur la nuque de Silas. À présent, il est temps que tu deviennes vraiment nôtre.

Il s'agenouilla sans lâcher des yeux son nouvel exécuteur, rayonnant d'estime et d'adoration.

— Veux-tu de nous, Silas ?

— Oui, prononça-t-il d'une voix étouffée, en se raclant la gorge, et répéta :

— Oui.

Il attrapa ma main et me serra contre lui.

Edon frappa.

Je frissonnai, sentis les connexions se rompre, l'énergie grésiller entre nous trois alors que la triade demandait à Silas d'en finir.

Les hommes échangèrent leur place, Edon glissa son bras dans mon dos tandis que Silas s'agenouillait devant nous et embrassait le bas-ventre de l'alpha. Une promesse moqueuse éclaira ses yeux bleus, et me fit frémir pour une tout autre raison.

Quel taquin, entendis-je Edon le réprimander.

Que je puisse le capter en train de parler à Silas confirmait à quel point nous étions proches du but. Je gémis, j'avais besoin que ce soit fait pour finaliser notre destinée.

Je vous aime tous les deux, murmura Silas. *Plus que tout au monde.*

Plus que tout au monde, opina Edon.

Pour l'éternité, ajoutai-je.

L'électricité nous enveloppa tous les trois quand Silas mordit, achevant le rituel.

Le pouvoir se mit en place.

Des voix.

Des sentiments.

Des sensations.

De l'amour.

Tout cela à la fois, me submergeant de vie – *trois vies.*

Je m'effondrai en soupirant dans les bras de mes mâles et nos lèvres se joignirent toutes en même temps. Pas pour le sexe, mais par adoration, vénération, un vœu éternel.

J'entendais à peine les applaudissements, trop prise dans cette nouvelle connexion pour m'intéresser à autre chose. La bouche de Silas murmura sur la mienne. Edon caressa mon cou. Tous deux étaient dans ma tête, mais l'alpha résonnait plus fort.

Il est temps de m'élever, petite partenaire, murmura-t-il. *Tu me rejoins ?*

Il ne parlait pas de l'ascension proprement dite (une femelle ne peut pas être l'alpha d'un clan), mais de la cérémonie. *Je ne veux pas manquer ça.*

Exécuteur ? appela-t-il.

Je vais où tu vas, répondit Silas. *Toujours.*

Vous deux ceux me maintiendrez les pieds sur terre, dit-il doucement. *Il y aura des moments difficiles.*

Et nous serons avec toi à chaque étape du chemin, promis-je.

Chaque étape, fit écho Silas.

Je sais, chuchota Edon.

C'était vrai. Je sentais cette certitude qui rayonnait à travers lui.

Tout comme je sentais son amour.

Notre amour.

Même s'il y avait une révolution qui couvait à l'horizon et qui pouvait se terminer en désastre, je n'avais pas peur.

En fait, bon courage à quiconque essaierait de nous faire tomber. Unis tous les trois, nous étions imbattables.

Touchez l'un d'entre nous, et nous vous tuerons.

Nous sommes la triade du clan Clemente.

Soyez prudents.

On mord.

ÉPILOGUE

SILAS

— Superbe ascension, me félicita Jace en levant les yeux vers la lune.

— Merci, répondis-je. Mais c'est Edon qui s'est élevé.

Il se tenait à une dizaine de mètres à droite, en train de parler à Luka.

— Oh, je sais. Mais j'ai quelque chose pour toi, loup.

Jace me tendit une enveloppe.

— De la part de Kylan. Comme tu le sais, il n'a pas pu venir à cause de la petite punition de Lilith.

Je fronçai les sourcils devant l'objet.

— Il m'a écrit une lettre ?

Jace haussa les épaules.

— Il a dit qu'elle contenait des informations qui t'intéresseraient. Je ne l'ai pas lue, donc j'ignore de quoi il parle.

— Je vois. Eh bien, merci.

Il hocha la tête et se retourna, puis hésita et pivota de nouveau vers moi.

— Que compte faire Edon de ce qu'il reste du harem de Walter ? Je suppose qu'il n'emploiera pas les filles esclaves de la cave d'Aurora ?

— Je n'étais pas au courant de ça, répliquai-je en fronçant les sourcils.

Edon et moi n'en avions jamais parlé. En fait, je n'avais jamais vu le harem de Walter. J'avais plus ou moins supposé qu'il les avait toutes tuées.

Jace sourit.

— Alors Aurora a fait ce que je lui ai suggéré. Une fille intelligente.

— Et c'était quoi ?

— Ah, un gentleman ne trahit jamais de secret, nouveau loup, dit-il en me faisant un clin d'œil. Considère ça comme une leçon.

Sur ce, le royal s'en fut d'un pas vif, les mains dans les poches, me laissant partagé entre une demande d'explication et la lecture de la lettre.

Elle les a données à Luka, murmura Edon. *Il n'y en avait que trois, car Walter avait tendance à baiser son harem à mort. Je crois que ma mère a essayé d'aider les femelles restantes en les nourrissant lorsque mon piètre exemple de père avait le dos tourné.*

Je grimaçai. *Ça ne m'étonne pas. Mais pourquoi tu n'as rien dit ?* Il aurait dû m'en parler, me semblait-il.

Parce que je viens juste de le découvrir. La psyché de la meute est remplie d'informations. Apparemment, mon grand-père l'a aidée.

Il est bien plus bagarreur qu'il n'en a l'air, répondis-je, repérant le vieux mâle parmi la foule.

Il avait glissé un bras autour d'une femme nettement plus petite que lui, dont les cheveux étaient aussi blancs que les siens. La façon dont il la tenait me rappelait la façon dont j'embrassais ma Luna. Elle était près d'eux, des étoiles dans les yeux. Le bonheur émanait d'elle, ce qui me fit sourire. *Elle est vraiment belle, n'est-ce pas ?*

Oh oui, acquiesça doucement Edon. *Notre petite partenaire.*

Notre petite lune, renchéris-je.

Vous savez que je vous entends tous les deux, hein ? intervint Luna. *La connexion est ouverte maintenant, les garçons. Tenez-vous bien.*

Certainement pas, grogna Edon.

Je voyais déjà que notre prochaine baise serait amusante. Chacun dans la tête des autres ? Oui, ce serait chaud. Dommage qu'on ait encore une heure à nous mêler à l'assistance. Au moins, nous étions à nouveau habillés, car si j'avais dû regarder Edon et Luna se pavaner tout nus toute la nuit, je n'aurais pas tenu cinq minutes de plus.

Toujours en manque, se moqua Edon.

Dixit le mâle qui bande de plus en plus dur, lui rétorquai-je.

Puis j'ouvris l'enveloppe. Autant me distraire un moment avec la lettre de Kylan. Je n'avais aucune idée de ce qu'il avait à me dire, à moins que cela ne concerne Rae.

Je dépliai la feuille et parcourus rapidement les mots… jusqu'à ce que mon cœur me remonte à la gorge.

Oh, putain…

Willow.

Jeune Loup,

Ma consort m'a demandé de t'envoyer mes découvertes sur une vieille amie. Pour répondre à ses souhaits, je rédige cette correspondance.

Après avoir localisé le camp de ton amie, je suis tombé sur des nouvelles troublantes. Il semble qu'elle se soit échappée il y a quatre semaines et qu'on ne l'ait toujours pas retrouvée, ce qui me porte à croire qu'elle est maintenant dans la région de Silvano. Si seulement elle avait fui dans la direction opposée, vous l'auriez sous votre garde maintenant, car elle était détenue dans un camp de reproduction du clan Clemente.

Je vais continuer mes recherches. Cependant, pour l'instant, je suis dans une impasse. Espérons que ton amie possède un feu similaire au tien et à celui de ma partenaire. Elle en aura besoin pour survivre.

Amitiés,
K

P.S. Félicitations pour la triade.

L'histoire continue dans Le Vampire rebelle…

LE VAMPIRE REBELLE

Jadis, l'humanité gouvernait le monde et les lycans et vampires
vivaient en secret.
Cette époque est révolue.

Willow

Je dois m'enfuir, courir, partir très loin !

Ils me poursuivent jusque dans mes rêves.

Et lorsque je m'éveille, je le vois. J'aperçois ses yeux d'un bleu perçant, et au fond d'eux, lancinante, l'étincelle du Mal. Il est à la fois mon sauveur et la personnification de mon pire cauchemar.

Je suis désormais sa possession.

Il m'a trouvée.

Il m'a sauvée.

Mais je ne veux être la possession de personne. Je veux être libre, même si je dois y laisser ma peau.

Ryder

J'avais besoin d'une diversion, d'un jouet amusant, de quelque chose pour me distraire de mon ennui perpétuel. Elle est apparue devant moi comme si le Tout-Puissant avait entendu mes prières.

Ou plus exactement le Diable.

Je ne suis pas un homme bien. Toute trace d'humanité en moi s'est effacée depuis longtemps. Sans cela, je n'aurais pas pu survivre.

Mais cette fille est une si jolie petite poupée. Je pense que je vais la garder, rien que pour moi. Du moins pour un petit moment. Les humains sont si fragiles, de toute façon…

Bienvenue dans la Région de Ryder.

Elle n'est pas encore sous mon joug, mais ça ne saurait tarder.

Je n'ai pas survécu aussi longtemps en respectant à la lettre les règles du jeu.

Je préfère que la vie ait du mordant.

LEXI C FOSS

L'auteure à succès d'*USA Today* Lexi C. Foss est une écrivaine perdue dans le monde de l'informatique. Elle vit à North Carolina, avec son mari et leurs enfants à fourrure. Quand elle n'écrit pas, elle est occupée à cocher des cases sur sa liste de voyages à faire. On peut retrouver beaucoup des endroits qu'elle a visités dans ses écrits, notamment le monde mythique d'Hydria, inspiré d'Hydra, dans les îles grecques. Elle est excentrique, boit beaucoup trop de café et adore nager. Tchao !

https://www.lexicfoss.com/Français

Pour être au courant des dernières nouvelles et connaître les dates de publication, abonnez-vous à ma newsletter:
https://www.lexicfoss.com/la-newsletter-de-lexi

LIVRES DE L'AUTEURE LEXI C. FOSS

Alliance de Sang

L'Esclave du Vampire

Le Vampire Royal

La Triade de l'Alpha

Le Vampire Rebelle

Le Roi Vampire

La Reine des Éléments

Livre Un

Livre Deux

Livre Trois

La Reine des Faë de Minuit

Livre Un

Livre Deux

Livre Trois

Livre Quatre

Les Loups du X-Clan

La Promise de l'Alpha

La Compagne de l'Alpha

Le Trône de l'Alpha

La Revanche de l'Alpha

Les Loups du V-Clan

Le Secteur Sanglant